有爱的青春陪伴者

图书在版编目（CIP）数据

刺挠 / 林不晚著. -- 南京 : 江苏凤凰文艺出版社,
2024.10. -- ISBN 978-7-5594-8889-3

Ⅰ．I247.5

中国国家版本馆CIP数据核字第2024BW2324号

刺挠

林不晚 著

责任编辑	王昕宁
特约编辑	欧雅婷
出版发行	江苏凤凰文艺出版社
	南京市中央路165号，邮编：210009
网　　址	http://www.jswenyi.com
印　　刷	天津睿和印艺科技有限公司
开　　本	880mm×1230mm 1/32
印　　张	10.5
字　　数	388千字
版　　次	2024年10月第1版
印　　次	2024年10月第1次印刷
书　　号	ISBN 978-7-5594-8889-3
定　　价	42.80元

江苏凤凰文艺版图书凡印刷、装订错误，可向出版社调换，联系电话025-83280257

目录

第一章 / 001
刺挠

第二章 / 039
情窦初开

第三章 / 071
新的开始

第四章 / 106
男朋友

目录

第五章 / 145
交心

第六章 / 180
目标

第七章 / 221
分歧

第八章 / 267
全世界他们最配

番外 / 322
特别的爱给特别的你

第一章
刺挠

1：到底是谁欺负谁？

两棵树如果从小就生长在一起，日后势必交织缠绕、盘根错节。

按理说，周柠和陈羡相差了十万八千里，不可能会是长在同一块地方的树。直到陈羡八岁那年，陈振涛突然被派去东峦村定点扶贫，陈羡才偶然踏进了那个似乎永远蒙着层泥和土的世界。

"哎呀，这破地方，我都后悔带孩子来看你了。"

沈清文拎着大包小包，带着两个孩子坐了半天车才到达这个小山村，一见到丈夫就忍不住抱怨开来。他们虽然坐的是自家的小车，又有司机，但这半天的山路还是把她颠得五脏六腑都快出来了。她细细打量了一番陈振涛的"办公室"，小破屋里连空调都没有，只有老式电风扇在头顶嗡嗡嗡地转，简直能烦死人。

陈振涛笑着接过行李，摸了摸陈羡和陈悠的脑袋："天天在城里待着有什么意思？乡下很好玩的，能抓鸡摸鱼，还能追狗撵鹅。"

"瞧瞧，你都教孩子些什么。"沈清文不满道。

"爸爸，下次还是你回城里来看我们吧，我不喜欢这里，又脏又热的，一点也不好玩，是吧哥哥？"陈悠是妹妹，一看就是城里富人家娇生惯养的小姑娘，一身粉色的公主裙跟周围的环境格格不入。

陈羡也穿得干干净净，白衣白裤一尘不染，跟村里那些总在泥里打滚的臭小子简直有云泥之别。

"是挺破的，而且也没有游戏机，我还是想回去打游戏。"陈羡如实说。

"你们啊，真是好日子过惯了。"陈振涛叹了口气。

沈清文却说："好日子过惯了怎么啦？难道非得像你一样来乡下受苦啊？"

陈振涛知道沈清文心里不乐意，也就笑着转了话题："带你们去河边看看吧，村里的那条小河还挺美的。"

"行吧，在这儿也没别的事可干。"沈清文皱眉。

说着，一家人转向门口，这才发现门边站了个小姑娘，似乎已经等了一会儿了。

"周柠？找我有事吗？"陈振涛认出了她。前些日子，村支书特意给他介绍过周柠家的情况——家里没了顶梁柱，算是村里比较困难的一户。

"嗯，陈书记。"周柠说着走了进来，毫不怯场，"听说镇里最近对村里的困难户有慰问计划，我想问问我们家在名单上吗？"

陈振涛有点头大起来，这刚发的通知让摸排情况，怎么这么快就走漏了消息？

困难慰问当然是有益群众的好事，但务必做到精准。东岙村虽然是贫困村，这些年也有好几家通过外出闯荡谋生计，生活条件改善了不少。可听说在去年的困难慰问工作中，有些已经不再困难的家庭仍旧争着去抢困难慰问的名额，有几家甚至为此大打出手，闹得很难看。陈振涛才上任不久，打算先好好摸摸底，然后再展开下一步工作。

"你从哪儿知道的消息？"陈振涛问。

"听隔壁王婶她们聊天的时候说的。"

"村里人都知道了？"

"不清楚，估计快了吧。"

陈振涛皱起眉来："那你今天来找我是想干吗呢？"

"我就是来确认一下。"小小的周柠盯着陈振涛，直截了当地说明了来意。

陈振涛倒是笑了起来："那你觉得你们家这情况，应不应该在慰问名单里呢？"

周柠沉住气，说："我父亲早就去世了，外婆和妈妈身体不好，都是靠做一些简单的活儿赚钱，家里实在很困难。所以这批慰问名单里能有我们的话，会对家里帮助很大。"

"你的想法我知道了，回去吧，有消息我会通知你。"陈振涛点了点头。周柠家的情况他是了解的，刚才她说的也确实是实话，没有夸张，比很多大人还明白事理。

"谢谢。"周柠扭头走了几步，又回过身来，再次认真地说，"陈书记，我虽然是个小孩子，但希望您认真考虑我说的话和我家的情况，这几天找您的人一定会很多，如果最后慰问名单里没有我们，我一定不答应。"

周柠说完就离开了，小辫儿一翘一翘的，陈羡却好久没回过神来。他感觉这个和自己差不多大的女孩子仿佛活在另一个世界，所说所做都是自己从来没见过也没想过的。明明是来要钱的，她却没有丝毫害羞或扭捏，语气不卑不亢，目光镇定从容，小小的身形让人无法忽视。

周柠这气场莫名把陈羡给镇住了，而她似乎全程都没看过他一眼。

"这还是个小孩子？说话一套一套的，太早熟了。"沈清文似乎也才回过神来。

"穷人的孩子早当家，你看吧，农村工作难做啊，连小孩子都不好对付。"陈振涛苦笑着擦了把脸，"走吧，带你们去河边。"

出了村委会，周柠紧绷的背脊似乎还没放松下来。

外婆老了，妈妈更是性格软弱，如果她再不争取，只怕她们仨连慰问金的影子都见不到。她已经下定决心，一次不行就两次，两次不行就三次，就算让她天天上陈振涛办公室坐着，她也必须分到一杯羹。

往年的困难慰问金一般是一家一千块，那样的话，就可以给外婆备些降血压的药，催着妈妈去镇上治一治腰椎间盘突出，还有结余的话，就存着当自己明年的学费。

回到家，周柠赶紧把米蒸上，又把菜切好，这样等妈妈回家炒几个菜就能直接开饭了。环视一周，确定没什么活儿了，她才急匆匆出门——那几株宝贝草莓秧子还等着她去浇水呢。

去年过年走亲戚，周柠第一次在大外婆家尝到了草莓的滋味。这个头小小、颜色鲜红的果实居然这么甜美，汁水浸到口中的时候，周柠竟然呆住了，后来也顾不得做客礼仪，没忍住尝了好些个。

那天回家时，妈妈刘佳爱怜地摸摸女儿的脑袋："喜欢吃草莓？以后妈妈给你买。"

周柠使劲儿摇头："我就是尝个味道，吃过就行了，没必要自己买。"

刘佳叹了口气，别过头去，眼里隐隐泛出泪花儿。

过了一阵子，有天周柠放学回家，就见到妈妈献宝似的捧来两株秧苗。

"这是什么呀？"周柠惊讶地瞧着这矮矮的瘦弱秧苗。

"我问人家要的草莓秧子。"刘佳兴冲冲地说，"我们自己种吧，来年就能摘了吃了。"

"我们能行吗？"周柠小心翼翼地捧过这两株秧子。

刘佳又有些失落："其实也不一定行，我看别人都是种在大棚里的，我们家没这个条件，不知道直接种在田里能不能活。"

"试试吧！万一能成呢？谢谢妈妈！"周柠开心地搂过妈妈，"咱们就种在青菜旁边吧？"

出门左拐就是村里的小河，周柠家在河边有一块小小的地，零零散散种了些蔬菜，平时三口人倒也完全够吃了。自从把草莓秧子种下，周柠的心可全挂在这儿了，每天都要来看好几遍，就怕被狗刨了或是被猫挠了。

在周柠的细心照料下，草莓秧子缓慢又平安地生长着。看着本来皱巴巴的小叶子逐渐舒展开来，周柠心里别提多开心了，来年说不定真的能结出草莓呢！

周柠兴冲冲地提着一小桶水走到河边菜地，却一下子傻了眼——两个不知道从哪里冒出来的小孩正站在她家的菜地上，那小女孩左手拿着几朵刚摘的野花，右手正用力扯着她的草莓秧子，似乎要把它们拔出来看个究竟。

周柠急得扔下水桶，快步跑过去，推了那小女孩一把："你是谁？干吗拔我的草莓？"

陈悠被推得一个屁股墩摔在地上，手却没松，草莓秧子正好被借力连根拔起。

周柠一看，心疼坏了，两三步上前从陈悠手里抢过草莓秧子，一拉扯，叶子又扯掉不少。

"你……"周柠生气极了，指着陈悠大喊，"你赔我的草莓！"

陈悠一向是千娇万宠的小公主，哪尝过被人指着鼻子骂的滋味儿，人还没站起来，就不服气地大声嚷了回去："哪里有草莓？明明是些野花野草！"

周柠气呼呼地一把把陈悠拽了起来："你刚手里扯掉的这些就是！它们以后会长出草莓来！"

陈悠也不示弱，立马反驳道："才不会呢，我妈妈带我去农场采摘过，草莓长在大棚里，根本不是长这样，你这些就是野草，根本不是草莓！哥哥，你说对吧？"

陈羡还没来得及回答，陈悠就又被一把推倒在地。再一眨眼，周柠已经坐到了陈悠身上，她可真是气疯了。

"哥，哥……"陈悠气喘吁吁地求救。

陈羡赶忙上来帮忙，可没想到周柠发起狠来力气不是一般的大，拉了一把居然没拉动。他只得弯下腰把周柠抱了起来："别打了，我们赔你就是！"

周柠气愤地在陈羡手上咬了一口，陈羡吃痛松手："你疯了吗？有什么事不能好好说？"

周柠转过身来，大颗大颗的泪珠顺着脸颊滑落，满眼的恨意让陈羡一时顾不得手上的疼。

"你们拿什么赔？赔得起吗？"周柠愤愤地说。

"有什么赔不起的？不就是几株野草吗？"陈悠趁乱地上爬了起来，"你打我，还咬我哥，看我不打回来！"

陈悠哪里是周柠的对手，三两下就又被摁在了地上，粉色的裙子滚满了泥。

周柠一边挥舞着小拳头，一边哭着喊道："你们从哪儿来的？凭什么欺负人？凭什么拔我的草莓？"

陈羡只得再次上前试图抱起周柠，他搞不懂，区区几株草莓秧子怎么了，值得这么大发雷霆吗？

可周柠的力气太大，陈羡也不过是个八岁的小男孩，没一会儿力气就用尽了，周柠再一使劲，两人双双向后跌去。陈羡下意识地用左手撑住了地，稳住两人的身子。周柠不再挣扎后，他才扶着她一起爬起来。

"疯了吗？有话好好说！秧苗已经被拔了，再生气也种不回去了，咱们再想别的解决办法不行吗？"陈羡也有些生气了。

可周柠没有答话，直愣愣地看着陈羡的左手，似乎被吓到了。

陈羡顺着周柠的视线往下看去——他左半边的白衣白鞋红了一片，原来左手不知什么时候被划开了一道大口子，血还在不断往外冒。

陈羡也傻了，在他的人生里，还从没遇到过这样的事。

这到底是谁欺负谁？

在遇上周柠前，陈羡刚觉得这小山村居然还有点美景，并非一无是处。

陈振涛半途被村民拦下问些事情，沈清文也只得陪着应付几句。陈羡和陈悠觉得无聊，就悄悄溜到了河边。仔细一瞅，清清河水绕着一排矮矮的砖瓦房潺潺流过，河边不大的田地被"切"成一块块的，上面种了些蔬菜瓜果。边上还有不少无名的小野花，开得很灿烂。

陈羡眯起眼睛，试图感受这小山村的美好。陈悠则兴冲冲地摘起野花来，说要拿回去装点爸爸的办公室。谁知没过多久，就被突然发疯的周柠打断了。

"哥哥，你流了好多血啊！怎么办？"小小的陈悠被吓得六神无主。

陈羡这才觉出疼来，低头看去，发现地里有块棱角锋利的大石头，估计刚才左手就恰好撑在这上面了。

"我带你去卫生所看看吧。"周柠强迫自己迅速镇定下来，拉起陈羡的右手试图往前走，"吴医生今天应该在。"

"你把我哥哥伤成这样！我爸妈肯定饶不了你！"陈悠一边哭一边说，"你要带我哥去哪里？这破地方能治得好我哥的手吗？"

不知道为什么，陈羡觉得周柠好像有股特殊的魔力，她拉起他的手，他竟就愿意跟着向前走。

可陈悠一直跟在后面哭哭啼啼的，周柠忍了一会儿，终于受不了了，转过身恶狠狠地盯着她："别哭了！手都划伤了，再哭有什么用？先去卫生所看看怎么办吧！"

陈悠被吓得瞬间止住了哭声。她不明白，怎么会有这样的人，上来不分青红皂白就又打又骂，把哥哥弄伤了居然连句对不起都不说。但在周柠恶狠狠的注视下，她不得不闭了嘴，泪花在眼眶里打转，好不委屈。

见陈悠稳住了情绪，周柠拉着陈羡想继续向前走，可陈羡却突然不动了。

周柠只得又回转身来，看向陈羡："你又怎么了？"

"你刚说了，手都划伤了，哭也没用。同样，草莓秧子已经拔了，再吵也没有用。我们就算扯平了，同意吗？"

小男孩和小女孩差不多的个子，在午后的炎炎烈日下，手还拉着，却是一副互相僵持的模样，试探地看着彼此。

半晌，周柠放开陈羡的手。

陈羡有一瞬间心慌，以为她不答应。

周柠却淡淡地开了口："就当扯平了。走吧，跟我去卫生所。"

说完，她扭头就继续向前走去。

陈羡松了口气，快走两步跟上。不知道为什么，刚才周柠为了那几株草莓秧子想要拼命的样子深深烙在了他的脑海里，比起手上血淋淋的伤口，他竟然更担心陈悠拔了草莓秧子的事过不去。

他们刚走到大路口，就看到了远处快步走来的陈振涛夫妇。

"你们这两个孩子，大人说会儿话的工夫，跑到哪儿去了？吓死我了！"沈清文急急跑了过来。

陈振涛却跟在后面不紧不慢地说："在这小村子里能有什么事儿？大惊小怪的。"

陈振涛话音未落，沈清文就看出了兄妹俩的不对劲。早上还白白净净的两个小人儿，怎么这会儿就变得跟从泥地里捞出来的一样？

"我的天，怎么这么多血？伤哪儿了？"沈清文惊慌地搂住儿子的肩膀上下打量。

陈振涛也赶紧跑过来，问："发生了什么事？"

"就是她！是她把哥哥打伤的！"靠山一到，憋了半天的陈悠终于忍不住了，指着周柠哇哇大哭起来。

陈振涛皱着眉看了周柠一眼，想不出她怎么会跟自家的孩子起了冲突。

"爸妈，我们正要去卫生所看看。"看沈清文急红了眼，陈羡赶紧宽慰道。

"疼吗？"沈清文心疼坏了。

"还行，能忍。"陈羡咬了咬牙。

"跟我走吧，我先带你们去卫生所，看看再说。"一直在旁沉默不语的周柠开口道。

这个节骨眼上，沈清文来不及跟这小丫头计较，只是狠狠瞪了老公一眼，拉着陈羡赶紧往卫生所走去。

"伤口挺深，可能需要缝针啊。"吴医生仔细地用生理盐水冲洗了陈羡的伤口,又简单包扎了下,"赶紧到大医院去吧,我这儿不行。"

沈清文一听,更急了,气急败坏地冲着陈振涛喊:"你看看你来的这个破地方,早知道不带孩子们来看你了!"

"这是意外嘛,我怎么知道会发生这样的事?"陈振涛无奈地说。

沈清文又把怒火对准了一直在旁边沉默不语的周柠:"你这小姑娘怎么这么野蛮?有这样打架的吗?"

"是他们先拔了我的草莓秧子,我们扯平了。"周柠答得不卑不亢,提到"扯平"二字时,还瞟了一眼陈羡。

"妈,赶紧叫司机叔叔过来吧。"陈羡也不想这事持续扩大下去。

"刚已经叫了,小李正往这边赶呢。儿子,忍一忍,坚强些啊。"陈振涛拍拍儿子的肩。

陈羡倒是点了头,沈清文却依然不依不饶,指着周柠的鼻子骂:"家里穷,是不是也没人教?小小的孩子如此恶毒!你赔得起医药费吗?"

沈清文的这番话倒像戳到了周柠的痛处,她不自觉地握紧了小拳头,沉默了一会儿,盯着陈振涛开口道:"这件事不会影响我们家的慰问金吧?"

话一出口,在场所有人都愣住了。

陈羡哭笑不得地看着她,伤口疼得更厉害了——这个肇事者全然看不到他哗哗流的血,一心只想着那点慰问金。

真是好狠的心!

可是陈羡刚开始替自己不值,就看到了周柠眼里隐隐泛出的泪花,心又突然软了一下——难道那点慰问金对她真这么重要?

"还想着慰问金?可笑,先把医药费赔了吧!"沈清文气极,倒真跟一个小孩子计较起来,"把你家长叫过来,爸爸没了,妈妈总还在吧?我倒要问问她是怎么教的孩子!"

"行啦,你别添乱了,小李到了,我们赶紧去医院吧。"陈振涛不想让外人看笑话,赶紧推着沈清文往外走。

"你也跟着回去?"沈清文问。

"当然,儿子受伤了我能不去吗?"陈振涛一边把人往外推,一边回头对周柠说道,"你不要多想,公是公,私是私,这段时间我再摸排下村里的情况,慰问金的事你就等消息吧。"

为了不让沈清文再发飙,陈振涛快速把一家人塞进车里,催司机赶紧开车。

陈羡忍不住回头向车窗外望去。

周柠站在烈日下,衣服裤子早脏得不能看了,与那张透着光又倔强的脸形成鲜明对比。她紧皱眉头,咬着下嘴唇,不自觉地把手指拧成了麻花儿。

陈羡突然好奇，在她满面的愁容里，不知是否有一丝担忧是为了他手上还流着血的伤口。

周柠回到家，把头蒙在被子里大哭了一场。
刘佳急急忙忙跑过来，捧起女儿的脸："怎么了？谁欺负你了？怎么哭成这样？"
"妈妈，草莓秧子被人拔了，它才刚长大一点点。"
"拔了就拔了，妈妈再给你讨几株来好吗？"刘佳赶紧说。
周柠却摇了摇头："不要了，妈妈，草莓太难种了，我以后再也不想吃草莓了。"
说完，她又把头埋到了被子里。
周柠很少哭成这样。她五岁那年父亲去世，奶奶把她们孤儿寡母撵出家门，刘佳只得带着周柠回了娘家。娘仨老的老、弱的弱、小的小，没少被村里那些势利眼欺负。渐渐地，周柠就明白了一个道理，在这村子里，比的就是谁拳头硬、性格狠，不然看你家没人出头，自家的地都能被人强占了去。
小小的周柠发了狠。村里浑小子多，孩子们玩闹难免发生口角，只要有人打她，她必然十倍地打回去，渐渐地，连那些浑小子都不敢轻易得罪她了。村里人都说，这一家三个女人，外婆和妈妈温柔得很，倒是这个闺女是个狠角色。
小周柠没有一般小女孩的软糯，也从没向家里提出过想要玩具、漂亮衣服或好吃的，她知道外婆和妈妈不容易。要不是妈妈带回来这草莓秧子，她本不会再对这娇贵的水果产生什么想法，尝过也就行了。可绿油油的秧子一捧在手里，却莫名给了她一丝希望，好像她也可以拥有这娇嫩又美好的东西。
所以当看到它们被拔走的时候，她才发了狂，因为被毁坏的可不仅仅是几株草莓秧子，更是妈妈对她的爱，以及她内心一丝丝没有说出口的奢望。

陈羡的手腕被缝了十三针，心疼得沈清文捶胸顿足。
等待拆线的那半个月，陈羡难熬极了，左手什么都干不了，伤口处刺挠得厉害，又碰不得抓不得，简直跟周柠带给他的感觉一模一样。
幸亏小孩子对美丑还没什么太大的概念，伤口愈合了以后，陈羡也就不再在意。一年又一年过去，这道疤就成了身体的一部分，时时能看到，但也不会放在心上。
陈振涛在东岙村待了一年就调回了城里，陈羡也再没去过。陈羡曾以为自己与那小山村的缘分也就止于那一次不太幸运的探亲了，可没想到，十年后，他又把自己作了回去，还迎面就碰上了周柠。

两人都不再是孩童的容貌，周柠的目光从他身上掠过，没起一丝波澜。可陈羡一眼就认出了她，因为一见到她，手腕上那道疤就开始隐隐发痒。

2：令人羡慕的"羡"

"羡哥，你真要翘第二天的期末考？"刚结束第一天忙碌的考试，吴鹏远和陈羡并肩走向食堂，听到陈羡的打算，吴鹏远震惊得瞪大了眼睛。

"嗯，那可是JR（赛车手的名字），千载难逢的机会。"陈羡肯定地说。

吴鹏远挠挠头："可这是期末考啊，你不怕被李老头骂？再说，你爸妈能放过你？"

"想不了那么多，考试常常有，JR可就来这么一回，你说哪个重要？"

吴鹏远倒是被问住了。

正常的高中生，谁会觉得去参加一场车手的商业见面会比期末考试还重要啊？也就陈羡能这么毫无顾忌地做出如此大逆不道的选择。

陈羡从小就热爱一切带轱辘的东西，家里各种各样的汽车模型都被擦得一尘不染，放在透明盒子里好好珍藏。初中起，他更是迷上了赛车，只要不上课，F1的比赛几乎场场不落，发动机的引擎一响，他浑身血液也就跟着沸腾了起来。

JR是他最喜欢的车手，此次活动就在邻市，这么好的与偶像面对面的机会，他怎么可能错过？所以他早早就买了票，事到临头才发现跟期末考居然是同一天。

第二天，陈羡的座位上果然空空如也，也不知他用什么方法逃出了学校。

吴鹏远羡慕地望着那个空座位，在心里感慨：难怪都说陈羡的"羡"是令人羡慕的"羡"。外人只看到他长得帅、成绩好、家境殷实，可作为死党，吴鹏远觉得陈羡身上最令人羡慕的，还是那股天不怕地不怕的洒脱劲儿，想干就干，干了再说，内耗几乎为零。

吴鹏远也爱赛车，可他自己知道，别说期末考，他就连逃月考的胆量都没有。

虽然只是商业活动，但是陈羡觉得这一趟真是来值了。只是看到JR穿着那身标志性的红白相间的赛车服，他脑海中就自动回响起赛车场上的马达轰鸣声，更别提跟偶像握手的那一刻。直到晚上回家，陈羡脑子里都是偶像的身影，心里不停地琢磨哪天一定要去F1赛场感受一下真实比赛的风采。

可一进门，家里的温度就让他瞬间打了个寒战——

"臭小子，期末考都敢逃？你是越来越无法无天了！今天去哪儿了？"沈清文怒气冲冲的。

陈羡向后退了一步，不以为意地说："我不是跟李老头说了今天去参加JR的见面会吗？他没跟你说？"

儿子这大大方方的样子倒是把沈清文给噎住了。别人请假吧，好歹也找个身体不舒服或家里有事这种说得过去的借口，可陈羡连谎都不屑撒，直接给老师留了字条说要去见偶像。

"你是要气死我！今天可是期末考试，你就这么堂而皇之地走了，到底有没有把学习当回事？"沈清文恨不得上前把儿子的耳朵拧下来。

"学习和考试是两码事，考试又不是学习，只不过是把会做的题在规定的时间内再答一遍而已，我并不觉得有太大意义。"陈羡振振有词。

"你……"沈清文一时语塞，只得气呼呼地抛下一句，"你爸已经知道这事了，看他回来怎么收拾你！"

陈羡倒是不怕，就算是天王老子来了，他还是这个理由。他觉得自己说得没错，知识嘛，学会了就好，平时大大小小那么多考试，翘一次怎么了？值得这么大惊小怪吗？

他又不是翘了高考。

可陈振涛一回家，那股不怒自威的压迫感还是让陈羡不自觉地收敛了些，至少不敢再斜躺在沙发上。陈振涛这些年发展得越发顺利，事务繁忙，平时不怎么着家，可一旦过问起家事，说的每一个字还是很有分量的。

陈悠偷笑着斜睨哥哥，一副看好戏的表情。

"为什么弃考？"陈振涛开了口，常规的询问流程还是要走的。

"JR好不容易来，千载难逢的机会，你知道我一直热爱赛车，也最喜欢他了。"陈羡答道。

陈振涛看了一眼毫无愧色的儿子："可我也知道，好好学习更是一个学生的本分。"

"考试和学习是两回事，我和我妈也说了，期末考试只不过是把会做的题再做一遍罢了，我并不觉得非参加不可。"

陈振涛看了沈清文一眼，眼神里传达着"都是你宠坏了"的含义。

沈清文没好气地白了眼父子俩。

陈振涛换了个方式开口："那你知不知道，你们班主任的考评和绩效奖金是跟学生的考试成绩挂钩的？"

"这我倒没想过。"陈羡如实回答。

"你本是稳进年级前三的，少考一天，你们李老师至少会因为管教不严被学校批评。"

"这……也不能怪我吧？"陈羡想起李老头平时对自己关怀备至的样子，稍稍感到一丝歉疚，"要不然我给他包个红包？"

陈振涛刚端起水杯，听到这句话忍不住重重放下，情绪明显起了波澜："你们这些从小不知生活疾苦的孩子，没个感恩的心！我说的只是奖金的事吗？"

"那不然呢？"陈羡不解。

"做老师最大的心愿就是看到自己的学生德智体美劳全面发展。你这一弃考，不光成绩没了，还说明你目无尊长、自由散漫，一点纪律规矩都不懂，道德品质有问题！"

"怎么就上升到道德品质了？"陈振涛总爱上纲上线，陈羡很受不了。

沈清文也忍不住帮腔："好啦，教育一下行啦，哪有这么严重了？"

"到现在你还惯着他！"陈振涛忍不住责怪妻子，又接着把炮火对准了儿子，"还有，我问你，你刚说给李老师包红包，你哪儿来的钱？"

"压岁钱那不就……"

"你说得倒是轻巧。"陈振涛打断了儿子的话，"看来平时真是对你太宽松了，导致你没有一点金钱的概念。你现在所有的钱，有一分是你自己赚来的吗？花大人的钱倒是毫不心疼。"

"我……"

"不仅没有金钱的概念，更没有人情的概念！"陈振涛不给陈羡开口辩解的机会，"一口一个李老头的，目无尊长，那是你班主任！再说，你以为给红包他会要吗？他需要的是你真心实意的道歉！"

"我会向他道歉的。"被父亲一说，陈羡觉得道歉倒也是应该的，但其他被扣的帽子，他可不认。

沈清文本就没想把儿子怎么着，见教训得差不多了，忍不住出来打圆场："好啦，知道错了就好，现在都洗洗手吃饭吧。"

陈羡起了身，陈振涛却依然坐着没动。

陈悠暗暗对陈羡做了个鬼脸——她知道这事儿没完。

"你们兄妹俩从小没吃过什么苦，总觉得什么都是理所应当的，自己想怎样就怎样，不知道赚钱不易，也不知道感恩。"陈振涛沉思道。

"说哥哥就好，带上我干吗？"吃瓜吃到自己身上，陈悠不乐意了。

"爸，不就是缺了场考试吗？真有这么严重吗？"陈羡依旧不服。

"缺场考试事小，背后反映出来的问题事大。"陈振涛依然若有所思。

"好啦，儿子也认错了，你还想怎么样？"沈清文问。

"他该换个环境待待，总是养尊处优，永远不知道自己的问题在哪儿。"陈振涛像拿定了主意。

沈清文不解："你这什么意思？"

"这样吧，我联系下当年我去过的东昴村，让他们给你找户人家。不是马上要暑假了吗,你过去住十天,体验体验生活,你就会知道并不是所有事都是理所当然的。"陈振涛说。

"不是吧?"陈羡没想到老爸会来这一出。

"有这个必要吗?"沈清文想起东峁村那破落样子,也不乐意了,简直后悔让老公来帮忙教育儿子。

"就这么定了,我今晚就给那边打电话。明天你去跟李老师道歉,学校的事了了就走。"不管母子俩怎么想,陈振涛拍了板。

村支书福贵接到陈振涛的电话后,立马把它当成了头等大事来办。

当年陈振涛来扶贫,他就觉得这年轻人有前途,后来果然如他所料。这么好的机会,他本想把陈羡接自己家来,但陈振涛明确要求要选家庭条件相对差的,为的就是让孩子体验下生活。

可福贵也不敢真把陈羡往脏乱差的家庭领,万一出了事怎么办?思来想去,他还是觉得周柠家最合适——家庭条件虽不好,但三个女人把屋子收拾得井井有条,一日三餐和卫生也能保证,不至于太委屈了孩子。

刘佳本是想拒绝的,家里来个外人算怎么回事?但一听人家来住十天就给三千块钱补贴,而且只是让孩子在家里同吃同住,还不用特别对待,就忍不住心动了。

周柠听说后,倒是没半分犹豫,立马答应了下来:"妈,还犹豫啥?哪有这么容易挣的钱?"

"可你就得把自己的小房间腾出来了。"

"那有什么关系?我跟你和外婆住一个屋就行了,一会儿我就收拾收拾。"

"那好,我们一起收拾,人家明天就来了。"见女儿同意,刘佳也定下心来。

十天三千块哪!这钱能干多少事啊!

一定要让妈妈去县里好好看看腰伤,还要给外婆换台缝纫机,家里那台坏了修、修了坏,差不多该退出历史舞台了。

周柠兴奋地在脑海里盘算着,毫不犹豫地收拾起自己的屋子来,压根儿没把要来的人和当年被自己弄到满身是血的小男孩联系起来。

第二天,周柠按照福贵的吩咐在村口等待"贵客"。她正百无聊赖地踢着石子儿,突然看到杨凡慌慌张张地向她跑来。

"柠柠姐,柠柠姐,快救我!"杨凡上气不接下气地跑到周柠跟前,像是终于见到了救兵。

"怎么了？"周柠话刚问出口，就看到了跟着追过来的周铭，后面还跟着一堆浑小子。

　　周铭正是她的亲弟弟。爸爸车祸意外去世后，家里没了顶梁柱，丧事刚刚办完，周柠和妈妈就被爷爷奶奶赶出了家门，但宝贝孙子自然是舍不得的，被他们留在了身边生活。母女俩被赶出家门后，奶奶独吞了爸爸的车祸赔偿款，在之后的日子里，无论周柠娘俩多困难，奶奶连一个眼神也没甩过。

　　爸爸出事时，周铭还小，什么都不懂，后来在奶奶的挑拨离间下，对自己的妈妈都很不客气，更别说姐姐了，所以姐弟俩从小就不亲。从小被娇生惯养，周铭也彻底长成了个浑不懔、顽劣成性，村里的鸡见了他都恨不得绕道走。偏偏妈妈总记挂着这个没带在身边的儿子，家里一有点好东西就忍不住偷偷给周铭送过去，弄得周柠更是心理不平衡。所以姐弟俩每次在村里不小心碰面，气氛都是剑拔弩张的。

　　杨凡从小父母就外出务工了，一年到头回不来一次，留他和爷爷奶奶相依为命。爷爷奶奶年纪大，能保证孙子每顿吃饱就不错了，其他事基本不管。再加上他长得瘦小，性格又比较怯懦，自然成了村里那些浑小子欺负的对象。

　　有一次，周柠放学回家，正好看到周铭他们围着小杨凡找事儿，摆明了要欺负他。周柠看不下去，走上前把他护在了身后。周铭虽然浑小子名声在外，但在姐姐面前从没得过什么便宜。他狠，姐姐比他更狠；他拳头硬，姐姐比他拳头更硬。就这样，在那次交锋中，周柠护下了杨凡。

　　杨凡见平时嚣张跋扈的周铭在姐姐面前厌成那样，惊得目瞪口呆，看周柠的眼神简直就像看到了救世主！自那以后，杨凡就赖上了周柠，只要周柠在家，他就跟在后面姐姐长姐姐短的，怎么撵都撵不走。时间久了，周柠也就认下了这个弟弟，大大小小的事都照顾着。

　　"他们抢了我的书包，我求他们还给我，他们不肯。"杨凡哭道。

　　"笨蛋，求他们有什么用，抢回来啊！"周柠皱眉。

　　"我不是抢不过他们嘛……"杨凡抹了一把鼻涕。

　　周铭吊儿郎当地甩着书包，挑衅地走了过来，后面那一堆浑小子也是一副看好戏的样子。路过周柠，周铭瞥了她一眼，居然没有停步。

　　"站住！"周柠喝道。

　　"你想干吗？"周铭皮笑肉不笑的。

　　"把书包还给小凡。"周柠懒得跟他废话。

　　"他打赌输给我的，愿赌服输啊，凭什么要还他？"周铭瞪了杨凡一眼。

　　"他们非得赌我一分钟之内能不能抢回书包……"杨凡哭着说。

　　周柠眉头皱得更深了："你这不是明摆着欺负人吗？"

　　"对，就是欺负他，怎么了？今天这闲事儿你也想管？"周铭一看到杨凡就有股说不出的烦,这种心理跟周柠有没有关系,他自己也说不清楚。

"他是我弟弟,我肯定要管,把书包还来。"周柠面不改色。

"你倒是会认弟弟。"周铭冷哼一声,"要想拿,就自己过来……"

话音还没落,周铭就觉得眼前一黑,一个踉跄摔在了地上。周柠以快制胜,打了他个措手不及,等他回过神来时,书包差点被抢了过去。

"哎,这好端端的怎么打起来了?"福贵出门晚了一步,谁想刚到村口就见到这一幕。

"福贵叔,你快想想办法吧!"杨凡帮不上忙,只能在一旁干着急。

"哎……"

福贵刚想上前,却突然被人拉了一把。

他回头,看到一个俊朗少年,穿着一件简单的白衬衫,一手插在裤兜里,正饶有兴味地盯着眼前这一幕。

"别着急,他根本不是对手。"少年开口。

福贵丈二和尚摸不着头脑,往后一看,这才注意到停在小土坡上的黑色轿车,再看眼前这少年的打扮,说不出的清爽利落,根本不像是这个村子里的人。

福贵猛然醒悟过来:这莫不就是市里来的贵客?

可不一会儿,他又疑惑了——

谁不是谁的对手啊?眼前的贵客到底帮哪边?

福贵还没想明白,这场混战的胜负就已分——周柠找准时机狠狠咬住了周铭的胳膊,周铭吃痛松手,周柠趁机就把书包夺了过来。

"给你,收好了。"周柠站起身,把书包扔给杨凡,拍了拍身上的土。

"周柠,你属狗的吧?"周铭捂着胳膊也站了起来。

"周铭哥,你又败给你姐了,哈哈,每次你遇到你姐都要吃瘪哦。"旁边的浑小子幸灾乐祸道。

"滚蛋啊,咬人能算赢吗?"周铭气得满脸通红。

咬人实属下下策,周柠现在牙齿上还残留着一股周铭的汗臭味儿,让她感觉快吐了。可毕竟男女有别,这些年周铭也长大了,身高几乎和她持平,再不是那个一拳就能打扁的臭小子。周柠就算再厉害,体力上也明显处于下风,再僵持下去,只怕自己也撑不住。

"书包我们抢回来了,带着你的跟班们滚吧!"周柠懒得再看他们,冷冷地说,"以后不许你们再欺负小凡,不然我饶不了你!"

周铭的火气瞬间又被点燃:"嚯,口气倒是挺大,你到底是谁的姐姐?"

"反正不是你的。"周柠头也不回地说。

周铭冷笑了一声:"说得倒也没错。"

.014.

"行啦,你们这群孩子吵什么呢!再打架把你们都拉去关禁闭!我找周柠还有正事呢!别添乱!"村支书福贵训斥道。

"算了,今天就不跟你计较了。"看到周柠如此护着杨凡,周铭心里非常不舒服,一时不想再跟她呛下去,福贵这么说了,正好借坡下驴。

但狠话还是要放的,周铭恶狠狠地盯着杨凡:"下次见面,你和你姐姐最好绕道走,不然我绝对不手软!"说罢扬长而去。

周柠懒得理他,转身打量杨凡:"刚刚你被他们追时,没受伤吧?"

杨凡摇摇头:"没有,还好我跑得快。姐,你没事吧?"

"没事,就是有点恶心。"周柠抬手擦了擦牙齿,恨不得立马回家漱口。

"早知道就不要这书包了。"杨凡沮丧地把书包摔在地上。要不是他非要抢回这书包,周柠也犯不着跟周铭他们起这么大冲突。

周柠弯下腰把书包捡起来,递回杨凡手里:"别说傻话,这书包是去年你爸回来给你买的吧?我看你平时都宝贝得不得了。再说新买一个书包多费钱,干吗白白便宜了那几个浑小子?"

"谢谢柠柠姐。"杨凡感动得又想哭了。

"行啦,都几岁了,还哭鼻子?记住,哭是没有用的!以后那些人来找碴,就十倍地打回去,打到他们不敢惹你为止,明白了吗?"周柠说。

"明白了,柠柠姐,我也要像你一样。"杨凡狠狠擦了把鼻涕,把眼泪憋了回去。

"好啦,周柠,你快过来,客人都到了。"怕周柠再吓到贵客,福贵赶紧把她拉了过来,转头对陈羡说,"您就是陈羡吧?"

陈羡对福贵的语气稍稍有些不适,但也只得点了点头。

"那就对啦!"福贵一拍手,指着周柠说,"她叫周柠,这段时间你就住她家吧。我去看过,已经收拾得干干净净了。"

陈羡眯起眼睛细细打量着眼前的女孩——脸蛋红扑扑的,还微微冒着汗,衣服在地上滚了一圈,已经脏得不能看了。

他一眼就认出了她,打起架来不要命的态势简直跟小时候没两样。原来他还有个弟弟,看上去关系很差的样子,这倒是以前不知道的。

"你好,我叫陈羡,这段时间请多多关照。"陈羡笑着向周柠伸出手。

周柠尴尬极了,没想到刚才那一幕竟被要迎接的客人完完整整地看到了。她郁闷地捋了捋头发,稍稍收拾仪表后才轻轻握了一下陈羡的手:"刚才不好意思啊,平时我们这儿也不会这样,你别担心。"

陈羡在心里轻笑:明明你从小就这样!

不过他不着急说破,倒想看看眼前这个女孩子会不会想起他来。

"带你去家里看看吧?"周柠问道。

"好，我去车里拿下行李。"陈羡点了点头。

周柠松了口气，她还担心因为撞见刚刚那一幕，这人不愿去她家了，那三千块钱可就飞了！

走过一条弯弯曲曲的土路，就到了周柠家。这是一座矮矮的平房，由砖瓦和石头搭建而成，中间有个小院，看上去是个干净的农家。

陈羡打量四周，旁边正是童年记忆里的那条小河，原来河边的那一小块田是她家的，难怪会把草莓种在那儿。

"这就是陈羡吧？欢迎欢迎。"外婆和刘佳迎了上来。

"嗯，阿姨好，外婆好，这几天麻烦你们了。"

陈羡笑着伸出手，刘佳慌忙握了一下。

"一定要好好招待！"福贵又凑上来叮嘱道。

"那是一定的。"刘佳赶忙说道，"只是农村也就这个条件了，少不得受些委屈，搞不懂干吗要让孩子来吃这个苦呢。"

"嗨，你不懂了，这叫体验生活，城里人的想法跟我们普通人不一样。"

陈羡有些受不了这样的气氛，恨不得早点脱身，开口问："我住哪个房间？我先去放下行李吧。"

"住小柠那屋，已经给您腾出来啦。小柠，快带客人去吧。"外婆赶紧吩咐周柠。

周柠点了点头，神情却有些怏怏的。刚才那场景不仅陈羡不自在，周柠心里更是不好受。妈妈和外婆看陈羡的眼神，拘谨中带着点好奇，甚至还有一丝敬意，明明她们才是长辈呀！

她本来把这当作个赚钱的好机会，觉得家里多个人也没什么，但现实却给她浇了一盆冷水——

陈羡的突然闯入把周柠的世界撕开了一道口子，她第一次深切地体会到原来人与人的差距竟是如此之大，而那道鸿沟是那么难以逾越。

为什么有的人生来就高人一等？他们明明什么都没有做。

周柠接过陈羡的行李，勉强一笑："跟我走吧。"

陈羡本想说自己来，周柠手速却极快，没给他反应的时间。

跟在周柠身后，陈羡莫名察觉到她的情绪变了，明明刚才还是欢迎他的，怎么现在连背影都透出一股冷淡来？

3：到底又是哪里得罪了这姑娘？

周柠的房间很简单，不大的单人床旁是一张旧书桌，上面还放了两本没写完的作业。

陈羡走到书桌旁,顺手摸了一把桌面。

他这个无心的动作落在周柠眼里,更惹得她一阵不爽:他这是在怀疑桌子脏?

周柠迅速把陈羡也划归到了狗眼看人低那一类。

"不好意思,衣柜都收拾干净了,桌上这两本书刚刚忘了拿。"周柠过去拿起书本。

陈羡瞥了一眼封面:"你也高二?"

"嗯。"

"哦,那我俩同届啊。"陈羡笑着说,"这村子里有高中吗?"

"村子里怎么会有高中?"周柠觉得有点好笑,这人不仅狗眼看人低,还不食人间烟火,现在各个农村的小学都被合并到镇里了,更何况高中呢?

"那你在哪儿上学?"陈羡看上去是真不知道。

"我在县一中,平时住校,放暑假才回来的。"周柠答道。

"哦,县一中啊,我知道,也是重点,每年期末全市八校联考,你们学校的成绩都还不错呢。"

"哦?你也参加八校联考?你是哪个高中的?"

"市一中。"

周柠在心里一叹:果然,这家伙连上的高中都是最好的。

陈羡对周柠也有些刮目相看,她居然在县一中,这么说来成绩也不错,在这小破村的环境下还挺不容易的。

"这次期末你排名多少呢?"八校联考是N市高中的传统,高二以后,每个期末全市八所重点中学统一出卷、统一考试,结束后还要全市大排名。周柠心里打起了小九九,虽然两人的生活环境天差地别,但至少做过同一份卷子,真的很想知道是他的成绩好,还是自己的更好。

"我啊……"陈羡苦笑着摸了下鼻子,"吊车尾,大概能在八个学校里垫底吧。"

"你学习不好呀?"一丝喜悦顿时飞上了眉梢,能比过眼前这草包公子,周柠莫名开心。自己这次冲进了年级前三十名,在全市排第一百五十名,已经是历史最好成绩了。

"嗯,你就当我成绩不好吧。"陈羡又笑了下,没有再多解释。

"行,你休息会儿吧,我先出去了。"周柠乐得他成绩不好,懒得再追问。

看着她扭头就走的背影,陈羡再一次证实了自己内心的想法——他一定在自己不知道的时候得罪了这个姑娘。陈振涛想给他点儿苦头吃,还真是挑对了人家。

周柠走后,陈羡开始仔细打量这个小房间。淡蓝色的布艺窗帘拢着老式的木框玻璃窗，墙面、桌面都透着一股旧旧的气息，但莫名让人觉得很好闻。陈羡突然意识到这是一个女孩子的房间，就算衣柜都被清空，被褥、床单都换了，也带不走房间主人这么些年住在这里的味道……

这个想法让他打了个哆嗦，他赶紧抓了把头发，试图赶走脑海里乱七八糟的念头。

周柠跑到厨房，果不其然，外婆和妈妈已经忙碌开了。

"糖醋排骨、红烧带鱼……居然还买了螃蟹？妈！你这是干吗？按这个标准，十天下来三千块都剩不了什么了！"周柠不乐意了。

刘佳抹了把额头上的汗："人家来的第一顿饭，总不能太怠慢吧？"

"不是说了不用特别对待吗？我们吃什么他吃什么，我们干什么他干什么，如果天天吃这些，他还来这儿干吗？"周柠噘嘴道。

"人家是贵客，第一顿饭招待下也是应该的。你这孩子，一点都不懂人情世故。"外婆也在一旁帮腔。

"好啦，好啦，买都买来了，一会儿你也多吃点儿，你不是最爱吃螃蟹了吗？"刘佳安慰道。

周柠盯着锅里逐渐变红的螃蟹，咽了口口水。她是爱吃，可一般一年才能吃上一次。现在买都买了，只能当是偶尔改善下伙食。周柠蹲下来往灶膛里添了把柴火，心想今后买菜这事她可得盯着点。

刘佳她们正忙活的时候，却不知道此时的陈羡一点胃口都没有。

陈振涛明令禁止他带一切电子设备下乡，他昨晚恋恋不舍地打了一个通宵游戏，以弥补这十天碰不上电脑的遗憾。他上午刚睡下去没多久，又被沈清文叫醒谈了半天心，叮嘱了半天注意事项。沈清文怕他到乡下吃不好，中午做了一大桌子菜，一边抱怨陈振涛想一出是一出，一边目光殷切地不断给儿子夹菜，大有不吃完这一桌不罢休的架势。到东岙村的路又长又颠，一通搞下来，陈羡越发头昏脑涨，中午被老妈逼迫塞下去的这些菜，恐怕够他消化两天的。

周柠走后没多久，他就开始眼皮打架，索性倒在床上，很快就睡着了。

"都五点半了，他怎么还不出来？"刘佳问。

周柠皱了皱眉："谁知道呢。"

"你进去看看吧，虽然是夏天，这菜凉了也不好吃。"外婆说道。

周柠不乐意地走向自己的房间，又给陈羡贴了个没礼貌的标签——第一次来人家家里，好歹要出来寒暄下吧？居然窝在房里不出来。

周柠轻轻敲了下门，里面没反应，她又重重地敲了几下，依然没回音。

不能是死了吧？周柠顾不得那么多，一把推开门。

喔，人家睡得正香呢！

被推醒的时候，陈羡还在昨晚的游戏梦里翻腾，一睁眼看到周柠近在咫尺的脑袋和皱着的眉头，不由得吓了一跳。反应了好半天，他才想起自己不是在自己家了。

"起床吃饭。"周柠语气冷淡。

"啊？"陈羡微微起身，往身上搂了搂被子，"我不饿，你们吃吧，我今晚不吃饭了。"

"你什么意思？"周柠瞬间火冒三丈。

陈羡被周柠的反应搞得丈二的和尚摸不着头脑："怎么了？"

周柠却是满腹委屈又不好直说，这顿晚饭花了大价钱不说，妈妈和外婆还从里到外忙忙碌碌了一下午，可这位大少爷倒好，一句"不吃了"说得如此轻飘飘。

"有什么问题吗？"陈羡坐起来，依旧搞不懂周柠为什么瞬间变了脸色。

"你不觉得你很没有礼貌吗？"周柠挑眉道。

"没礼貌？我没有不尊重的意思，只是现在实在不饿，而且很困。"陈羡解释。

"没胃口应该提前说，而不是等饭都做好了才说。"周柠依然不依不饶。

陈羡挠了挠头，想不明白这算什么严重的问题，他不吃，她们三个吃就好了，饭也不能算是白做吧？

"好，那你先出去吧，我换身衣服马上出来。"陈羡想了想，说道。

在陈羡到目前为止的人生里，他除了偶尔不得不向父母低个头，其他事全看自己心情，不想做就不做，不想学就不学，不想玩就不玩，从没看别人脸色的时候。但这次他向周柠服了个软，短短几个小时内，他显然已经把人家惹毛了好几次。为了接下来的日子里能够平安相处，陈羡决定不拂周柠的面子。

夏天闷热，穿着午睡的那件白衬衫已经湿透了，陈羡换了一件黑色T恤出来。

一家人已经在饭桌前等着了，见陈羡走过来，周柠连眼皮都没抬。

"小羡，来坐这儿吧。"刘佳赶紧打圆场。

"农家菜比不得你们城里，将就吃些哈。"外婆也说。

"不不，已经很丰盛了，谢谢款待。"

话虽这么说，但陈羡一提起筷子，胃部就一阵抽动。太奇怪了，他从没有过这么脆弱的时候，简直怀疑他妈妈在中午的饭菜里给他下毒了，还是延迟几小时发作的那种。

"尝尝糖醋排骨，柠柠最喜欢吃，不知道合不合你的胃口。"外婆极力推荐着，但又不敢贸然给陈羡夹菜。

陈羡勉强笑了笑，夹起一块排骨轻轻咬了一口。

"你也是高中生吧？在市里哪个高中呀？"刘佳努力想找点话题。

"嗯，我和周柠一样，下半年高三了，在市一中。"陈羡答道。

刘佳露出一副夸张的表情："哇，那可是最好的中学了，你成绩一定很好吧？"

"哼。"周柠听到这话，没忍住哼出了声。好什么呀，他倒数好吗！

陈羡瞟了她一眼，猜到她心里在想什么，这姑娘还真是什么都写在脸上。

在别人家做客，剩饭是极不礼貌的，这点陈羡也知道，所以怎么着也要把盛给他的那碗米饭吃完。

咽下最后一口后，陈羡感觉胃部越发不适，连忙起身告辞："我吃完了，先回房间了，你们慢慢吃。"

刘佳一看，这满桌特意准备的鱼肉海鲜人家都没怎么碰，反倒是就着咸菜吃了一碗米饭。她尴尬地问："是不是饭菜不合胃口？"

"没有没有，很好吃，我就是吃饱了。"

"再剥一个螃蟹吧，还没吃螃蟹呢。"外婆拿起一只螃蟹，试图递给陈羡。

"真的不用了，外婆，我饱了，你们慢慢吃，我就先回屋了。"陈羡赶忙摆摆手，再待下去真要吐了。

"等等。"陈羡刚转身，周柠冷冷的声音就传了过来。

陈羡回过头："怎么了？"

"你是来体验生活的对吧？"

"对。"

"你爸的要求是我们吃什么，你就吃什么，我们干什么，你就干什么，没错吧？"

"没错。"

"好，你走吧。"

陈羡被周柠搞得一头雾水，让他起床他也起了，让他吃饭他也吃了，还全吃完了，到底又哪里得罪了这姑娘？

不舒服的感觉越来越强烈，他不想再计较，转身回了屋。

陈羡走后，剩下的三人对着一桌菜大眼瞪小眼。

"明天可别再这么浪费了，就当添双筷子，我们吃啥他吃啥。"周柠扒拉了一口米饭。

刘佳叹了口气："那今天这桌菜怎么办呢？留到明天再热一热给人家吃也不太好吧？他们城里人讲究，可能更不爱吃剩菜。"

"我吃！我全部吃光！今天可比过年吃得都好，凭什么要留给他？"

说着，周柠恶狠狠剥开一只蟹。不知道那小子在城里都吃些什么，这么好的菜都入不了他的眼吗？

陈羡回到屋里，只觉得一阵天旋地转，不仅胃难受，头也开始晕了。

这才第一天……

陈羡躺回床上，听着窗外的阵阵蝉鸣，可真热，周柠家居然没有空调，晚上该怎么睡？他怀念起自己房间夏天总维持在24℃左右的凉爽，不一会儿，意识又模糊了。

"这孩子，又把自己闷屋里快一个小时了。晚上看他也没太吃东西，要不要喊他出来吃块西瓜？"刘佳问道。

"叫他干吗？说不定人家瞧不上乡下的西瓜。"周柠不耐烦地说。

刘佳敲了下周柠的脑袋："你这孩子，当初接下这活儿也是你答应的，现在怎么不管不顾了？"

"谁知道他那么麻烦。"周柠噘起嘴，"妈，不知道为什么，我看到他就有点烦。"

"如果你实在不愿意，那明天我去跟福贵书记说说，找理由推了这活儿。"刘佳不愿勉强孩子。

周柠听了这话倒是犹豫了，脑海中陈羡的身影消失了，三千块白花花的银子冒了出来。

"算了，再看看，我去叫他吃西瓜。"周柠撇着嘴，不乐意地起了身。

"好，你照看着点，外婆要把种子给你王姨家送去，我陪她去一趟啊。"刘佳临走前又不放心地叮嘱了一句，"你耐心点儿，别老摆着一副臭脸。"

"知道了，知道了，不会虐待他的。"周柠摆了摆手。

周柠敲了下门依然没人应，这家伙居然又睡着了？周柠自作主张推开门，蹑手蹑脚地走到床边，蹲下身无奈地看着眼前这张睡脸。皮肤白净，鼻子高挺而秀气，垂在眼前的几缕刘海被汗水打湿，长长的睫毛不时微微抖动，似乎睡得很不安稳。

周柠想起身离开，却又忍不住蹲下来细细看了一会儿陈羡的睡颜。这家伙睡着的时候，似乎也没那么惹人讨厌。

欸？好像不对劲，这家伙也出太多汗了吧？脸颊好红，唇色又那么白，紧闭的双唇透出一股不舒服的感觉。

周柠皱了皱眉，轻轻地抬起手贴在陈羡的额头上。

好烫！居然发烧了？

周柠恍然大悟，想起刚才他勉强吃饭的样子，一会儿觉得有些内疚，一会儿又在心里嘲笑起他来：谁大夏天的发烧啊，也太弱了吧！

"喂。"周柠推醒人的动作并不温柔。

陈羡迷迷糊糊地睁开眼睛，见又是周柠，无力地问道："又有什么事吗？"

"你发烧了，是不是中暑了？"

"发烧？"陈羡回了神，惊讶地摸了摸自己的额头。他从小体质就好，自记事以来就没怎么生过病，刚才只觉得浑身燥热恶心，但压根儿没往发烧那方面想。

"生病了自己不知道？"周柠嫌弃地看了他一眼。

陈羡无奈地坐起身子："对病人难道不该温柔一点？"

也许是起身的动作幅度大了点儿，一阵恶心感从胃部反了上来，陈羡赶忙翻身下床，跌跌撞撞地往厕所跑去。

"喂，你干吗？"周柠来不及多想，跟着他跑进了厕所。

陈羡冲到水龙头前开始狂吐，等实在没什么可吐的了，胃里的恶心劲儿才算过去。他拧开水龙头把污秽都冲洗干净，又开始洗脸。

"吐完了吗？舒服点没？"

"好多了。"陈羡抹了把脸，关了水龙头，"不过还有点晕。"

周柠踮起脚，又摸了一把陈羡的额头："你大概是中暑了。"

"嗯，是太热了，你家没空调吗？"陈羡问。

周柠翻了个白眼："没有，全村装空调的也没几家。"

陈羡叹了口气，心想：这十天可怎么熬？

"走吧，回屋，我有办法治。"周柠转身，示意陈羡跟上。

陈羡走了几步，依然觉得头重脚轻，刚回屋就找了把椅子坐下。

"你能有什么办法？"陈羡一脸不信地看着周柠，"是不是还是吃点药靠谱？"

"这种小毛病吃什么药？"周柠不屑地说，"我去拿点工具，你先把衣服脱了。"

周柠麻利地扭头就走，留下陈羡一脸震惊地傻在原地。

不是烧傻了出现幻听了吧？就算对周柠的喜怒无常、特立独行已经有了一定的心理准备，但这姑娘的一言一行总能在他的意料之外。脱衣服是什么鬼？她知道男女有别吧？

不一会儿，周柠拿着一个小勺、一小瓶油和一条毛巾回了屋，见陈羡还傻坐着不动，又皱起了眉头："衣服怎么还没脱？不是烧傻了吧？"

"不是……"陈羡有些结巴起来，"脱衣服……干什么？你干吗拿把汤勺啊？"

"给你刮痧啊。"周柠不假思索地说，"你不脱衣服，我怎么给你刮？"

"刮痧？"陈羡此前的人生里并没有接触过此类治疗方法，犹豫着说，"要不还是去村里卫生所买瓶藿香正气水得了，我看别人中暑都吃那个。"

"现在都几点了，卫生所哪里还有人？再说了，刮痧比喝那玩意儿效果好多了。"周柠举着勺子走到陈羡跟前，"你到底想不想好？"

看着周柠居高临下、坦坦荡荡的气势，陈羡不禁觉得如果再说些什么，倒显得自己扭扭捏捏、心怀不轨了，再加上身体确实难受，也顾不上那么多，一咬牙，一把脱下黑色T恤："要怎么治？"

"你坐好就行，稍微弯着点腰，别怕疼啊。"

周柠那一勺下去，陈羡几乎要破口大骂。

"你确定你是在刮痧，不是谋财害命吗？"陈羡赶紧往前伏了一下，躲过第二勺。

周柠一拍脑袋："哎呀，不好意思，忘了先涂油了。你坐好，涂了油就没那么疼了。"

陈羡觉得周柠简直是上天派来整他的，每次遇到她，自己都会险遭不测。

"忍着点啊，没那么疼，但还是有点疼的。"周柠往陈羡背上倒了点油，"我给小凡刮痧他都坚持住了，你应该比他强点儿吧？"

周柠的手是真重，每一下都像要抠掉陈羡一层皮似的。但她后面那句话直接把陈羡的退路给堵死了，总不能输给一个还在抹鼻涕的小孩吧？他没工夫去计较周柠的手法对不对，熬过刚开始那一阵，竟然觉得疼痛感稍微减轻了一些，也不知道是自己麻木了，还是周柠手下留情了。

"好了，大功告成！"周柠把勺子放到一边，"你先别动啊，我给你擦擦，别搞得到处都是油。"

陈羡觉得整个背火辣辣的，不知道有没有掉层皮。

擦干净油后，周柠又拿了一面小镜子过来，示意陈羡扭头："你看看，出了好多痧。现在是不是感觉舒服多了？"语气里很有炫耀的意味。

陈羡一瞅镜子，吓了一跳，他整片背都变成了黑红色，像有密密麻麻的小黑虫在背上啃咬。但说来也奇怪，被这一通"虐待"下来，浑身的不舒服劲儿居然消失了，连脑袋都清醒了不少。

"好像还真舒服多了。"陈羡不得不承认。

"我就说管用吧。"周柠得意地说，"老中医的办法很有效的。"

陈羡扭动了下脖子，站起身，浑身说不出地畅快，真难以想象自己刚才还一副病恹恹的样子。

"还真是管用，谢谢了，我去洗个澡。"恢复过来后，陈羡更觉得一身油和汗难以忍受。

"哎，等等。"周柠拦住了他，又换上一脸嫌弃的表情，"刮痧后不能洗澡，也不能吹风，你怎么连这点常识都没有？"

"……那我就这样待着？"

"对。"

"洗了会怎样？"

"那就白忙活了，而且可能会比刚才病得更重。"周柠耐心解释，"我外婆说是因为刮完痧毛孔都打开着呢，再进水了不好。"

两人正僵持之际，刘佳回来了，刚到卧室门口就吓了一跳。

陈羡赤裸着上身，皱眉看着自己的女儿；周柠也不避讳，拿着一条毛巾，直愣愣地看着他。

"你们……干吗呢？"刘佳目瞪口呆，心想自己还是太大意，忘了女儿都是青春期的大姑娘了，居然把他俩独自留在家里。

陈羡意识到不对，赶紧从床上捡起那件黑色T恤套上。

"没干吗呢，我刚给他刮痧来着，他中暑了。"周柠倒是没多想。

刘佳松了一口气："那也要等妈妈回来呀。"

"干吗？不相信我的技术？我都给小凡刮过好多次了。不信你问问他，我刚刮完，他就舒服多了，还想着洗澡呢。"

看着周柠努力证明自己的样子，陈羡忍不住笑出了声，接过话茬："是的，阿姨，幸亏周柠，不然我还真不知道自己中暑了。"

刘佳看了两个孩子一眼，觉得自己刚才可能是想多了，又叮嘱陈羡："今晚好好休息吧，大热天的，也委屈你了。"

周柠翻了个白眼，怎么好端端的又委屈上了？

"知道了，阿姨，我这就睡了。"陈羡放弃了想要洗澡的念头，认命地决定将就一晚。

"不许洗澡啊，不然我花这么大力气就白费了。"离开时，周柠还不忘转头叮嘱一句。

陈羡嘴角浮起一丝苦笑，腹诽：你也知道你力气大？

娘俩回了自己屋。

刘佳接过周柠手中的勺子和毛巾，皱着眉头又打量了女儿一圈。

"干吗？"周柠不解地问。

刘佳不好意思明说，只是嘟囔了一句："你不该帮人家刮痧。"

周柠更加不解："怎么了？不是你让我照看着他点儿？还是不相信我的技术？"

"哎，你是女孩子，应该避讳！"刘佳干脆点明了，"就你俩在家，他还脱了……上衣的，多不合适！他毕竟是个男孩子，懂吗？"

周柠这才明白妈妈欲言又止的是为了啥，她也十七岁了，对于这些男女之事不是不懂，只是没上过心。小时候吃了这顿担心没下顿，读书时又总担心下学期的学费凑不出来，还要时刻替软弱的妈妈和外婆抵挡村里那些不善的眼光。说真的，周柠没有一般青春期少女的那些美丽幻想，因为生活本身就已经够难的了。

"放心吧，妈，我没把他当男孩子。"周柠摆了摆手。

"那你把他当什么？"刘佳诧异道。

"十天，三千块钱。"周柠伸出三根手指，比了个"3"的手势。

4："摧眉折腰事花生"

那天晚上，陈羡睡了一个很沉的觉。第二天，他一睁眼，神色清明，浑身舒坦，病大概是全好了。不得不承认，周柠的土法子确实很有效。

陈羡拿了换洗衣服，快步走向卫生间。就算天塌下来他都必须要洗澡了，不然实在受不了这一身味儿。洗完澡，他又拿起肥皂把自己换下来的衣服搓了搓。虽然在家里从不用操心这些杂事，但现在总不能把一堆脏衣服扔给三个陌生的女人吧？他虽不精通家务，但自幼良好的家教还是让他非常懂得分寸。

周柠正在吃早餐，泡饭、咸菜配个鸡蛋，见陈羡神清气爽地走了过来，说："看来是恢复了。"

"全好了，昨天真谢谢你。"陈羡真心感谢道。

"饿不饿？想吃早餐吗？"周柠又问。

陈羡摸了摸肚子，那是真饿了，昨晚吐了那么一遭，早上起来胃里空空如也，饿得能吃下一头牛。

"早餐有什么？"陈羡问。

"就你看到的这些。"周柠指了指自己桌前，"你等着，我去给你拿。"

不一会儿，泡饭、咸菜、鸡蛋的同款就端到了陈羡面前。

"你们早餐就吃这个？"陈羡有些诧异。

周柠抬起头看他："不然呢？"

"我以为至少有个牛奶什么的。"

"贵，从来不喝。"

"哦……"陈羡无所谓地点点头，坐下拿起筷子埋头吃了起来。

陈羡吃完一碗泡饭，又添了一碗，看得出是真饿了。

周柠默默松了一口气，泡饭配咸菜，几乎是东岙村每家每户早餐的标配。

鸡蛋是刘佳怕女儿营养跟不上硬给加的，她们自己是不吃的。今早起床，外婆和妈妈正在为早餐准备什么而发愁，周柠再次强势地重申不要因为陈羡而打乱自己家的生活节奏，外婆和妈妈这才作罢。但说实话，对于陈羡会有什么反应，周柠心里没谱。不过看他刚刚那个狼吞虎咽的样儿，周柠稍稍放下心来，也许他昨晚的挑剔真是因为身体不舒服，本人其实并没有那么难搞定。

"阿姨和外婆去哪儿了？"陈羡疑惑地打量了下周围，起床到现在，还没见到两位长辈的身影。

"邻村的文具厂里有些散活儿，她们去那儿帮忙了。"

"这么热心？"

周柠奇怪地看了他一眼："又不是免费的，有工资拿，不然干吗要去？"

"哦。"陈羡恍然大悟，"那我们今天干吗？"

"我们啊……"周柠神秘一笑，卖了个关子，"带你体验生活，顺便也赚点钱！"

陈羡就这样被拉到了一片花生田。虽然才上午九点，天却已经很热了，周柠塞给陈羡一顶蓑笠帽。这顶帽子也不知道多少人戴过，陈羡嫌弃地拎在手里，并没有急着戴上。

"这就是我们今天要干的，拔花生。"周柠指着眼前这片田，"这片都是我们的了。"

陈羡蹲下身，他还真没见过花生苗，原来长这样。

"一天能赚多少？"

"五十。"

"……这劳动力也太廉价了。"陈羡有些不满。

"要拔完这片才能给呢，不然你还赚不到这钱。"周柠说。

陈羡扒拉了一把眼前的花生苗，觉得轻松得很："这也不难嘛，半天不就干完了？"

周柠没有反驳他，默默套上手套就开始干活儿。难不难的，等他自己发现吧。

陈羡又拔了两下，第一下居然没拔动，再一使劲，苗断了，花生还留在土里……好像还真没他想的那么容易。

像是早预料到会这样，周柠走过来，拿起一把小锄头开始锄地："土松的时候也没那么难拔，但今年天气反常，半个月都没下雨，土太硬了，用锄头吧。"

"……不能等下了场雨再拔吗？"

周柠白了他一眼："那花生早老啦，还卖给谁去？"

陈羡只能学着周柠的样子，拿起锄头，一下下地松着土。

"手不是这样拿，翻过来，不然还不砸了脚？"

"小点力气，别把花生都锄坏了，那人家可不收了。"

"拔出来的花生你倒是往旁边放啊，堆在这里算怎么回事儿？"

....

周柠在身后喋喋不休，语气更是和循循善诱毫无关系，陈羡从来没有过这种体验，居然每一步都是错？他弯着腰，心里有些窝火，在兴高采烈翘掉考试去见JR的时候，万万没想到居然要为此付出面朝黄土背朝天的代价。

幸好陈羡不笨，学得倒也快。周柠见他已经掌握了动作要领，抛给他一瓶水，让他渴了自己喝，就转身到另一条道上忙碌起来，不再管他。

炎炎夏日，陈羡低头锄地，不一会儿，汗水就浸湿了衣服。他印象中的草坪都是柔软的，从没想过土壤能硬到这种程度。好不容易松了土，陈羡小心翼翼地把花生拔出来放到一边，抬头一看，周柠已经在另一条道上领先了两三米。

周柠弯着腰，动作极麻利，拔出来的花生码在一边整整齐齐。陈羡看了一会儿，回身把周柠给他的蓑笠帽戴上，弯下身继续干活。他的动作越来越熟练，在两人的努力下，居然一上午就把这片地的花生给拔干净了。

"怎么样，我就说一上午能干完吧？"陈羡放下锄头，气喘吁吁地问周柠。

周柠将蓑笠帽摘下，拿在手里扇风，眉毛一挑："你以为这就干完了？"

"不然呢？"陈羡对自己的劳动成果很满意。

周柠仔细一瞅他，别说是衣服了，连脸上都沾了不少泥，和那副得意扬扬的样子相映成趣。周柠也对自己的改造效果很满意，现在看陈羡，哪还有半点公子哥的样子，不由得"扑哧"一笑，反问："就让它们烂地里吗？"

陈羡看着周柠的笑容，竟一时忘了回答。他见过她哭，见过她生气，见过她假惺惺的客气和凶巴巴的挑衅，但这确实是第一次见她露出发自内心的笑容，红扑扑的透着汗水的脸蛋在这田地间显得如此生机勃勃、娇俏动人，尽管这笑容好像又是在嘲笑自己连这都不懂。

"柠柠姐，午饭来啦！"

没等陈羡回过神来，杨凡就拎着两个兜子飞快地从田埂那头飞奔过来。

周柠回身一看，笑着向杨凡招招手。

"给，也有你一份。"周柠接过杨凡准备的饭盒，递了一份给陈羡。

是一个似乎只会出现在年代剧里的老式铁饭盒。

陈羡接过来打开一看，两根玉米，一个红薯，再无其他。

"水还有吧？就着吃吧，吃饱了再告诉你接下来该干什么。"周柠拿出一根玉米啃了起来。

陈羡算是发现了，跟村里其他人对待他小心翼翼的态度不同，周柠铁了心地要拿他不当回事，想变着法儿地虐待他。

"姐，红薯甜吗？我特意挑了几个长得最好的。"杨凡邀功道。

"甜，你烤得越来越好了。"周柠笑着摸了摸杨凡的头。

"晒了好几天呢，我爷爷说，水分晒掉一些，糖分才更高，烤的时候才会流油。"见得到了肯定，杨凡又转头对陈羡说，"哥哥你也尝尝吧，柠柠姐说你是客人，特意让我挑了最好的给你。"

杨凡的眼神清澈无比，陈羡脸一热，不由得为自己刚才的想法脸红。也许周柠并不是故意虐待他，她早就跟自己挑明了——"我们干什么，你就干什么，我们吃什么，你就吃什么。"

也许她平时真就只吃这些。

陈羡剥开红薯皮，果然看到金黄软糯还冒着油的瓤，轻轻咬一口，一股甜蜜的感觉在舌尖蔓延开来。居然这么好吃？陈羡搞不懂自己到底是饿疯了，还是这红薯真是人间美味。

他不一会儿就吃完了，都是五谷杂粮，就着水吃下去倒也顶饱。不过他倒是希望能再来一个甜甜的红薯，吃一个还真有些意犹未尽。

不过，周柠没给他什么回味的时间，一边忙活，一边给陈羡讲解起来。

"下午我们要把这些花生都扎成一把把的，挑到那边的车上，然后再在地里检查一遍，把漏下的花生都捡起来。运回家里后，我们再把花生都摘出来给人送过去，那样才算完活儿了，明白吗？"

"明白。"陈羡比了个手势，反正他也知道自己这一天就是跟花生干上了。

杨凡也想来帮忙，周柠推开他："你就去树荫下歇着吧，免得中暑了，一会儿回家后帮忙摘花生就好。"

杨凡听话地走开，陈羡心里却一阵无语：原来她还会担心别人中暑啊？连着干这大半天了，也不说休息会儿，简直比周扒皮还狠！

巧了，她还真姓周呢！

又忙活了两个多小时，总算把地里的活儿都干完了。陈羡站起身子，擦了把汗。他长这么大，还从没向谁弯过腰，没想到今天居然"摧眉折腰事花生"。可周柠没有要放过他的意思，一回到家，她就指挥他把花生都搬下来，还一边给他讲解摘花生的要领。

"嘶。"快搬完的时候，陈羡突然感觉手一疼。

"怎么了？"周柠赶紧跑过来，拉过陈羡的手一看，原来是被粗糙的花生藤拉了一道口子。

"呀，都流血了。"杨凡叫道，"疼不疼？"

周柠也皱起眉："这么不小心，那一会儿怎么摘花生？"

陈羡再次确认，眼前这个姑娘真的没有心。

"算了，先洗洗吧，一会儿我给你上点草药。"

说着，周柠拉着陈羡到水龙头下冲水。

"哎，你手腕这儿有道疤呢？"周柠抬起陈羡的手检查泥土冲干净了没，这道平时并不显眼的疤倒映入了眼帘，"跟你这细皮嫩肉还挺不搭。"

小院葡萄藤下，一无所知的周柠抓着陈羡的手腕，仔细端详这道疤痕，又轻轻拿它取笑。

陈羡看着周柠，眼神闪了闪："是挺不搭的。"

因为"光荣负伤"，陈羡"有幸"避开了下午的摘花生活动。他搬了一把小板凳坐在一旁，看着周柠和杨凡一边忙，一边有一搭没一搭地聊天。

"柠柠姐，放暑假真好，你每天都在家，平时都见不到你。下学期你就高三了，是不是回来得更少了？"杨凡问。

"嗯，下学期要好好冲刺了，得考个好大学呀。"周柠很自然地答道，"你也快中考了，用功点啊。"

"嘿嘿，我不是读书的那块料，我还是想早点去打工，早点赚钱。"杨凡说。

"你以为赚钱那么容易？你这小身板儿，到外面更容易受欺负。"周柠皱眉。

"也不能人人都像周铭那样吧？"

"他是不是还老来找你事儿？"周柠想起昨天杨凡被抢的书包，心里一阵不爽。

"他就那样，我不跟他计较，躲着他点就完了。"杨凡说，"姐，你说是不是因为你对我好，他才更看我不顺眼的？觉得我抢了他的姐姐。"

周柠嘴角挂起了一丝嘲讽："别，我可没那种弟弟，他也不会当我是姐姐的。"

陈羡看着周柠明明白白写在脸上的厌恶之情，心里很是不解。对于周柠家里的事，他虽然知之甚少，但想不明白为什么她能对自己的亲弟弟讨厌成这样。他也是有妹妹的人，平时虽然也总打打闹闹，但毕竟是亲兄妹，别人如果欺负他妹妹，他可是不答应的。

聊着聊着，外婆和刘佳回来了。

"今天摘了这么多花生呢？"刘佳和外婆抬着一个大箱子，不知道里面装了什么。

"嗯，马上好了，一会儿给王伯送去。"说着，周柠把最后一点摘出来的花生扔到篓里,又回屋拿了一个盆,倒出来一些花生,"这点我们留着自己吃吧,一会儿就煮了。"

"好啊,妈妈还买了些排骨,一会儿炖个排骨汤。"刘佳转头问陈羡,"小羡今天好点儿了吗?休息得怎么样?"

"他没休息,他跟我一起拔花生去了。"周柠替他抢答道。

外婆大惊失色:"那怎么行?昨天还发烧呢!"

"没事,外婆,我今天确实已经完全康复了,再说拔花生还挺好玩儿的。"陈羡一边客气地回应着,一边瞟了周柠一眼。是吧!是个正常人都不会这样对待刚病愈的人啊!

周柠并没有回应陈羡瞟过来的眼神,小辫儿一甩,又发话了:"还能推车吧?跟我一起送一趟。"

陈羡拉着车头,杨凡扶着车身,周柠在车尾跟着,不一会儿就到了王伯家。

"王伯,那片地里的花生都在这儿了,我和他,一人五十块钱。"周柠笑眯眯地说。

"好咧,少不了你的。"王伯眯起眼睛,笑着打量这一车的花生,很是满意,"带点儿回去吃吧。"

"嘿嘿,我早料到您要给我,已经提前留了一盆啦。"周柠俏皮一笑,随即又补充道,"麻烦都给我十元的吧。"

陈羡看了她一眼,不知道她葫芦里又卖的什么药。

出了门,周柠拿起这一沓薄薄的钞票,一张张数了起来,仿佛一个财迷。

陈羡在心里笑叹:她对着钱的脸色可比对着人好多了。

"给,你的三十块钱。"周柠数出三张递给陈羡。

陈羡接过,疑惑地问:"不是一天五十吗?"

"下午你缺席了呀,你的工作是由小凡完成的,所以这二十块钱该给小凡。"说着,周柠递了两张纸币给杨凡。

杨凡赶忙推辞:"别别,我不能收。"

"拿着吧。"周柠一把塞到他手里,又抽了两张十块的给他,"这两张是姐姐给你的零花钱。"

"拿着吧。"陈羡也说,"拔花生辛苦,摘花生也累,你应得的。"

杨凡见推辞不下,有些颤抖地收下这四十元,感动地说:"谢谢哥哥姐姐,我给你们买冰棍吃吧。"

"不着急,有的是时间。"周柠笑着摸摸他的头。

周柠和杨凡并肩向家里走去,陈羡跟在后面,若有所思地看着周柠。说她冷血吧,她却对一个没有血缘关系的邻家弟弟这么好;说她爱财吧,可给零花钱时又一点儿不犹豫。陈羡看着周柠瘦瘦弱弱的背影，觉得她跟自己认识的其他同龄女孩都不同，简直像个谜。

　　一到家，陈羡就闻到了香味，外婆和周柠妈妈已经把花生洗好煮上了。花生居然这么香？很难形容这种香气，明明是花生的味道，但又比印象里多了一股清香。陈羡觉得自己真是着魔了，他堂堂一个吃喝玩乐样样精通的主儿，中午被烤红薯迷住，现在居然又被花生勾了魂儿？说出去都没人信。

　　可当外婆把花生端上来，陈羡剥开一颗送入口中时，才知道那香味并不是骗人的。花生居然这么软糯香甜，陈羡真怀疑以前吃的都是假冒伪劣产品。

　　"好吃吧？"杨凡一边剥花生，一边问。

　　"好吃，以前还真没吃过这样的。"陈羡如实说。

　　"那是因为新鲜，刚从地里摘下来洗干净就上了锅。"周柠微微一笑，"再加上这里面有你的劳动成果，所以特别甜。"

　　"对，里面还有我的血呢。"陈羡抬起手向周柠展示那道被花生藤划伤的口子。

　　周柠冷不丁被呛了一下："这就有点恶心了啊。"

　　陈羡笑嘻嘻地收回手，他就想捉弄她一下。

　　"来来来，别光顾着吃花生了，尝尝玉米排骨汤。"刘佳端着一大碗汤出来，"尝尝，我撇了油了，一点都不腻。"

　　陈羡大刺刺地夹起一块排骨放到碗中，一边吃，一边竖起大拇指："阿姨厨艺了得。"

　　周柠看了妈妈一眼，这顿排骨又是超标的，但眼下气氛融洽，她也不想当扫兴的人，夹了一块排骨慢慢吃了起来。

　　陈羡不是粗心的人，一顿饭下来，他大概明白了。他留意到，整顿饭外婆和阿姨只是夹些素菜，筷子都不曾往排骨那边伸过去。杨凡看着排骨眼睛冒光，一副饿狼扑食的样子，但好像又不敢放开了吃。

　　原来在他眼里稀松平常的家常菜，对他们来说是特别的日子才舍得拿出来的美味佳肴。昨天那顿招待他的晚餐，估计是过年才有的待遇，而他没有珍惜，或许这就是周柠这两天对自己异常冷漠的原因。

　　饭后，杨凡就告辞了。

　　等到太阳落山，天色暗下去，周柠去厨房找了个桶，对陈羡勾勾手指："走，跟我到稻田去。"

　　"又要干什么？"陈羡觉得周柠简直有用不完的力气，自己这一天下来都要累趴了，她却依然精神抖擞的，不会又要干农活吧？

"带你去找点好吃又不花钱的东西,不然我看我妈这天天费心思地给你买菜,家里都要被吃穷了。"

陈羡无奈地跟上她的脚步,心想:你家是被我吃穷的吗?难道不是本来就穷?

月色下的稻田旁,周柠从桶里拿出一个须笼,又在笼中放了一些陈羡看不懂的糊糊状东西,估计是饵料,然后脱了鞋,挽起裤脚踩进田里,把须笼放入水底。

"这样就好了?"看周柠想上来,陈羡赶忙伸手拉了她一把。

周柠借力一下就跳了上来:"嗯,过一个小时我们再下去看看,应该会有收获。"

这一个小时突然就空了出来,陈羡和周柠并肩坐在稻田边,夏夜晚风拂过耳畔,水稻轻轻摇摆身姿,挠得人心里痒痒的。

"会有什么收获?"

"泥鳅。我放了泥鳅爱吃的饵料,它们闻到味道会出来活动,有些不小心的,就会钻到我的笼子里啦。"

"泥鳅……能吃吗?"陈羡转头看周柠。不知是不是因为这温柔的月色与晚风,陈羡竟然觉得周柠卸下了身上始终绷着的那股劲儿,整个人显得柔柔的。

"好吃,红烧特别好吃。"周柠似乎并不奇怪陈羡问出这种问题,"我知道你没吃过。"

"嗯,没见家里做过。"陈羡老实回答。

"我能问你一个问题吗?"周柠似乎突然来了兴致,"你为什么要到这里来?"

"我爸说我太过自由散漫,让我来体验下生活。"陈羡也不遮着掩着。

周柠笑了笑,没搭话。

"怎么了?我哪里说得不对吗?"陈羡猜不透周柠心里在想什么,怕自己一个不小心又惹她生气。

"没有,我只是突然在想,你被惩罚偶尔需要体验一下的生活,却正是这村子里的人真真正正的生活。对你来说,体验一下就够了,而这里的人,逃不开。"

陈羡捕捉到周柠眼里一闪而过的落寞,赶忙说:"这两天,我也没觉得这里有什么不好。"

"瞎说。"周柠笑道,"明明来的第一天就发烧呕吐的。"

"谁知道会中暑啊?"陈羡不服地辩解道。

"那你说这儿哪里好?"

"景色好，空气好，花生也比城里的好吃。"陈羡抬头看了一眼夜空，"我在城里也没见过这么美的月亮和星星。"

"那让你一辈子在这里，你愿意？"

倒是说不出"愿意"两个字，陈羡不想说谎，短暂地沉默了一下。

"看吧，一定不愿意。"

"那你呢？你要一辈子在这里吗？"陈羡问。

"当然不，我一定会出去，我讨厌这里。"说这话的时候，周柠柔柔的神色渐渐褪去，眼神中又爬上了一丝清冷。

"这个暑假还有很多时间，要不过一阵子，我请你去城里玩？我知道好多好玩的地方。"陈羡突然邀请道。

"不用了。"周柠想都没想就拒绝了，"你短暂的邀请没有意义，如果我要出去，会凭自己的能力走出去。"

她站起身，那股冷漠又不屑的劲儿又爬满了全身，好像卸了这副武装不能活似的。

陈羡无奈地看着她，好心当成驴肝肺，他早该想到的，这个女孩儿鲜少展示善意，更不会轻易接受别人的好意，他剃头挑子一头热个什么劲儿？

"起来。"周柠看着还坐在稻田旁的陈羡，换上了惯有的冷淡口气。

"干吗？"

"下去收网抓泥鳅啊，你不去看看收获了多少吗？"

"我一定要去吗？"

"我干什么，你干什么，忘了吗？"

陈羡觉得自己刚才一定是被月亮迷了眼，竟然觉得她柔柔的？竟然想邀请她出去玩？太可笑了！现在这样才是真正的她吧！

行吧，无所谓，反正也就在这儿待十天，咬咬牙也就过去了。陈羡不想跟周柠起口舌之争，慢吞吞地起身，学着她的样子脱鞋，挽起裤脚。

"你跟着我就是，脚步轻一点啊，别把泥鳅都吓跑了。"周柠示意。

陈羡在心里轻笑：万一泥鳅跑了，一定又会说是我的错。

周柠小心地迈开脚下了稻田，可不知踩到什么，另一只脚还没落地呢，整个人突然就失去了平衡。

"哎呀。"周柠勉强了两下依旧没站稳，向下跌去。

陈羡吓了一跳，赶紧伸手拉她，可没想到被她一拽，反而自己也失去了平衡。

"哎哟……"

陈羡只觉得眼前一黑，不知怎么就摔了下来，再一睁眼，就看到自己怀里眼睛瞪得大大的、同样惊魂未定的周柠。周柠似乎也被这意外状况吓傻了，看着陈羡一动未动。

水稻被压弯了一片，刺得人身上痒痒的。月光似乎会流动，透过枝叶间隙洒在两人脸上，明明灭灭。

陈羡觉得周柠此刻的表情好玩极了，完全没了平日里全副武装的冰冷，也没了常挂在脸上的不屑。她似乎被吓到了，又直愣愣地看着他，眼睛水汪汪的，像只无辜的小白兔。

突然，脚下像有什么东西动了动。

"糟了，泥鳅不会全跑了吧？"周柠回过神来。

陈羡也像醒过神来了一样，赶紧爬起来，并扶起周柠："快去看看。"

周柠迅速恢复了平日里的麻利，快步蹿到须笼旁，三两下把网口收紧。

借着月光，周柠仔细往须笼里瞅了瞅："好像只剩三五条了，刚刚一定跑了不少。"

"这可不能怪我啊，是你先摔倒的。"

闻言，周柠看了陈羡一眼。他衣服裤子沾满了泥，连鼻尖上都是泥印子。她再打量自己，更是好不到哪儿去。

"我们俩……看着也太惨了吧。"周柠忍不住"扑哧"一声笑了出来。

刚刚流窜在两人之间的微妙气氛好像被这一笑给驱散了，陈羡也松了口气，说道："可不是嘛。"

"走吧，回家洗澡换衣服，这三五条也够吃一顿的了。"

陈羡接过须笼拽在手里，和周柠并肩走在田埂小道上。

"你平时暑假都干什么？"周柠问。

"打打游戏，和朋友一起出去打打球，或者玩点别的什么。"

"县里中学都有不少学生要补课呢，你不用补课？"

"我吗？我不需要。"陈羡笑道。

周柠见怪不怪地撇撇嘴："也不做作业，也不补课，难怪你是吊车尾。"

瞧，这就又误会上了，陈羡觉得周柠对自己真是有很大的偏见，无论什么事，都首先把他往坏的那方面想。

"我带作业了，明天一起做作业啊，你教教我呗。"陈羡狡黠一笑，"明天没农活了吧？"

"农活是干不完的，但作业也要做，明天先做作业也行。不过你别总问我啊，影响我效率。"周柠应道。

"嗯，实在不会了我再请教你。"陈羡笑着说。

两人一路并肩往回走，路灯很暗，全靠月色照亮。

晚风轻拂，散去了白日的闷热，两人偶尔聊天，偶尔沉默。

不知道周柠是怎么想的，陈羡觉得乡村的夏夜简直舒服极了。

"呀，你们俩怎么搞成这样？"刘佳迎面走了过来，看到他俩跟泥猴儿似的，惊讶极了。

"带他捉泥鳅去了，没想到掉到田里。"周柠解释道。

"你也真是的……"刘佳抱歉地看了陈羡一眼，"小羡不会这些，你别老带人家往田里钻。"

"不会啊阿姨，我觉得挺好玩的，以前没体验过呢。"陈羡赶忙说。

"好吧，今儿就算了，明天可别整得太累了。"

"你手里拿的什么？"周柠敏锐地捕捉到了妈妈手里提着的袋子，里面好像装的饭盒。

刘佳一惊，像是理亏似的，想往身后藏。可周柠没给她这个机会，周柠上前一步就把袋子夺了过来。她打开一看，果然是饭盒，一圆一扁两个，圆的里面装了一份排骨汤，扁的里面盛了满满一盒花生。

"你送给谁吃？"周柠的声音瞬间冷了下来。

陈羡不解地看向她。

"柠柠……"刘佳显得有些不安，试图解释，"今天买的排骨挺多，我看有剩，就多留了一份，而且刚摘下的花生也新鲜……"

"所以你又要去爷爷奶奶那里触霉头吗？"

"柠柠，你别这样……"刘佳眼眶泛红，"他毕竟是你弟弟。"

"我没有弟弟！我不认他这个弟弟！"周柠突然像疯了一样，气急败坏地喊道，"而且花生是我辛辛苦苦摘的，你凭什么拿给他吃？"

周柠愤怒地把两个饭盒往地上摔去，汤洒了一地，花生蹦得到处都是。

"我没有他这个弟弟，你又为什么一定要当他的妈妈呢？"她满脸失落，捂着脸跑开。

陈羡被这突如其来的变故吓了一大跳，愣在原地不知如何是好。

刘佳默默蹲下来，拾起饭盒，声音有点哽咽："不知道会遇上你们，你别见怪，这孩子就是脾气太冲。"

"那……现在怎么办呢？"陈羡担忧地往周柠跑开的方向看了一眼，"她这样跑了，没事吗？"

"能不能麻烦你去帮我看一眼，她现在估计不想看到我。"刘佳无奈地说，"抱歉，你是客人，本来不该让你掺和这些。"

"好，您别担心，我这就去。"哪需要刘佳请，陈羡早就想跟上去了。

陈羡急匆匆地向周柠跑去，终于在小河旁追上了她。

"喂。"陈羡拉住周柠，绕到她身前。

周柠不肯抬头，陈羡就弯下身子看她。

原来还在哭呢，眼睛通红通红的，脸上都是泪痕。

"你跟上来干吗？多事。"周柠用手背抹了一把脸。

"怎么这么冲呢？跟我也就罢了，对你妈妈也这样，不怕她会伤心吗？"陈羡皱起了眉头。

"可她也没想过我会伤心。"周柠说着，眼泪又滑过脸颊。

"又和你弟弟有关？"陈羡问。

周柠撇过头去，紧咬着嘴唇不答话。

"要不然先回家去？这一身泥还没洗呢。"

"我不想回家。"周柠摇头。

"那我陪你在河边走走。"

周柠没有拒绝陈羡的陪伴。她不开口，陈羡就陪着她在河边慢慢踱步，任由她哭泣、发泄、默默想心事。

周柠逐渐安静下来后，陈羡才问："真的不打算说说吗？"

"说出来又有什么用？问题还是解决不了。"

"可是说出来心里会舒服些。"

"在这个村子里，我最不相信的就是倾诉。"想起村里那些长舌妇聚在一起家长里短的样子，周柠轻蔑一笑，"说出来，除了博得一点假惺惺的同情和毫无用处的建议之外，只会把你的痛苦变成别人茶余饭后的谈资罢了。"

真是一只刺猬，固执地守着自己的地盘，别人只要一靠近，她就背过身无差别攻击，也不管来的人究竟是不是善意的。

"你玩过漂流瓶的游戏吗？"陈羡冒着被刺的风险，试图再往前走近一点点。

"没有。"周柠摇摇头，她甚至不知道漂流瓶这个概念。

"就是把自己的心愿或烦恼写在纸上，塞进玻璃瓶扔到海里，它们会被海浪带走。当被陌生人拾起时，他会帮你分担烦恼，祝福你实现心愿。"

"听着是童话故事里才会发生的事情。"周柠笑了笑，并不信。

"试试呗，你就把我当成漂流瓶，我不是这个村子里的人，过几天也就走了，你的秘密在我这儿很安全。"

两人并肩坐在河畔，少年的眼神太过真挚，饶是冰冷坚硬如周柠，都觉得心里那层层的防御稍稍裂了道口子。

"所以是因为你弟弟？"见周柠有片刻恍惚，陈羡赶紧抓住机会又向前迈了一步。

周柠撇撇嘴："我不认他这个弟弟。"

"我也有个亲妹妹，虽然我们平时也吵架，但不会像你这样。什么事情，至于这么恨之入骨呢？"陈羡怎么能放过这个机会。

周柠轻不可闻地叹了口气："你的妹妹一定很幸福，你家里人一定爱她像爱你一样。"

"那倒是的，她会撒娇，甚至更宠她一些。"陈羡点头，"你弟弟为什么没和你们住一起呢？"

"我爸爸在我五岁的时候因为车祸意外过世了。"

陈羡恍惚想起来，八岁那年在陈振涛那间破落的办公室里，似乎听周柠说过相似的话。

"总而言之，就是一个极其腐朽的故事，农村重男轻女，爸爸死了，我和妈妈就不算自家人，没多久就被赶了出来。"周柠嘴角勾起一丝嘲弄。

这种做法确实超出了陈羡的认识范围，他惊讶地张了张嘴，却一时不知该说什么。

"不止如此，爸爸以前赚的钱就全交给了爷爷奶奶，车祸后，他们还独吞了车祸赔偿金，一分都没给我和妈妈留。"周柠眼神极冷，"这些年，外婆和妈妈身体都不好，只能干一些零活补贴家用，我又还在念书，所以日子一直过得很困难。就算这样，他们连一句关心的话都没有给过。"

"你爷爷奶奶确实太过分了。"陈羡顿时理解了一点周柠的心情，"可是为什么连着弟弟一起恨呢？你们父亲出事的时候他还小，很多事情不是他能决定的。"

"呵。"周柠冷笑了一声，"他又何曾拿我们当过家人呢？他跟着爷爷奶奶长大，对我们能有多少感情？"

陈羡沉默了一会儿，试图理解这复杂的情感关系。

"如果他能当个纯粹的陌生人多好，可偏偏妈妈放不下他。"周柠转头看陈羡，"她们今天白天去工厂做工，拧一个螺丝扣一个螺帽你猜多少钱？"

"多少？"

"五分。"

陈羡皱了皱眉，在他的人生里，还从来没用到过这么小的计量单位。

"坐在那儿拧上一天螺丝螺帽，顶多也就赚三十来块钱。她们今天的工钱应该都买了排骨了吧。"周柠无奈地笑了笑，"妈妈总是这样，好不容易挣到一点钱，就想着要给儿子买点什么吃的、置办点什么穿的，生怕他过得不好，可其实他过得比我们好多了。"

周柠的眼里似有泪光："如果他能好好对妈妈也就罢了，可他从不知感恩，稍微长大一点就对我们恶言相向，甚至动手推过妈妈。今天要送去的排骨还不如喂狗呢。"

"他还总捣蛋闹事，好几次把人东西毁了被追着要赔偿，爷爷奶奶鸡贼，这时候就不嫌弃妈妈过去当和事佬，出钱又出力。可事情一过，他们又变回老样子。谁记得妈妈的恩呢？

"反反复复，一次又一次，我真是烦透了。我也想不明白，妈妈身体不好，腰椎间盘突出很严重，我只想让她平平安安、少操点心，稍微过得宽裕一点、开心一点，离那些烂事远一点，你说，为什么她就不能当没有这个儿子呢？"

陈羡被周柠问住了，本来母子间的亲情是再平常不过的事情，没想到在周柠这儿却这么难。

"也许像你爱妈妈一样，妈妈也这样爱着你们，即使弟弟现在不懂事。"陈羡安慰道，"爱是很复杂的情感，你试着稍微理解一下呢？"

"我不理解。"周柠斩钉截铁地说，"爱太遭罪，我不会爱，也不想爱。漂流瓶还可以许愿是吗？好，那我的心愿就是带着外婆和妈妈远走高飞，再也不和这些烂人烂事搅和在一起。"

看着周柠决绝的样子，陈羡蹙了蹙眉：这心愿恐怕只是一厢情愿吧，即使你能带你妈妈走，你妈妈愿意走吗？

"走吧，漂流瓶。"说完，周柠起身，又换上了那副冷淡姿态，"回家洗澡，身上好脏。"

陈羡知道，周柠心里刚才好不容易打开的那扇门，这会儿又重重关上了。

第二章
情窦初开

1：还好这次我在

整个晚上，周柠都是背对着妈妈睡的。

第二天早上一吃完早饭，周柠就借着做作业的名义躲进了陈羡住的房间，两人对坐在书桌两侧，埋头在各自的卷子中。

可两人都写得很慢。

周柠是气还没顺过来，她实在看不得妈妈一次次在爷爷奶奶和周铭那儿受委屈，更想不通都这样了为什么还不放弃。妈妈有她了，还不够吗？

陈羡则是看周柠心情不好，不自觉地一直赔着小心，怕又迎面撞枪口上。

"好难。"周柠对着一道题冥思苦想半天，可怎么解都是错，索性推了卷子，趴桌上休息。

陈羡接过卷子："哪道？我看看。"

"你行吗？吊车尾。"周柠指了指那道立体几何题，觉得陈羡有点不自量力了，自己好歹是县重点的优等生，他一八校联考垫底的凑什么热闹。

陈羡笑了笑不说话，盯着题思索了一会儿，用橡皮擦去周柠的画线，又用虚线重新画了三条辅助线。

"你看看，现在会了吗？"陈羡用手指抵住卷子，蹭着桌面飞了回去。

周柠将信将疑地接过卷子看了两眼，顿时坐了起来。好学生都是一点就通，周柠按照陈羡的思路，拿笔迅速在草稿纸上推算了一会儿，果然推导出了正确答案。

"你不是吊车尾吗？"周柠挑了挑眉。

"这是你说的，我几时承认过？"陈羡反问道。

"可你说你八校联考垫底啊，骗人的？"

"我是垫底没错，不过是因为翘了一天考试，缺两门成绩，不垫底才怪。"

"翘了考试？"周柠皱了皱眉，"你就是因为这个被罚到这儿来的吧？"

"嗯，可以说是吧。"

周柠本想问问为什么要翘了考试，可话到嘴边又突然失去了兴趣。

"我还以为你会问我为什么。"陈羡倒是先问出了口。

周柠耸耸肩:"有钱人家的大少爷,当然想干什么就干什么,你的理由未必是我会认同的。"

"谁跟你这么介绍的我?"陈羡皱眉。

"福贵书记呗,说是城里的大少爷特意来体验生活。何况,也不需要别人介绍,我有眼睛,看得出你不一样。"

陈羡恍然大悟,难怪周柠从没想过他是谁,想必是福贵刻意隐瞒了陈振涛的身份,当然更可能是爸爸有意要求的。

可周柠的态度让陈羡有一些别扭,从小到大,他还没在别人身上碰过这么多钉子。他从没对一个女生这么好奇,可周柠偏偏鲜少开口说心事;他从没这么在意过一个女生的情绪,可周柠偏偏动不动就生气,一生气还很难哄;他更从没希望一个女生能多来了解自己一下,可周柠偏偏从来不走近。

陈羡突然想明白了,周柠之所以对他爱搭不理,是因为对于她而言,自己只是一个十天后就会消失的陌生人,甚至只是一个可以赚钱的工具,她根本没有要跟他深入交往的想法,所以她对他没有好奇。

这个发现让陈羡心里挺不好受的。

"喂,你想考哪所大学?"陈羡又挑了个话题。

"还没想好,反正能离开这里就行。"

正常人讲完这句话,应该会加一句"你呢",可周柠没有。

陈羡只能自顾自地说:"我想考Z大。"

闻言,周柠倒是抬了下头,Z大是全国排名前几的大学,不过就在本市。

"就在家门口念大学?不想走得更远一点吗?"

"我想念的专业,Z大排名全国第一,而且有些我想干的事也只能在Z大实现。"

陈羡心里的小人大喊:你倒是问问我呀,想考什么专业,想干什么事。

可周柠只是不置可否地"哦"了一声。

陈羡恍然觉得,昨晚在稻田里偶然触碰到的和在河边偶然展示脆弱的周柠只是他的错觉。她哪里柔?她哪里脆弱?她根本就是石头做的。

陈羡也没了聊天的兴致,拿起一份英语卷子随意做了起来。反正今天终于没有了乱七八糟的农活,不用去毒日头底下晒着;反正还有几天自己就走了,这次走,真就不会再回来了。

天可真热,没有空调可真不适合生存,陈羡烦躁地扯了扯衣领。

两人做了一天的作业,从晨光熹微到日落西山,从赤日炎炎到大雨倾盆。

夏季的雨总是下得那么突然,太阳落山后没多久就响起了一阵阵闷雷,接着瓢泼大雨就落了下来。

许是听见雨声，周柠终于放下笔，从卷子里抬起了头，走到窗口赏雨。

陈羡抬头望去，只觉哗啦啦的大雨给周柠的背影笼上了一层朦朦胧胧的雾，让她又显得柔和起来，柔和中还透着一股悲伤。

陈羡揉了揉眼睛提醒自己，可千万别再被这假象骗了。

"我喜欢下暴雨。"周柠却突然回身对他说道。

"为什么？"陈羡本也想学周柠，只想回个"哦"，可显然他做不到。

"好像所有的烦恼都能被冲刷干净，好像一切被毁了又能重新开始一样。"周柠顿了顿，"你曾经有想过要抛下一切重新开始吗？"

"我倒是没有。"陈羡说的是实话。他到目前为止的人生顺风顺水，想追什么就去追，想要什么基本也都得到了。

周柠轻笑："那说明你真的很幸运，对自己的人生很满意。"

陈羡绕过桌子，轻轻走到周柠身旁，和她并肩看雨："哪有十全十美的人生，只不过是遇到问题解决问题，遇到麻烦解决麻烦罢了，实在解决不了的，放弃了换条路也不失为一种方法。"

"如果太沉重了，放弃不了呢？"

"比如？"

"比如你昨天说的'爱'。"

陈羡轻轻瞟了一眼周柠，原来他的话并不全然是耳旁风。

"爱本身不沉重，沉重的是爱带来的羁绊。你的羁绊是妈妈，你妈妈的羁绊是你和你弟弟。也许是我想当然了，但真的有严重到你想要放下吗？"

周柠低头笑了笑，他这样的天之骄子，当然不会明白。

弟弟出生那年，她和妈妈还有爷爷奶奶住在一起。爸爸常年在外务工，每个月都会打钱回来维持全家的生活，这些钱倒也让他们成为村子里过得还算不错的人家。

从爷爷奶奶视她为无物的眼神中，周柠早就知道自己是不受宠爱的，可她不明白这是为什么，直到弟弟出生。这个新到来的小婴儿让全家的气氛都变了，她从没见爷爷奶奶那么开心过，对着弟弟又抱又亲，妈妈似乎卸下了一个大包袱，整个人都放松多了，天天对着弟弟眉开眼笑。甚至爸爸都特意从工地赶回来，他开心地举着弟弟说："这下好了，周家终于有后了！"

什么叫有后了？周柠现在都想不明白，难道她就不是"后"？

幼年的记忆有很多都已经模糊，但她始终记得那种感觉。

依稀记得有一次，小小的她躲在门后懵懂地看着这一切，搞不明白为什么大人好像突然都看不到她了。直到妈妈突然发现角落里怯生生的她，对她伸出手："柠柠，站那儿干吗呢？过来，妈妈抱抱。"

小周柠这才笑了，三步并作两步跑上床扑到妈妈怀里，拱着身子撒娇。

妈妈捧起周柠的脸，笑着说："哟，小泥猴儿，这是几天没洗脸了？"

周柠正准备回答时，奶奶正好进屋。见到这情景，奶奶慌忙跑过来把周柠从妈妈怀里掰了下来："哎哟，怎么让她上床了，这压到我孙子可怎么办？去去去，一边儿玩去。"

周柠气急，正要重新爬上床，只听妈妈说："乖，你先去屋外玩一会儿，晚点妈妈再陪你，好吗？"

见周柠不动，奶奶吼道："还不快走？你妈还要奶孩子呢。"

周柠还想上前，可奶奶依旧像大山一样挡在前面。这时弟弟哭了起来，妈妈也转开了目光，急忙把弟弟抱在怀里哄。周柠一下子泄了气，小小的她突然知道，没有人会记得她有没有洗脸了。转身走到门口的时候，她听奶奶冲妈妈说："能不能把她送你妈那儿？这都忙不过来了她还添乱呢。"

爸爸出事后，因为周柠没有哭，爷爷奶奶指着她的鼻子骂白眼狼、没良心的畜生。可她就是哭不出来，长这么大，她见过爸爸几面？爸爸偶尔的几次回来，哪次不是抱着弟弟又亲又笑，跟她又有什么关系？所以被赶出来后，她其实还挺开心的，她讨厌爷爷奶奶，这下终于不用在一个屋檐下生活了。更令人开心的是，弟弟被留下，那妈妈岂不就是她一个人的了？

只可惜她想错了，与在身边的自己相比，带不走的弟弟反倒更是妈妈心尖尖上的肉，但凡有一点点好东西，妈妈第一个想到的都是弟弟。是因为无法亲自抚养的愧疚、遗憾，还是妈妈更喜欢弟弟？

周柠想不明白，可她始终记得那个下午，奶奶嫌她碍事，问妈妈能不能把她送到外婆家去。

那天她没有回头，也一直没有问过妈妈那时的答案。

她甚至想过，如果弟弟和她之间是可以二选一的，妈妈到底会带谁走？

周柠害怕知道答案，因为她发现，即使她身上已经丝毫看不出女孩子的娇弱，即使她样样都做得比男孩子强，即使弟弟长成了一个毫无教养、胡作非为的浑小子，她也始终代替不了弟弟在妈妈心中的位置。

"想什么呢，这么出神？"陈羡忍不住用胳膊碰了碰周柠。

她好久没出声，满怀心事的脸在雷电交加的夜色里显得明明灭灭。

"在想你刚才的问题。"周柠沉声说道。

"想明白了吗？真的不能体谅妈妈同时爱着你们两个人吗？必须二选一，会不会太自私了？"

周柠侧过身，抬起头看他，冷目灼灼："你说我自私也好，贪心也罢，我想明白了，我只想要独一份的爱，不想跟别人分享。"

又是一道闪电，光照在周柠脸上，更衬得她清亮的眼神倔强又清高，写满了不甘心、不承认与不服输。如此生机勃勃的野心与较劲，竟一时把陈羡看呆了。

"别聊这些不开心的了，看雨吧！"周柠又转身看向窗外，"你看，暴雨是不是很美？"

周柠伸出手去接雨，噼里啪啦的雨点打在手上，让她笑了起来。

陈羡的目光在周柠的脸上停留了几秒，然后也抬头看向这瓢泼大雨，哑声道："美，是很美。"

就像这暴雨，不通情、不讲理，下得随心所欲、肆意横行，自顾自把一切破坏了个遍，却又给你新的希望。

雨停了就是一个新世界，一个充满着雨水味道的新世界。

危险，但极具诱惑。

周柠在看雨，陈羡也不知道在看雨，还是在看她。

周柠像个小女孩般，一会儿伸出手接雨，一会儿抬头观察从高处屋檐滚落下来的雨幕，脸上渐渐浮现出发自真心的笑意，没想到一场暴雨把她身上的戾气冲刷去了不少。

陈羡在心里暗暗叹了口气，对人冰冷，对雨却笑得温柔，也不知道说她什么好。

"柠柠！"

暴雨反衬得屋里更加静谧，所以刘佳突然慌慌张张闯入的时候，把两人都吓了一大跳。

"怎么了？"周柠本能地扶着慌到站不稳的妈妈，心头涌上一股极其不好的预感。

"你外婆晕倒了，这可怎么办？外面还下着大雨，村里卫生所也关门了。"刘佳焦急地说。

"怎么会突然晕倒？"周柠一边问，一边赶忙往外婆那屋跑去。

陈羡也匆匆跟了上去。

"晕倒前就说不舒服，问了后才说好些天没吃降压药了……"

跑进屋的时候，外婆已经失去了意识，周柠一边掐着人中，一边扭头问："为什么不吃降压药？"

"说是前阵子不小心弄丢了，没舍得买。"刘佳眼里已经含满了泪水，"也怪我没注意，没发现这阵子她都没吃药。"

周柠拍了拍外婆的脸颊，见没什么反应，又把手指伸到外婆鼻下试探，呼吸还算平稳。

"陈羡，帮个忙。"周柠强迫自己冷静，转头示意陈羡过来。

陈羡急忙上前:"是不是应该赶紧送医院?"

"对,你帮我看着我妈和外婆,掐住外婆的人中,我去王伯家求助,他们家有一辆货车。"

陈羡接手后,周柠转头吩咐妈妈把家里所有的现金都拿出来,然后就急急向外跑去。

像被周柠点醒了一样,刚在旁边只顾着流泪着急的刘佳这才反应过来,开始匆匆准备钱和证件。

看着周柠消失在大雨中的单薄背影,陈羡一时间竟不知道谁是妈妈,谁是女儿。他也忽然明白了,为什么周柠会变成这般坚硬模样。

不一会儿,王伯就开着货车停在了小院门口。

周柠匆匆跑进门,整个人已经淋成了落汤鸡。她顾不上收拾,急急探了一下外婆的情况。

陈羡赶忙说:"我把外婆抱上去,咱们快走。"

幸亏货车车厢不算小,周柠手脚麻利地收拾了下杂物,陈羡小心翼翼地放外婆平躺下。一群人坐稳后,王伯赶紧启动了车子。

山路依然颠簸,刘佳握着外婆的手,六神无主地暗自垂泪。周柠没哭,焦急的神情透过紧咬的双唇传递出来,看得出她心里一定不轻松。

"别害怕,到医院就没事了。"陈羡轻轻拍了拍周柠的背,安慰道。

周柠感激地看了他一眼:"今天谢谢你了,要不然我和妈妈还抬不动。"

"应该的。倒是你,没事吗?都湿透了。"陈羡有些担忧地看着她。

"没事,反正是夏天,也不冷。"头发上的水还在不断地往下滴,周柠抹了一把脸,把头发别到耳后。

没想到没开多久,王伯突然靠边停了车,匆匆打开车厢的门大喊道:"交通广播里说,降雨量太大,前方通往县里的那段路塌方了,车都堵在那块儿,怕是进不了县城了。这下咱们可怎么办?"

周柠有一瞬间慌了神,真是屋漏偏逢连夜雨,在窗前赏雨的时候,万万没想到这暴雨竟会给自己带来这么大的麻烦。

"王伯,去市里的路还通着吗?"陈羡突然问。

"通着!通着!刚广播让绕行 G28 公路,G28 就是去市里的!"王伯激动地喊。

"那我们赶紧走吧,等这路疏通可不知道要多久了。"陈羡说完又转头问周柠和刘佳,"行吗?"

刘佳早慌得没了主意,周柠冷静下来拍了板:"行,我们去市里。王伯,麻烦送到市里最近的医院吧!"

"好,那我们去市九院,就在高速口!我赶紧开车。"说着,王伯又急匆匆地关上货车厢,回到驾驶座启动了车子。

车子再次开动后,外婆有一瞬间睁开了眼睛,嘴唇张了张像是要说什么话,可最终也没说出来,没一会儿又昏迷了过去。

周柠颤抖地伸出手,再次凑到外婆鼻子下面试探老人的呼吸,强作镇定地安慰妈妈:"妈,外婆没事,只是昏迷过去了,你先别太紧张。"

"哎……"刘佳说着,往前挪了挪身子,拿起外婆的手贴在脸上。

周柠眼圈也红了,略略往后退了一点,给外婆和妈妈留出更多空间。

"你也别太紧张了,我们还在往医院赶,对吧?"见周柠整个人都紧绷成了一只虾米,陈羡上前握了握周柠的手,试图传递给她一点信心和勇气。

周柠没什么回应,只是双眼通红地盯着外婆,不知是不是同样在懊悔自己不细心。

陈羡叹了口气,正想要收回手,周柠却突然翻过掌心,反握住了他的手,像是要抓住一根救命稻草,或寻求一点依靠。

陈羡惊讶地看了她一眼,发现她的泪珠终于从通红的眼眶中滑落,衬得她脸色更加苍白。陈羡这才感觉到,尽管眼前这个女孩一再克制自己的情绪,尽最大努力使自己看上去像个大人,替本该做决定的妈妈揽下所有责任,可在其他人看不到的地方,她握住他的手在止不住地发抖。

陈羡用力回握了过去。他不知道这样的情形发生过多少次,但还好这次他在。

通往市里的路是那样漫长与煎熬,陈羡握住周柠的手始终没有松开,两人一边观察外婆的情况,一边在心里祈祷这次千万要顺利。幸亏只遇到了一小段拥堵,紧赶慢赶,王伯驾驶的小货车终于在暴雨中驶进了九院的大门。

一见到医生,周柠立马简单快速地阐述了外婆的病情、诱因和发病时间,急诊医生一听,初步判断是急性脑血栓,一边交代家属立刻去缴费,一边把外婆推进影像室做CT。

刘佳腿都软了,这事情自然又落在了周柠头上。周柠拿过钱包,陈羡陪着她上上下下地一通跑,终于搞定了所有手续。等在影像室门口时,陈羡问王伯借了手机,给吴鹏远打了个电话,因为刚刚他看到周柠钱包里的钱已经所剩不多。

"哟,羡哥,我昨天还跟人念叨你一放假就失踪了呢,怎么大晚上想起来给我打电话?"一听是陈羡的声音,吴鹏远就贫了起来,"你换号了?"

"不是,借别人的手机给你打的,现在有急事要你帮忙。"

"怎么了?不是被人绑架了吧?"电话那头又传来吴鹏远夸张的声音。

"别打岔,我现在在第九医院急诊,你快来找我一趟,身上有现金吧?"

.045.

有多少都带过来,还有银行卡。"

"……哥,你知道现在在下暴雨吧?"

"是兄弟就赶紧过来,记得带钱和卡!"

"大哥,你当我是大款啊,我区区一个高中生……"

吴鹏远话音未落,陈羡就挂了电话。他了解自己的兄弟,别说是暴雨,就算是下刀子,吴鹏远也会来的。

医生的诊断结果几乎和吴鹏远同时赶到。

"急性脑梗,还好面积不是很大,幸亏送来了,超过六个小时就不好办了。"医生严肃的神情隐藏在白口罩后面。

"那现在怎么办呢?"周柠心一紧。

"马上要进行溶栓治疗,你们赶紧去办住院手续,我安排病床。"

"医生,大概要住多久?需要花费多少钱呢?"刘佳红着眼在旁边问,声音怯怯的。

"可能要住两周,得观察情况,你们先去交五千块钱押金,后续费用还不好说。"

五千……周柠看了下手中的钱,怕是不够。

陈羡熟练地从吴鹏远兜中掏出钱包,取出银行卡,对周柠说:"别怕,钱来了,咱们走。"

陈羡拉起周柠的手,再次急匆匆向收费处跑去。

吴鹏远一头雾水地跟在后面,完全搞不清这是什么状况。他正纳闷这姑娘什么来头时,就被陈羡揿着脑袋,在刷卡机前输入了刷卡密码。

"……我说,是不是该告诉我发生了什么?"吴鹏远无语道。

"现在没工夫,一会儿说。"陈羡丢下这句话,又急匆匆地跟周柠跑向病房。

吴鹏远无奈地跟在后面,觉得自己简直是个冤大头。

外婆打上了溶栓针,刘佳陪坐在床边,护士在一旁监测着情况,周柠终于能停下来喘口气。

"阿嚏。"周柠打了个喷嚏。一路上湿漉漉的衣服来不及处理,医院大厅里冷气开得足,忙起来的时候不觉得,一静下来就感到凉气袭来。

陈羡皱眉看她:"衣服得换了,不然你该病了。"

"出来得急,也没带衣服。"周柠抖了抖衣领,试图让它不那么黏在身上。

"我去给你买一身。"陈羡说。

"现在凌晨两点了,兄弟,去哪儿买?哪儿都关门了吧?"吴鹏远劝道。

"病房的卫生间可以淋浴,护士站有吹风机,你再去要一套备用的病号服,去卫生间简单换洗下。"也许是看到周柠的样子太落魄,旁边的护士好心出了主意。

"谢谢。"周柠感激地看了护士一眼,又对陈羡说,"那我去趟护士站。"

"兄弟,到底是什么情况啊?你倒是跟我说说呀。"周柠走后,吴鹏远忍不住问。

陈羡却像失了神,仿佛听不到吴鹏远的声音,又突然眼睛一亮:"对了,她晚饭都没怎么吃,一定饿了,我去给她买点吃的。"

"大哥,你是不是魔怔了?"吴鹏远无语。

"我去去就回,你在这儿守着,怕万一有什么事。"陈羡从吴鹏远的钱包里取出现金揣进兜里,又把银行卡还给他。

"现在这个点儿,你去哪里买吃的?今晚这么大雨,哪家还会开着门啊?"吴鹏远无奈地对着陈羡的背影喊。

陈羡却像没听见似的,头也不回地朝外跑去。

2:送不出去的好意

好在暴雨终于停了。整个世界果然如周柠所说,呈现出一种被毁待重建的模样。

陈羡顾不得路上的积水,一边跑一边搜寻着可能还开着的小店,脚下溅起一朵朵水花。终于在四五条街之外的转角,他找到了一家二十四小时便利店,店员正把门口防止进水的沙袋撤去。

便利店的选择不多,陈羡胡乱拿了一堆饼干、三明治和泡面。在结账时,他发现柜台上还有咕咚咕咚冒着热气的关东煮,犹豫了一会儿,又买了一些。在冷气很足的医院里,他觉得周柠会需要这样一份暖乎乎的关东煮。

把自己关进卫生间,热水一淋下来的瞬间,周柠就哭了。

她把自己蜷缩成很小一团,蹲在地上,想放声哭,却又不敢弄出太大动静,只能用力捂住嘴。

明明白天的时候她还大逆不道地想,如果能放下家的沉重,她是不是会更自由更快乐一些?但把外婆送上救护车的那一刻,她就明白了,无论平等与否,家也是她的全世界,妈妈和外婆无论哪一个出了问题,她都承受不了。

外衣还能换,内衣裤就没有备选了。周柠洗完澡,把衣服用肥皂搓了搓,试图用吹风机吹干。吹风机轰轰运作着,掩饰着她不断往下流的泪。放下吹风机后,周柠使劲揉了揉眼睛,告诉自己该停止了。

换洗干净,周柠走出病房,一眼就看到了还在门口守着的吴鹏远和正从走廊那头拎着一大袋东西、三步并作两步跑过来的陈羡。

"饿……饿了吧,吃点东西。"陈羡气喘吁吁地跑到周柠面前,正对上她红通通的眼睛,"我还买了点关东煮,想你大概会想吃点热乎的。"

吴鹏远目瞪口呆地看着眼前这一幕,这还是什么令人羡慕的"羡"?这一刻,陈羡身上那些高高在上、特立独行、自由不羁的标签全碎了。看着陈羡满脸心疼又小心翼翼不敢靠近的样子,吴鹏远脑海里只闪过一个幸灾乐祸的念头:呵,你小子也有今天。

后半夜,外婆的情况渐渐控制住,人也恢复了些神志,被转到住院部的病房。

"今晚我守着就行,我看楼道走廊上有椅子,你去凑合着休息会儿吧。"医院规定只能有一个陪护,都挤在病房里显然是不合适的,刘佳无奈做了此安排。

"好,我自己会找地儿,你别担心我。外婆情况稳定了,你也休息一会儿。"周柠点头。

"你放心,我会看着办。"刘佳又抱歉地对陈羡说,"真是对不起,今天害你这么折腾,你本来是客人的……"

"阿姨没事,能帮上忙我很高兴的。"陈羡赶忙说。

走出病房,周柠疲惫地靠在墙上,看着一旁仍在担忧的陈羡,咬了咬嘴唇:"你快回家吧。"

"什么?"陈羡疑惑地看向她。

"不是到市区了吗?你正好可以回家,不用在这儿耗着。"

"那不行。"陈羡立马否决了周柠的提议,"你干什么,我干什么,不是你说的吗?"

吴鹏远在旁边暗暗做了个呕的动作,难以相信这居然是陈羡对女孩子说出来的话。

不就几天没见吗?到底发生了什么?

"陈羡。"周柠眼神暗了暗,迟疑了几秒,又抬起头,"体验生活已经结束了,我现在也顾不上你。"

"那怎么行?说好十天就十天,不能食言。"陈羡坚定地说。

当然,陈羡最后还是食言了。

十天时间已到,可他完全没有要走的意思。

经过这几天的治疗,外婆的情况好了很多,在医生的强调下,外婆也明白了擅自停药的危害,答应以后再也不自作主张。看周柠这边情况逐渐稳定,陈羡才觉得自己该回趟家了。这次出门钱和手机样样没带,这两天衣服都是蹭的吴鹏远的,实在太不方便了。更何况,他再不回去,今天下午司机就该去东峦村接他了,那可就露了馅——他还不想让家里,尤其是他妈妈知道他现在的情况。

陈羡突然回来，把沈清文吓了一跳。

"你怎么回来了？还说让小李下午去接你呢。"沈清文惊讶地看着儿子。

"今天村里有人来市里办事，我就一起跟上来了，省得李叔再跑一趟。"陈羡故作轻松地说。

"你的行李呢？"沈清文上下打量着两手空空的儿子。

"也没带去什么，就几件衣服，不想带回来了。"陈羡早想好了借口，"干农活都弄破了。"

"还真干农活了啊？你爸也真是的，让你吃这个苦。"沈清文不满道。

"还行，也挺好玩儿的。"

沈清文摸了摸儿子的脸，心疼地说："晚上妈给你做好吃的。"

"不了妈，我回来收拾点衣服，去吴鹏远家住两天啊。"陈羡立马说。

"这叫什么事儿？刚回家还不在家待了啊？"沈清文明显不同意。

"我那赛车模型，本来刚放暑假就打算跟他一起搞的，这都耽误好些天了，再拖下去来不及，你也不想我高三开学还搞这些吧？"陈羡早想好了应对借口。

"那也不能……"

"好了，妈，我都跟人说好了，人在家等着我呢，你就别拦着了。"陈羡匆匆上楼，又回头对沈清文说，"爸那边，记得帮我应付着一点啊。"

陈羡匆匆敷衍过妈妈，赶紧回屋关门收拾了些衣服，又打开抽屉，把手机、充电器、银行卡通通装进了袋子。

走之前，他敲开陈悠的门："你们女孩子一般在哪儿买衣服？"

陈悠正悠闲地躺在床上看书，被吓了一跳："你怎么突然回来了？"

"嗯，就是回来了。你一般在哪儿买衣服？"陈羡又重复问了一遍，他还着急回去呢，没工夫跟陈悠解释太多。

"就银泰百货啊。你干吗？要给我买衣服吗？"陈悠瞪大眼睛看他。

"你误会了，我就随口一问。"

"神经病啊。"门关上的同时，传来陈悠的怒吼。

周柠这几天都是穿着病号服来回换，病号服又都是均码，宽宽大大的，很不合身，陈羡早觉得不合适了。可一进商场，他就被五花八门的女装柜台弄晕了。

"先生，您是来看女装吗？"柜员见陈羡一个大小伙子直愣愣地杵在门口，犹疑地问。

"呃，算是吧。"陈羡也觉得有些尴尬，"帮……妹妹买。"

"哇，真是个好哥哥。"柜员解了心头惑，热情地笑了起来，"你妹妹多高？胖瘦？我帮你推荐推荐。"

"大概一米六五，"陈羡朝自己下巴处比画了一下，"挺瘦的。"

"看看这件怎么样？当季新款，卖得很好的。"柜员说着拿出了一件粉色泡泡袖连衣裙。

陈羡一看就觉得不合适。这款式的裙子，陈悠倒常穿，可周柠哪是会穿这种泡泡纱蕾丝边的性格？他在脑海里想象了一下周柠穿上这件裙子的样子，不由得乐出声来。

陈羡不再搭理柜员推荐，自顾自逛了起来。没一会儿，他就挑中了一件法式田园风的套头衫，一件宽大慵懒、看上去很凉快的亚麻衬衣，一件印着可爱兔子头像的T恤，那只兔子表情又凶又奶的，像极了故意发狠的周柠。

他又让柜员帮忙配了几条裤子，正待结账，突然在转角处看到了一条小黑裙——领口纵向敞开，点缀了些小碎褶，肩膀有些许镂空，下摆微微散开，美得随性自然，不张扬却又足够吸睛。

陈羡本没打算买裙子，周柠一天到晚上蹿下跳、忙进忙出的，裙子并不方便，但这条小黑裙却让陈羡莫名觉得合适。犹豫了一会儿，他吩咐服务员拿了件新的，一并结账。

买完衣服，陈羡又去鞋子区域挑了一双凉鞋和一双运动鞋。周柠穿来的那双鞋早在水里被泡坏了，这些天就这么凑合地拖着。陈羡暗暗记下了鞋码。

拎着大包小包走出商场，陈羡匆匆打了一辆车直奔九院。已经出来半天了，不知周柠这一上午顺不顺利。

周柠扶着外婆吃完药，佯装生气地说："看吧，为了省几个药钱，这下要赔进去多少住院费。"

外婆愧疚地说："我哪知道会这么严重，早知道这样，我说什么也不会停药啊。"

"外婆，以后药吃完了及时说，就算丢了咱还可以再买，这次好不容易捡条命回来，以后不许自作主张了啊！"

"知道了，知道了。"外婆点点头，眼里泛出一丝泪光，"也不知道要花多少钱，把你的学费都赔进去了吧？唉，还不如不管我呢。"

"外婆，别说傻话。"周柠凑过去把脸贴在外婆颈窝处，"你和妈妈都要好好的，不然我读书有什么意义？"

"好孩子，外婆以后争取再也不给你添麻烦了。"外婆赶紧搂住外孙女。

"柠柠，这段时间的医药费都是小羡在垫付吧？唉，你说说，这怎么对得住人家。"刘佳一边收拾晒干的病号服，一边说。

这两天全亏了好心的护士，看出她们困难，不光给了她们几件病号服，还免费给了几包一次性内裤，不然真不知怎么撑下来。

"王伯来接我们时不是会把家里的存折带来吗？我取了钱就还他。"

一切顺利的话，后天外婆就可以出院了。那天出来得匆忙，刘佳只带了现金和平常用的一张银行卡，统共加起来不过三千块钱，早用超了。王伯农活也忙，答应来接她们已经是天大的情谊，万万不敢再麻烦人家多跑一趟。

存折里是周柠的学费和应急的救命钱，一般不会轻易动用，但现在已经到了救命的时候。周柠算过，这次住院大概要花费一万五左右，自己已经付进去三千，存折里大概还有两万块，用来还陈羡的钱肯定是够了。后续再报销一部分住院费用，自己下半年的学费和家里的支出，还能覆盖得过去。

"小羡去哪儿了？一上午也没见到他。"刘佳向四周望了望。

"妈，你问得好奇怪，好像他本来就该在这儿似的。"周柠剥橘子的手一滞，心里涌上一股奇怪的感觉。

"说得倒也是。这孩子还真好，本以为有钱人家的孩子娇气得很，没想到他一点架子也没有，反倒帮了我们那么多忙。这些天没有他，还真不知道怎么撑下来。"刘佳感慨道，"你好好谢谢人家。"

周柠把剥好的橘子放到外婆手上，表情有些不自然："你们吃橘子，我出去透透气。"

离开病房后，周柠颓然地靠在墙上。

今天是第十一天，按理说陈羡的体验昨天就该结束了，可妈妈那句"没有他不知道怎么撑下来"，让她心里别扭极了。

周柠"独"惯了，从来不习惯依靠别人，也不想依靠别人，用自己的力量守护住这个家，是她一直以来的坚持和骄傲。她天然地排外，从不轻易相信他人，可这一次，陈羡的闯入却一下子打乱了她固有的认知。

看着外婆的病一点点好起来，他陪着周柠高兴；看周柠低落难过了，他又故意讲一些冷笑话逗她笑。

每天晚上，直到护士赶人了他才走，第二天探视时间一到，他又准时出现在门口；嫌医院的饭菜不好，他一天三顿地去外面买了四人份的餐食带回来……原来在自己手足无措的时候，有人可以依靠的感觉也不赖；原来孤独害怕的时候，也可以尝试稍微接受一下他人的陪伴照顾。这感觉让周柠陌生极了，她既惊讶又害怕，不得不马上对自己喊停：你们两个天差地别，你们相处的时间也不过只有这短短十天，醒醒啊周柠，千万不要习惯了这种"习惯"，十天过后，剩下的依然只有你自己罢了。

周柠用手抵了抵心口，这颗心怦怦跳得莫名不舒服。今天一上午没见到

.051.

陈羡，居然感觉缺了些什么，他今天还会来吗？

闭上眼睛，周柠颓然地顺着墙滑了下来：停止吧，周柠，生活已经够苦了，别犯蠢。

"坐地上干吗呢？"

正当周柠出神之际，一个熟悉的声音突然传来。

周柠猛然睁开眼睛，只见陈羡拎着大包小包，笑吟吟地蹲下来看她，眼睛亮得像能看到人心里去。

"脸色怎么这么难看？"陈羡皱了皱眉，抬手想摸摸周柠的额头，却被挡了回去。

"我本来就这么难看。"周柠说着，站起身，揉了揉膝盖。

陈羡倒是被逗乐了："哪有人这么说自己的？"

周柠觉得有些心烦，自己正想从这种说不清道不明的情绪里抽离出去，还没完全想明白呢，这家伙又出现了，而且一上来就是又摸额头又对她笑的，心里刚建立起来的防线不知为何就松了一道口。

"你来干吗？"周柠硬起心肠，垮了垮脸。

"你这话问得奇怪，我不是一直在这儿？"陈羡莫名地看着周柠，不知这姑娘又犯什么脾气。

"你上午不是出去了？"

陈羡作出一副恍然大悟的表情，笑道："你是在怪我没跟你打招呼？我出去的时候你正好去医生那儿了，我想着也不会离开多久，就没等你回来。"

周柠深深吸了一口气，隐约觉得这谈话的方向不对。

"陈羡。"

"怎么了？"陈羡眼中的笑意还未完全散去。

"十天的体验期到了，你该回去了。本来说好的费用是三千块，但这些天你帮了那么多忙，这钱我们就不收了。上午我去医生那儿问了下这次的住院费，大概一万五左右。后天王伯来接我们的时候，会把家里的存折带来，到时候我一并还你。"

不带感情地把长长一段话说完，周柠看到陈羡眼里的笑意一点点散去。

"你认真的？"陈羡眼神里闪过一丝困惑。

"这有什么认不认真的？难道这钱我不用还了？"周柠轻笑着反问。

"说实话，我确实没想着要你还钱。就当让我帮你，行吗？"

周柠愣了一下，她只不过想故作轻松地开个玩笑，没想到他居然来真的。

"肯定要还的。陈羡，也许这点钱对你来说不算什么，但对我们来说是辛辛苦苦攒了很久才能攒下来的。如果不还，这钱就压在心上变成了一块石头，怎么都不会好受的。"

"好，那你就还。"陈羡感受到周柠的情绪不太对劲，不想在这个点上纠结，反正如果以后她需要帮忙，他又不会袖手旁观，"午饭吃了没？我现在去买点儿。"

"不用，今天妈妈买了病号饭，已经吃过了。"

"好，那晚上我再出去买。喏，这些给你。"

周柠冷不丁被塞了一堆纸袋："这是什么？"

"上午去商场，给你买了点衣服和鞋子。看你天天穿这病号服，鞋子也坏了，早想给你买一些。前几天外婆情况不稳定，不放心出去，今天终于有空了。"陈羡说得像是刚才的不愉快没发生过一样。

周柠愣愣地看着这一堆东西，半晌说不出话来。

"不合适怪我啊，第一次买女装，我也没经验。"陈羡又笑了笑。

"这些可以退吗？我不需要，你拿去退了吧。"

周柠的手悬在空中，陈羡却没接。

"周柠，你今天怎么了？"仿佛这些天的相处都不存在了似的，昨天还对他笑着的人儿，一上午不见，又回到了刚见面时充满戒备的样子。

"没怎么，就是真的不需要，过两天我就回去了，你拿去退了吧。"

"我做错什么了，还是哪里惹你不开心了？"

"都没有。"周柠摇摇头。

"那你怎么……"

"陈羡，我说过了，就是真的不需要。这些衣服看着也挺贵的，我没钱给你。"

"如果真的不需要，那你就扔了吧。"陈羡心里生出一股恼怒，"我下午去趟吴鹏远家，晚上再回来找你。"

再待下去肯定就要吵架了，陈羡转身想走。

"晚上你别来了。"

陈羡脚步一滞，转过身来，看到周柠举着袋子的手还停留在半空中。

"周柠，接受别人的好意，对你来说这么难吗？"陈羡强忍下心中的不快，尽量缓了缓语气，"我去趟吴鹏远家，有什么事，晚上再说吧。"

没给周柠再一次反驳的机会，陈羡大步流星地离开了。

周柠愣愣地提着袋子，收也不是，扔也不是，也不知道陈羡晚上回来还要说什么。

她拿着东西回到病房，刘佳一眼就瞧见了，走过来扒拉了一下，问："哪儿来这么多衣服？"

"陈羡买的。"周柠硬生生地说。

刘佳疑惑："给你的？"

"嗯，说是看病号服不合身。"

"这怎么好意思，又让人破费了。"刘佳随手拿起一件，"这衣服可真好看，城里的衣服就是不一样啊。"

刘佳又轻轻拿起鞋盒，想拆开看看，她脸上喜滋滋的表情却让周柠更心生烦闷。

"别拆了。"周柠抢过袋子，"我没说要，要还回去的。"

刘佳显然没想到女儿会是这个反应，有些语无伦次起来："怎么了？我就是觉得小羡这孩子挺好的。"

"柠柠说得有道理。"这时，一直沉默的外婆开了口，"而且拿人手短，到时候还不起。"

周柠感激地看了一眼外婆，抢过妈妈手里的衣服，扭头又出了病房。

妈妈有这个反应不奇怪，她一直是这样，习惯靠着别人生活。爸爸在的时候靠爸爸和婆家，爸爸走了，又回到娘家靠着外婆生活。她辛苦，也付出了很多，但独立自主的魂儿仿佛就没长出来过，依然把别人偶尔的垂青当成是自己生活的救命稻草。倒是外婆，看着女儿这一路含辛茹苦地走来，早明白靠着别人的幸福就像建在沙地里的城堡，根基不稳，早晚要塌的。

拎着这些大大小小的纸袋，周柠不知为何就走出了住院楼的大门。她深深吸了一口气，看着来来往往陌生的脸，反倒放松下来。

她走到旁边的林荫小道上，打开纸袋，拿出陈羡给她买的衣服，一件件欣赏，又一件件叠好放回去。指尖拂过褶皱，都是顶好的料子，穿上去一定舒服极了，而且不得不说，每一件都好看，都符合她的审美。如果她有钱了，也不一定能买到比这些更合适自己的。

周柠把小黑裙放在脸上轻轻摩挲，如果她是能坦然穿上这些衣服的人该多好啊，可惜她不是。

同样在住院楼大门口深深吸了三口气的，还有十分钟前走出来的陈羡。可即使做再多的深呼吸，他也没办法遣散胸中的郁闷。他不明白，短短一个上午，周柠怎么就又变回了油盐不进的样子？

昨晚在医院的走廊里，他俩还笑着聊天，周柠一边吃他买回来的比萨，一边说再这样吃下去，到外婆出院那天自己非得胖五斤不可。

她明明接纳过他的好意，可一转头，又不要了。她眼里的情绪明明复杂又犹豫，可究竟为了什么，她却从来不说。

陈羡真是猜不透。

"喂喂喂，你还能不能好好干活儿了？"吴鹏远说着拿走了陈羡手里的焊枪,"你还是别摆弄这个了,心不在焉的,我怕你烫到自己。"

陈羡蔫蔫地摘下护目镜,不置可否。

"咋了这是?遇上什么不顺心的事了?"好朋友的异常太明显,吴鹏远盲猜了一个,"和医院里那姑娘有关?"

"这么明显吗?"陈羡向后一倒,靠在了椅背上。

"嚯,展开说说。"吴鹏远来了兴致,扔下手中的工具,挪来一把椅子横跨着反坐在陈羡身边,"我第一天见到她,就觉得你反常得很明显啊。这几天你来去匆匆的,问你你就傻乐,啥也不说。这下吃瘪了,倒是愿意讲了?"

"你怎么知道我吃瘪了?"陈羡皱眉。

"都写你脸上呢,瞎子都能看出来。"吴鹏远嘲笑道,"说出来,我帮你分析分析。"

陈羡看着自己这位死党一脸跃跃欲试的表情,欲言又止了几次,终于问出了口:"你说,一个女孩子对你忽冷忽热的是什么意思?"

"怎么个冷法,怎么个热法?"

"冷就是不理你,不接受你的任何好意,恨不得你赶快走。热就是跟你聊天的时候也会笑,会吃你买来的东西。"

"听着也没有多热。"吴鹏远若有所思。

陈羡有些后悔上了吴鹏远的当,跟他说这些干吗?

"但是!"吴鹏远转了个弯,"既然她对你的态度有变化,说明你还是能引起她的情绪波动,没必要对一个无关紧要的陌生人这样,对吧?

"但这情绪波动真不好说,有可能是真的不想理你,也有可能是欲擒故纵。

"欲擒故纵?"陈羡重复了一遍,觉得周柠跟这个词八竿子打不到一起。

"对啊,就是冷着你,想看你的反应,试探你有多关心她。"吴鹏远肯定地说,"要不然你也学着点,别上赶着天天在人眼前晃悠,你一段时间不出现,她可能反而更惦记着你的好呢。"

陈羡摇了摇头,苦笑一声,觉得这招对周柠怕是行不通。如果他真不出现,周柠恐怕只会想本来就该这样,然后一转头把他忘得干干净净。

"没想到我们陈大公子也有跟我们普通人一样坎坷的时候。也难怪,谁让你就喜欢迎难而上。"吴鹏远调侃。

"你这都什么用词?"陈羡不满道。

吴鹏远又问:"她知道你的心思吗?"

"反正我没说过。"

"要不你问问?"

陈羡抬头看了眼挂在墙上的时钟,秒针"嘀嗒嘀嗒"地走,时针已经指向了七点。往常这个时候,她们应该刚吃完晚饭。

该问吗?

陈羡搓了搓手指,陷入沉思。

和妈妈闹了些不愉快,早早吃过晚饭,周柠不愿在病房里待着,一个人百无聊赖地坐在走廊的长椅上想心事。不一会儿,隔壁病房一姑娘也抱着笔记本电脑走出来,坐到了她旁边。那姑娘穿着病号服,大夏天的还戴着帽子,估计是这里的病人。

"你什么病?"那姑娘打量了下周柠,开口问道。

周柠愣了一下,意识到是自己这身病号服惹了误会,忙解释道:"我不是,我是来陪护外婆的。这衣服是护士好心借我换洗的。"

那姑娘"哦"了一声:"怪不得看你天天晚上睡这儿。我叫汪小敏,你呢?"

"周柠。"

"一起看电影吗?"汪小敏打开了电脑。

"好啊。"周柠凑了过去,又疑惑地问,"你怎么不躺床上看,床上多舒服。"

"嗨,隔壁床的病人在哭呢,听着心里烦,出来透透气。"汪小敏眨了眨眼,点开了一部电影,"这部我看了好多遍,还是很喜欢,一起看吧。"

汪小敏选的是一部黑白影片,奥黛丽·赫本一出来,周柠就被迷住了,世界上居然还有这么美丽的女人。

影片不长,屏幕黑了音乐响起时,周柠还沉浸在剧情中无法自拔。

"是不是很好看?"汪小敏合上电脑抱在腿上,"我看了好多遍,还是看不腻。"

"真好看,我看的电影不多,这部是我看过最好看的了。"周柠感慨道,"就是结局好可惜,他们之间隔着山海,终究没办法在一起。"

"那又有什么关系呢?这一天很宝贵不是吗?你能想象这部电影拍的只是一天的时间吗?"

"是啊,就短短一天。"周柠喃喃道,"你说,对于安妮公主来说,这一天遇到了Joe到底是幸运还是不幸呢?"

"当然是幸运,怎么会不幸呢?"汪小敏瞪大了眼睛,仿佛在诧异周柠怎么会问出这样的问题。

"这意外的美好只存在一天就消失了,往后想起来,是开心更多还是难过更多?"

汪小敏笑了笑摘下了帽子,露出光秃秃的脑袋:"对于我们这种不知道明天和死亡哪个先到来的人来说，美好的一天多宝贵啊。想那么多干吗？当下的快乐先拥抱了再说。即使是安妮公主，这一天也是她一生中最珍贵的回忆呀。"

周柠蜷在长椅上，抱着双腿，笑得有些疲倦。她觉得汪小敏的话很有道理，但心里还有些绕不开的坎儿，具体是什么，她还没想明白。

"好了，我回去了，隔壁床估计哭完了吧。"汪小敏戴上帽子，冲周柠俏皮一笑，"我看前些天不是有个小男生陪着你吗，怎么今天不来了？"

"他啊……"周柠抬头看了眼墙上的时钟，已经快八点了，"我也不知道他会不会来。"

汪小敏走了，周柠还缩在椅子上回味刚才的电影。如果安妮公主没有偷偷跑出来，她就不会遇上Joe，她本不知道世上还有这样的人，不知道人生可以这么轻松快乐。没体验过这些，是否更能适应原本并不喜欢却不得不过的生活？如果短暂地相逢，要以漫长的遗憾为代价，是不是还是让一切不要发生更好？

入夜了，病房褪去了白日的热闹，走廊里静悄悄的，陈羡来的时候，周柠还是一动不动地蜷在椅子上。

"周柠。"陈羡轻轻走到周柠身边，蹲下来看她。

也许是想得出神，周柠看陈羡的眼神显得蒙蒙的，全然没了中午那会儿的戒备与警惕。

这姑娘的情绪还真是一天三变。陈羡轻轻叹了口气，问："后天外婆就该出院了，最后这两天，你一定要跟我闹得这么不愉快吗？"

周柠的眼神黯了黯，没有答话。

陈羡起身坐到她身边，自顾自地说："外婆的身体没大碍了，本来我还想明天带你出去玩一玩的，在你回去之前。"

"像《罗马假日》那样吗？"周柠突然冒出一句。

陈羡一愣，没反应过来："什么？"

"没什么。"周柠自嘲地笑了笑，又摇了摇头。

"说真的，明天一起出去玩吧？你不是很少来市里吗？我带你走走。"

今天下午那会儿，陈羡气得都不想提这茬了，反正提了也白提。可刚刚看到周柠那蒙蒙的样子，却让他莫名又产生了这股冲动。

周柠不说话，陈羡又试探着问："怎么？担心外婆吗？"

周柠摇摇头。

"那是怕你妈妈不允许？"

周柠又摇摇头。

"有时候，我真搞不懂你。"陈羡无奈地说，"你在想什么，能不能告诉我？"

"我们才认识几天呀？你当然不懂我。"周柠笑了笑。

"那你说，我们认识几天了？"陈羡反问道。

周柠掰起手指数了数："从你第一天来东岙村算起，咱们这是认识十二天了？"

陈羡摇摇头："不，我们都快认识十年了。"

周柠哑然失笑，想都不想地就反驳道："怎么可能？"

陈羡一副失望的样子，他把手腕伸到周柠眼前："你真的想不起我是谁吗？我一直等着你想起来呢。"

陈羡手腕上的疤痕清晰可见，周柠疑惑地摸了摸，可依然不知道陈羡指的究竟是什么。

见周柠一头雾水的样子，陈羡轻轻叹了口气："你还记不记得，八岁那年夏天，你为两株被毁的草莓秧子大哭了一场？"

陈羡这么一说，周柠倒是有些印象，从那以后她再也没吃过草莓。

"那你记不记得毁你草莓秧子的那个小女孩和站在旁边被无辜卷进那场风波的小男孩？"

周柠愣了愣，记忆开始逐渐复苏。她记起自己当时气急败坏地跟那个小女孩打了一架，还害得上来拉架的小男孩摔在地上，手腕流了好多血。

"你不会就是……"周柠恍然大悟地看向陈羡。

"就是我了，这儿缝了十三针呢。"陈羡眨了眨眼，可怜巴巴地说。

"啊……"周柠一时不知该说什么，"你怎么不早点告诉我？"

"我还以为你能想起来呢，我可是第一眼就认出了你。"陈羡不满道。

"你怎么认出我的？"

周柠非常惊讶，第一次见面年纪尚小，近十年过去，两人早已变了模样。

陈羡"嘿嘿"一笑："你记不记得我来的那天你在干什么？"

周柠又在脑海中搜寻了一番，很无语。

陈羡笑起来："那发起狠来的劲儿跟小时候一模一样的，所以我一眼就认出你了。"

这下轮到周柠不好意思了："怎么老被你瞧见这种糗事……"

"不会啊，挺可爱的。"陈羡想起那几幕，嘴角掠过一丝笑意。

"你是不是被我打傻了，缝了十三针呢。"周柠抱歉地抚了抚陈羡手腕上的疤，"当时不知道会这么严重，你爸后来也没追究责任，我就渐渐忘了。对不起啊，迟来的道歉。"

"光道歉就行了啊？没有诚意。"陈羡撇了撇嘴。

"那你要怎么样?"

像是好不容易抓住了周柠的小辫子,陈羡开心起来,眼睛笑成好看的弧度:"我们明天一起出去玩吧。"

看着眼前这个有些紧张又满是期待的男孩儿,周柠觉得心里隐隐透出些酸疼来。

犹豫了好一会儿,像是终于下定决心似的,周柠展颜一笑,回应道:"好。"

就当是一日罗马,做一日美梦。

"还有一个请求。"陈羡开始得寸进尺。

"什么?"

"我送你的衣服,你收下吧,明天挑件你喜欢的穿出来。"

周柠微微一怔,迟疑着,没有回答。

"好不好嘛?反正我是不会去退的,也没有别人要送,你不要,那就只能是浪费了。"陈羡这可怜巴巴的语气也不知道是装的,还是真的。

周柠咬了咬牙:"好,那这些衣服我收下了,谢谢。但我有两个条件。"

"什么?"

别说是两个,一百个都答应啊!

"仅此一次,你不能再乱花钱买别的东西了,我不会再收你的礼物。"

"好!"陈羡举起三根手指,作发誓状。

"还有,把你银行卡号告诉我,等我拿到存折了,马上还你钱。"

"行吧。"

陈羡起身去护士站要了纸笔,匆匆抄下卡号,想了想,又把自己的手机号也写了下来。

"这下好了吧?明天能安心出去玩了?"陈羡笑着问。

"嗯。"周柠小心地将纸片叠好放进口袋里,"明天你带我去哪儿?"

"还没想好,中午被你气得都不想想这事了,晚上我再好好琢磨琢磨。"

"好吧。"周柠无辜地眨了眨眼睛,"明天我保证不气你了。"

"这可是你说的,不许食言哦。"

"好啦,探视时间到了,无关人等快离开啦。"小护士笑着走了过来。

这些天,护士们都已经习惯这个"无关人等"在病房周围晃悠来晃悠去了,非得到病房赶人了,他才依依不舍地离开。

"好咧,我这就走。"陈羡朝护士点点头,又转头对周柠说,"明天早上我来接你,你可别食言啊。"

"知道了,你快走吧。"周柠冲他摆摆手,微微一笑。

大伙儿都睡下后,周柠拿着那几个纸袋,蹑手蹑脚地走进卫生间。

明天穿哪件好呢？

小黑裙真美，可似乎太隆重了，显得自己对于明天一起出去玩这件事多在意似的，不合适。

挑了一会儿，周柠选中了那件印着小兔子的T恤，简单又自在。而且一看到这只发起狠来的兔子，周柠大概能想到陈羡当初买它的心情——一定是意有所指！

周柠笑了笑，把其他的衣服叠好，轻轻放回去。

这天晚上，两个人都失眠了。

陈羡是高兴得睡不着，觉得终于有了一个好的开始。

周柠想的却是好好画上一个终点，敞开心扉去拥抱这一日罗马，本就已经是太过冲动的决定。

3：我不想当陌生人，行吗？

第二天一早，周柠换上那件奶凶奶凶的兔子T恤，配了西装短裤和运动鞋，清清爽爽地站在住院楼门口等陈羡。

刘佳对她要出去玩倒是没什么异议，毕竟难得来一趟市里，外婆情况稳定了，她出去玩玩也是应该的。在本该玩耍的年纪，周柠已经为这个家承担了太多。可奇怪的是，周柠昨天还因为这些衣服闹得有些不愉快，今天又自己穿上了，刘佳真猜不透女儿心里到底在想什么。

"这儿呢。"见陈羡急匆匆地往楼里走，周柠赶紧叫住了他。

"你都出来了啊。"陈羡停住脚步，眯起眼睛细细打量了一番周柠，"我的眼光还是很不错的嘛。"

周柠有些不好意思地低头笑了笑。

陈羡倒是很喜欢看她这个样子，平时老像个拒人于千里之外的小刺猬，这会儿才显出这个年纪的女孩特有的娇憨来。

"你要带我去哪儿玩？"周柠问。

"去欢乐谷吧，适合夏天，好吗？"

昨晚陈羡琢磨了半天，去景点或者逛街没太大意思，游乐场倒是个不错的选择。周柠这段时间弦儿绷得太紧，应该去个快乐的地方好好放松。

周柠点点头。她也知道欢乐谷，县一中不少同学暑假都会拜托家长带着或结伴去那里玩，据说刺激得很。

走出医院，陈羡伸手拦了一辆出租车。

一早气温还不算高，司机师傅估计为了省油，不舍得开空调，四面敞着窗透风。微热的夏风吹来，撩起周柠耳边的碎发，她一路偏过头看窗外，似乎在静静地欣赏这座城市。

周柠不说话，陈羡也就陪着她不说话。这城市的街景他早已熟记在脑海里，可今天却瞅出了一丝新奇来。比如，他从没注意高架两边的满了盛开的月季，一团团粉红嫩黄竞相开放，向无限的远方延伸出一条花路来。

陈羡不知道，这花究竟是本来就在这儿，还是偏偏选了今天绽放？

一进欢乐谷的门，气温又比刚才那会儿上升了两三度。

"想玩哪个？"陈羡笑着问。

"你推荐什么呢？"

"有刺激的和不刺激的，旋转木马那些比较温和，过山车什么的就比较刺激了。"

周柠爽快地说："那我要玩刺激的。"

陈羡眉毛一挑："行，那咱先玩过山车。"

踩着点入园，幸好游客还不多，没排多久就轮到了。

落座后，陈羡帮周柠系上安全带，又仔细检查了一遍后，问道："以前玩过吗？"

周柠摇摇头："我这是第一次进游乐场。"

"那一会儿开起来速度可快了，尤其是往下冲的时候，你做好心理准备哦。"陈羡显得很有经验的样子，得意地朝周柠伸出手，"太害怕的话，手借给你握。"

陈羡这副得意的样子在连续坐了三遍过山车之后，终于维持不住了。

"不是……我说……周柠……你不晕吗？"在周柠想排队坐第四次的时候，陈羡忍不住扯了扯她的袖子，看向她的眼神都变得有些惊恐。

"不会啊，过山车可真好玩，我太喜欢了。"

周柠仰起头看向那高耸入云的庞然大物，她尤其喜欢瞬间失重的感觉，仿佛灵魂暂时逃离了肉体的束缚，得以在空中自由地盘旋和飞翔。强大的压迫感袭来，她无法思考任何事，只能拼命尖叫去对抗心跳加速。她从没试过这样尖叫，尽管这十七年来，她有过无数次想要尖叫的瞬间。

"可是游乐场还有好多项目呢。"陈羡试图换一种角度说服她，"你就可着这一个坐，其他的都没时间玩了。"

陈羡的话也不无道理，周柠向四周张望了一圈，抬手指向另一个方向："那就去玩那个，看着也不错。"

顺着周柠手指的方向看过去，陈羡一时不知该哭还是该笑。

"走。"他咬咬牙，应道。

不就是跳楼机吗？自己可是要开赛车的人，还能输给小姑娘不成？

座位已被太阳晒得滚烫，周柠双手紧紧抓住安全带，仰头迎着太阳，闭着眼感受座位缓慢上升。

趁还没升到最高点,陈羡侧过头问她:"你不害怕吗?"

"害怕。"

"那还一次次玩?"

"感觉太好了,好像可以把整个世界甩掉。"

周柠话音刚落,跳楼机就从六十米的高空急速坠落,震耳欲聋的尖叫声弥漫开来,瞬间淹没了其他情绪。

陈羡死命靠在椅背上,努力对抗着这巨大的失重感,费劲地想睁开眼看周柠。蒙眬中,周柠不知道是在哭还是在笑,只听她放声尖叫着,似乎想把所有压抑在心中的苦闷全喊出来宣泄掉。

再没有贫困的烦恼、病弱的亲人、独撑的压力、重男轻女的悲哀,在这个失重的世界里,安全带牢牢绑住了她,她却意外获得了自由。

陈羡突然明白了周柠一次次重复这些极限项目的原因。

从跳楼机上下来后,陈羡有些想吐,腿也不由自主地微微发抖。为了不在周柠面前露怯,他只得装出一副若无其事的样子,硬着头皮跟在她身后。

"你是不是害怕了?"走到树荫下,周柠问。

"当然没有。"陈羡假装轻松地撩了把头发。可笑,男人怎么可能承认自己害怕。

"啊,本来还想你太害怕的话手借给你握。"周柠笑吟吟地伸出手,又作势要收回去。

"哎哎哎,等等。"

一秒钟都没犹豫,陈羡赶紧握住了周柠的手,晚一秒都怕她反悔。

害怕……那就害怕好了,他现在是真的站不稳。

"周柠,你真的是第一次来游乐场吗?这不科学……"紧紧握着周柠的手,陈羡吞吞吐吐地说,"我觉得早饭都快吐出来了。"

"那一会儿陪你坐旋转木马那些轻松的?"

陈羡感觉受到了一万点暴击,在那小破村也就罢了,没想到到了他的地盘,依然要被周柠藐视。这真的不科学!

"陈羡!你怎么在这儿?"

陈羡吓了一跳,一回头,吴鹏远像个二愣子似的,两眼放着光,兴冲冲地向他走来。后面跟着的,居然还有七八个同班同学……

周柠火速抽回了手。

陈羡咬牙切齿地问:"你怎么会在这儿?"

"嗨,早上无聊,刘阳他们问我来不来欢乐谷玩,我就答应了啊。"吴鹏远凑到陈羡跟前,压低声音,"你早说你要来这儿啊,我就劝他们别来了,刚他们都看见你了，这不打招呼也不合适啊，是吧？"

陈羡腹诽道：是你个大头鬼。

"陈羡，好巧啊，没想到今天能遇见你。这是谁呀？不介绍一下吗？"一个男同学语气揶揄。

"我朋友，叫周柠。"陈羡无奈地介绍完后，又转头对周柠说，"这些是我同班同学，吴鹏远你见过了，这是刘阳，还有张腾健、付百航等。"

"喂，什么叫等啊？"被忽略了名字的三个女同学明显不乐意了。

"刘颖、王双双、李娜，行了吧？"陈羡只得挨个介绍了一遍。

"你们好，我是周柠。"周柠作了自我介绍。

这帮同学毫不掩饰好奇的眼神，来回打量着两人。

"好热，玩了大半天了，去喝杯东西吧。"吴鹏远提议。

"好啊好啊，正想吃点冰的。那边有卖沙冰，去坐会儿吧。"刘颖立马响应。

一伙人都盯着陈羡，大有不拉他一起不罢休的架势。

带来的水早已喝完，陈羡正好也觉得有些渴了，用眼神征求了下周柠的意见，见她没有反对，也就答应一起去吃冰。

到了地方，女生们赶忙占座位，男生们负责排队去买。陈羡本不想留周柠一个人，可自己要跟一堆女生一起等着也显得怪怪的，只得加入了排队的行列。

"你和陈羡什么关系？"陈羡一走，女生们就忍不住八卦了起来。

"朋友？"周柠想了想说。

王双双故作夸张地说："这得是多好的朋友啊，还拉着手呢。"

"他坐跳楼机有点晕，我扶他一下而已，不是你想的那样。"周柠解释。

"就这样哦？"

周柠点点头。

几个女生有点扫兴，又见她不怎么想聊天，几人你看看我我看看你，只得将话题扯开。

很快，男生们就买了沙冰回来。

陈羡递了一杯红色的给周柠："草莓味的，看看喜不喜欢？"

周柠知道陈羡为什么会特意挑草莓味的，笑着接过，尝了一口，又甜又清爽的味道直钻心里。

见周柠爱吃，陈羡才放心地用小勺挖了一口自己手中的杧果沙冰。

"陈羡，你是不是该回归了？哥们儿还等着你开黑呢。"刘阳一边大口嚼着冰，一边嘟囔。

张腾健也赶忙说："就是，你不在，我们都被虐惨了，大神求带啊。"

"后天是不是差不多能约了？"吴鹏远知晓内情，瞟了陈羡一眼。

"唔……"陈羡却支支吾吾有些答不上来。

平时放假，他除了偶尔学习，大量时间都花在研究赛车相关和跟这帮哥们儿一起玩游戏上，去乡下前一晚，他还恋恋不舍地打了个通宵。可这快半个月过去了，他竟然连游戏的影儿都没想起过。

他们从游戏聊到学业，从暑期生活聊到想考的大学，周柠在一旁静静地听着。在此之前，一直是陈羡走进她的世界，陪着她在烈日暴晒下干农活儿，陪着她趁着月光抓泥鳅，甚至陪着她在大雨倾盆中送家人去医院，而她从没了解过陈羡的世界是怎么样的。

在同学们的言谈欢笑中，周柠渐渐拼出一个不一样的陈羡来，可越拼越觉得遥远——那才是他的世界，一个充满阳光、自信又轻盈的世界。他的生活、他的热爱，都离自己很远很远，这十天对他而言，简直是某种误入。

手中的草莓沙冰渐渐变得苦涩起来，周柠轻轻放下了杯子，任由它慢慢融化成水。

感觉到周柠的情绪在一点点下降，吃完冰，陈羡说什么也不肯再跟其他人一路，道了别就和周柠离开了。

"一会儿还想继续玩吗？"陈羡问。

周柠摇了摇头："已经玩够了。"

"本来晚上还打算带你去吃顿大餐的，可现在一点胃口也没有了。"陈羡抱怨，"你也玩太多次过山车和跳楼机了，我现在胃里都翻江倒海的。"

"其实我也有点儿。"周柠说。

"是吗？我还以为你是钢铁女战士呢，一点反应都没有。"

"反正比你强那么一点儿吧。"

"喊。"陈羡没好气地翻了个白眼，"你那是非人类。"

"要不然我就回医院了，今天已经玩得够尽兴的……"

"那怎么行？"周柠话还没说完，陈羡立马打断道，"我想想我们吃点什么去，中午也没吃东西，现在还真是想吐都吐不出什么来。"

陈羡皱着眉头的样子颇为可爱，周柠的心又软了，就在树荫下等着他想点子。

"对了，要不然去吃素食吧，有家素食馆不错，感觉不腻，适合咱俩这情况。"陈羡终于想到了合适的餐馆，沈清文带他去过几次，"咱们从这儿走过去，也不算太远，路上正好再散散这劲儿。"

"行。"周柠答应。

街道两旁的梧桐已经矗立了几十年，一到夏日，就长出层层叠叠的深绿来，延绵成一片望不到头的绿荫，在烈阳下庇护着来来往往的路人。

"N市市区好美，树美花也美，以前来过两次，都是匆匆办个事，还从没这么逛过。"见路旁的花开得热闹，周柠不由得感慨道。

"东峎村不也挺美的？在家里就可以望到山，一眼看去都是绿色。"陈羡说。

周柠摇摇头："不一样。"

市区里的美是被人精心维护过的，树长在哪儿、花开成什么样，都被设计成刚刚好的样子。东峎村当然也是美的，是另一种野蛮生长的美，只不过生活在里面的人被生计压弯了腰，很难有闲心去品味那一花一树的美。

"东峎村就是地理位置太偏了，以后交通能方便些的话，估计就能发展起来。"陈羡若有所思，"现在都流行搞农家乐，说不定是个机遇呢。"

"哪那么容易，四周都是山，交通太不便了，我小时候出个村都难。现在公路修好了，从外面开车进来也要四个小时，还都是盘山公路，绕得人头晕，谁会费那么大劲儿来一小破村。"周柠说。

"别这么想嘛，事情总是在变化的。"

陈羡顿了顿，又说："如果觉得市区美的话，以后你也来这儿，好吗？"

周柠轻笑了一声："我怎么来这儿？明天就得回去了。"

"不是说现在。"陈羡停下脚步，认真地看周柠，"我会考Z大，希望到时候你也在。"

周柠愣了一下，一时没有说话。

其实除了清华、北大，Z大和其他几所大学到底谁是TOP3，总能在网络上引起一片激战。对县一中的学生来说，成绩排名前二十的才有希望达到Z大的分数线，已是相当不易。

"那也得Z大要我才行啊，我成绩还差点儿呢。"周柠打了个哈哈。

"这不还有一年嘛，努力一把也不是没戏啊。我看过你的卷子，很接近了。"陈羡又说。

周柠没有接话，只是轻笑了一下又往前走去。

陈羡有些失望，她总是这样，每当他觉得能稍微走近她一点的时候，就会撞到一道无形的屏障，又把他撞开好远。

他从来都搞不懂周柠。

进了素食馆，周柠翻开菜单，一道道精美的菜肴映入眼帘——松茸杂菌汤、九层塔茄子、羊肚菌、糖醋藕排、金刚沙豆腐……

有些珍贵的食材周柠没见过，那些普普通通的茄子豆腐居然也摇身一变成了精美佳肴，根本看不出原先的样子，价格也贵得令人咋舌。

周柠合上菜单丢在一边,她早该想到的,陈羡要带她来的素食馆,绝不只是青菜萝卜那么简单。

"你尝尝这个,节瓜慢炖竹荪汤,挺清爽的。"陈羡说着舀了一碗递给周柠。

周柠拿起勺子尝了一口,果然有股淡淡的清香,很是开胃。这一口她便明白了陈羡选这儿的原因,菜清淡精致又好看,每份量不多,在大夏天很能勾起人的食欲。

"好喝吗?"

"很好喝。"周柠笑了笑,"不是你,我还不知道素菜能做成这样。"

"是吧,我第一次来的时候也挺惊讶的。你再尝尝这豆腐,不说我都不知道是豆腐做的。"陈羡说着又给周柠夹了一块豆腐。

"你家吃饭都这么讲究吗?"周柠问。

陈羡刚来东岙村的前两天,她是有误会过他大少爷做派,可后来他喝白粥啃红薯的样子让她不得不放下了这种成见。今天这一餐,又让周柠再次感觉到陈羡跟她是不一样的。

"哪会,我也没来过几次,要不是今天没有胃口,也不会想到来这儿。"

陈羡是打算和周柠好好聊一聊的,毕竟周柠明天就要回去了,这次他可没有理由再跟着回去。别说是他家里不会答应,周柠都绝不可能点头的。

但分别是暂时的不是吗?他还有好多话没说,比如"暑假还有一个多月,我经常来看你好吗""有困难随时找我帮忙啊,电话号码不都给你了吗",又比如"考Z大啊,你到底愿不愿意"……

陈羡想等一个更好的时机开口,像那晚在月光下的小河旁,周柠偶尔流露出脆弱的时候,或是昨晚在医院走廊长椅上,周柠蜷着身子神色茫然的时候。这种时候,他才有把握周柠能放下她的一身戒备,好好听一听他的心意。

可不巧的是,陈羡还没准备好开口,就永远失去了这个时机。

"哥,你怎么在这儿?"

陈羡瞬间头大,这已经是一天之内第二次听到"你怎么在这儿"这句话了。N市这么小吗?非得都挑这一天和他偶遇?

一回头,好家伙,不光陈悠在这儿,沈清文也一脸问号地盯着他。

陈羡有些后悔,光想着这家餐馆菜品合适了,没想过这也是他妈妈最爱的餐厅之一。

周柠随着陈羡瞬间僵硬的视线转身向后看去,只见一个保养得当的中年女子拎着一个精致小包,惊讶地朝他们走过来,后面还跟着一个穿着淑女裙的小姑娘。

"哥,你和同学吃饭吗?"站定在桌旁,陈悠抢先开了口。

"嗯……"陈羡只能点头,"妈,你们怎么来了?"

沈清文犹疑地上下打量着周柠,这还是她第一次看见儿子单独跟女生吃饭。

周柠一天之内已经第二次被这种目光审视了,感觉很不舒服,但也只能硬着头皮说:"阿姨好。"

"你是羡羡的朋友吗?叫什么名字呀?"沈清文刻意收起眼中的疑问,换上一副和蔼的面容看向周柠。

"我叫周柠。"

"哦?你俩同班的吗?好像以前没听过班上有叫周柠的呀?"沈清文故意问。

"不是,我……"

"妈!"周柠话还没说完,就被陈羡打断了,"你俩快去吃饭吧,别在这儿查户口了。"

陈羡这么一说,沈清文反倒拉开他身边的椅子坐了下来,并用眼神示意陈悠也坐。

"都碰到了,另开一桌像话吗?"沈清文不以为意,又喊服务员,"服务员,我们再加几个菜。"

"妈……"陈羡非常无语。

沈清文一直就是这样一个母亲,无微不至,但掌控欲也很强。她宠起孩子来可以说是有求必应,但同时也总试图渗透进孩子生活的方方面面,比如从陈羡、陈悠幼儿园到高中,她都是家委会的成员,对班上有多少个学生、叫什么名字,甚至学生们的父母是什么职业都门儿清。今天这样的场合,突然发现儿子生活中出现了自己不知道的女生,儿子还有意遮掩,对她来说就成了必须要弄清楚的事,丝毫没有考虑过什么边界感的问题。

就因为知道母亲的性格,陈羡十来岁自我意识刚觉醒时,就开始对家里不报喜也不报忧,想什么、在干什么,从来不爱跟沈清文说。他生性自由,那些出格的事等沈清文知道,往往都已经干完了。这也让沈清文常常感伤,儿子翅膀硬了不好管,幸亏女儿一直以来都安安心心地待在自己身边,不然她真的太没存在感了。

换作往常,陈羡早拍屁股走人了,可今天不行。他不能拒绝沈清文坐下,不然在妈妈眼里,自己一定有鬼;也不能拉起周柠就走,怕周柠心里不舒服,就好像她见不得人一样。这感觉让陈羡如坐针毡,十分难受。

沈清文又摆上了笑眯眯的面孔:"既然不是同班的,那你们是怎么认识的呀?"

"阿姨,我是东岙村的,陈羡前些天不是去东岙村体验生活吗?我们就是这么认识的。"周柠回答得不卑不亢。

"哦?"沈清文意外地看了她一眼,"你今天怎么来市里了?"

"我来办点事,正好遇到陈羡,他就说请我吃个饭。"周柠笑道。她和陈羡想的一样,敷衍过去就行,没必要说太多。

"这样啊。"

沈清文暂时没有追问。她看了两人一眼,女孩儿倒是说得轻描淡写,像真是一场再平常不过的偶遇。可儿子担忧又克制的眼神却出卖了他,毕竟年轻,心事写在脸上,根本不懂掩饰。

"东岙村这些年建设得好点儿了没?我小时候去过一次,可真是太破了。"在一旁的陈悠突然开口,"当时我和哥哥都说,这辈子都不会再回去了,哈哈哈。"

陈羡的表情顿时有点尴尬,周柠却不觉得有什么:"你爸爸来扶贫的时候,为村里做了不少实事,肯定比之前要好一些。"

这个回答倒算是让沈清文满意,小姑娘还挺会说话。

陈悠又像想起了什么似的,说:"那次我们还遇到了一个特别野蛮的丫头,把我哥都打伤了,手上流了好多血呢,现在还有疤。"

"呵……是吗?"这下周柠都觉得有些尴尬了。

陈羡没好气地往陈悠碗里夹了一口菜:"吃你的吧,话那么多。"

沈清文不动声色地看着几个孩子插科打诨,心中浮出一个疑问:"陈羡这次是不是就住的你们家?给你们添麻烦了吧?"

周柠点点头,又摇摇头:"是住我们家,但不麻烦,也没特别招待他。"

果然!

沈清文在心中暗骂丈夫糊涂。陈振涛嫌她把孩子惯坏了,这次去东岙村的安排他全权负责,严禁她插手。她问儿子住哪儿,他也只含混一句:"干吗?你还想偷偷溜去看啊?告诉你,不允许啊,你儿子就得吃点苦!这十天你别联系他!"

可男人的心思哪这么细,要换自己来,沈清文肯定不会让两个青春期的男孩女孩住一起啊!

说话间,新加的菜端了上来。

沈清文往儿子碗里夹了一根芥兰:"多吃点儿,乡下住不惯吧,我看你这十天都饿瘦了。"

陈羡气笑了:"我哪有瘦?妈,你别太夸张了。"

沈清文并不理会他,又给周柠夹了一块豆腐:"你不说,我也知道,这些天陈羡肯定给你们家添麻烦了。我这儿子,从小好日子过惯了,吃穿用度都是最好的,排骨只吃肋排连着软骨的那一小块儿,海鲜都要活蹦乱跳的,水果更是一点儿蔫儿了的都不碰。本来我也不赞同他爸的安排，后来想想也对，人还是应该吃点苦，不然不懂得珍惜。就是给你们添麻烦了，阿姨谢谢你啊。"

沈清文话说得客气，可字字句句都含着别的意思。周柠不是傻子，当然听得出来。

她猛然想起了八岁那年，也是眼前这个女人，一脸嫌弃地站在东峎村那间破破的村委会办公室里，后来又指着她的鼻子，气急败坏地让她赔医药费，还让她把家长叫过来，说爸爸没了，妈妈总还在吧。

"妈，你说这些干什么？何况我什么时候这样了？"陈羡显然已经有些生气了。

沈清文又笑了："行了，不就说你两句嘛，吼什么？悠悠，你可别跟你哥学，没大没小的，不然小心你爸也送你去体验生活。"

"我才不要去！"陈悠立马噘嘴。

"你闭嘴！"

陈羡凶巴巴的语气让陈悠吓了一跳，小公主立马委屈了起来："你干吗凶我？"

"好啦好啦，你们俩吵什么？"沈清文冲周柠抱歉地一笑，"他们俩兄妹从小吵到大，让你见笑了。这不，刚觉得家里安静了十天，又要吵上了。"

"你要是觉得吵，我就不回来了。"陈羡的脸很臭。

沈清文皱眉："你说这话什么意思？你还能去哪儿？"

"我有的是地方去。"陈羡没好气地说。

"行啦，让你朋友笑话。"

"你也知道让人笑话。"陈羡冷笑一声。

沈清文瞟了一眼周柠，可这小姑娘淡定得很，脸上看不出什么表情，似乎根本没把这些吵吵嚷嚷往心里去。她一时也拿不准自己费心演的这出戏起不起得了作用。

周柠怎么会不明白呢？这种含沙射影、意在言外的做戏她见得多了。在父亲刚去世，妈妈带着她蹲在爷爷奶奶家门口时，在为生活所迫，不得不去向亲戚借钱时，她见惯了那些心口不一的嘴脸。可没想到沈清文这样一个看上去读过书又打扮得雍容华贵的城里女人竟也如此，周柠顿时觉得很没意思。

"我吃饱了，还有别的事情，就不打扰你们了。"周柠起身告辞。

陈羡赶紧也站了起来："我送你去。"

"不用。"

"要的。"

见陈羡坚持，周柠也不再说其他，挤出一个笑容，对着沈清文和陈悠稍稍欠身再次表示告辞，就离开了餐桌。

陈羡赶紧追了出去，身后传来沈清文的叮嘱："早点回家，别老住在吴鹏远家，像什么样子。"

正是太阳与月亮交接的时段，暑气渐渐散去，巨大的树冠似能把路上的行人都包裹住。

"你别介意啊，我妈今天不知道抽什么风。"陈羡有些担忧地看着走在身边的周柠。

周柠却故作轻松地说："所以你妈说的是真的吗？你这么挑剔？"

"我哪有？"陈羡一说就来气，"这些天你不都跟我在一起，我有那样吗？不知道她为什么这么污蔑我。"

"我知道。"

"为什么？"

周柠淡淡一笑，也不遮掩："你妈大概是那些烂剧看多了，怕我借这机会缠上你，所以早早把话说给我听——我儿子跟你可不一样，别打这算盘。"

陈羡听得眉头直蹙，周柠倒是又无所谓地笑笑："她可真是想多了。"

陈羡没有接话，沉默了半晌，却停下脚步。周柠也随他停了下来，疑惑地看他。

"那你呢？你怎么想？"陈羡看着周柠，轻声问。

"我？想什么？"

"关于我们，你怎么想？"

陈羡的眼神微微闪烁，似乎既期待周柠的回答，又害怕她的答案。

周柠的心为这炙热而小心的眼神跳乱了几个节拍，但又很快恢复了正常，嘴角勾起惯有的冷淡笑容："我没想过，因为没有我们。"

"你这话什么意思？"陈羡不解。

"明天我就回去了，陈羡，以后我俩大概也没什么机会相见，你会在你的人生轨道上走得很好，我也要去闯属于我的世界。至于我和你，我没想过，因为大概我们就只会变成陌生人吧。"

说完这段话，周柠不再看陈羡越蹙越深的眉头，转过身想继续向前走。

可刚走出一步，就听见身后的陈羡说："可是我想过，周柠。"

陈羡走到周柠面前，拦住了她的去路，眼神炙热而真诚："我不想当陌生人，行吗？"

.070.

第三章
新的开始

1：敲不开的门

九月，虽按时令来说已是初秋，但夏季的余威还未散去，大太阳悬在头顶，连吹过的风都是热的。

陈羡的高考成绩全省理科第九名，清华、北大都伸来了橄榄枝，可他还是按照最初的计划进入了父亲的母校——Z大。这一选择倒不是因为父亲的光环，而是Z大的车辆工程专业在全国排名第一，学校的ZSR车队又是全国大学生方程式汽车大赛的老牌劲旅。这些年学校给车队的支持力度越来越大，他喜欢赛车、造车，去Z大是最好的选择。

家里人很高兴陈羡留在了N市，N市经济发达又宜居，老一辈本地观念重，都不爱让孩子往外跑。尤其是疼爱外孙的外公外婆，怕外孙住宿舍不习惯，直接在学校旁边的铂悦府买了一套房，在升学宴的时候把钥匙送到了外孙手上。

舅舅沈博文似乎是嫌一把新房钥匙还不够，又往"锦"上添了朵花，往外甥手里塞了一把车钥匙，美其名曰既然读车辆工程专业，怎么能没车呢？

陈羡很开心地收下了这两把钥匙。他不排斥住宿舍，但另外有套房子也不错，万一刷个夜什么的，有地方去，也就不用遵守宿舍的门禁规定了。

至于车，那可真是送到了他心坎上。高考一结束，陈羡第一件事就是去考了驾照，拿到车钥匙的当天就忍不住开车绕着市区兜了一圈，然后对着沈博文喊了一万声"好舅舅"，让沈博文飘飘然觉得自己简直是世界上最成功的舅舅。

陈振涛很不喜欢沈清文家里这过于宠溺的作风，而且太夸张了，刚上大学就送房送车，以后还了得？但表面上他也不好说什么，虽说这些年他仕途一帆风顺，但和沈清文结婚之初，还真是他高攀了。

沈清文自幼家境殷实，老爷子沈国生是改革开放后N市的第一批实业家，在大多数人还住筒子楼的时候，他们早就搬进N市第一批高级花园别墅。沈国生年纪大了，这两年渐渐把家业交给儿子打理，自己享起了清福。所以沈清文这些年全职太太也当得安生，家业用不着她操心，娘家人关系又好，就算不靠丈夫，自己的家庭就足够给她兜底。

报到那天，陈羡拒绝了沈清文要送他的美意，把行李放进后备厢，开着车就直奔 Z 大。他不会把车开到校园里去，陈振涛早就绷着脸警告过他，他还是学生，这车假期用用可以，在学校里决不允许开。陈羡当然答应，他不是高调的人，本就没动过开车进学校的念头。

他开心地把车开进了铂悦府的地下车库，以后就打算停这儿了。铂悦府去年才交房，小区里小桥流水，植被茂密，环境优美，虽然不在市中心，但是毗邻 Z 大，是这两年 N 市最受关注的高端楼盘之一。陈羡开门进去，看到里面装修简单干净、品位不俗，家电家具一应俱全。他很满意，打算把书房改造成工作室，然后把那些乱七八糟的工具都搬过来。

他给电子锁重新设置了密码、录入指纹，满意地关上门，就拎着剩余的行李向 Z 大走去。

他到寝室的时候，其他三人都在了。

"哥，终于来了啊。"吴鹏远笑嘻嘻地迎了上来。

"怎么到这儿还有你？"陈羡假装不满地给了他一拳，眼角眉梢却是压不住的笑意。

他俩是穿一条裤子长大的好哥们，都喜欢捣鼓车，早早就约好要一起考 Z 大车辆工程专业。

高三那年，吴鹏远可是铆足了劲儿，他不担心陈羡，就怕自己掉链子。出分的那天，吴鹏远捂着眼睛不敢看，还是陈羡帮他输入了验证码，扯下他的手笑着告诉他应该没问题。车辆工程专业有十个班，就这样他俩还能分到一个班一个宿舍，也只能说是上天注定的缘分了。

吴鹏远笑嘻嘻地搂着陈羡，对其他两个人说："来，介绍一下，陈羡，我铁哥们儿，以后咱就是一个宿舍的了。这是罗家伟和李森。"

"你好。"罗家伟伸出手。

"你好，以后多多关照呀。"李森也伸出手，"刚听吴鹏远说半天了，你俩都是奔着 ZSR 车队来的，好巧，我们俩也是车迷，以后可以切磋切磋了。"

"哦？那太好了，我们这个寝室可真是物以类聚。"陈羡很开心又遇到了同道中人。

"哈哈，臭味相投，臭味相投。"吴鹏远笑道，"走吧哥几个，饭点了，搓一顿去，就当咱寝室第一次聚餐了。"

走在 Z 大的校园里，陈羡明显开始心不在焉，东看西看，逐渐跟不上舍友们的聊天节奏。

"找什么呢？"吴鹏远拍了他一掌，"掉金子啦？"

"没有。"陈羡自嘲地笑了笑，"进去吧，餐厅到了。"

陈羡在找的，可比金子还珍贵。那天分别后，陈羡再没见过周柠，也再没收到过周柠的消息，除了那条显示到账的银行短信。

他明明给她留了手机号的。

录取通知下来不久，陈羡憋不住气，开着舅舅新送的车就跑到了东岙村，没想到吃了个闭门羹。周柠家大门紧闭，家里似乎没人。陈羡在门口等了半天，幸好等到了路过的杨凡。

"哥，你怎么来了？"杨凡一脸惊喜。这个相处时间不长的哥哥给他留下了极深的印象，斯文又有礼。

"小凡？"遇到杨凡，陈羡也很高兴，仔细打量了他一番，好像比一年前长高了不少，"我来找周柠，可她好像不在？"

"周柠姐去城里打工了，都已经去了好些天了，平时都不回来的。"杨凡说。

"打工？"陈羡皱眉，"她打什么工？"

"去什么培训班上班，我也不是很清楚，不过周柠姐高考考得很好呢。"

"你知道她考去哪儿了吗？"陈羡一听周柠考得很好，松了一口气，但很快又紧张起来。

"Z大。"

"Z大？你确定？"陈羡惊喜地瞪大了眼睛，激动地一把抓住杨凡的胳膊再次求证。

杨凡被陈羡激动的样子吓了一跳，胳膊都被抓痛了，赶忙说："当然确定，我们村出一个大学生多不容易啊，那天村里可是放了鞭炮的，村委会主任亲自给周柠姐戴的大红花，哈哈。"

陈羡放开杨凡，心里说不出是什么感觉。

"我不想当陌生人，行吗？"陈羡仍记得自己问出这句话时的忐忑心情。

当时，周柠似乎愣了几秒，开口却依然是拒绝："我们不是一路人，走不到一起的。"

"为什么？"

"没有为什么，只是我不想而已。"周柠的眼神和语气都极其冷静，让人觉得没有一丝转圜的余地。

在听到回答之前，陈羡想过好几种周柠可能会拒绝的理由，如果是因为学业，他就告诉她，不着急，又不是让她现在就答应；如果是因为怕考不到同一所大学，他甚至想过高考分出来后照着她的志愿填，就算不能去同一所大学，至少能在同一个城市吧？

可周柠甚至都没给他一个理由，只是一句冷静的"我不想"，就堵死了他的所有说辞。"我不想"，那就是主观上不愿意，更何况周柠还说这些天太过麻烦他，很过意不去，明天办理出院让他别来了，他们俩就此别过，祝他前程似锦、一帆风顺。

陈羡气得想掉头就走。

分别后的这一年，陈羡无数次回想起他俩相处的短短十天时光，觉得就像个梦。周柠总是那副全副武装的样子，披着刺猬的外衣，极其偶尔流露出一点脆弱，但很快又用更强悍的姿态把它们掩盖过去。

他诧异于自己竟始终忘不了这个冷漠又决绝的姑娘，可正因为周柠的冷漠和决绝，陈羡也变得灰心——她估计早把他忘了，就像她说的那样，他们两个是陌生人。

对周柠的琢磨和想念，渐渐变成了手上的那道疤，越挠越刺、越刺越痒，明明不想看到它，可它偏偏就在那里。

"你知道她的手机号吗？"陈羡问杨凡。那年暑假周柠还没有手机，现在都要上大学了，怎么也该买一个了吧。

其实这一年，微信已经大范围流行开来，几乎人人见面都加微信了，可陈羡居然连周柠的手机号都没有。

"哥，我没有手机呢，所以也没问过周柠姐。"杨凡不好意思地挠挠头，"阿姨和外婆去邻村干杂活儿了，要不等她们回来再问问？"

见杨凡脸红，陈羡顿时意识到，这个小山村，似乎一切都要比外面慢了一拍。

"算了，不用，我回去了。"陈羡对杨凡笑了笑，挥手跟他告别。他不想再刻意去找了，既然都在Z大，总能遇见的吧？

周柠说他们不是一路人，陈羡偏偏想证明老天都不同意这种说法。

抱着这样的心理，开学整整两周，陈羡都没遇到周柠。尽管吴鹏远拉着他把那些号称新生都会参加的社团招新活动参加了个遍，他依然没见到周柠的身影，甚至连她在哪个专业都不知道。

每每走在Z大的校园里，陈羡都不由得怀疑，周柠到底是不是真的跟他上了同一个学校？

整个暑假，周柠都过得非常开心。

高中的语文老师李墨是个年轻女教师，毕业没几年，刚带出第一届毕业生。周柠语文很好，作文里经常闪烁着远超于她这个年龄的成熟与悲观，了解了周柠的家境后，周柠倔强又坚强的样子更是让李墨非常心疼。正好有朋友在市里开了培训班，需要些助手，李墨立马想到了周柠，高考结束的暑假最是空闲，不如趁机多存点学费。一问，周柠果然也是这样想的，她正愁能找什么短期工呢，李老师就为她提供了这样一份体面又合适的工作，她心里非常感激。

唯一麻烦的是，她在市里没地方住，只得在培训班附近租了个小房间。虽然房租交得有点心疼，但好在是合租，工钱扣除房租后还有些盈余，够她开学两个月的生活费了。

对周柠而言，这两个月简直是最好的时光，妈妈和外婆生活平稳，自己终于告别了升学压力和村里的家长里短，还能自力更生赚钱补贴家用，这感觉简直像飞出了牢笼，好不畅快。

和周柠合租的是一个年轻女孩，两人作息不一样，每天周柠要出门的时候，那姑娘才顶着一脸浓妆醉醺醺地回来。周柠对他人极度缺乏好奇心，那女孩儿似乎也同样冷漠，两人每天打个照面，却从未打过招呼。

偶尔一次时间重叠，周柠听到她在屋里对着电话哭喊："妈，我没钱了，真的没钱了。你总说家里的日子不好过，可有没有人为我想过，我的日子好不好过？"

然后是一阵低沉而压抑的哭泣。

有一天，那姑娘回来时明显比之前身子晃得更厉害、脸色更差。周柠要出门的时候，听到厕所传来一阵阵呕吐声，不由得停下了脚步。等那姑娘扶着墙虚弱地从卫生间出来时，看到周柠端着一杯水，皱眉看她。

"干吗？"姑娘费力地挺了挺腰杆儿，斜眼瞄向周柠。

"你没事吧？"周柠问。

"不关你的事。"

"怕你死在这儿，我也住不成了。"周柠面无表情地把水放到桌上，又从包里掏出笔，撕下一张纸，"水放桌上了，想喝自己拿。这是我手机号，万一有事，可以打我电话。"

说完，周柠把纸压在水杯下面，扭头出了门，留那姑娘在原地愣了好久。

培训班每晚都有课，回到出租屋已是晚上十点，那天周柠推门进去，却意外地发现那姑娘没走，正坐在客厅的小沙发上愣神。两人每次见面都是匆匆忙忙的，时间一静下来，倒变成了面面相觑，不知道说什么好。

"谢谢你啊，早上的那杯水和电话号码。"那姑娘先开了口。

"没事。"周柠想了想又加了一句，"好点儿了吗？"

"嗯，好多了。"

褪去了浓妆，周柠第一次看清了那姑娘的面容，原来是个清清秀秀的小姑娘，与印象中烈焰红唇的样子相去甚远。

今天培训班很忙，周柠没顾上吃晚饭，回来的路上顺带买了一点粥和小菜。

"要一起吃点吗？"周柠晃晃手中的塑料袋。

沙发上的姑娘笑了起来："好啊，正好饿了。"

周柠从厨房拿了两套餐具，把粥和菜分了分，两个姑娘围着小茶几，坐地上盘腿吃了起来。

"你叫什么名字？"

"周柠，柠檬的柠。你呢？"

"雪梨，就吃的那种雪梨。"

"真名？"

"假的。"雪梨俏皮一笑，"干我们陪酒这行的，都不用真名。"

雪梨像是破罐子破摔，并不掩饰自己的职业，说完后，抬头小心瞅了周柠一眼，似乎想看她的反应。

其实从雪梨的作息时间和打扮状态，她干哪行的，周柠早就猜了个七七八八。雪梨一下子挑明了，周柠也没有什么大的反应，只是说："你喝得太狠了，身体早晚要搞坏。"

周柠这话让雪梨瞬间愣了神："我以为你会立即跟我划清界限，顺带鄙视我的人格。"

周柠却说："每个人都在为自己的命运奔波，生活已经很难了，我不轻易审判他人。"

那天电话里泣血的控诉和压抑的哭声依稀还在耳畔。

陪酒钱来得快，可就这样，雪梨依然无法满足家人一次次张开的口，依然要蜷缩在这样一个又小又破的出租屋里。她又有什么资格去审判雪梨的选择呢？雪梨已经够辛苦的了。

往常这个点，往胃里灌的都是一杯杯烈酒，这暖暖的粥几乎让雪梨落泪。大城市里落地生根难，她舍不得租套间，总是跟人合租。日子久了，难免被人猜忌，遇到过心怀不轨的男人和一见她就一脸鄙弃的女人。因为这个，她也被房东赶出去过好多次，总是在搬家。

她没有告诉过家里人她在城里干什么，他们也从来不问。也许家人早猜得到，一个年纪轻轻学历不高的姑娘，怎么能在短时间内给家里寄来那么多钱。他们只是不想问，问了还要虚伪地关心或阻止，不问就可以心安理得地继续从她这儿拿钱。

她总活在一个怕被别人知道，又觉得别人凭什么狗眼看人低的矛盾世界里。可周柠递给她一杯水，告诉她已经很辛苦了，不必接受他人的审判。

周柠并没说什么安慰的话，样子也是冷冷淡淡的，可雪梨却第一次产生了和人交朋友的冲动,她忍不住向周柠解释道:"我只是在夜总会陪酒,不干其他的。"

"少喝点酒。"周柠对雪梨笑了笑。

两个都是习惯独来独往、没有朋友的人,碰到一起,却莫名擦出了友谊的火花。之后每晚,周柠回来都会给雪梨带一份暖乎乎的粥,让她喝了再去上班。早上雪梨回来,也会顺带买回早点,两人边吃边聊上一小会儿。

雪梨比周柠大三岁,就把周柠认作了妹妹,还笑说两人一个是柠檬,一个是雪梨,挺配的。雪梨初中毕业就没读书了,听闻周柠考上了Z大,又佩服又羡慕,叹自己没有这运气。她虽然十六七岁就来城里闯荡,但没文化不好找工作,端过盘子做过服务生,微薄的薪水却撑不起家里巨大的开销——爸爸妈妈都是烂赌鬼,可他们偏偏还生了两个女儿。

"我已经毁了,可妹妹还小呢。"雪梨眼里亮晶晶的,"我多赚点钱,妹妹就能像你一样,好好读书,以后也当个高才生。"

周柠却轻不可闻地叹了一口气:"你怎么能确定,寄回家里的钱能用在妹妹身上呢?"

雪梨苦笑:"我不能。他们拿走九成,总还能有一成用在我妹妹身上。我多寄一点回去,用在我妹妹身上的就能多一点。"

暑假走到尾声,两个月下来,周柠竟然攒了三千来块钱。还有家长觉得周柠讲题清晰、孩子喜欢,让她开了学也抽时间到家里做家教,周柠满口答应下来。

报到前,雪梨特意休了一天假,拉着周柠去逛商场。

"要去学校了,你该买点新衣服,别穿来穿去就那几身,让同学笑话。"

雪梨拉着周柠试了一套又一套,最后挑了最合适的三套,抢在周柠前面付了款。

"干吗呀,我发工资了,自己能买。"周柠不乐意了,要把钱给雪梨转回去。

雪梨摁住了周柠的手机:"别,这是给我妹妹买的,我高兴,你别扫我的兴。"

雪梨把衣服塞到周柠手里,这举动突然让周柠愣住了。一年前外婆住院的时候,陈羡跑出去给她买衣服,也像雪梨这样,兴冲冲地想把这些好东西塞给她。可她当时没有接,陈羡的手悬在半空,眉头渐渐皱起——那时她惹得他很不高兴。

"晚上晚饭你请。"雪梨对她眨眨眼,她也就没再坚持。

不知道为什么,想起陈羡生气的样子,她忽然觉得扫人兴真是一种罪过。

雪梨又给自己买了几身漂亮衣裳和一些化妆品，自嘲是职业需要。

到晚上，两人已耗尽体力，不想在外觅食，打包了一堆炸鸡、啤酒带回出租屋。

"啪嗒"一声，雪梨娴熟地单手抠开灌装啤酒的拉环儿，递给周柠："是不是没喝过酒？姐姐带你喝一次。"

周柠皱眉接过："每天喝还不够吗？难得休假一天也要喝。"

她本不想买酒，可雪梨坚持，也就只能搬了一件回来。

"今天喝酒不一样，是高兴，庆祝我的妹妹终于要成为大学生了！"雪梨笑起来，两颊浮起两个酒窝，很是漂亮，可这甜美的笑容不一会儿又蒙上了一层哀伤，"而且你不懂，酒可是个好东西，有时候只有喝醉了，这日子才能过下去。"

喝着喝着，周柠就懂了，原来晕乎乎的感觉如此美妙。躺在地上，周柠觉得世界开始旋转，灵魂仿佛暂时脱离了身体，浮到半空，在这小屋子里自由自在地飘来飘去。

"你走了，这房子我也要退了。"雪梨躺在周柠身边，侧过头对她说。

周柠迷蒙着眼睛问："那你住哪儿？"

"我想另外租一套一居室的，一个人住，再不和别人合租了，反正也遇不到像你这样的了。"雪梨笑了笑，"以前舍不得花钱，现在想明白了，无论赚多赚少，都要留一份给自己，不能都给别人花了去，即使他们是你的家人。你相不相信，其实我一晚上挣不少。"

"嗯，我信。"周柠轻轻点点头。

"你也是啊，赚到的钱别都给家里寄了，自己也留一些，不光是学费，还要留点钱买好看的衣服，吃点好吃的东西。"雪梨突然变得有些深沉，"青春很短暂的，我们这样的姑娘，自己不对自己好，只怕没人记挂着你。但你可能比我好点儿。"

酒劲儿上来，周柠觉得有些难过。这段时间，雪梨家里找她要钱越来越频繁，还让年幼的妹妹跟她通话说情，气得她挂下电话就破口大骂。她终于明白，就算寄再多的钱回去，也满足不了自己那贪得无厌的父母。

周柠终归还是比雪梨更幸运些，虽然寄回去的钱，妈妈也许大部分都塞给了弟弟，但至少妈妈心里还是有她的，不像雪梨那样，只被当成赚钱的工具。

"我会经常来看你的。"周柠侧过身，搂住雪梨。

雪梨哈哈笑了起来："好啊，哪天我也要去Z大逛逛。你说，读大学什么感觉？"

"要读书，要赚钱，大概是一种介于学生和成人之间的感觉吧。"周柠身上的助学贷款和家里的经济负担,让赚钱也变成了和读书一样的头等大事。

"哈哈，还要谈恋爱呢，大学生不得谈个恋爱？"雪梨又笑，"好难想象你会喜欢什么样的男孩子。"

雪梨话音刚落，陈羡的样子突然在周柠脑海中蹦了出来。周柠赶紧往空中胡乱挥了挥手，试图赶走在这不恰当的时间出现的不恰当影子……

真是喝醉了。

十五岁以前，周柠一直在爱与被爱的困境里转圈。她也试图扮演过一个乖巧的小孩，讨全家人欢心，但后来发现原来性别就是她的原罪，怎么努力都没有用。她想争取当妈妈心中的唯一，但妈妈心中的天平始终偏向那个怎么看都不成气的弟弟。别说唯一，连第一都不可能。

爱让她受伤，也让她练就了一副铠甲。她渐渐发现，如果不把爱当成生活的必需品，降低对它的需求，那生活就自由快乐得多。

外婆和妈妈是上天赋予她的亲情，她不再去计较爱多爱少、第一还是第二，只知道这份亲情自己割舍不下，所以心甘情愿用柔弱的肩撑起了一个摇摇欲坠的家。但除此之外，她残酷地把自己锻造成了一个全然理性为底色的人，很少有什么不切实际的幻想，跟浪漫这些词更是从来不沾边。所以周柠一向聪明、自律、努力，目标极其明确，但也正因为对要走的路太过执着，所以一旦发现可能偏离轨道，就会果断地重新校准方向，把一切影响因素排除干净。

这些年，周柠一直在自己打造的城堡里生活得很好，专注提升自己，高度警惕一切入侵，鲜少接纳新的人和事。可外婆住院的那十天，却让她觉得有些慌。陈羡的出现，似乎把她变弱了。她从不喜欢依靠别人，却在那几天里习惯了他在身边。

两个人在一起的时候还能自我麻痹，可一旦出现了第三个人，周柠立马就觉得哪儿哪儿都不对劲。比如听到其他人的八卦议论时，碰到陈羡同学和他妈妈审判的眼光时，周柠只觉得一根神经从头皮沿着脊柱紧绷到脚背，不舒服极了。

防御得久了，对后天可能会出现的亲密关系，她的第一反应就是抵触。陈羡很好，但他的心意越是真切，她却越想要抽离。她不喜欢在他身边的总是流露脆弱的自己，不愿被他身边的人品头论足，也不想要这种说不清也道不明的爱。

前方路途遥远，她只想轻装上阵，任何羁绊都是负累。

还完钱后，周柠就把那张留着银行卡号和手机号码的字条扔了，后来也很少再想起。陈羡就像幼年时的那几株草莓秧子，周柠确实好奇过，也被吸引过，可一旦知道自己养不活，放手得也干脆，绝不拖泥带水。

她早就说过了，他们之间只会是陌生人。

"喂，想什么呢？"雪梨推了一把周柠。

"没什么。"周柠笑了笑，"好困，今天我们就在地板上睡吧。"

陈羡的影子像个肥皂泡，在周柠的脑海里"啪"的一声碎了。看着碎片一片片坠落直至消失不见，周柠终于安心地闭上眼，彻底醉了过去。

2：就当是错觉

开学后的生活，却没有周柠和雪梨想的那么顺利。没过几天，周柠和宿舍其他三个姑娘就闹了点不愉快。

不同于大多数无忧无虑的大一新生，周柠的生活总是在为钱奔波。暑期班应下了家教任务，开学后，周柠开始每周一、周三、周五晚上赶去人家里给孩子上课。本科生都在Z大新校区，处于郊区，进一趟市区可不容易，得先坐校车到位于二环的老校区，再倒公交车去别人家里，去程又刚好赶上下班高峰期，单趟就得两个多小时。为了赶上五点半的校车，周柠下课后往往晚饭都来不及吃，就匆匆赶去校车站排队，紧锣密鼓地一通折腾下来，才能在八点准时翻开孩子的课本开始讲题。

辛苦倒没什么，为了一晚上两百块钱的酬劳，周柠能忍，可宿舍其他人却忍不了了。

Z大宿舍晚上十一点门禁熄灯，晚上九点半下课后，周柠就立马往回赶。晚上路上倒不堵，可公交车、校车一通折腾，怎么也要一个多小时。

下了校车，周柠就疯狂地往回跑，这样才能勉强在十一点门禁前跑进宿舍楼，往往一进宿舍就熄灯了。所以，周柠的洗漱都是在黑暗中进行的，白天来不及洗的衣服，也得借着月光在宿舍的小阳台上快速完成。

饶是周柠将声音放得再轻、动作再快，还是让其他三个姑娘不满了。

"我说周柠，你老这么晚回来，熄灯了还噼里啪啦的，吵着我睡觉了。"吴丽丽嘟囔道。

"就是啊，我明天早上八点的课呢。"张蕊也在黑暗中翻了个白眼。

那位叫孔瑶的美丽女生语气要温柔一些，掩饰得也更好："周柠，你有什么困难，大家可以帮你，或者在学校申请一些勤工俭学的项目呢？倒不是光怕影响我们休息，也怕你影响学业啊，老往外跑，你都没时间做作业吧？"

周柠读的广告学，大概因为广告专业刚好多出一个女生，所以她不得不和其他专业的凑到一个宿舍。其他三个姑娘都是英语专业的，大家课表不同，作息本就不一样。这样一来，好处是少了很多交集，避免了本来可能升级的摩擦，坏处则是周柠在其他人眼里显得更不合群了。

其他三个姑娘早对周柠颇有微词，开学都两周了，除了刚见面时的自我介绍，集体活动她一个也没参加过。周柠哪顾得上这些，广告专业大一课满得很,她稍有些空闲又要忙着打工,所以宿舍就变成了只在睡觉时才回去的地方。再加上她性子冷淡,不笑时脸色看着也冷淡,这份独来独往落在他人眼里,就成了孤傲。

可熄灯后打扰到他人,确实是周柠理亏,她只能跟大家赔不是。但也没有更好的解决办法,毕竟时间就这么点,她已经在全速奔跑了。

为了减少摩擦,周柠洗漱得越发迅速,洗衣服时间也改到了早上,希望能尽量少地打扰到她们。可这样一来,其他人又开始嫌她早上起得太早,依然会吵着她们睡觉。周柠无法解决这个矛盾,只能随她们去了。

不过,周柠也在考虑要不要和学生家长再商量下,以后改到周末去补课,平时确实是太赶了,大量的时间浪费在路上,搞得她课业也非常紧张。可这家教工作本就是需要她晚上给孩子检查作业,她怕时间不好协调,所以暂时还没问出口,毕竟这笔钱对她非常重要。

就在周柠左右为难之时,师兄何一帆兴冲冲地找上了她。

何一帆也是县一中出来的,比周柠高两届,同是寒门子弟。高中时,他在教务处填写减免住宿费申请表时,认识了同样来写申请的周柠。后来,他们还一起参加过校方举办的勤工俭学,在教务处干些整理档案的杂活儿,一来二去就熟悉了起来。

那时,何一帆就觉得周柠有股莫名的魅力,她不说话,只是俏生生地站在那里,就让他忍不住总想多看她两眼。可他又不敢走得太近,因为她眼角眉梢的清冷时刻提醒着他注意保持距离。所以当得知周柠也来了Z大,而且成了他同专业的师妹时,他开心极了。

"加入我们摄影摄像协会吧,上次社团招新你没去,不过我现在是副会长了,拉你进来还是没问题的。"何一帆说。

周柠摇了摇头:"我没时间,也没这个兴趣。"

"别的社团你可以不参加,但摄影摄像协会你一定要参加。"何一帆早准备好了说辞,"咱专业摄影和摄像是必修课。那种单反老贵了,别的同学人手一台,我们肯定买不起啊,但协会里有几台公用的,你加入了以后就不愁没设备了。"

这一点倒是打动了周柠。其实她本来志愿报的是金融专业,奈何差几分被调剂到了广告专业,拿到课表才知道,这专业还有隐形开销,比如需要一台配置比较高的电脑,用于设计和画图,大一下学期要开摄影课,单反又成了必不可少的装备。周柠连电脑都没有,更别说单反了。

"而且我们协会经常能接到海报设计或跟拍的小单,不仅能锻炼专业能力,还能赚钱呢。"见周柠犹豫,何一帆赶紧又加码。

"赚钱？"

"对，学校那么多活动，总找我们设计海报或跟拍，都是有报酬的。而且，我最近接了一个大活儿，你来的话，我可以带你一起做，酬劳咱们对半分。"

"什么活儿？"

"学校的 ZSR 车队你知道吗？"

周柠摇摇头。

"嗨，反正就是咱学校的王牌，全国大赛的卫冕冠军。今年车队想加大宣传力度，所以找我帮忙拍纪录片和宣传片。他们队长跟我认识，肥水不流外人田，就来找我了，给的报酬挺丰厚的。"

周柠有些心动，可又摇摇头："我还是个新手呢，能帮上你什么，不添乱就不错了。"

"不会就学呗，摄影摄像、编辑剪辑、文案设计，不就这些活儿吗？再说我一个人干不过来，也需要个帮手。从现在到明年的全国大赛，我们跟拍一年，平时抽空去拍些日常，重大赛事我们全程跟拍，给的酬劳是十万，开工就付 20% 定金。"

"这么多？"周柠吃了一惊。

"这可是一年的时间，找外面的工作室更贵，我这给的还是友情价。"何一帆得意地说，"不是我吹，你师兄水平还不错，不比外面那些工作室差。也就是同在一个学校方便，这活儿顺手就干了，算是帮哥们儿一个忙。"

跟周柠被调剂不同，何一帆从高中起就对广告学相当感兴趣，就算家庭条件不好，他填专业的时候还是一门心思填了广告。进大学后，天分加上勤奋，果然更加如鱼得水，两年下来，他的专业水平在摄影摄像协会已是佼佼者。平时赚的那些小外快更是极大缓解了他经济上的压力，所以对于周柠，他也是真心想帮一把。

各种条件太过令人心动，不仅对自己的专业有益，居然还能赚到钱！周柠琢磨着如果可行的话，自己那一周三次的家教就可以不去了，毕竟路上实在不便。能改到周末最好，如果不行就再找找，一定也能找到其他周末兼职。

周柠对何一帆笑了笑："谢谢师兄，那我试试看？"

"就这么说定了，改天我跟人联系好了，先带你去车队跟人碰碰，商量商量怎么拍。对了，这周六晚上协会有活动，你有空的话也来参加吧，带你认识认识人，顺便教你单反怎么用。"

"好。"周柠又笑着点了点头。

何一帆又道："到饭点了，请你吃个饭，就当是欢迎你来 Z 大。"

"我来请吧，我刚来，你就帮了我这么大忙，感谢师兄。"周柠笑着晃晃手机，"我做家教赚了不少钱呢。别跟我抢，一顿饭还是请得起的。"

何一帆怕争执反倒坏了事，赶忙答应："行啊，这次你请，下次我来。"

简单点了几个菜，两人一边吃，一边聊起在县一中苦中作乐的时光。何一帆还将自己在专业上的学习心得倾囊相授，还传授了不少在Z大生活的经验。本就是旧识，又同样家境贫寒，周柠对何一帆并没有设防，他的热情与主动，只让周柠觉得很感动。饭吃得融洽，出来后，虽然不舍，何一帆还是不敢提出要送她回宿舍的请求，只能在分岔口挥手告别。

还不到晚上九点，今晚难得有点休闲时光。周柠一个人走在回宿舍的路上，心情甚好。通过与何一帆的聊天，她对自己的大学生活更有把握了，而且也坚信广告学未来有着光明前景，甚至对职业方向也有了些模糊的规划。路过兼职栏，她不由得停下脚步仔细看了起来。前几次路过，她都没找到合适的兼职，不知道这些小广告更新了没。

路的那头，陈羡正跟宿舍哥儿几个慢悠悠地往这边走。

"哎，那女生不错。"罗家伟瞅着前面女生的背影评论道。

李森瞥他一眼："人家背对我们，你就看出不错了？"

罗家伟哈哈一笑："主要是咱们车辆工程女生太少了，一上课乌泱泱的全是大老爷们儿，我上课的动力都没了。"

"怪不得你老爱往英语角钻，敢情是为了跟外语系的套近乎啊，我还以为你真去学英语呢。"吴鹏调侃道。

罗家伟换上了一副痛苦面具："我去了才知道，外文系的女生根本不来英语角，全是一帮想去练口语的大老爷们，'ð'和'θ'的音都发不清。嗨，说多了都是泪。"

罗家伟的话让大家哈哈大笑起来。

三人聊得热烈，陈羡却像游离在外，目光散在各个方向。

吴鹏远注意到陈羡不对劲儿已经有一段时间了，陈羡走在校园里总心不在焉的，吴鹏远忍不住问："你真掉金子啦？到处看啥呢？"

"是不是发现啥美女了？"罗家伟笑道。

陈羡回了神，也笑："你这四只眼睛都发现不了，更何况……"

本也打算调侃两句，可话还没说完，陈羡的笑容就突然凝固住了。前方兼职栏前踮着脚尖的那个姑娘，不是周柠又是谁？只见她仰着头，专注地看着贴在上面的一张张小广告，时不时撕下一张电话号码放进兜里。

陈羡散着的眼神逐渐聚焦起来，嘴角勾起一丝自嘲的笑——他早该想到的，周柠会出现在这里，而不是那些热闹又虚无的社团招新或聚会。

陈羡站住了脚步，其他人也被他带得一滞，奇怪地看着他。

吴鹏远顺着陈羡的目光向前方看去，乐了："还真是捡到金子了。"

陈羡并未理会其他人好奇的目光，定定地看着周柠。一年不见，她的头发好像长长了些，扎成马尾，只是简单的白T恤热裤配凉鞋，就撩起了夏末初秋灵动和明媚的心情，美得悠然自得，美得毫不费力。

浏览完一圈兼职信息，撕下三张电话号码，周柠打算回宿舍。今晚她心情很好，所以转身的时候，笑容都还挂在脸上，然后她就看到了五米之外定定地看着她的陈羡。

"走了啊，走了啊，我请吃冰棍。"吴鹏远揽过其他两人，带着他们向另一个方向走去。

罗家伟被搂得一踉跄，一边回头，一边嘟囔："欸，陈羡呢？"

"他不吃，没他的份儿。"吴鹏远加重了手上的力度，快速把两个闲杂人等带离现场。

青春好像就是一段很烦恼的岁月，有着无穷无尽的烦恼，甚至眼前的男孩都是一种烦恼。

两人隔着五米的距离，对视了好一会儿。周柠慢慢踱步到陈羡跟前，对他莞尔一笑："好久不见。"

陈羡开学以后一直漂浮在半空的心，好像随着周柠的走近，突然落地了。可两人上一次的分别并不愉快，陈羡一直期待着跟周柠见面，现在真见了面，却连手心都在冒汗。

"好久不见。"陈羡不自然地咧了咧嘴。

"你说过要考Z大，真的考上了，恭喜你呀。"周柠又说。

陈羡这才反应过来，虽然他知道周柠来了Z大，可周柠并不知道他的消息。也就是说，这半个月里他无头苍蝇一般地在校园里到处乱转寻找周柠的身影，而周柠甚至都不能确定他也在这里。

纠结这些也没有意义，陈羡松了松眉头，问："你读什么专业？"

"广告学。你呢？"

"车辆工程。"

"哦。"周柠点点头，"记得你说过喜欢车，这下得偿所愿啦。"

"你呢？喜欢你的专业吗？"

"虽然是被调剂的，但我现在还蛮喜欢，尤其是今晚。"周柠一笑。

"为什么？"

"说来话长，也没什么，就是发现了广告学的魅力。"

陈羡心想：说来话长可以慢慢说的，又不赶时间。

周柠却好像没这个打算，看了眼时间，说道："我该回宿舍了。"

"我送你回去。"陈羡脱口而出。

"不用了。"周柠也脱口而出。

两个人好像又陷入了尴尬。时隔一年，还是这样，每次陈羡想要靠近周柠一点点，周柠的第一反应都是果断拒绝。

"周柠。"陈羡的一腔热情仿佛被泼了一盆冷水，再次开口时，声音里都多了一分苦涩，"暑假的时候我回东峦村找过你，你家里没人，小凡告诉我你考上了Z大，一整个暑假，我都在为这个消息开心。

"我给过你号码，可你从来没联系过我。开学这两周，我天天走在校园里就在想，到底什么时候才能遇上你，甚至都怀疑小凡给我的是不是假消息，你究竟有没有来Z大？

"今天见了你，我本来应该高兴。可现在，又恨不得回到今晚之前，至少那时我还能以为你会和我一样，对我们的重逢是喜悦而期待的。

"你总把自己武装得很好，如果不是把那短短十几天回忆了这么多遍，我几乎要相信你说的我们只是萍水相逢，今后也只能当陌生人。可是，在一遍遍的回忆中，我总觉得，偶尔有那么几个瞬间，你的心意和我是一样的。我不相信这是错觉，也不相信这只是我一头热。

"周柠，你到底在别扭什么？"

听见陈羡简单而直接的剖白，周柠心口微颤，一股酸麻感蔓延到指尖，连手心也微微出了汗。

感动吗？当然。

周柠本以为，陈羡那热烈而真切的心意已经随着上次的不欢而散埋葬在了上一个盛夏，却未承想，他依然把她放在心上。

陈羡说得没错，她是别扭的，她已然把这段相遇当成了过去，可当陈羡再次真真切切地站在她面前时，内心深处的某根弦儿还是被轻轻拨动了一下。

可又能回应什么呢？

在挤得像沙丁鱼罐头一样的公交车里，在下了车卡点回宿舍的狂奔途中，在逼着自己全神贯注的专业课上，在努力挤出时间才能按时上交的课后作业里，她拼了命地要兼顾学业与生活，拼了命地要赚钱与养家，实在累得已经用完了最后一丝力气。

周柠太了解自己，她独来独往惯了，没有心思也不擅长去经营一段亲密关系，更没耐心去应付他身边的朋友或亲人。发展到最后，可能连陈羡的关心她都会觉得烦躁。所以停在这儿是最好的，至少她还拥有过一日罗马，还能保留一点点美好的回忆。

"陈羡，你就当是错觉吧。"周柠开口，"我们有不同的路要走。虽然没想过能再和你重逢，但今天能见到，我还是挺高兴的，祝你大学生活一切顺利。"

"祝我一切顺利？好像你在乎我顺不顺利似的。"陈羡再次被气得想掉头就走,却依然有点不甘心,"周柠,你太虚伪了,你到底为什么来 Z 大?你敢说没有一点点是因为我吗?"

周柠今天十点半就回了宿舍,其他三个姑娘讶异地瞟了她一眼,然后又凑在一起热聊,仿佛刚才走进来的只是一团空气。

周柠沉默地洗漱完,收下干了的衣服叠好,就爬上了床。蚊帐一放,就是自己的一片小小天地。今天她本该开心的,难得不用打工,作业全部上交,还提前回了宿舍不用听舍友抱怨,可这一切的好心情却在陈羡转身离开的时候消失殆尽。

不知过了多久,其他三个姑娘早已传出了平稳的呼吸声,周柠却丝毫没有睡意。她摁亮手机一看,已经过了十二点。

自懂事以来,周柠已然把自己训练成了一部精准的机器。在家的时候,三分之一的精力放在学习上,三分之一的精力用来做些力所能及的事情赚点零花钱,另外三分之一的精力要照顾妈妈和外婆,应付村里那些大大小小的破事。

进入大学后,什么点该上课,什么点该打工,什么点该快速吃点东西充饥,什么点可以稍微放慢脚步喘口气,每一件事都被她精确到了分秒。

她能日复一日年复一年这样高强度地支撑着,靠的就是对生活的绝对掌控力,以及对自己也毫不怜惜的鞭策与苛求。

她本不该白白浪费这一个小时在失眠上的,毕竟明天等着她的又是满负荷的一天。她本可以忍受这种生活方式的,可陈羡的出现,又让她这部机器的某个小零件坏掉了。就像在上个夏天,陈羡一对她好,她就忍不住想哭。

可她不喜欢脆弱,更不喜欢哭。

如果陈羡能有面小镜子的话,他一定会发现自己的头发已经被气得翘了起来。宿舍是肯定不想回了,气着气着,他不知不觉就走进了 ZSR 车队的基地。

车队基地就在汽车学院的后面,是由三个海运集装箱拼装改造而成的工作室,透着一股强烈的金属工业风,很是朋克。参加车队的多是车辆工程等工科专业的学生,课业本就很繁重,这项业余爱好又尤为耗时间,所以学校默许车队的基地通宵供电。临近比赛的时候,经常能看到车队成员通宵达旦在里面忙碌的身影。

已是晚上十点过半,陈羡一走进去,"集装箱"里依然热闹得很。车手组的姚伟良还在进行驾驶模拟训练,专注得都没空抬头看陈羡一眼;技术组的刘垚和葛齐正对着电脑屏幕,面红耳赤地争论着整车控制器的设计问题,大有不把对方说服不罢休的意思。

小心绕过地上的一堆堆零件，陈羡走到一台还七零八落、被架起来的半成品赛车前，小心地抚摸着车身。这是他们来年九月参加中国大学生方程式汽车大赛的宝贝，现在全队的人铆足了劲儿，就为了把它设计得再完美一点，让它跑得更快一点、更稳一点、更安全一点，能够一举夺魁。

李炎从车底钻了出来，见是陈羡，笑着站起来："来了啊。"

李炎是 ZSR 车队的队长，今年已是车辆工程大三的学生了。这一届招进来的新成员中，他最看好的就是陈羡。这个小学弟不仅对汽车事业有着极大的热情，而且专业水平相当可以，从研发、设计、调试，再到驾驶，都有自己的见解，与他聊得十分投机，完全不像是大一新生。

"前翼和尾翼设计有进展吗？"陈羡问。

"改了好几版，都还不理想，你有什么想法吗？"

"这两天我也一直在反复画图。"陈羡说着走向电脑，打开 CAD 向李炎演示，"你看，如果我们增加主翼弦长，那么前翼就可以极大增加下压力。尾翼的话，我想把主翼设置变为变截面，这样越过头枕，就可以达到净化尾翼来流气流的效果。"

李炎颇为赞赏地看着陈羡画的图："你呀，真不像大一的，专业知识可以啊，这图画得比我都好。"

"嗨，从小喜欢，平时瞎琢磨罢了。"陈羡笑了笑。

"想法不错，可以试试。"李炎说，"这都快熄灯了你还来，一会儿进不去宿舍。"

"咱这儿不是不断电吗？"

"离比赛还有一年呢，有你通宵的时候，现在省点力气。"李炎拍拍他的肩，"处理好课业和生活啊，虽然赛车很重要，但其他的不能丢。这是学长作为过来人对你的建议。"

"知道了。"陈羡笑着甩开李炎的手，"我今晚睡不着，来这儿练练手。"

临近晚上十一点，其他队友都依依不舍地放下手头的工作，收拾收拾赶回宿舍了，偌大的"集装箱"里，就剩下陈羡一个人。

头顶悬着一盏灯，陈羡开始研究动力电池模块，小心翼翼地将保险丝、极耳压接点集成在 PCB 板上，把线束整理得规整又有序。可脑海中的思绪却没有电线这么好整理，陈羡始终想不明白，为什么周柠总说他们要走的不是同一条路？

陈羡脑海中的路是宽阔而充满希望的，造车与赛车，团结与拼搏，汗水与泪水，即使失败也不怕，从头再来就是。他的路上曾经只有赛车，只不过遇到周柠后，他希望在这条追求梦想的路上，能拉着周柠的手一起走。

那么周柠呢？她究竟在走一条什么样的路？为什么就这么不欢迎自己出

.087.

现在途中呢？

3：你觉得我是怕这些的人吗？

孔瑶和陈羡在外人眼里称得上是青梅竹马。他俩从小学开始就在一个班，家住得也近，整整做了十二年同班同学和邻居，连家长都是熟识。这十二年里，孔瑶看着陈羡从一个白白净净的小男孩儿长成现在玉树临风的样子，他每一点一滴的变化，她都很喜欢。

她也知道陈羡对自己无意，可就是想不通为什么。论成绩、长相、身材、家世，她样样拿得出手，追她的人也大把，就连十分挑剔的沈清文都曾开玩笑地说："瑶瑶呀，越长大越漂亮了，以后给阿姨当儿媳妇吧。"

同在 Z 大，孔瑶对陈羡十年如一日的热情，老去车队找他。吴鹏远都被她的坚持打动，忍不住撺掇好哥们儿："你就答应了人家吧，这么大一美女，从小学开始就跟在你后面转了，你究竟有没有心？"

见陈羡不理，吴鹏远又欠欠地说："不会还想着那乡下姑娘吧？上次不是见上了吗？哥们儿费那么大劲儿把电灯泡带走，后来到底怎么样了啊？不会又被撅了？"

于是，陈羡更不想理他了。

ZSR 车队的这些小伙子倒是很欢迎孔瑶的到来。工科专业女生本就少，外院院花居然隔三岔五"大驾光临"，可把这群小子高兴坏了。

"陈羡，你怎么一天到晚钻在这集装箱里，好闷哦，一起出去玩玩嘛。"孔瑶坐在陈羡旁边，百无聊赖地看着他在电脑上操作一些她看不懂的东西。

陈羡眼睛都没挪开过电脑屏幕："不去。"

孔瑶撇了撇嘴，心里不舒畅，但也没表现出来。她并不是没有骄傲的，无数次想要放弃了，可每次一见到陈羡就又动摇了——还是喜欢啊，能怎么办呢？

幸好，这些年陈羡身边并没有出现过别的女生，至少她从没发现过。陈羡就像个还不开窍的傻直男，只知道一头埋在他的赛车世界里，对女生们投来的青睐目光并不理睬。

看着那些女生被礼貌又疏离地拒绝，孔瑶心里说不出的暗爽。她不想表白了，因为有些话一旦说出来，就再没有退回原地的可能。就当陈羡还不开窍呗，只要一直待在他身边，说不定哪天他就想通了呢？

"要不然我也加入你们车队算了。"孔瑶打起精神，笑着说。

陈羡的眼睛依然没从屏幕上离开，手指也操作得飞快："别闹了，你又不懂，来干吗？"

"我看你们车队好几十号人呢，除了干技术的，总还需要有人干些别的吧？"

"孔大美女这话说得没错。"李炎走了过来，笑着开口，"我们车队确实需要各种各样的人才。"

"哦？"孔瑶来了兴趣，"你看我能干什么？"

"我觉得你当车模不错。"吴鹏远调侃道。

"真的吗？你们需要车模？"孔瑶当了真。

罗家伟眼睛都亮了："嚯，那我们车队可上档次了。"

陈羡终于停下了手头的工作，递给这群猪队友一个无语的眼神："我刚模拟了一下解耦式和三簧式的优缺点，有人要来讨论一下吗？"

一群人都无奈地看着陈羡，饶是队长李炎都觉得他有些太不解风情了。

这时，吴清却推了推眼镜走了过来："模拟结果怎么样？我一直觉得按现在的设计方案，车身还是太重了，用解耦式会不会好一些？"

吴清是技术组里少有的女生，一头短发清清爽爽，干起活儿来毫不含糊，连男生都得敬她三分。

"没错，解耦悬架理论上不需要增加防倾杆装置，可以直接调节侧倾刚度，从结构上看有明显的减重作用，调校也会更加方便。如果赛道平整的话，可以说没有明显的性能弊端。"说着，陈羡立马给吴清演示了起来，两人凑在一块儿，直接略过了刚才的八卦闲谈。

孔瑶脸上有些挂不住，站起来不高兴地说："看来你们车队今天挺忙，我一会儿也有事，就先走了。"

"哎，一起吃个饭呗。"李炎挽留道。

"不了，以后吧。"孔瑶甜甜一笑，又对陈羡说，"我走了啊。对了，上周我回家碰到你妈妈，她念叨着说让你有空也回去趟，都在本市读大学了，别整得跟离家千里似的，看得出她挺想你。"

"知道了。"陈羡终于暂停了手上的活儿，应了一声。

周柠从来不会让自己陷入长久的坏情绪中。告别那晚短暂的恍惚后，她没再偶遇过陈羡。她一如既往地忙碌起来，跟预想的一样，家长拒绝把家教时间改到周末，因为孩子周末还有别的补习班要上，周中三晚让周柠过来做家教，就是为了平日里给孩子检查作业。

这时，何一帆本该收尾的私活突然发生变故，这些天忙得团团转，不得已把与ZSR车队合作的事情往后推了推，让周柠再等等他。于是在还没找到别的赚钱路径前，周柠只好把家教坚持了下来。

这周有两次公交车都晚点了，导致她疯狂跑回来还是没赶上门禁，趴在宿舍楼门口求了半天，宿管大妈才黑着一张脸给她开了门。不用说，她回到宿舍自然又遭到了一番冷嘲热讽。

但还是有好事发生，周六得空，雪梨来Z大校园看周柠了。

"哇，你们学校好大。"走在校园里，雪梨东瞧瞧西瞅瞅，对着一棵树都要感慨半天，好像校园里的每样东西对她来说都很新奇。

周柠挽着雪梨的胳膊，笑道："是挺大的，有时候连着的两堂课在不同的教学楼，都还得跑着去，不然来不及。"

"你怎么不买辆自行车啊？我看好多人骑自行车。"

"花那钱干吗，而且听说自行车老丢。"周柠摇头。

雪梨停下来心疼地看了她一眼："傻姑娘，对自己好点儿啊，家教都挣了不少钱了。"

"嗯，就是太远了，但也不舍得放弃。"周柠说。

"是吧，我早就觉得你这么两边跑不合适，所以这次来找你，还有事情问你，就是不知道合不合适。"

"什么事？"

"Z大旁边那个轰趴馆你知道吗？"雪梨问。

周柠点点头："听说过，上次班级聚会他们去的那里，不过我没去。"

"这几年轰趴馆挺火的，里面吃饭、唱歌、游戏、打牌样样都有，年轻人特爱去，挺赚钱的。"雪梨说，"Z大旁边那家轰趴馆，就是我工作那个……夜总会的老板投资的。你也知道，我跟我们老板关系还可以，那天听他说要招服务生，顿时就想到你了。"

"哦？"周柠来了兴趣，"工作时间和报酬怎么算？"

"他们都是通宵营业的，周一到周五你就别去了，还有课呢。周末有空的话，早上十点到第二天早上八点，一天报酬三百块。当然通宵太辛苦了，你也可以只上白班，晚上八点就能走，不过报酬低一点，白班一百二。"

"我上全天的，反正周日还可以休息一天。正好我也在找周末的兼职呢，太好了，谢谢你。"周柠开心极了。

雪梨却换上一副愁容："我犹豫了好些日子没告诉你，你真想去吗？我倒是可以帮你介绍，可是……唉……"

"怎么了？"周柠不解。

"你想啊，这轰趴馆就开在Z大附近，你们不少同学聚会都会去那儿，你在里面当服务生的话，不怕被熟人看见吗？"

原来雪梨是在担心这个，周柠爽快一笑："姐，你觉得我是怕这些的人吗？能踏踏实实赚到钱，比什么都重要。"

雪梨也松了一口气："我就知道，所以犹豫了半天，还是告诉你了。"

两人开开心心地在食堂吃了顿晚餐，雪梨觉得Z大的一切都很好，如果人生能再重来一次的话，她真想也沿着普通女孩成长的轨迹，在大学校园里走上这么一遭。

"周柠，你可得好好念书，以后赚正经钱，别像我似的。"雪梨感慨。

"我会的，你也别贬低自己。"周柠说。

雪梨笑着看周柠。别的正经姑娘知道她的职业后，多半是避之不及，可周柠堂堂一个高才生，却总能体谅她的辛苦，告诉她别怕，抬起头来堂堂正正做人。

晚饭后雪梨就要告辞了，周柠有些不舍："你不是晚上十点才上班吗？现在还早呢。"

"你以为我这样就能去上班了？"雪梨夸张地冲自己一指——秀丽的素颜，印着机器猫的卡通T恤，一条规规矩矩的八分裤，别说，还真不像雪梨衣橱里能找出来的衣服。

为了来校园里走一趟，她也是费心了。

"那你少喝点酒。"周柠无奈地道。

"只能希望今晚的客人不那么难缠了，钱不好挣啊。"雪梨笑着捏了一把周柠的脸，"还是妹妹会心疼我。下次来市里找我玩，我租了一套一室一厅的房子，你来了可以跟我睡。"

"知道了，快回去吧。"周柠抱了抱雪梨，跟她挥手告别。

目送雪梨离开后，周柠动身去那家轰趴馆。雪梨已经帮她提前联系了，她想今晚就把这事敲定下来。

周柠走后，孔瑶、吴丽丽、张蕊从不远处的大榕树后闪了出来，都一脸傻眼的表情。也是巧了，她们饭后消食散步到这儿，没想到遇上了周柠。

这棵榕树有几百年树龄，树干得四五个人手拉手才能抱住，是Z大重点保护古树。在树前，不特别留心的话，还真发现不了树后有人。

"你们听到刚才她们的对话了吧？"吴丽丽瞳孔地震。

"嗯……那话听上去……那女人不会是干不正经工作的吧？"张蕊说。

"周柠上哪儿认识的这种人啊？太可怕了。"吴丽丽突然想到了什么似的，又说，"你们说周柠老是那么晚回来，说是在外面做家教，不会是……"

"这话可不能乱说。"张蕊赶紧打断，"周柠这么傲的性子，不会吧？"

"谁知道呢，人不可貌相。"吴丽丽一脸不屑，"也许她只对我们傲，在男人，尤其是有钱的男人面前，是另一副嘴脸呢？"

"行了，咱别议论别人了，反正每天也碰不上几次面。"孔瑶说。

吴丽丽噘嘴道："可我现在觉得宿舍有点脏了……"

当晚，周柠拿着After Party（余兴派对）轰趴馆的工作服回宿舍的时候，并没有注意到宿舍里几个姑娘异样的眼神。

周柠高高兴兴地把那几件黑T恤洗了,晾衣服时,吴丽丽嫌弃地把自己的衣服往旁边挪了挪:"别碰着我的,脏。"

"你说什么脏?"周柠诧异地看着吴丽丽。虽然因为晚归,她们之间总有点矛盾,但此刻周柠并没有惹到吴丽丽,不知她突然发的什么疯。

吴丽丽"哼"了一声:"自己心里有数。"

"我没数,不知道你在说什么?"

"你交的什么朋友,自己心里没数吗?还总是那么晚回来,谁知道你在干什么?别把我们宿舍搞脏了。"吴丽丽不吐不快,干脆一股脑都说了出来。

周柠忽然有些明白过来,她们可能是见着雪梨了,听着雪梨说的什么话了。她又看向其他人,孔瑶和张蕊都一副欲言又止的表情,但心里猜忌的什么,也全然写在脸上了。

"我没必要跟你们解释我交了什么朋友,我在外面干什么,也不关你们的事。"

"天天打扰别人休息,你还有理了?怎么跟你分到一个宿舍,太倒霉了。"吴丽丽又嚷道。

周柠语调依然冷淡,似乎吴丽丽的话根本拨动不了她的情绪:"打扰到你们休息,我道歉,我以后会尽量再早一点回来,动作再快一点,除此之外,我也没有其他能做的了,还请见谅。"

周柠说完这句,不再理会吴丽丽,在阳台晾好衣服,回屋爬上了自己的小床。

吴丽丽还想再吵嚷几句,被孔瑶劝住,也只能作罢。熄灯后,整个宿舍就陷入了一片静默的氛围中。

躺在床上,周柠尽量把宿舍发生的不愉快摒弃到脑后,默默在心里盘算起了接下来的生活:周一、周三、周五晚上兼职家教,周二、周四晚上抓紧做作业,周六打工一天,周日还可以稍微休息一会儿,真是很完美了。至于何一帆说的活儿,还是等谈妥了看看工作量到底有多少,再考虑要不要调整这兼职安排。

周柠沉沉睡去,一晚上也没做什么梦。除了一些不愉快的琐事,其他一切都在向好的方向发展。开学后靠着边兼职边上学,她已经差不多存够了这学期的生活费,还给妈妈转了一些钱,这不是容易做到的事。

虽然辛苦,但是踏实;虽然孤独,但是自由。

周柠对当下的生活已经很满意,所以在轰趴馆里,当她穿着印有After Party字样的黑T恤,端着一艘装满食物的"大船",正对上陈羡那双皱着眉头的眼睛时,觉得没有什么大不了的。殊不知,她那份冷淡和不在乎,却又在陈羡心里狠狠地划了一道口子。

周六，ZSR 车队技术组的小伙伴们搞定了解耦悬架系统设计，队长李炎提议，为了庆祝这一里程碑时刻，今晚必须好好聚一聚。

赛车是团队运动，团队精神第一，个人技术第二。所以作为队长的李炎，时不时就组织大家团建，增进彼此感情。

陈羡跟李炎的想法不谋而合。他向来积极参加车队的聚餐聚会，还主动买了不少次单，让李炎更是对这个小学弟青睐有加。只不过这次，孔瑶又恰好来车队给李炎送上次聊到的图书，于是也被热情地邀请加入了聚餐队伍。

孔瑶似乎一直都是这样，总能跟陈羡身边的哥们儿打成一片。她出现得特别自然，好像她并不是来找陈羡的，但陈羡总能见着她。就像现在，全队上下的小伙子，除了陈羡，没有不对她笑脸相迎的，陈羡也只能随他们去了。

After Party 在 Z 大学生中很受欢迎，娱乐设备一流，餐饮品质过硬，能满足大家各种玩乐需求，每到周末都是爆满。周柠他们班已经来这儿聚过两次了，不过周柠忙着打工，从来没参加过这种集体活动。

穿上工作服，上午简单培训了下礼仪和注意事项，中午人多了后，周柠就正式开工了。虽然脚步没停过，但工作内容也简单，主要是给各个包厢送餐、送水、送水果。周柠忙碌地穿梭在各个包厢间，脸上带着标准的服务式微笑，脑袋却是放空的，悄悄在精神上给自己放了个假。

到了晚上，轰趴馆人更多了，周柠端着菜不停地送往一个个人声鼎沸的包厢，额头都沁出了些汗珠。

"我们点的'船'怎么还没来？"罗家伟拍了拍肚子，示意饿了。

"船"是 After Party 的特色，餐盘做成了大概一米长的木质大船造型，上面摆满了牛排、扇贝、大虾、鸡翅、烤肠等各式各样的食物。一条"船"888元，虽然价格不菲，但食物品类众多，是轰趴馆的爆款。

"嗨，人多，估计忙不过来。"李炎说，"再等等呗，估计也快了，咱先唱起来啊。"

李炎开了瓶啤酒给陈羡递过去，陈羡顺手接过喝了一口。

"少喝点儿。"孔瑶在边上说，并示意自己不会喝酒，一会儿要杯果汁就行。

几个男服务生又端着啤酒和饮料进来时，李炎催促道："菜也快点上，都饿了。"

"好咧，马上给您催催。"

"船好了吗？好几个包厢在催了。"有个叫小东的服务生走进后厨。

厨子指着一排"船"说："喏，刚做好了几艘，今天人也太多了，端的

.093.

人都不够。"

"咱分分,赶紧给人上了吧。"小东指挥着几个男服务生分配包厢,"'东极岛''太古岛''伯克岛''西沙岛'你们去,还差一个'天空岛'没人送,谁先回来谁送吧,动作快点儿,客人在催了。"

"我来吧。"周柠赶忙放下手头的活儿过来帮忙。

"你行吗?这船有点重,一般都是男生搬。"小东不太放心。

"没问题,我刚不是还搬了一箱啤酒?"周柠笑着擦擦额头的汗,搓了搓手,稳稳地端起了那艘船,"放心吧,肯定平安送到。"

"陈羡,你来一个。"吴鹏远把话筒递给好哥们儿,"露一嗓子。"

"是啊,陈羡唱歌可好听了。"孔瑶也附和。

"真的假的?陈羡还会唱歌呢?"在一旁玩骰子的几个男生也放下了酒杯,过来凑热闹。

陈羡接过话筒后,吴鹏远把平板递给他:"唱啥?自己选。"

陈羡的手指正在平板上划拉,包厢门突然开了。

"不好意思久等,'船'来了。"

熟悉的声音让陈羡猛然一滞,他抬起头来,居然真的是周柠!她穿着After Party的黑T恤,费劲地把一艘"船"稳稳地放在桌上,然后带着标准的服务式微笑开口:"请问还有什么需要的吗?"

陈羡完全呆住了,直愣愣地看着周柠。这时,周柠也看到了他,眼中同样闪过一丝讶异,但很快恢复正常,脸上仍保持着微笑,似乎在等待客人给什么指示。

倒是一旁的孔瑶惊呼出声:"周柠,你怎么会在这儿?"

周柠指了指自己身上的衣服,不以为意地说:"打工。"

孔瑶皱眉:"你究竟打了多少份工啊?"

周柠笑了笑,没有接话,又问:"还有什么需要做的吗?"

吴鹏远小心翼翼地看了看陈羡的表情,一时不知道该不该出来打个圆场。倒是车队的毛世军嚷了起来:"那箱酒都喝光了,把瓶子收一收吧。有些酒洒地上了,麻烦也擦下。还有点的饮料和果盘还没上呢,也加个急呗。"

周柠对着挂在胸口的对讲机说了几句,转而对毛世军说:"饮料和果盘已经帮您催了,我先收拾下包厢吧。"

周柠麻利地开始整理酒瓶,清扫垃圾。

李炎用胳膊肘碰了碰陈羡:"唱啊,愣着干啥?"

iPad屏幕上正停留在港台经典的界面,陈羡扫了一眼,点下一首歌,拿起话筒轻声唱了起来:

……为何我心分秒想着过去
　　为何你一点都不记起
　　情义已失去
　　恩爱都失去
　　我却为何偏偏喜欢你……

　　陈羡嗓音低沉，让这首本就失落的歌更蒙上了一层忧伤与不解。
　　周柠低头整理桌面和地面，不看陈羡，似乎也完全没在意他在唱什么，整理完毕后，就拎着垃圾出了门。
　　包厢门一关，陈羡的声音戛然而止。
　　"怎么不唱了？"李炎奇怪地看着他。
　　"你唱粤语还挺好听的嘛。"吴清也说。
　　吴鹏远笑着看了陈羡一眼："只怕是想唱给听的人走了，没心情吧？"
　　陈羡有些烦躁地把话筒往旁边一扔："切了切了，你们谁接着唱吧。"
　　陈羡莫名拉下脸来，众人见他面色不善，也就不再招惹他，哄闹着开始了下一轮唱歌与游戏。
　　孔瑶心里却警铃大作，犹疑着问吴鹏远："你刚说的什么意思？什么叫想唱给听的人走了？谁走了？"
　　"咱这儿刚才就出去一个人，你说还能有谁？"吴鹏远丢了一颗花生进嘴里，看热闹不嫌事大地笑着说。
　　孔瑶震惊地看向门口，又看着陈羡，简直怀疑自己的耳朵。不可能吧？吴鹏远说的什么浑话？明明是八竿子打不着的两个人啊！
　　可惜陈羡没给她自我麻醉的机会，他直接开口问道："你认识周柠？"
　　孔瑶眼神复杂："我和她一个宿舍。你怎么会认识她？"
　　陈羡灌了口酒，却并不回答问题，又问："你说她到底打了多少份工，什么意思？"
　　孔瑶撇嘴："她天天早出晚归的，总是熄灯了才回来，影响大家睡觉，都不知道她在外面干什么。"
　　孔瑶的话却让陈羡心里一痛，思绪突然回到那个炎炎夏日，周柠为了五十块的工钱，顶着烈日在花生地里摘了一天花生。
　　包厢门又开了，陈羡赶忙抬头看去，可惜进来的是个男服务生，对方同样是一副标准笑容："果盘来了，不好意思久等。"
　　短短几分钟里，门开关好几次，不时有人送来饮料、小食和扑克，陈羡每次都紧张地往门口看去，可都不见周柠，神情一次比一次失落。

陈羡的异常被孔瑶看在眼里，心里越发不是滋味，怎么都想不明白他俩是怎么认识的。开学不到一个月，自己每次来找陈羡，从没听过关于周柠的只言片语。可吴鹏远刚才的话，却摆明了他们两人关系匪浅。

怎么可能呢？在孔瑶眼里，陈羡身上总带着点漫不经心的不羁，除了对赛车十年如一日的热忱，没见他对其他人和事有过太多执念。可现在，他看向门口那紧张又期待的眼神，以及微微蹙起的眉头，都暴露出他对周柠有一种特别的关注。

孔瑶心里像打翻了八坛醋缸，突然就脱口而出："周柠在宿舍从来不跟我们说话，在她们系也没什么朋友，不过倒是有校外的朋友经常来找她。"

"什么朋友？"陈羡果然立马追问了。

"上次我们不小心看到的，也是个女孩，和周柠亲热得很，周柠让她少喝点酒，那姑娘还说希望客人别那么难缠，钱不好挣什么的。"孔瑶又压低了声音，"那姑娘看着就不是干正经职业的，我们宿舍其他女生还猜测，周柠天天那么晚回来，会不会也是……"

"放屁！"孔瑶话音未落，陈羡瞬间暴怒，几乎要从沙发上跳起来，"你们宿舍的人是不是有病？造什么谣？"

孔瑶被吓了一跳，委屈极了："她们说的，又不是我……"

"那你也该带点脑子，这种话能信吗？"

孔瑶的脾气也上来了："我只是转述而已，又没说我信。不过你怎么就能确定不是呢？你和周柠很熟吗？我看她刚才根本就没理你啊。"

这时，包厢门又被推开了，陈羡应激反应般地朝门口看去，可惜又是个男服务生："橙汁两扎。您这边点的上齐了哦，有需要再叫我们。"

随着男服务生的退场，包厢门再次被关上。陈羡终于坐不住了，猛地站起身，快步朝门口走去。

孔瑶眼睁睁地看着陈羡摔门而出，眼泪瞬间涌了出来，但为了维持一贯的形象，又不得不克制住，一口气憋在胸口很是难受。

吴鹏远看着这情景，感慨："唉……你们俩真是……都何必呢？天涯何处无芳草啊。"

各个包厢里的音乐都震耳欲聋，陈羡不耐烦地在走廊里转悠来转悠去，每碰上一个穿黑T恤的都要多看两眼，可就是没看到周柠的身影。

终于在一个拐角，陈羡碰上了端着果盘脚步匆匆的周柠。

"聊两句？"陈羡拉住周柠的胳膊，低头看她。

托盘上的果盘被陈羡扯得一歪，周柠赶紧用手扶正："你别闹，我在工作呢。"

"你什么时候工作完？"

"陈羡，我已经很忙了，你别给我添乱。"周柠匆匆看他一眼，脚步却没有停。

"你什么时候工作完？"陈羡跟上周柠的脚步，又问了一遍。

"要到明天早上八点，你别闹了行吗？"

陈羡却并不理会周柠的拒绝，执意说："好，我等你。"

4：我们就此告别吧，好吗？

忙碌了一夜，到第二天早上八点时，周柠的脚步已经有点虚浮。

"小姑娘干得不错，第一天不容易。"轰趴馆的负责人刘峰爽快地把日工资转给周柠，"挺累的吧？下周还来吗？"

周柠点了收款："当然要来，感谢您给我这个机会。"

"嗨，像你这样麻利聪明的，我还嫌不够多呢。再说是雪梨介绍的，只要你不走，肯定有你一份活儿干。"

刘峰是雪梨老板李天明的手下，被派过来管理轰趴馆的业务。虽然比起夜总会，开在Z大旁边的轰趴馆简直是"清水"生意，但刘峰的气质却还没转变过来，花衬衫配花臂，看上去不太像个好人。

"那就谢谢峰哥了。"周柠对刘峰笑了笑，转身告辞。

凌晨六点多，车队的人在通宵一晚后，纷纷勾肩搭背去门口刚开张的早餐铺吃早餐。陈羡拒绝了邀请，在大厅找了个空位坐下来，等周柠下班。

陈羡看着周柠向他走来，站起身迎了上去。

两人并肩走出轰趴馆，静静走了一段路后，周柠忍不住停下脚步，叹了口气："你究竟想说什么？"

"你一直在这样打工吗？孔瑶说你打了很多份工。"整个晚上，陈羡都没心思玩，在一片热闹中，独自喝着闷酒，满脑子都是这个谜一样的女孩儿。

"孔瑶？"

"她是我高中同学，说和你一个宿舍。"

"哦，这么巧。"周柠语气还是淡淡的。

"周柠，你是不是很累？"周柠眼圈一周都是青色，陈羡觉得心疼。

"还好，能坚持。"

"孔瑶说你几乎天天都很晚回去。"

"孔瑶是不是还跟你说，我天天往市里跑，不知道交的什么不正经的朋友，打的哪种不正经的工？"周柠嘲讽道。

"我并没有信那些。"陈羡急忙辩解，"周柠，我只是觉得你太累了，长久下去也不是办法。"

周柠冷淡一笑："怎么不是办法？我觉得挺好。"

"你真觉得好？"

"怎么不好了？"

陈羡皱起眉，认真地说："我只是觉得把时间花在这些打零工上不值，影响你休息，也影响你的学业，还是要做长远打算。"

陈羡明明是关心的话语，在周柠听来却有些何不食肉糜的好笑。她突然问道："陈羡，你知道我为什么来Z大吗？"

"为什么？"他曾问过这个问题，周柠现在居然主动提起，陈羡不由得紧张起来。

"我高考考得不错，本来想去外省读大学，你知道的，我一直想走得远一点。"说到这儿，周柠眼里闪过一丝自嘲，"可就在那时，我突然发现，原来去远一点的地方也是需要钱的，而我连路费都没有。"

陈羡呼吸一滞，他从没想过这些。

"学费、路费、生活费……Z大是我在经济能承受的范围内能上的最好的大学，所以我来了，就这么简单。"

曾经幻想过的泡沫被戳破，陈羡心里隐隐作痛，不知道是因为自己，还是因为眼前这个倔强的姑娘。

"让我帮你，行吗？"陈羡几乎脱口而出。

周柠笑了："你要怎么帮我呢？直接给我钱吗？"

"就当是我借你的，以后你慢慢还。"

"孔瑶说我在外面干不正经的活儿，你没有信，那你又怎么会觉得我能接受你的钱呢？"周柠像是在笑陈羡的矛盾。

"周柠，我只是不想你这么累，想为你做点什么，没有别的意思。"在周柠面前，陈羡总觉得自己笨嘴拙舌，无论说什么，都能被轻易反驳回来。

"陈羡，你知道吗，其实在大学里我很开心。有书念，有地方住，还能自食其力赚钱养家，我觉得自己简直棒得不得了。可为什么你每次见我，都一副觉得我很可怜的样子呢？"周柠的表情有些无奈，"通宵打工我不累，每天奔波我不累，但要跟你解释，我真的觉得很累。"

"周柠……"

"陈羡，这是我的生活，我觉得没必要一次次跟别人解释。孔瑶她们怎么说我都不在意，但我知道你和她们不一样，你是真的关心我，但能不能就到此为止了？我说过，我们要走的路不同，你有你的长远打算，但我没办法想长远，上好每一堂课、管好下一顿饭、尽早还清助学贷款、多给家里寄一点钱，就是我目前所有想做的。而且，我相信，就算没有长远的打算，我这样一步步坚持下来，未来也不会过得很差。"

"周柠……"

"你别用这种眼神看我,也别用你那套价值体系来可怜我。"周柠再次打断了陈羡的话,"我不需要你的帮助,也真的忙到没有时间来回应你的关心。我们就此告别吧,好吗?"

陈羡没回宿舍,独自回到了自己的小屋。

坐在沙发上,他开始一遍遍回想周柠说的话,终于明白两人的分歧到底在哪里。他总把周柠想成是一个需要被保护、帮助的弱者,所以每当自己一片真心地想帮些什么,却被无情拒绝时,都觉得委屈和不理解。

可他没想过,周柠从来不需要拯救者。没错,她是穷、是困难、是孤独,但她从未示过弱。她靠着自己,从小山村走到大城市,一点点赚取学费、补贴家用,她怎么可能是弱者呢?

这份独立和坚强,是周柠的骄傲,而他却恰恰没有看到她的这份骄傲。也许周柠讨厌的,正是自己这副高高在上的姿态吧。

想通了这些,陈羡突然觉得自己终于懂周柠了。原本他只是喜欢她,总是莫名被她吸引,可现在,又多了一分敬佩。

通宵了一晚,按理应该很疲惫,陈羡却睡不着。他走进书房,拿了一盒乐高出来,坐在书桌前拆开开始拼。思绪混乱时,他总爱拼拼乐高、做做模型,一个作品完成了,难事往往也就想通了。这辆乐高赛车不难,两三个小时就拼完了,可他的情绪却没像以往那样好起来,依然不知如何去破这个局,他和周柠之间的关系好像还是无解。

陈羡突然又想到,自己居然到现在都还没有周柠的微信,每次见面,似乎都找不到合适的交换联系方式的时机。也许可以问孔瑶要?但陈羡又不想,他更希望是周柠主动给自己的。

还会再遇见吗?

陈羡把拼好的赛车放到书柜展示架上时,心里出现了一个问号。

周柠回到宿舍大睡了一觉。

昨晚,她接到何一帆的微信,说他上个私活终于忙完了,打算晚上带她去 ZSR 车队和人碰个面,商量一下纪录片和宣传片怎么拍。所以她急需恢复好体力来应付晚上的新任务,于是争分夺秒地睡着了。

这一觉睡到下午五点,周柠醒来时只觉得眼清目明,积攒了一周的辛苦似乎都被释放。她坐起身,在床上发愣了几分钟,伸展胳膊,搓搓脸准备下床。她想着去食堂吃个饭,差不多就该到和何一帆约定的点儿了。

她一打开蚊帐,却撞上孔瑶看过来的眼神。

孔瑶向来美而自知,鲜少留意别的女生。除了陈羡这个尚未开智的"瞎子"看不到她以外,走到哪里,她都是人群的焦点。直到昨晚,她才犹如遭到当头一棒——原来陈羡并不是瞎,只是不愿意把目光投在她身上。

孔瑶眼神复杂地看着周柠:"你和陈羡怎么认识的?"

"机缘巧合,说来话长。"周柠明显感受到孔瑶眼神里的戒备,心下了然,干脆直接问道,"你喜欢他?"

她这不按套路出牌的回话模式直接把孔瑶给噎住了。

过了一会儿,孔瑶才回道:"不关你的事。"

周柠点头:"对,我想说的也是,不关我的事。你喜欢他就自己去追,别来找我麻烦,我和他没有关系。"

"你……"

周柠利落地跳下床换上衣服,稍微整理了下仪容就出了门,只留孔瑶在原地目瞪口呆。

何一帆约周柠在汽车学院门口见面,周柠到的时候,何一帆已经等在那里了。

"不好意思啊,生生耽误了两周。"一见面,何一帆就抱歉地说,"本来都要完活儿了,那边突然又要重拍一段素材,搞到现在。"

"没事儿,反正我也没闲着。"周柠笑了笑,"我们今晚什么安排?"

"先带你去车队的基地吧,我和李炎,就是他们队长说好了,今晚碰个面商量这事怎么做。这工程有一年时间呢,得好好策划下。"

"行,我跟你后面听就行。"周柠说,"这段时间我还把你借我的相机好好研究了下,到时候你再给我指导指导。"

"行啊,够上进的。"何一帆给周柠竖了个大拇指,"到时候拍照和简单的摄像归你了,大的摄像机还是我来扛,你们女生扛不动。"

说着,他们来到了大集装箱门口。

周柠疑惑地问:"就是这儿?"

"对,很酷吧,进去看看。"

何一帆带着周柠推门进去,一进门,周柠就被满地满桌、各式各样的汽车零件震撼到了。所有人都在专心致志地埋头于自己的事情,不是盯着电脑,就是在拼装零件,或者凑在一起讨论问题,几乎没人注意到他们进来。绕过一堆零件走到底,何一帆看到一个背对着他的身影正伏在桌上和人讨论着什么事情。

"李炎,我来了,还带来一个小学妹哦。"何一帆喊道。

李炎闻言转身,原先被他挡住的那个人也抬头看了过来……一时间,有两个人愣了神。

陈羡惊讶地看着周柠,下午还想着不知道上天能不能再给他一个机会,

.100.

没想到才过了几个小时，他就又见到了朝思暮想的姑娘。

"介绍一下，这是我学妹周柠，也是广告系的。"何一帆转而对周柠说，"这是李炎，ZSR车队的队长。"

"你好。"周柠把目光从陈羡身上挪开，冲李炎笑着点了点头。

"可以啊，还带一小美女。"李炎揶揄道，"你上个活儿忙完了？"

何一帆接过李炎推过来的两把椅子，示意周柠也坐下："嗯，忙完了，可以开始忙你这边了。说吧，有什么要求？"

"前期咱也大致聊过，我们车队是FSC赛事的三冠王，学校的王牌。前些年我们只顾闷头比赛，对记录和宣传方面的事情想得比较少，所以今年请你们过来，也是想从宣传上包装一下我们车队。我大致想的是，花一年时间做个纪录片，跟拍一下从现在到明年九月参加FSC赛事这个阶段，我们车队的工作日常、训练花絮和比赛情况，正式比赛那几天你们也得跟我们去。"

"战线真是够长，是个大活儿。"何一帆说。

"所以报酬给得也足啊。"李炎笑道。

"这倒是，定金微信转我就行。"

李炎给了何一帆一拳："有这样的吗？上来就要钱？"

"哈哈，亲兄弟明算账嘛。"何一帆笑了笑，又换上认真的表情，"言归正传，我是这样想的，咱得出三个片子，一是明年赛事后形成一个完整的纪录片，二是赛事后车队宣传片，三是参赛前车队宣传片，宣传片最好控制在两分钟以内，做得燃一些。"

"我也正有此意。"李炎赞赏道。

"当然，除了影像，平时我们也会注重多拍些照片，多多积累素材。如果需要制作宣传海报，你们也尽管提，都在那劳务费里。"

"好咧，我就知道找你靠谱。"李炎很是满意。

"下面说一下分工啊。"何一帆看了一眼周柠，"你知道我平时接的活儿多，忙得很，没办法一年时间都耗在这儿，所以我师妹会跟我一起负责你们车队的活儿。前期我会带师妹一段时间，重大赛事我也会去，不过平时的一些记录和拍摄，就交给我师妹负责啦。"

"倒也行，不过……"李炎犹疑地看了周柠一眼，似乎有些担心她的能力。

"所有东西我都会把关。"何一帆说着又亲昵地拍了拍周柠的肩，"再说我这小师妹，你放心，靠谱得很，别看是个新生，这两周已经把相机研究得明明白白了。搞不好一段时间下来，你们都不需要我了。"

何一帆这个拍肩的动作让陈羡眉头微微一皱，还没回味过来，何一帆又说话了："无论是纪录片，还是宣传片，都需要有一条主线，所以需要大概选一个或几个主角，你们推荐谁？我们可能会重点跟着那几个人拍。"

李炎稍微思考了下，很快做了决定，转头说："陈羡，你来吧？"

"啊？"陈羡一时有些蒙。

"对啊，长这么帅，该为车队出点力。"李炎笑道，"你是新加入车队的，从你的视角来记录，应该很有意思。还有你技术水平也过硬，可能比许多大二大三的研究得都深，跟着你能拍出东西。"

三道目光齐刷刷地向陈羡看去。

捕捉到周柠微微有些闪烁和迟疑的眼神，陈羡鬼使神差地立马点了头："行啊，我没意见。"

"那就这么定了。"李炎满意地说，"我俩先带你们转转吧，了解下车队。"

李炎带着何一帆走在前面，陈羡和周柠跟在后面。

"前阵子李队跟我说要找人拍纪录片和宣传片，没想到会是你。"陈羡小声说。

"我也想不到是要跟拍你。"周柠叹了口气。

陈羡心中窃喜，表面却装得一本正经："那看来以后要经常见面了。"

一圈转下来，周柠跟车队里所有人都碰了个面，也了解了车队的组成。原来小小的车队内部结构还挺复杂，有车架组、传动制动组、电控组、发动机组、车身与空气动力学组、车手组和综合事务组，每个组都各司其职，像极了精密组合在一起的汽车零部件。队员们如数家珍地为他们介绍车队荣誉、兴致勃勃地展示手上刚打磨出来、根本看不出是什么的小零件，周柠突然就被这种单纯又热血的氛围感染了，对这车队萌生出一股自己都说不清的好感。

"我们大部分是工科专业的，本身课业就重，所以学校特批我们基地不断电，临近比赛前，通宵干活儿都是常有的事。"李炎说。

"不断电？"周柠突然问，"那我可以来吗？"

"当然可以啦。"李炎爽快地说，"我们这里所有的东西你们都可以用，电脑都是高配，你们根据需要随便用。"

"啊。"周柠小小感叹了一声。她正攒钱给自己买电脑，本以为怎么也要明年才能凑够钱，没想到居然能提前用上了。

这么说来，以后专业课上那些作业也可以拿到这儿来做了。周柠在心里拨了一下算盘，之前她在学校的机房做作业，机子老、网速慢，严重拖慢了她的进度。

"行，大体情况了解了，那我们现在就开工咯？你们忙你们的，我们看着拍。"何一帆又转身对大家说，"接下来我们会经常在这里拍摄啊，大家保持正常的工作节奏就好，不用管我们，更不要看镜头，我们要的就是一个真实。"

"明白，那就不招呼你们了，以后把这儿当成自己的地盘就行，不用拘束。"李炎说。

大家开始分头忙碌，陈羡这次也没跟着周柠，回到自己的位置上继续和李炎讨论。

何一帆和周柠讲了一些纪录片的拍摄手法，然后看着周柠摆弄机器。陈羡用余光看去，只见何一帆和周柠靠得很近，何一帆说话的时候周柠一直在认真听，还时不时点点头，完全没有和自己聊天时的不耐烦。

拍了一阵后，何一帆打开一台闲置电脑，教周柠把素材导到电脑上。电脑上居然各类 Adobe 软件装得齐全，何一帆开始教周柠怎么使用 Premiere 和 Photoshop。周柠听得很认真，时不时用笔记录下要点。

两人说得专注，一直到晚上十点半了，何一帆才问："要熄灯了，是不是得回去了？"

周柠一看手机，赶忙说："对，是得走了，不然我又要晚了。"

两人起身向李炎告别时，李炎递给周柠一把钥匙："以后常来啊，我们的片子，可指着你呢。"

周柠点点头："李队，我一定会努力的。"

"也别太紧张了，我和一帆是老朋友了，他早跟我提过你，我相信他的眼光。"李炎笑道，"我们车队很团结，氛围也很轻松，你多相处就知道了，把这儿当自己家，有啥需要的就跟我们提。"

"谢谢李队。"周柠感动地说。

"行啦，快回去吧，咱俩加个微信，以后有事联系。"

陈羡眼睁睁地看着周柠神色自然地加上了李炎的微信，手机都快被他捏碎了才蹦出一句："也加我一个吧，以后车队的事情也可以问我。"

"对，你俩多沟通，毕竟陈羡是纪录片主线。"李炎并未发现什么异常，理所当然地说。

陈羡看着周柠，眼神里微微透着紧张与期盼。如果能放大心里的声音，在周柠"嘀"一声扫二维码的瞬间，就能明显听到陈羡心里"呼"地松了一口气。

周柠和何一帆离开后，陈羡问李炎："你刚说早听那谁提过周柠，什么意思啊？"

"就我找何一帆拍纪录片的时候，他说要带一个小师妹来。"

"就这样？"

"说家里条件挺困难的，学广告，都没钱买电脑。前段时间，他特意来这儿把那些要用的软件装到电脑上，跟我说以后多关照关照那姑娘。"

"哦……那个……何一帆，是个怎样的人啊？"

"挺好的呗。"李炎爽快地说，"为人仗义，做事情也负责，不然我也不找他啊。你问这个干啥？"

"没什么……"陈羡敷衍道，心里却像打翻了五味瓶，说不清到底是什么滋味。

刚走出去没五分钟，何一帆的微信就"嘀"地响了一下。一看内容，何一帆笑了，随意点了几下，让周柠看手机。

周柠打开一看，何一帆居然给她转了一万五千块钱？

"这是干吗呀？"周柠震惊道。

何一帆趁周柠不注意，在她屏幕上点了收款，笑着说："李炎刚把定金给我转过来了。我不是跟你说了嘛，十万块酬劳，先付20%定金。这一万五是给你的定金。"

"不行，这钱我不能要。"周柠一听，立刻要把钱转回去。

何一帆忙拦住她，说："怎么不能要？你又不是白干活的。我说了，这个任务你是主力，我打辅助，理应你拿大头。"

"可我……"

"别可是啦，任务挺艰巨的，这报酬你理应拿。"何一帆趁机摁灭了周柠的手机屏幕。

周柠低头沉默了一会儿，抬头看着何一帆："我知道，其实你只是为了帮我。"

"怎么能这么说？我确实忙不过来，没有你，这活儿我还接不了呢。"何一帆不以为然地说。

"那你也可以找社里其他更有经验的人，而不是从头教我这样一个菜鸟。"周柠道，"而且车队电脑里装的那些软件，他们车队根本就用不上，是你让装上的吧？怕我没电脑做作业，还让李队跟我说可以随便用。"

"呃……这个……"何一帆一时有点语塞。

"谢谢。"周柠轻声说。

"嗨，我俩之间还说谢？"何一帆故作轻松地说，"你还记不记得，咱俩第一次见面，是一起趴在办公桌上填那个减免住宿费的申请？"

"记得。"

"还有国庆放假，别人都回家了，就咱俩还苦哈哈地在教务处整理档案，一整就是一天，就为了二十块钱的报酬。"

"是呢。"回忆起往事，周柠忍不住露出了笑容。

那时候两人一起整理几十大箱存档资料，一天下来人都累趴了，可放假食堂不开，两人也只舍得去门口点一碗最便宜的面条。

"周柠，所以我们之间不用说谢。"何一帆认真地说，"就是因为经历过，所以我才知道你不容易。现在我好不容易有点能力了，你就让我帮你一点吧。"

周柠低头不说话，何一帆见状又说："我大一前半程也跟你似的，到处打零工，虽然能赚钱，但是过得特别累。我不是一直对广告创意和摄影摄像感兴趣嘛，后来就刻意地只接跟专业相关的活儿，不再无头苍蝇似的什么零工都打了。你猜怎么着，不仅不那么累了，而且随着技术和口碑的提升，来找我帮忙的人越来越多，挣得也比到处打零工更多。"

"我走过的弯路，不想让你再走一遍了。"何一帆的声音很温柔，"你这段时间做家教老往市里跑，自己都觉得累吧？把车队的活儿干好了，既能提升专业技能，又能挣到钱，还有免费的电脑可以蹭，一举多得，何乐而不为呢？我们还是要为长远作一些打算。"

明明有人跟周柠说过类似的话，可当时她那么不屑，想都不想地就回绝了那人的好意。可这话从何一帆嘴里说出来，周柠却觉得似乎没法反驳。也许是因为他们有着相似的背景、走过相似的路，所以明明是同样的话语，何一帆说出来，周柠能瞬间明白他的深意，可陈羡这么说，只会让人觉得他站着说话不腰疼。

"别太要强了，周柠，有的时候接受一下别人的帮助也没什么的。"何一帆又说。

"谢谢你，我一定会把活儿干好，不会给你抹黑的。"周柠下了决心，抬头冲何一帆一笑。

"你看你，又说谢。"见周柠答应了，何一帆也松了口气，"你有空多去车队，多融入，纪录片是否用心，一眼就能看出来。我发你的 Premiere 和 Photoshop 教程，你好好研究，不是一朝一夕能练成的。这两个软件练好了，我再教你其他的。车队的电脑，我和李炎说过的，你就放心用。还有，这台单反就放你这儿啦，好好保管，别丢了。"

"好的，知道啦师父。"周柠难得调皮一下，冲何一帆俏皮一笑。

不知不觉，何一帆陪着周柠走到了女生宿舍楼前。

"那我就上去啦！"周柠挥手向何一帆告别。

"去吧。"何一帆也冲她挥了挥手。

这个点儿，女生宿舍楼下站着的都是舍不得分别的情侣。何一帆也和其他男生一样，目送周柠上楼，一股陌生的情感袭上心头。周柠都消失好半天了，他却还傻傻地站在宿舍楼下忘了走。

·105·

第四章
男朋友

1：不如我们重新认识一下？

周三晚上，周柠赶去市区上最后一次家教课。

提出辞职后，家长希望周柠多坚持三天，好让他们找到接手的老师。这要求合情合理，而且一直以来双方合作都比较愉快，周柠也就答应了。和往常一样，上完课，周柠就火速跑到公交车站台，等着搭最后一班公交车回学校。可左等右等，最后这一班车却迟迟不来。

公交车整整晚点了半个小时，周柠赶到宿舍楼门口时，大门已被"铁将军"把关。她把手举到门前正想敲，可要碰到门的那一瞬，她又把手放下了。宿管大妈那邪不耐烦的态度和舍友阴阳怪气的样子，真是不想再多看一眼。抬头望了一眼黑漆漆的宿舍楼，周柠向后退了几步，突然就有了主意——车队的基地不是整夜都不断电吗？

何一帆帮她引荐过了，这几日她常往车队跑，跟车队大部分人都熟悉了。说来也怪，这几乎是第一个周柠觉得自己能融入的团队。队员们对她并不过分热情，大家也都忙得很，看到她手里的相机，开始还觉得新鲜，没过多久也就见怪不怪，再没人理她在拍什么了。

车队的氛围单纯而热烈，经常会有人为了一个技术问题争得面红耳赤，下一秒却又头碰头在一起打磨零件，似乎刚刚的争吵根本不存在。周柠第一次感受到一些原本觉得是虚无缥缈的词的真正含义，比如"梦想"，比如"团队"，比如"热血"，几乎每一个都是她本人的反义词。但很奇怪，她在这里待得自在，甚至很多次还会被那些认真而执着的小细节打动。

周柠都用相机原原本本地记录了下来。

周柠揣着钥匙向"集装箱"走去，远远就发现里面还亮着灯，心里纳闷，都十一点半了，居然还有人没走？

她推门进去，前厅空荡荡的，桌上还放了一大堆没整理的文件和模型。走到第二个"集装箱"，她才发现没走的人原来是陈羡。

注意到周柠进来，陈羡也明显愣了一下，目光从电脑屏幕上挪开："怎么这么晚了还过来？"

"哦，回来太晚没赶上门禁，没地方去，就想着来这里待一晚。"周柠答道，"你呢？男生宿舍也有门禁的吧？怎么还不回去？"

陈羨在画电路图，一时半会儿搞不定，就想着今晚不回宿舍了，去校外住一宿。可听周柠这么一说，他改口道："嗯，电路图画不完，需要通宵。"

"李队不是说现阶段还不用这么拼吗？"

"能往前赶就往前赶呗，你永远不知道整台车拼起来会是什么样子，多给后面留点时间。"陈羨说。

深沉的夜色、明晃晃的白炽灯和熬夜伏案工作的队员，周柠觉得这是极好的素材，赶紧取出相机。

"你干吗？"陈羨有些不自然。

"工作啊，拍些素材。你别管我，做你自己的事就行了。"

听周柠这样说，陈羨才收了神，重新投入到画了一半的电路图里。

在车队再次遇见后，两人之间的氛围好像发生了些微妙的变化。陈羨看周柠的眼神里收起了担忧和怜悯，不再试图为她做些什么或改变她什么，只是默默观察她跑上跑下、忙这忙那。

周柠则是认识了一个不一样的陈羨。她原先以为陈羨说的爱车只不过是富家公子茶余饭后的消遣，是翘了期末考试去看偶像这种她不屑理解的任性，没想到，陈羨是真的爱。只要没课，陈羨几乎都泡在基地，工作起来极其认真。别人都觉得差不多行了的时候，他总是精益求精想做得更好。周柠拍他画图、测试、打磨、拼装，拍他较真地和队友探讨技术问题，拍他一遍遍失败了又重来，在相机的小小取景框里，周柠突然拍到了一个自己不曾认识到的陈羨。

周柠加入的这些天，两人分别专注各自的工作，拍摄时遇到不懂的技术问题，陈羨也会尽量深入浅出地给她讲解。两人好像都在寻找一种新的相处模式，陈羨主动退了一步，画了一条界限不再越过，周柠也改变了对陈羨富家公子哥不食人间烟火的看法。两人终于不再一见面就搞得剑拔弩张，关系渐渐缓和下来。

拍了一会儿，周柠收起相机，打开电脑开始导素材。

陈羨看了她一眼："今晚你就打算耗在这儿了？"

"嗯，宿舍也回不去。再说上次师兄教的好些东西我都没学会，今晚正好研究研究。"

师兄，叫得还挺亲热。陈羨心里小小不爽了一下，但没表露出来。

"那你今晚不睡觉啊？明天没课？"

"一会儿困了就趴着睡会儿吧，明天早上八点的课，宿舍门开了我就回去。"周柠突然扭头冲陈羨一笑，"我要练习抠图了，拿你的照片练手，不介意吧？"

陈羡挑了挑眉，大气地一挥手："尽管用，不收你钱。"

周柠都不知道自己是什么时候睡着的，更不知道为什么，梦里竟全都是陈羡。

周柠仿佛又回到了去年夏天，陈羡突然走到她面前，轻声问："我不想当陌生人，行吗？"

可这一次，她没有仓皇逃离，甚至还走近了一步，仔细闻了闻他身上好闻的雨后草木的味道。

周柠有些悲伤："可这只是一日罗马啊。"

"你在担心什么，周柠？"陈羡突然伸手抱住了她，"只要你愿意，我保证我们可以永远待在罗马。"

梦里都觉得这情境太过虚幻，周柠猛然惊醒，转头一看，陈羡居然真的就在不远处。真是见了鬼了！一定是这几天老围着他拍，睡着前又对着他的照片练了半天修图，才会做这么离谱的梦！

"口水擦一擦啦。"周柠刚睡醒蒙着的样子太可爱，陈羡忍不住开玩笑。

周柠赶紧回了神，胡乱在嘴上擦了几把，然后不满地皱起眉头："哪儿有口水？"

"你那样子太傻了，我还以为流口水了呢。"陈羡揶揄道，"梦到什么了？醒来一副目瞪口呆的样子。"

"我才没做梦。"周柠窘迫地别过头，捋了捋头发，试图掩饰发红的脸颊。

电脑屏幕随机变换着屏保，周柠一看时间，惊呼："呀，居然五点多了！我这是睡了多久？"

"你一点多就睡着了。我还真挺佩服你的，一个姿势趴这么久不难受吗？"

"可能是太累了。"周柠又打了个哈欠，胳膊还真是压麻了，"你呢？真一个晚上没睡？"

"嗯，我不困。"

托周柠的福，原本打算两天完成的任务量，压缩到了一个晚上解决。

凌晨一点多的时候，周柠揉揉眼睛，趴下休息，原本只想小憩一会儿，没想到直接睡了过去。等周柠的呼吸渐渐变平稳，肩膀开始随着呼吸有规律地起伏，陈羡才放下手中的工作，蹑手蹑脚地走到周柠身边。

虽然压着胳膊只露出了半张脸，但睡梦里的周柠显得松弛许多，没有了平日里的那股紧绷感。忽然，她的眉头微微蹙起，睫毛一颤一颤的，不一会儿鼻子也皱成一团，不知道梦到了些什么。

再这样看下去就有些变态了。陈羡微不可闻地轻咳了一声，直起身子，往后退了一步，拿了一件自己放在工作室的外套，轻轻披在周柠肩上，然后回到工位，又认真画起图来。

他发现自己很喜欢有周柠待在旁边的时刻，哪怕两人没什么交流，只是闷头做自己的事情。就像去年夏天，在暴风雨来临之前，两人安静地围在木桌旁做作业。

周柠又活动了一下身子，这才发现身后掉落了一件外套。

"你的？"周柠拿着外套问陈羡。

"看你睡着了，就给你披了件衣服。"陈羡很自然地说。

"哦。"周柠拾起衣服挂回椅背，一股清新的雨后草木气味钻进鼻子。她突然就明白了梦里那股香气的来源，原来她真的被陈羡的味道包裹了一整个晚上。

临近六点，远处的天空已经笼上了一层毛茸茸的金色，太阳呼之欲出。车队的基地虽然只有一层，但窗外无遮挡，向外看去，视野开阔，能很清楚地看到远处的树木被镶上了一层金边。

周柠走到窗边，打开窗户，清晨微凉的风吹进来，人顿时就清醒了。陈羡也走到窗边，对着窗外伸了个懒腰。

"你早上没课吗？"周柠看了陈羡一眼。陈羡熬了一夜，眼底是藏不住的倦意。

"有，也是八点。"陈羡打了个哈欠。

"那你要翘了？"

"不啊，上午讲机械设计，我还是要认真听的好吧。"

周柠略感惊讶："你还真是跟我以前想象的不太一样呢。"

"你以前想象的我什么样啊？"

"其实以前的你也挺好的。"

是啊，怎么可能不好呢？在医院陪伴的日日夜夜，都是少年的真心。

"那你为啥老不待见我？"陈羡问。

周柠打了个哈哈："这么明显吗？"

"还不够明显啊？跟我说两句话都嫌多似的。"陈羡假装不满道。

周柠想了想，说："也没有，就是觉得你也不会懂，毕竟我们两个太不一样了。"

"周柠。"陈羡的声音低沉了下来，"我觉得我能懂。"

太阳突然跳了出来，金灿灿的阳光透过窗户照进来，照得男孩女孩的脸庞微微透着光。

陈羡的眼神在这一片朝阳之中显得尤为温热和真挚，他对周柠伸出手，说:"不如我们重新认识一下?"

周柠回到宿舍时,心跳还有些乱。

在那片金灿灿的朝阳下,她鬼使神差地点了点头,轻轻握了握陈羡的手。也许是卸下了学校、市里两头跑的包袱,也许在车队莫名感到有些归属感,这些日子周柠觉得心里不再那么紧绷,脚步都轻快了不少。

至于陈羡,周柠自己也说不清对他的感情。八岁第一次见面到现在,感情几经变化,有过讨厌和不屑,有过感激和不舍,他像出现在她生命中的一个变量,让她有些抗拒,但又总莫名地拨动她的心弦。

她轻轻推开宿舍门,几个姑娘都已经起床了。

"周柠,你夜不归宿的次数越来越多了啊。"张蕊话中有话。

周柠没有理她,径直走向阳台准备洗漱。

其他两人正在阳台晾毛巾,见周柠过来,吴丽丽厌恶地说:"要不然你去公共卫生间洗吧,和你用一个水龙头,我们还嫌脏呢。"

怀着自己的小心思,孔瑶也不再出来打圆场,看热闹似的看着两人。

周柠冷笑一声:"你们最好让一下,不然一会儿水溅在身上,我可不负责。"说完,她面无表情地拨开孔瑶和吴丽丽,若无其事地拧开水龙头开始洗漱。

吴丽丽的胳臂被水花溅到了一点,她立马扯下毛巾擦了擦,"啐"了一声:"真讨厌。"

孔瑶回到屋里,却悄悄用余光注意着周柠的一举一动。她从小到大都是小团体的中心,可周柠软硬不吃的样子跳出了女生间的常规交往逻辑。这个特立独行的姑娘,真是让她无比讨厌。

孔瑶想了想,拿出手机给陈羡发了一条微信:周柠昨晚又是彻夜未归,问她干什么去了也不说,你还觉得是我们宿舍的人多想了吗?

不一会儿,陈羡的微信回过来:周柠昨晚和我在一起,你让你们宿舍那些无聊的人少造谣。

孔瑶盯着屏幕足足看了一分钟,才确定自己没有看花眼。她心里冒出两个声音,一个声音带着愠怒:"你现在就去阳台问周柠,问他们昨晚到底在一起干什么?明明周柠自己说跟陈羡没关系的,怎么会整个晚上在一起?"另一个声音却极冷淡:"不觉得自己像个笑话吗?这么多年自找没趣还没够吗?还要继续坚持吗?"

孔瑶往上划拉了一下和陈羡的聊天记录,从来都是她主动,陈羡回复寥寥,而这条跟周柠有关的,他居然是秒回。在意识到这一点后,孔瑶突然就丧失了动力。她不是没有自尊的,这么多年之所以能以朋友的身份坚守在陈羡身边，很重要的一个原因，就是陈羡眼里没有别人。

可现在这境地，还要再继续下去吗？说实话，上次在轰趴馆故意嚼舌根和刚才一时冲动给陈羡发微信，已经让她都有点不认识自己了。再这样下去，不知道她还要做出多少让自己鄙夷的行为。

孔瑶正在心里自嘲，可能是时候该放手了，却没想到这时陈羡的微信消息突然又发来：周柠在帮我们车队拍纪录片，所以昨晚都在车队的工作室。其他的时候，她在门口那家轰趴馆打工，你上次不是碰到过吗？帮忙跟其他人澄清一下啊，别让她在宿舍里太为难，好吗？

孔瑶又仔细读了一遍陈羡发来的微信，然后看着周柠整理完毕，干脆利索、目不斜视地出了门。

为难？到底是谁为难？你喜欢的姑娘，好像从来都不会为难。

孔瑶觉得眼睛酸涩极了，摁灭了手机屏幕，心想：这次就换我不回复吧。

和车队的人相处得越久，周柠越喜欢这个团队。大家都很拼，周柠目睹他们把钢管改良为碳纤维，一遍遍优化电池管理系统、散热系统、分布式控制系统等技术细节，每个人都在绞尽脑汁地创新创造，朝着共同的目标不断努力。

两个多月过去，随着赛车性能提升的，还有周柠的摄影摄像技术和编辑剪辑技术。她很感谢何一帆给她介绍了这样一份既能赚钱又能磨炼自己的工作，使她这个被调剂的真心爱上了广告专业。

熟悉后，队员们也几乎把她当成了车队的一员。

"周柠，快快快，开机，快拍我们。"毛世军冲周柠喊。

"怎么了？"周柠赶紧拿起相机。

"我和刘垚比焊这块电路板，谁输了谁请吃饭。上次明明他输了，非不承认，这次你给我们记录下来，免得有人赖账。"

"谁赖账了？明明我俩同时完成的好吗？"

"差一秒呢，所以我说让周柠拍仔细点，不服看回放。"

"拍就拍，谁怕谁啊。"

周柠也被他俩逗乐了，笑着架起相机："好，我摁开始了啊，全程给你们记录下来，谁都别耍赖。"

陈羡嘴角噙着一丝笑，在不远处看周柠和队友们玩闹。

吴鹏远看着自己兄弟一脸痴笑的表情，搂住他的肩膀调笑："就这么喜欢？看进眼里拔不出来了？"

"滚。"陈羡赶紧把他的手扒拉下去。

"不过你这也太磨叽了，打算啥时候出手啊？"吴鹏远纳闷地问，"队里除了我,好像还没人知道你和周柠的过往吧?"

"你别瞎传啊。"陈羡赶紧说。

"我这不替你着急吗?"

"不用你操心,我自己会想办法。"

话是这么说,可陈羡还真不敢轻举妄动。他喜欢现在慢慢开朗起来的周柠,虽然她总说自己不需要朋友,但明明也会因为有朋友而变得快乐。因为感受到她的快乐,所以陈羡愿意保持这样适当的距离,让她在车队待得轻松和自在。而且好不容易过了一见面就呛起来的阶段,他和周柠之间的关系难得达到了一个平衡,他生怕一个不小心就破坏了这种平衡。

经过在车队的相处,陈羡越来越被周柠身上的坚强自立所感染。她虽然辞了家教的工作,但每周六还坚持在轰趴馆打工。车队的人惊讶地问她为什么,周柠坦然地说是为了挣钱,毫不扭捏和隐藏。正是因为周柠的大方自信,其他人也不觉得别扭,反倒经常趁着周柠周六打工那天去轰趴馆团建。众人还笑闹着跟老板说,这是周柠拉来的业务,要老板给周柠涨工资。

大伙儿一般在早上六点多就撑不住了,纷纷解散出去吃早餐。陈羡总找些理由落在后面,然后等周柠下班,陪她一起走回学校。刚开始,周柠看到陈羡等她,还不太适应,但也没有像以前一样激烈地拒绝。再后来,她也就见怪不怪了。

陈羡很享受每周日清晨和周柠从轰趴馆走回学校的时间。陈羡会讲讲自己的理想,或是车队的趣事,周柠多数时候听着,时不时插两句话。或者两个人什么话都不说,就这么静静地走着,陈羡都觉得很好。

所以陈羡迟迟没有下一步行动。

周柠虽然在某种程度上接受了他的陪伴,但依然鲜少表达自己,陈羡吃不准她的想法,生怕两个人又变尴尬了。毕竟他现在几乎天天能见到周柠,而且她居然还愿意跟他讲话!当然,自己这么想想就好,绝对不能告诉吴鹏远,不然一定会被嘲笑。

这时,基地的门打开了,何一帆走了进来。

"拍什么呢?"何一帆自然地走到周柠的身边。

周柠看了他一眼,目光又回到屏幕上,笑着说:"他俩比赛呢,我给做个见证。"

"看来在车队玩得不错哟?"何一帆笑道。

"感谢你把周柠介绍来啊。"李炎走了过来,调侃道,"你还真没说错,你的小师妹真靠谱,果然现在都觉得不需要你了。"

"不带这么卸磨杀驴的啊。"何一帆佯装不满。

这时两人也比完了，周柠摁了停止，笑着说："是毛世军快一秒，记录在案哦。"

这下刘垚也没话说了，一堆人围着他哄闹起来。

何一帆笑着对周柠说："到饭点儿了，走，一起吃个饭聊聊，前段时间忙，好久没来了。"

周柠点点头，把桌上的东西收拾好，披上外套，对何一帆说："走。"

两人前后脚走出了工作室。

见状，吴鹏远又把胳膊架到了陈羡肩上："看到没？你再不快点，可能就没你什么事了。"

"滚啊。"陈羡气鼓鼓地转身，肩膀一松劲儿，吴鹏远差点跌个跟头。

初冬和热气腾腾的小火锅很配，周柠的脸藏在氤氲的热气后面，透出一股不真实的美好。

"你好像有点变了。"何一帆盛了一碗汤放到周柠面前。

把周柠带上轨道之后，何一帆就把主要精力放到了其他兼职任务上。随着事业开展得越来越顺利，他也变得越来越忙，已经好一段时间抽不出空去车队了。他虽然跟周柠仍然常有联系，但大多是技术交流，感觉自己好像真的变成了周柠的师父。

"我吗？怎么会？"周柠挑了挑眉，不理解何一帆指的是什么。

"以前的你总是一副随时准备战斗的样子，但最近每次见到你，都觉得你是笑着的。"何一帆说。

周柠喝了一口汤，放下碗，想了想，说："如果我说远离了家让我很快乐，会不会显得很不孝？"

虽然她每个月都会力所能及地给妈妈一些生活费，每周也会定时打电话回去问家里好，可除此之外，她也为终于能远离那个小山村而高兴。在没有羁绊的校园里，她觉得非常自由，这种自由越过了身体上的劳累，让她非常开心。

在高中时期的相处中，虽然周柠不太讲家里的事，但何一帆还是大概能猜到她的情况。

"不只是远离家的高兴，我还感受到了别的快乐。"何一帆又想了想。

"你是我肚里的蛔虫吗？这么懂我。"周柠笑着说，"说实话，在车队时我感觉很开心，在此之前，我从没想过自己能融入一个团队。你知道我的，很少能有朋友，却居然跟车队里每个人都处得不错。他们那种氛围，挺感染我的。"

"那介绍你去车队真是对了，本来只想帮你找份兼职，没想到还有了意外收获。"

"谢谢你。"周柠眉眼一弯。

"你看你,又说谢。"何一帆不满地打断了她,"我们俩啊,身上的负担都太重,我以前甚至会觉得开心都是一种罪过,因为亲人还在泥沼里,我有太多的事情没干,太多的责任没尽,怎么能开心呢?所以不能开心,因为要尽快成长,要早点养家,家里就指望着我一个人……"

何一帆的话让周柠沉默了。她确实是这么一路成长过来的,跌倒了就拍拍灰尘爬起来,膝盖破了就忍痛浇上酒精等它自然痊愈结痂,挫折和伤痛从不会影响她继续前进的步伐。可在这越来越独立、越来越坚强的背后,也正是对自己其他情感需求的放弃与忽略。

"但我们的人生不应该是这样的。"何一帆又说,"我们也应该像其他同龄人一样,肆意地去挥洒我们的青春。"

"就像车队的人吗?把大量的精力投入一个不可预知结局的梦想。我以前觉得团结、热血、梦想什么的,都是些虚无缥缈的词,但这段时间却真真切切感受到了。"

"对,这是一部分,除此之外,还要享受闲暇、拥抱友情,还有……体验爱情。"

周柠微微蹙起眉,似乎仍在回味何一帆的话。

何一帆却有些不好意思地补充道:"刚才都是举例,我觉得拥有这些才能拥有一段不会后悔的青春。周柠,这些年我一直在学着去开心、去接纳,我真的希望你也能开心起来,当一个普通的大学生,别浪费了这四年。"

周柠又想了一会儿,展露出一个笑颜:"不知道为什么,我很少能听进别人的意见,但师兄你说的话,我总觉得很有道理。"

"因为我们两个的成长经历很像,而且我大你两年,自然有些经验是领先于你的。"何一帆笑道,"下周就是圣诞节了,平安夜有活动,要不要体验一下普通大学生的快乐?"

"什么活动?"

也不知是因为火锅的热气,还是别的什么,何一帆从兜里掏出那两张票的时候,手心居然都有些微微出汗:"我们协会组织的平安夜舞会派对,我们一起去吧?一定很热闹。"

2:我喜欢你啊,你到底懂不懂?

李炎拿着一沓何一帆送的票,往正中央的桌上一坐,嚷道:"明天平安夜,摄影摄像协会要搞舞会,送了咱好些票,有感兴趣的咱分一分啊。"

"我就算了,不会跳舞。"刘垚说。

罗家伟白了他一眼:"成为单身狗果然是有原因的,谁让你真去跳舞了,主要是去认识妹子啊!"

"舞会不都成双成对的去吗?你上哪儿找单身妹子啊?"姚伟良反驳。

"那不一定,万一就有像我这样,又是单身,又想要去凑凑热闹的呢?"罗家伟冲李炎说,"李队,给我一张,我凑凑热闹去。"

"出息!"李炎笑着走到他面前,"给你两张,争取邀请个妹子再去。"

李炎挨个给在场的队员们分票:"大家都去玩玩吧,天天在车队里待着,我都为你们这群单身狗着急。咱学校每年的平安夜舞会都是摄影摄像协会举办的,人气可高了,要不是跟我们车队好,还拿不到那么多票呢。约不到人的就咱自己组队去呗,不然平安夜还在这集装箱里磨零件,听上去也太惨了。"

到了陈羡这儿,李炎甩下两张票:"你高低得拿两张吧?"

"小瞧我们羡哥,也就是咱不想,要想的话,一百张票都不够分的。"吴鹏远调侃。

陈羡敷衍地接过两张票,表面上看着毫不在意,内心却打起了小算盘。可惜好景不长,没一会儿,陈羡的小算盘就碎了。

"舞会的票都帮你派出去了啊,我们车队一定会去给你们捧场的。"见何一帆和周柠回来,李炎冲何一帆大声说道。

"少得了便宜还卖乖。"何一帆嘲讽道,"舞会的票不知道多紧张,别人想要还要不到呢,你知道我给你这一沓有多不容易吗?"

"哈哈,是吧?感谢惦记,感谢惦记。"李炎看了一眼周柠,突然拍了下脑门,"哎呀,周柠,忘了给你留票了。"

"周柠是我们协会的好吧?还需要你的票?"何一帆白了他一眼。

"嗯,师兄已经邀请我了。"周柠从口袋里拿出票,朝李炎晃了晃。

陈羡一口老血差点从口中喷出。

偏偏这时候吴鹏远还好死不死地贱笑着凑过来,在陈羡耳边低声说道:"你这两张票是不是没什么用了,要不……"

"滚啊。"陈羡愤恨地把吴鹏远的头推开。

何一帆很忙,平时很少来车队,但每次来,都让陈羡感觉非常不舒服。陈羡觉得,即使自己和周柠没把话说开,但两人之间是存在某种特殊连接的,他能读懂她的冷傲,怜惜她的脆弱,体谅她的别扭,即使她总是不冷不热,但他相信自己对于她而言是特殊的。可何一帆一出现,陈羡的这份自信就出现了裂纹。因为何一帆也懂周柠,甚至跟周柠更熟稔。

整个晚上,何一帆都待在周柠身边看她这段日子拍的素材,还教她剪辑和修图。周柠听得认真，时不时点头表示认可。陈羡却对着打开的CAD，不知道在想什么。

晚上十点半，周柠和何一帆关了电脑，和其他人很自然地挥手告别，然后并肩离开了工作室，一边走还一边讨论着一些专业问题。

两人走后，陈羡没好气地往椅背上一靠。

吴鹏远把椅子挪到他身边："你真不打算进一步？再等下去，黄花菜都凉了。"

陈羡烦闷地揪了一把头发，看着两人离开的方向发愣，觉得自己是应该要做点什么了。

于是第二天一早，周柠刚下楼的时候，就看到了一个闷闷地等在女生宿舍楼下的陈羡。

"你怎么在这儿？"周柠惊讶地走到他面前。

陈羡明显没睡好，眼里透着倦意："等你啊。"

"怎么了？找我有事？"

"嗯。"

"有什么着急的要拍吗？"

"不是。"

"那干吗？有事微信说就行啊，不用一大早跑来。"周柠不解。

"这种事，还是当面说比较好。"陈羡从口袋里掏出两张平安夜舞会的票，摊在手里，"今晚的舞会，和我一起去吧？"

周柠诧异地看着陈羡手中的票："师兄给我票了，我昨天不是说了我会去的吗？"

"不一样。"

"怎么不一样？"

"我希望你能做我的舞伴，跟我一起去这个舞会。"

陈羡的神情有种单纯的执拗，周柠看得心中一跳，不由得转身向前走去："一大早的你发什么神经，师兄给我票，只是让我去参加这个舞会，什么舞伴不舞伴的？而且我也不会跳舞。"

陈羡却一把拉住了周柠的胳膊："周柠……"

"我们换个地方说吧。"周柠无奈地看了他一眼，"我不想引起围观。"

两人绕开宿舍区，走进教学楼附近的小花园。

"我早上还有课呢，有什么话你就说吧。"见四周没什么人，周柠停下脚步。

透过晨光，陈羡眯起眼睛看周柠。她柳叶眉微蹙，薄薄的嘴唇轻抿着，眼神里含着戒备和矛盾，仿佛一只随时准备反击的小野猫。

"你到底想说什么？"陈羡迟迟没开口，周柠等得有些不耐烦了。

"我只是想说，我喜欢你啊，你到底懂不懂啊？"陈羡突然伸出手揉了揉周柠的脑袋，语气中带着点宠溺和不满。

周柠被吓了一跳，下意识地缩了下脖子。陈羡触摸过的头发像触了电一样，酥麻感传到全身。

"周柠，我一直都喜欢你，从我们再次相遇的那个夏天开始。"陈羡的眼睛亮晶晶的，"我也想过再等等，等你再多了解我一点、多喜欢我一点，再正式向你表白。但我真的怕，怕再拖下去你就被别的男生追走了。所以，和我一起去舞会吧，我不希望你和别的男生跳舞。"

冬日的校园里还笼着薄雾，植物们早褪去了夏日里的茂盛，留下的绿色也在这清晨朦朦胧胧的雾气中耷拉着脑袋，看不清它们的样子。

周柠眼里泛出一股酸涩，忍不住揉了揉："你真奇怪。"

"正好，你也很奇怪，所以我们两个奇怪的人在一起，刚刚好。"陈羡说得一本正经。

"谁说要跟你在一起了？"周柠反驳道。

陈羡不接周柠的话，拉起周柠的手，往她手心塞了一张票，又用温暖的手掌包裹着她略带寒意的小手，往里一推，帮她把票握紧："别急着拒绝，如果你愿意的话，今晚就跟我跳一支舞吧。"

整个白天，周柠都因为陈羡的话而心烦意乱，传播学的课讲了什么，她是完全没听进去。这种亲密关系对周柠而言很陌生，遇到陈羡前，她甚至没动过这方面的心思，也从未有男生敢向她表示好感。

她本可以这么闷着头继续走下去的，可陈羡偏偏要闯进来。而且陈羡对她说的喜欢，不是亲情的捆绑，不是像杨凡年幼受欺负时对她的依恋，而是在这芸芸众生中，他偏偏看到了她、选择了她，还说要和她在一起。

心动吗？说不心动是假的，可孤独惯了的人，好像连回应爱都变成了很难的事情。在周柠的脑海中，甚至无法想象出自己跟一个男生在一起的样子。

晚上，周柠回到宿舍时，其他几个姑娘正忙着打扮。见她回来，张蕊犹豫了一下，问："周柠，你是摄影摄像协会的吧？晚上你们协会举办的平安夜舞会，你有票吗？"

调整了兼职安排后，周柠没再影响到其他人休息，虽然依旧不合群，但相对来说和舍友们的摩擦减少了很多。而且快一学期下来，明眼人都能看出周柠行事作风干净朴素得很，原本对她的那些怀疑，饶是吴丽丽都觉得有些夸张了。

至于孔瑶，她交了新的男朋友，再没和周柠提起过陈羡，不管真假，反正从表面上看好像是翻篇了。所以在有必要的时候，其他三人也会和周柠说几句话，当然，主要是由跟她摩擦最少的张蕊来开口。

周柠把手伸进兜里，何一帆给的票放在左口袋，陈羡给的票放在右口袋。

"我们只拿到两张票，你有多余的吗？"张蕊又问。

"我刚好有一张多余的。"周柠掏出两张票，一左一右地盯着发愣。

"那给我们一张呗？"张蕊又试探着问。

周柠想了想，把左手的那张票递了过去，然后又把右手的票放进了口袋。

"谢啦。"张蕊开心地接过票，对孔瑶和吴丽丽说，"打扮起来吧，姐妹们，这下不用操心怎么混进去了。"

其他三个姑娘打扮妥当准备出门，周柠却仍坐在桌前发愣。

张蕊走时没忍住，问道："周柠，你也要去的吧？"

"我……应该要去的。"

"那你还愣着干吗？快开始了。"

其他人走后，宿舍就剩下了周柠一人，安静得几乎能听到自己的心跳声。她从口袋中拿出那张票反复摩挲，被陈羡握住手的感觉从那张票上再次清晰地传递过来，分别又重逢的一幕幕在眼前走马灯似的旋转。她突然感到一阵从未有过的悸动与紧张，在大脑反应过来之前，身体已然站到了衣柜前。

周柠的衣服不多，那条小黑裙就安安静静地悬挂在角落里。去年夏天陈羡送的衣服，周柠都好好收着，只是从没拿出来穿过。小黑裙虽是夏装，但舞会嘛，好像正合适！

周柠换上裙子，在镜子前转了一圈，又对着镜子细细端详自己。她很少这样观察自己，从来没这个时间，也没这个心情。今天第一次这么认真地看自己，却发现镜子里有一个那么年轻的女孩子，眼睛透亮透亮的，仿佛在对她说，别怕，诗酒趁年华。

周柠把马尾放了下来，黑色柔顺的长发披在肩上，与小黑裙自然而然地融为一体，衬得本就乌黑的眼睛更加炯炯有神。裹上一件羽绒服后，周柠推开门，三步并作两步地跑下楼，向体育馆走去。冬夜的风吹过她空落落的脖子和光着的小腿，她竟丝毫不觉得冷。

体育馆里暖气开得很足，二十来岁的男孩女孩们聚在一起，更是让馆内的温度凭空又上升了两三度。周柠把羽绒服挂在门口，略有些局促地走到人群边缘，搜寻陈羡的身影。她来得有些晚了，身边的人三三两两围成圈嬉笑打闹着，舞池里也有不少大胆的同学已经开始热舞，只有周柠清冷冷地站在一旁，和这热闹的氛围显得格格不入。

"周柠！"

突然听见了一声兴奋的呼喊，周柠一扭头，何一帆正兴冲冲地向她跑来。

"我刚找你半天没找到,怎么也不回微信?"何一帆气喘吁吁的。

"我可能静音了。"周柠这才发现自己这一天几乎都没有想起要去碰手机,现下一点开,看到何一帆给她发了三条微信,打了两个电话,提醒她时间,让她来了找他,还有问她在哪里。

"不好意思啊,筹备这个舞会我也忙了一下午,没抽出时间来,不然本来应该去接你的。"何一帆有些抱歉地说。

"没事的,不用。"

见陈羡的微信前没有小红点,周柠调开声音,摁灭了手机屏幕,重新把手机捏在手里,又往人群里张望了一眼。

何一帆没发现周柠的心不在焉,只觉得眼前的周柠格外好看,他从没看见过她穿裙子,今天简直耳目一新。

是……为了我吧?

何一帆的心神有些荡漾起来,正好舞池里要进行到下一首歌,他不自觉地就去拉周柠的手。没想到,这一拉手却让周柠猛然醒了过来一样,她立马把手从何一帆的手中抽了回来。

"对不起啊……"见周柠反应这么强烈,何一帆也有些尴尬,"刚好换歌了,想拉你去跳个舞来着,吓到你了?"

"没……不是,不好意思师兄,我不会跳舞,就不跳了吧。"周柠也有点尴尬起来。

"行,其实我也跳得不好,那我陪你去那边玩玩?"何一帆提议。

"不用……"

周柠正想着该怎么跟何一帆解释她来这里的目的,手机却突然响了,一看,居然是雪梨来了电话。

"喂?"周柠接起电话。

"你在哪儿啊?"雪梨的声音里隐约有些哭腔。

"我在学校呢,你怎么了?"场馆内有些嘈杂,周柠用另一只手捂住耳朵,往外走了几步。

"你能过来陪我吗?我今晚特别不想一个人。"

"好,你在哪里?"周柠想都没想就直接答应了下来。

雪梨跟周柠一样,都是极少会流露脆弱的人,她打来这个电话,说明她现在情况一定非常不好了。

"我还在……夜总会,你直接去我租的房子等我吧。"雪梨在电话里的声音听着有些犹豫。

"我来接你吧。"周柠坚定地说,"你等我一会儿,我来接你。"

挂了电话,周柠顾不得其他,赶紧对何一帆说:"师兄,不好意思,我有点急事要先走了。"

"啊？什么事这么着急？"何一帆赶紧跟上了周柠的步伐，"我陪你去吧。"

"不用，我得去趟市区。"周柠急匆匆地拿了外套，一边往外走，一边扭头对何一帆说，"别管我了，咱协会的舞会，今晚你一定有很多事，快去忙吧。"

周柠头也不回地走了出去，何一帆在关上的门前站住了脚。就在这犹豫的一小会儿，门再次被打开，一道黑影急匆匆跑了出去，他都没看清是谁。

尽管有些沮丧，何一帆最终还是回身向人群走去。周柠说得没错，他是副会长，就这么走了太不负责。只是他本来想借着今晚这个氛围对周柠正式表明心意的，这下只能再另找时机了，不得不说有点遗憾。

周柠一边急匆匆地跑向校门口，一边用手机叫车。刚跑到一个路口，她就被人拽住了胳膊。

"你去哪儿？"陈羡连外套都没来得及拿，只穿着一件单薄的黑衬衣，在冬夜昏黄的路灯下，一张口就是一团白气。

"陈羡，我有急事要去趟市里，舞会没法儿参加了，你快回去吧，不用管我。"周柠挣脱了陈羡的手，又继续向前跑。

陈羡想都没想就跟了上来："我陪你去。"

"你……"周柠知道这种情况下跟他理论也没用，他是不会放手的，只是迟疑地看了一眼他单薄的穿着，就默许他跟着了。

一口气跑到校门口，两人都忍不住弯下腰来大口喘着粗气。可打车软件始终转着圈，半天都没人接单。周柠焦急地向远方看去，一辆空车都没有，甚至连平时堆在校门口的那些黑车都不见踪影。

"今天平安夜，估计车难打，你很着急吗？"陈羡问。

"嗯。"周柠皱眉。

陈羡想了想，说："那你在这里等我会儿，我开车过来接你。"

周柠来不及问哪儿来的车，陈羡就急急向另一个方向跑去。

她等了没多久，一辆车停在了身边。

陈羡匆匆从车上下来，为她打开车门："去哪儿？我送你。"

"宝丽金夜总会。"周柠用手机导了航，把路线示意给陈羡看。

陈羡二话没说，一脚油门就冲了出去。

一路上，周柠都在跟雪梨打电话，大概知道了是怎么回事。有个客人非要单约雪梨出去，被拒绝后酒劲大发，当众撕扯雪梨的衣服。雪梨情急之下用话筒把人砸伤，现在双方仍在对峙中。

周柠没避着陈羡，陈羡在一旁也听了个大概。周柠有这样的朋友，他不是不惊讶的，但周柠看上去担心得很，现在绝不是问这些的好时机，他也就只顾开车，不多说其他的。

宝丽金所处的商圈正是整个城市圣诞氛围最浓的地方，大大小小的商场门口都请来了红帽白胡子的圣诞老人，闪闪发亮的圣诞树上挂满了礼物。街上都是出来过节的年轻人，陈羡的车开到距宝丽金一个路口远的地方就开不动了。

周柠见状，对陈羡说："就在前面了，我下车跑过去吧。"

说完，周柠就解开安全带准备下车。

陈羡赶忙拉住她："我一会儿怎么找你？"

"说是在二楼尽头的包厢。"

周柠跳下车朝宝丽金跑去，陈羡看着她的背影，真想把车就扔在这儿跟她一起去。可这里没法停车，他只能无奈地捶了一把方向盘，踩着刹车干着急。

周柠第一次来雪梨工作的地方。夜场的灯光绚丽多彩，音乐声震耳欲聋，装饰华丽的走廊里不时蹿出几个满身酒气的油腻男人。周柠后背一紧，赶紧加快脚步，终于在走廊尽头找到了雪梨说的包厢。

推门进去，雪梨孤零零一个人坐在包厢里，周柠赶紧走过去抱住她，又松开她打量起来。只见雪梨脸上有几处瘀青，衣服也被扯坏了。周柠赶紧脱下外套披在雪梨身上。

"哟，你穿裙子了？好漂亮！"雪梨说着又"扑哧"一笑，"你还是穿上羽绒服吧，不然我俩这样站在一起，还以为你是陪酒的呢。"

雪梨明明眼睛还是红的，却已不见泪痕。不知是不是她掩饰得太好，电话里的惊慌失措竟在脸上找不到一丝踪迹了，还反倒开起周柠的玩笑来。

"你没事吧？"周柠皱起眉头，担忧地看着她。

"现在没事了。"雪梨撇过脸去，自嘲道，"我还是太大惊小怪了，这点小事居然还害你大老远跑过来。"

"这哪是小事？雪梨，你真的没事吗？"

雪梨的状态有些奇怪，事发时害怕惊慌的情绪不知是已经过去，还是被强烈压制，她还肿着的脸颊上浮现出一种无所谓的姿态，让周柠很是不安。

"能有什么大事。"雪梨无所谓地笑了笑，"那客人本来要报警呢，后来估计是酒醒了，顾忌到自己的脸面也得息事宁人。我嘛，打也被打了，骂也被骂了，以后再学乖一点呗，还能怎么样？"

"雪梨，你别这样自暴自弃的。"周柠说，"这也不是你的错。"

雪梨闻言收起了看似不在意的笑容，眼神里闪烁着复杂的光："周柠，你总说不是我的错,我真怕有一天会让你失望。"

"咱们先离开这儿再说。"周柠揽了雪梨一把,朝门口张望。

陈羡停完车就匆匆朝着周柠说的包厢跑去,见到周柠的时候,他提在胸口的那股气终于松了下来——还好没出什么事。

见陈羡来了,周柠也松了口气:"陈羡,麻烦你送我们回家吧?"

"好。"陈羡和雪梨互相打量了一眼,目光里都有好奇,但谁都没说话。

一出包厢门就碰到一群醉汉,周柠赶紧牵住了雪梨的手,却没想到自己的手也同时被牵住。一股安定而温暖的力量透过指尖传了过来,周柠突然就听不见周围的一切喧嚣了,纸醉金迷的走廊里仿佛只剩下他们三个人。

陈羡走在左前方,用身体为她们开辟出一条安全的小路。单薄的黑衬衣勾勒出年轻男孩子好看的身形,周柠的视线变得有些模糊,生平第一次产生这样一个念头:你在这里,真是太好了。

雪梨租的是一室一厅的小套间,麻雀虽小,五脏俱全。

"我没事了,你们快回去吧。"雪梨随手就把领班给的那些酒精和纱布扔在桌子上,尽管扶腰坐到椅子的过程让她疼得龇牙咧嘴,但还是装出一副无所谓的态度。

周柠立马反驳:"怎么可能?你伤口都没清理呢。"

"需不需要去医院?我可以送你们过去。"陈羡也开口说道。

"不用,太小题大作了。"雪梨满不在乎地说,"也就是破相耽误两天,其他都没事。"

陈羡还不太习惯雪梨的讲话方式,略尴尬地站在原地。

周柠瞪了雪梨一眼:"少嘴硬。"接着又转身对陈羡说,"今天谢谢你啊,我晚上不回去了,你先回学校吧。"

陈羡犹豫地看了一眼周柠,他还有好多话没问呢,但这一晚乱七八糟的,确实也找不到机会。

好在雪梨是个聪明人,她见状立刻忍着疼痛把外套脱下来披到周柠身上:"你送人下楼,我不太方便,就不送了,今天谢谢啊。"

陈羡感激地看了雪梨一眼,立马在周柠面前露出一副可怜状:"那你送送我呗。"

雪梨租的是老小区,楼道里的感应灯时灵时不灵的,两人就在一明一暗的跳跃中,各怀心思地快步下了楼。

车就停在门口,两人在屋檐下站定脚步,终于有了一点独处的时间。

陈羡有些委屈地看着周柠:"今晚都还没来得及跟你说上话呢。"

周柠觉得自己心跳得很快,匆匆瞥他一眼,马上移开视线看向前方,脸上难得飞起一朵红云:"你想说什么?"

"你……"陈羡瞄了一眼周柠羽绒服下面露出的黑色裙摆,眯起眼睛,"你今天穿的,是我送你的那条小黑裙吧?"

"嗯。"

因为这个简短而肯定的小小音节,陈羡一下子开心起来。其实在舞会上的时候,他就看到周柠进来了,见她略显紧张地往人群里张望,正想上去打招呼,却猛然注意到周柠穿着的小黑裙,不由得愣在了原地。隔着十几米的距离,欢闹嘈杂的人群在这中间穿来穿去,陈羡却仿佛只能看到自己喜欢的姑娘。

她居然穿了自己送的裙子啊!这代表了什么?

陈羡嘴角含笑,悄悄躲在角落里注视周柠。这感觉可真好,热闹的人群千千万,可我们之间却有着独属于两人的暗号。

可惜这美好的感觉还没维持多久,何一帆的突然杀出让陈羡猛地站直了身子,暗骂自己在角落浪费时间简直愚蠢!尤其是看到何一帆去拉周柠手的那个瞬间,陈羡一口老血几乎又要喷出,还好周柠立即抽回了手。接下来不知道发生了什么,周柠匆匆往外跑,他也只得马上追了出去,然后就跟着一股脑地忙活到了现在……

陈羡向周柠走近一步,周柠睫毛微微一颤,但没躲。

"不是只有我一个人这样想,对不对?你也喜欢我。"陈羡伸出手臂,把周柠搂到怀里,轻轻摩挲着她的头发。

靠在陈羡的肩头,周柠鼻子一酸。一年前陈羡用的是疑问句,现在却好像怕再被拒绝一样,自顾自下了一个肯定的结论。

陈羡穿得单薄,背都被这冬夜的寒意浸透了,紧贴着周柠的胸膛却暖烘烘的。

周柠推开他:"你怎么穿这么少,很冷吧?"

"你突然这么莫名其妙跑出去了,我哪怕得上穿衣服。"说到这儿,陈羡突然狡黠一笑,"那你抱抱我,抱抱我我就不冷了。"

周柠被陈羡赖皮小狗的样子逗笑了,但很快又不自觉地绷了绷脸。

捕捉到周柠微妙的表情变化,陈羡也收了笑容,有些不安:"怎么了?"

周柠似乎在想怎么措辞,咬了咬嘴唇,良久才抬起头:"我没有试过怎么去喜欢一个人,只怕会让你的喜欢变成一场空欢喜。"

陈羡听闻,嘴角的笑意反倒更深了:"好巧啊,我也是第一次喜欢人。"

"不是的,你没懂我的意思。"周柠摇头,"从小到大,喜欢啊、爱啊,对我来说都是很虚无缥缈的东西,甚至是我一度试图摆脱和放下的束缚,你明白吗?"

"有点明白，但又不太明白。"陈羡如实说。

"也许你们这种幸福家庭长大的孩子是不应该懂这些。"周柠略微有些自嘲，"我们两个啊，太不一样了，也许等你了解了全部的我，就不会喜欢我了。"

"哪有人这样的，谈恋爱前，还要把丑话说在前头吗？"陈羡无奈地揉了揉周柠的头发，"至少给我一个机会去了解全部的你，好吗？"

命运好像在不断设置十字路口，对照去年夏天同样的场景，周柠吃惊于这两年所有的纠结好像只是如此这般重复了又重复。又站在这路口，如果做出其他选择，会不会有不一样的结果？

周柠吸了吸鼻子，眼眶有些微微发热："全部的我，可能自私又冷血，从来没想过要和其他人长久相处，也从来不知道怎么去喜欢人，这样你也觉得可以吗？"

"那有什么关系？你不会的，我教你就是。"陈羡毫不在乎的语气，显得周柠担心的不过是一件根本不需要考虑的小事。

他低下头看她，嘴角一勾："我先教你第一步。

"抱抱我啊，真的很冷呢。"

他温柔的眉眼间都是期待，谁能拒绝这满腔赤忱的邀请和不着痕迹的引导？饶是冷静如周柠也狠狠心动了，她轻轻呼了口气，向前走了一小步，微微踮起脚，抱住了陈羡。

周柠回去时，雪梨已经忍痛洗完了澡，正对着镜子龇牙咧嘴地清理伤口。

见她回来，雪梨顾不上脸上的伤，换上了一副戏谑的笑脸："嘿嘿，男朋友？"

"嗯。"周柠应了一声，走过来检查雪梨的脸，"我帮你弄吧。"

雪梨甩开周柠的手："现在这是重要的吗？赶紧交代，你们什么时候好上的？"

"今天。"

"啊？"雪梨瞪大眼睛。

"就刚刚。"周柠又补充了一句。

雪梨激动地从椅子上弹了起来，又疼得"嘶"了一声："就刚刚？那你还回来干吗？我岂不是当了大大大电灯泡了？"

周柠一把把雪梨摁了回去："先把伤口处理好吧，姐姐。"

雪梨脸上有两处红肿、一处擦伤，腹部和背部也有不少瘀青。周柠一边帮雪梨清理伤口，一边在雪梨急切的询问下，把她和陈羡的故事大概讲了一遍。

"这也太浪漫了。"雪梨靠在椅背上，很是感慨，"谁能想到那么小的时候居然就能种下这么深的缘分！"

"我也觉得很不可思议。"想到陈羡手腕上那道深深的疤，周柠不由得莞尔一笑。

今晚的碰面，陈羡给雪梨留下了极好的印象。因为他和周柠一样，看她的眼神虽然有些好奇，但没有轻视和不屑。尽管雪梨知道，要不是周柠的关系，陈羡这样的人大概是很难和自己产生什么交集的。而且，陈羡对周柠的担忧和关切真真切切，与风月场上那些面容模糊的脸形成鲜明对比，就算作为旁观者看上一眼，雪梨都觉得很感动。

也许是疼痛感减轻些了，雪梨又去冰箱里拿了几罐啤酒，抛了一罐给周柠。周柠皱了皱眉，可雪梨早已拉开易拉罐，满不在乎地喝了一大口。周柠也就放弃了劝说的打算，同样打开喝了几口，隔空朝雪梨碰了碰杯。

"你男朋友家庭条件一定很好吧？"雪梨留意到陈羡的车，本有些为周柠和陈羡过于悬殊的家庭条件而担心，想提醒两句，可话一出口又觉得太过庸俗，于是笑道，"今朝有酒今朝醉，明日愁来明日愁。干杯，我的好妹妹，好好享受年轻的爱情吧。"

"说得好像你有多老似的。"周柠说。

雪梨一挑眉："不老吗？可我好像已经有一颗很老很老的灵魂了。"

不一会儿，两人就喝完了七八罐啤酒。周柠酒量不好，虽然大多都是雪梨喝的，雪梨没醉，周柠反倒迷糊了。

雪梨把周柠拖到床上，给她盖好被子，待她熟睡后，又开了罐啤酒，慢慢走到窗前。身上的伤口还在隐隐作痛，但看着身后熟睡的周柠，又望了眼远处盛放得灿烂的烟花，雪梨笑了——真好，在这个平安夜，至少还有人是幸福的。

3：你能做主？

如果现在给陈羡一面镜子，他一定会发现自己的嘴角已经咧到耳根了，简直像个傻子。

这个傻子费了半天劲，终于在悬崖边摘到一枝带刺的玫瑰，尽管手上被扎出了血，但又有什么关系，只顾兴高采烈地捧着玫瑰问："你是真的愿意跟我走吗？"

车里暖气开得足，回想起刚才被周柠抱住的感受，陈羡顿时觉得浑身更加燥热起来——还好只穿了件衬衫。只可惜，今晚过得太过混乱，总觉得还有好多话没说，好多事情没做，就又突然分别了。但今时不同往日，周柠都答应他了，未来的路那么长，不着急这一时半会儿的。

想到这儿，陈羡又开心地笑了。

他本想直接开车回铂悦府，可没多久就堵得一动不动，好像前方正举办什么活动。抓住还能掉头的机会，他一打方向盘，转而向爸妈家开去。反正妈妈早就念叨他好久没回家了，正好趁现在回去，周日来接周柠也比较近。

回到家已将近十二点了，本以为大家都睡了，谁想一开门，整屋亮堂堂的灯光晃了他的眼。

"爸、妈，你们怎么还没睡？"陈羡纳闷地问，再定睛一看，"舅舅，你怎么也来了？"

陈羡一头雾水地走进去，正想开个玩笑，说怎么这么有兴致，大家一起过平安夜，却突然发现每个人都紧锁着眉头，爸爸和舅舅面前的烟灰缸更是堆满了烟头，缭绕的烟雾像是缠绕成一团的麻烦。

"发生什么事了？"陈羡走过去，一边问，一边拿起一份放在茶几上的材料看了起来。"东峇村"三个字猛然跳入眼帘，陈羡一惊，再往下看，原来是花山岭隧道出了人命官司。

这条隧道陈羡知道，他还记得去年决定要建设时，父亲脸上振奋的表情。

陈振涛这些年一直放不下东峇村，想到自己扶贫过的地方这么多年过去却依然贫困，他就总有一种要做点什么的冲动。去年，他提出了要打造 N 市城市后花园，并把它列为重点民生工程，其中重要的一环就是建设花山岭隧道，拉近东峇村所在的那片山区与城市的距离。

那片山区这么多年发展不起来，究其根本就是交通实在不便，周围成片的山岭阻断了它们与外界的交流，使得里面的人很难出来，外面的人也想不起它们来。路程问题一旦解决，这片本就风景秀丽、极具特色的地方就算随随便便搞点农家乐，相信都会有大把的城里人愿意去。更何况，陈振涛想的不止如此，他想根据每个村落的特色搞个"一村一品牌"，将那一片本来无人问津的山区打造成 N 市崭新的、富有特色的旅游名片。发展得好的话，说不定还能成为 N 市新的经济增长极。

谁料到，还没开工就闹出了大事。

"我在这儿听了一晚上训了。"舅舅苦着个脸。

陈振涛收到消息就一个电话把沈博文叫了过来。虽说沈博文的合力集团正是花山岭隧道的承建方，但他堂堂一个董事长，平时哪能管那么细。

"你还好意思说？"陈振涛紧皱眉头，"工程层层外包、管理不严，那拆迁队究竟有没有资质？"

"是是是，姐夫，我这就回去查，保证把这个事情解决好了。"

"唉。"陈振涛重重地叹了一口气，"这条隧道老百姓都盼了多少年了，本是多好的事啊，这还没正式开工就出了人命，再怎么样都是亡羊补牢。事已至此，你务必做好善后，安抚好他们的家人，该赔偿的钱一分都不能少。"

除了老爷子，沈博文哪被人这样训过，沈清文在一旁看着有些过意不去，出声缓和道："你也别怪你姐夫生气，你还不知道他啊，这些年心心念念就扑在这些民生工程上，他能不着急吗？"

"我知道，姐，姐夫是真心想为百姓干点实事。"沈博文倒是没有介意，"今天也晚了，我先回去，保证该承担的绝不推责，一定做好善后，争取不影响隧道开工。"

陈羡赶忙起身说要送舅舅。走出大门，他才问："我刚看材料上写的因纠纷不幸去世的是两个七十几岁的老人，夫妻关系？"

"对。"

陈羡立马排除了周柠的妈妈和外婆，心想周柠家就三口人，这事应该跟周柠没什么关系，但还是忍不住多问了一句："他们在村里还有亲人吧？"

"那家现在就一个还没成年的孩子，暂时送回他妈妈和外婆那儿去了。"

陈羡心里涌起一股不好的预感："那边是不是还有个孙女？"

沈博文诧异地看了他一眼："你怎么知道？听说这老两口在儿子去世后就把儿媳和孙女赶了出去，只留了孙子抚养。"

预感成真，陈羡脑袋"嗡"的一声："那你们打算怎么办？"

"赔偿呗，还能怎么办？我已经派律师过去谈了。"

"跟谁谈？能谈好吗？"

"那小孙子还未成年，跟他母亲谈呗。摸了一圈底，应该没问题，听说那女人性子软得很，而且是被赶出去的，跟公婆早没感情了。那二老没别的亲人，钱给到位了，估计问题就不大。只要别狮子大开口，该怎么赔怎么赔吧，能私了就不能闹大了，不然影响工程不说，公司也麻烦。"沈博文说得干脆。

沈博文走后，陈羡傻愣在原地，脑海里闪过了无数个念头，有个声音说，幸好周柠本就跟爷爷奶奶不亲近，应该不至于为此太过悲伤。可再怎么说，毕竟也是亲人，周柠会作何反应，陈羡拿不准。

在酒精的作用下，周柠一觉睡到了第二天早上八点，醒来后第一个念头是：糟糕，昨天只想着双休日没课，忘了周六要打工了。

她刚拿起手机想跟峰哥请假，却发现有十几个未接来电，仔细一看，都是妈妈从昨晚十二点多开始一直给她打电话到十分钟前。其中夹杂着一条陈羡的微信，让她醒了以后叫他，他就在楼下等着。

顾不上回复陈羡，周柠先给妈妈回了电话。

电话一接通，刘佳六神无主的哭声就传了过来。在妈妈断断续续的讲述中，周柠大概了解了事情经过，眉头越皱越紧。

"抱歉，陪不了你了，我得回家一趟。"挂了电话，周柠迅速对雪梨说，"你有长裤和毛衣吗？借我穿一下。"

见周柠神色不对，雪梨赶紧翻出了几件冬装。

周柠顾不上和雪梨详细解释就匆匆告别了，然后狂奔下楼。

妈妈说，现在一堆人围在家里等她签字同意，她也不知道该怎么办。周柠知道，这个难题终归又要等着自己去解。

她一边让自己冷静下来，一边盘算怎样回家才最快，谁知道一打开楼道门，就看到陈羡在门口等她。

没等她反应过来，陈羡就给了她一个拥抱："我都知道了，别着急，我送你回去。"

陈羡给周柠系上安全带，立马启动了车子。

"昨晚睡得还好吗？"陈羡问。

"挺好的，早上醒来才知道出了这么大的事情。"周柠回答完后觉得有些不对劲，"你是怎么知道的？"

陈羡似乎面有愧色，低声把昨晚的事情讲了一遍。

有时候缘分真是可笑，风马牛不相及的人和事，却总这般狗血地缠绕在一起。

建设花山岭隧道的事情，村民们是半年前得到消息的。根据规划，爷爷奶奶和周铭现在住的房子正好在要建设的公路上，是肯定要拆迁的。妈妈说拆迁给出的条件很好，被拆到的村民都高兴得不得了，盼着这隧道能尽快开建，又说这房子是爸爸留下的，按理说这赔偿款周柠也有份，所以爷爷奶奶现在对她们提防得很，明里暗里挑了不少事。

周柠听了并不在意，她根本不想跟那头扯上任何关系，更别提为了这点赔偿款去和他们拉扯。她告诉妈妈不用去争这些，随他们折腾去就好，便没再上过心。谁知道绕了一圈，这事又绕回到了她身上，而且让她想躲都躲不了。

"周柠，你别太难过了。"陈羡安慰道，"今天来谈判的人，肯定只是想要私了，不想闹大，但无论你做什么样的决定，我都会支持你陪着你。"

陈羡安慰的话语让周柠觉得有一丝怪异——难过？陈羡为什么觉得她会难过？

周柠转了话题："你电话里告诉我一声就好，干吗一大早等在楼下？"

"昨晚你也不知道这事，我就想着先让你好好睡一觉吧。如果你要回去，也肯定要用车，我干脆就直接过来了。"

"哦。"

"周柠？"见周柠又沉默了下去，陈羡担忧地看了她一眼。

"没事，你别担心我，好好开车吧，路上我想想。"

周柠说完，低头打开手机开始查阅资料。陈羡看不清她的表情，但能感受到她此刻似乎并不需要自己的安慰或意见，只得暂时闭上嘴，安静地当一个好司机。

一回村，果不其然家门口围了好些人。周柠拨开人群走进去时，福贵正围着妈妈和外婆絮絮叨叨，翻来覆去地说些大道理，旁边坐着村干部，还有一些穿着比较正式的人，周柠估计是合力集团派来的代表。

福贵见周柠进来，知道这家真正的主事人终于回来了。不知道为什么，面对她妈妈和外婆，福贵心里有十成十的把握，但一见这个小妮子，心里居然有些打怵。

"周柠啊，出了这样的事情，大家都不想的。"福贵清了清嗓子又开口，"可这件事，你的爷爷奶奶也不能说没有错，现在给出的赔偿条件不错啦，要不你就劝劝你妈妈和你弟弟，把这文件签了？"

周柠拿过桌上的文件扫了一眼，是一份协议书。然后在福贵絮絮叨叨的讲述下，她又把昨天发生的事复盘了一遍。

原本赔偿条件早就谈好了，爷爷奶奶却又带领着拆迁的村民闹，硬是把赔偿款又往上抬了一些。谁知挖掘机开到门口了，奶奶突然觉得应该把握这最后一次机会再多争取一点，于是把周铭轰出去，让他别回来，然后带着爷爷躺在屋前，嚷着必须要再多给十万，不然这房子拆不了。

可临时变卦哪有那么容易？

于是，挖掘机堵在屋外，爷爷奶奶躺在院子里，谁也不肯让步。半天过去，拆迁队的人觉得有些无聊，骂骂咧咧走了。爷爷奶奶继续躺了一会儿，见没了观众，也就起身拍拍土回屋睡去了，毕竟大冬天躺地上也挺冷的。

坏就坏在第二拨来拆迁的人没做好交接，以为早清空了呢，谁能想到还有人在里面睡觉？几铲子下去，房子倒了，两个老人都没来得及出声，就被埋在一片废墟底下。

"你看，你爷爷奶奶也不能说没有错，早谈好的事情，哪能说反悔就反悔。"福贵埋怨道。

周柠盯了福贵几秒，冷冷地开口："福贵书记，咱村里是怎么干工作的？明知道出了纠纷，为什么不派人盯着呢？居然让人在不知道的情况下就推了房子？"

她锐利的眼神看得福贵直心虚，福贵顿时语塞了起来。在此前的谈话中，他一直试图在责任前隐形，这头劝两句，那头安抚几下，他只是个中间人，反正责任和苦难他哪头都不想沾。没想到周柠一开口就把他拉了进来，这惹得他很不开心，但也不好辩驳，毕竟真要掰扯起来，村里确实管理不到位，肯定免不了要担责。

福贵正犹豫不知该说些什么,周柠却又极冷淡地说:"事情我了解了,赔偿条款我也看了,这样吧,你们先出去,我和家人商量一下。"

众人皆是一愣。

一个穿着西装、戴金丝眼镜的男子饶有兴味地看了周柠一眼,带头离开了屋子,其他人也随即陆陆续续跟了出去。

陈羡犹豫了一会儿,从进门到现在,周柠都没看他一眼,更别说投来什么求助的眼神。而且他不属于家人范畴,一个外人赖着不走实在太奇怪了。站了一会儿,陈羡觉得还是应该给周柠和她的亲人一些时间与空间,只得走出了屋子,还替他们关上了门。

屋子里只剩周柠、妈妈、外婆和周铭。

妈妈和外婆一直在抹眼泪,周铭气鼓鼓地坐在一边,眼睛通红,从刚才到现在未发一言。

周柠定定地看了每个人一眼,冷静地说:"事情已经发生了,没有挽回的办法,现在要做的,是要为自己争取最大化的利益。我回来的路上查了一些资料,出了这种事故,赔偿高线大概在一百万一人,现在给出的五十万明显是少的,还有讲价的空间。你们看如果可以的话,我再去跟他们谈。"

"周柠,你真像一个机器人,永远这么冷漠,没有一点点感情。"许久没说话的周铭突然出言嘲讽,"你看那条款了吗?如果接受这赔偿,我们就得永远闭上嘴,他们也不会有任何人受到惩罚!我不会读书都看懂这意思了,你一个大学生,看不懂吗?"

刘佳赶紧去拉儿子,试图让他冷静一点。

周柠却冷漠一笑,说:"不然呢?你又指望我做些什么?无论怎么样,你爷爷奶奶再也不可能活回来了不是吗?"

"你就不应该叫她回来!"周铭说不过周柠,一转头就把气撒到了妈妈身上。

"周铭,你听着,我之所以在这里和你商量,也只不过是看在妈妈和外婆的分上,想为你今后的生活多争取一点保障。如果你不要我管,那我现在就可以走,你们爱怎么样怎么样,跟我没关系。"

"周柠,你别这样,有话好好说。"刘佳刚安抚完儿子,又来拉女儿,生怕两人掐起来,搞得事情更不好收场。

周柠又对周铭说:"你的靠山已经走了,也许接下来妈妈和外婆还会接着照顾你,但你也知道,家里穷得很,能不能拿到更多的钱,直接影响你的未来。你想想清楚,要不要我去帮你谈?"

"你是在为我争取钱,还是为自己呢?"周铭嗤道。

"周铭，要不是因为我和你有同一个妈，你以为我会回来沾这破事？别说两百万，给我两千万我都不干！"周柠像听到了一个天大的笑话，"行了，我的耐心差不多也用完了，你再想一下，要不要我去谈？不要就算了，我绝不会分你的钱，也绝不会收拾你闹出来的烂摊子，一切随你的便。"

"好啦，柠柠，不要这样。"外婆也抹着眼泪上来劝周柠，"全听你的，你说怎么样就怎么样吧。铭铭，听姐姐的吧，她不会害你。"

周铭双眼通红，但也没再和周柠吵。他知道周柠说得在理，可实在没办法接受周柠像对待陌生人一样去谈论爷爷奶奶的死亡。他是爷爷奶奶养大的，就算再不懂事，对爷爷奶奶也有感情。可他也只是一个刚满十六岁的孩子，面对这突如其来的意外，确实不知道该怎么办。接受了这钱，好像愧对爷爷奶奶，但不接受，他连去跟谁闹都不知道。

周柠等待了一会儿，见周铭始终沉默，便说："你不说话，我就当你同意了。我这就出去跟他们谈，你们在屋里等消息吧。"

周柠说完，拿着那两张协议出了门。周铭狠狠瞪着关上的门，心里更恨周柠了。

"谁是这里能做决定的人？"走出屋后，周柠环视一周，把目光落在那个戴金丝眼镜的男人身上。

果不其然，那男人向前走了两步："你们想好了？"

周柠对他做了个手势："借一步说话。"

"合力法务顾问，寰亚律所陆言。"戴金丝眼镜的男人递上一张名片，饶有兴味地看着周柠，无论从哪个角度看，她都太不像一个二十岁不到的姑娘。

"你能做主？"周柠又问了一遍。

陆言反将一军："你呢？你能做主？"

周柠将那份协议递到陆言面前："赔偿款提高到一百二十万一人，那么其余所有条件，我们都答应。"

"一百二十万？会不会狮子大开口了？"陆言装出一副惊讶的样子。

"用来买人命，不亏。"周柠拿出手机开始念，"务工人员韩某在L县一工地刷涂料期间意外身亡，调解后施工方赔偿死者家属九十五万元；H市司法局成功调解一起因施工意外死亡的赔偿纠纷，三方当事人自愿达成调解协议，涉案金额达六十多万。这两起都是工程纠纷，拆迁的我没查到，但想必差不多吧。"

"看来你还做了不少功课。"陆言哑然一笑，"可这金额跟你说的一百二十万还差得远呢，难道你这不是狮子大开口？"

"那两起都是官司纠纷，所以我才能在网上查到信息。"周柠抬头挑眉看他,"打官司我肯定不如你在行,但想想也知道,一定是耗时长、影响大。可你们要的,不是尽快而且悄无声息地解决吗?那自然是另外的价钱。"

她这番话让陆言眯起了眼睛:"那可不一定,我老板只是派我来谈一个合理的价位。"

"是吗?"周柠轻笑,"我一进屋,看到你们连打印机都连好了,还以为你老板挺着急的呢。如果我会错意了,那咱就都再想想。"

周柠扭头作势要走,陆言却没忍住拦住了她:"哎,等等。"

周柠回头,陆言忽地对上她镇定自若的眼神,才猛然惊觉自己上当了。

4:局外人

陆言年纪轻轻就爬到了寰亚律所合伙人的位置,凭的就是超乎常人的冷静,或者可以说是冷漠。法律和人情往往并不兼容,他从来都能摆正自己的位置,在法律的框架内,像一头狼一样为己方争取更多的利益,至于另一方的死活,不是他要考虑的事情。

大企业争相聘请他当法律顾问,遇到棘手的纠纷也都放心地委托他去谈。他善于伪装,在安慰中谈判,在谈判中安慰,总能以最少的钱平息事态,在最短的时间内解决纠纷,把法律风险控制在最小范围内。所以,陆言在业内口碑极好,但是也有很多人在私下悄悄议论他未免有点太冷血和不近人情。

可这次,他居然遇到了一个似乎比他更理智、更冷漠的对手,句句直指要害,让他们此前的所有安慰、铺垫都显得那么虚伪与不堪一击。

陆言摸了摸鼻子,笑了,忽然就不想跟周柠在赔偿金的问题上过多纠缠。合力集团的底线确实比一人五十万多得多,他们只求事情快速解决且悄无声息,只要金额别太过分,钱对他们而言不过是小事情,他又何必死咬住不放?

但象征性的谈判一下还是需要的,陆言摘下眼镜,说道:"行,不过一百二十万我可能做不了主,一百万是上限,你觉得可以吗?"

"成交。"

没想到周柠答应得这样爽快,陆言又一惊,发现自己好像又上当了。

他突然觉得好笑起来,十年律师白干,倒像是小商小贩买卖东西,买主猜测准了卖家的心理,故意报低一个价位,卖家稍稍再往上抬一下,正中了买家下怀,这买卖就做成了。

这样一个小姑娘,眼神里却没有半丝慌张。陆言这才知道,为什么从昨天到今天,周家人哭哭啼啼却半天不松口,原来等的正是家里真正能做决定且善于做决定的人。

"工程马上要开工了,还希望尽快下葬。"

"钱先到账,我们就下葬。你再和你的老板确认一下,可以把这一点写进协议里，可以的话，我们就签字。"

周柠说完这句，转身回屋。

陆言嘴角勾起一丝玩味的笑，这绝对不是他谈过最成功的买卖，却是他觉得最有意思的一次。

与此同时，站在一侧的陈羡觉得自己仿佛是个局外人。周柠劝解家人时，他在屋外；她与人谈判时，他又离了五米远。从进东峦村到现在，周柠忙进忙出，始终坦然镇定地面对恸哭无措的家人、来者不善的对手，没有露出丝毫慌乱和求助的神情。

不一会儿，陈羡又看到那个戴着金丝眼镜的男人拿着修改好并当场打印出来的协议递给周柠，周柠从头至尾仔细过了一遍，然后跟妈妈和周铭说了些什么，两人一个红着眼，一个一脸不情愿地签了字。

把签好的协议递给金丝眼镜男时，周柠似乎轻轻松了口气，然后又立马走向福贵。福贵认真听完周柠的交代，瞄了金丝眼镜男一眼，见得到认可，赶忙连连点头称是，转而交代几个村干部分头去忙。

忙完这一切，疏散了来围观的人，周柠似乎才闲下来，如释重负地往墙上一靠，然后才看到在旁边一直等着她的陈羡。两人隔着五米的距离，互相望着对方。周柠的眼神闪了闪，夹杂着一些说不清道不明的情绪，让陈羡莫名觉得有些心慌。

"看样子，好像都处理完了？"周柠久久没有动，到底是陈羡按捺不住，三步并作两步地走到她面前。

"嗯，不好意思，都顾不上招呼你。"周柠冲他疲惫地笑了笑。

陈羡心疼地摸了摸周柠的脑袋："说什么傻话呢？"

周柠将陈羡的手拿下来，贴在脸上轻轻摩挲，半晌后突然说了一句："对不起。"

陈羡一愣，以为周柠指的是这半天都没招呼他，便不在乎地说："这有什么对不起的，知道你忙。你跟他们达成什么协议了？"

周柠放下陈羡的手，又把背往墙上一靠，找到一个放松的姿势后，简要地把事情的处理过程和结果向陈羡复述了一遍。

陈羡听后，半晌说不出话来。尽管周柠神情漠然得像是在说与自己根本毫无干系的人和事，但陈羡总觉得在这看似平静的外表下，周柠心里隐藏着还不愿意告诉他的惊天巨浪。至于这巨浪究竟是什么，他猜不出来。

"别太难过了。"不知道为什么，陈羡又冒出这句话。

周柠左边的眉毛微不可察地跳了一下，神色复杂地看了陈羡一眼，张了张嘴，但又没有说出口。

"怎么了？"陈羡问。

周柠却摇摇头，说："你该回去了。"

"为什么？"陈羡瞪大眼睛，"我不走。"

"陈羡，我还有好多事情要忙，顾不上你。"

"那有什么关系？我又不需要你照顾，我只想在旁边陪你就好。"

周柠撇过头去，惨淡一笑："如果你留下来，晚上住哪里？这房子里，只怕连我的房间都没有了。"

陈羡一愣，回想了一下周柠家的布局，如果她的弟弟要搬过来的话，那确实只有让周柠腾出她的屋子了。

周柠又笑着摸了摸陈羡的脸："而且，你太显眼了，我不想在这种场合下一一向人解释你是谁，和我是什么关系，你明白吗？"

这招倒是很好使，陈羡几乎要被周柠的突然柔声打动，可一想到要走，却怎么也放心不下。

"听话。"周柠往陈羡怀里靠了靠，脸颊蹭着他的衣领，似乎在贪恋他身上的热气，"回去吧，明天下午再来接我，好吗？"

"明天下午？"

"嗯，那时候所有的事也都该办完了。"

陈羡虽说听话地踏上了回程，可心里却并不踏实。他突然觉得，那次周柠的外婆住院，只不过凑巧在了，即使他不在，周柠也一定能有别的办法把所有事情都安排得妥妥当当。

陈羡一次又一次地意识到，他的女朋友从来不需要他的帮助，只不过以前总是硬邦邦地直接拒绝，现在更加委婉了一些而已。想通这一点，陈羡觉得心里挺难受的。无论他们处于何种关系，在周柠身边，他总是认不清自己的位置。

在村里的协调下，爷爷奶奶很快下葬了，没有风俗里常有的吹拉弹唱，也没有迎来送往的白事筵席，一切都进行得悄无声息。

暗夜里，周柠在坟前站了一会儿。她静静地站在冬夜的寒风中，直到手指都冻得没有知觉才转身向家走去。

周柠走到家门口，从窗户望进去，妈妈正在劝周铭吃点东西。周铭一脸不耐烦地挥了挥手，并不理睬。

"他不想吃，就让他饿着吧。"周柠自顾自走了进去，拿起一个包子塞进嘴里。这一天忙下来，她确实是饿了。

"呵，猫哭耗子假慈悲，在爷爷奶奶坟前演什么戏呢？"见周柠回来，周铭嘲讽道。

周柠冷冷地看了他一眼，不屑说话。

谁想这冷淡反而更加刺激了周铭的神经，他暴怒地跳了起来，吼道："周柠，你一天天高高在上个什么劲儿呢？"

"唉，你们两个别吵啦。"刘佳赶紧过来劝，"以后咱们一家人就要一起生活了，要好好相处，知道吗？"

"谁跟她是一家人？"周铭恶狠狠地说。

"谁愿意跟你是一家人呢？还不是你养不活自己，只能赖在这里吗？"周柠反击道。

"那怎么办呢？我妈愿意养我，你管得着吗？"周铭冷笑一声，抓起妈妈刚蒸好的包子，一口塞进嘴里。

这一下倒是踩中了周柠的痛点，一口包子顿时噎在喉咙里，吞也不是，吐也不是，只觉得非常恶心。

"你们两个就别吵啦……"刘佳无奈地说，"柠柠，你出来一下，妈妈跟你谈谈。"

周柠不情不愿地随着妈妈走到屋外，周铭倒是在屋里嚣张地大口咀嚼起来，仿佛胃口都恢复了。

"柠柠。"刘佳忧伤地望着自己的女儿，"你也知道，妈妈这么多年来的心病就是你的弟弟。我知道这么多年的分隔，你们姐弟俩的情分生疏得很，但你能不能为了妈妈，和铭铭好好相处呢？"

"妈妈，你为什么只要求我跟他好好相处呢？你问过他没有，他愿不愿意跟我好好相处？"周柠反问。

"我当然也是劝过他的，但是……你是姐姐嘛，他还小，不懂事……"

"还小吗？他都十六岁了，我十六岁的时候……"周柠顿时有些哽咽，"妈，你总是那么偏心。"

"柠柠，妈妈知道你从小到大受了很多委屈，但你一直很懂事，也很坚强。现在铭铭一个人孤苦无依，你们身上流着一样的血啊，你对小凡都好得很，为什么就容不下自己的亲弟弟呢？"

周柠咬着嘴唇不说话，心里却想：他哪有小凡对我十分之一的好？

"对了，妈妈今天好像看到陈羡了，没看错吧？"

"嗯，是他。"周柠闷声回道。

刘佳有些惊讶："下午太忙乱也没顾上招待他，你们这是？"

"没什么，他也在Z大，刚好送我回来一趟而已。"

"哦……"刘佳若有所思地点点头，"当时我就觉得那孩子对你不一般，你们也都长大了，如果他……"

"妈！你别管我的事情了。"周柠不耐烦地转移了话题，"现在事情也都解决了，明天我就回学校了。"

"这么快就要走吗？"刘佳有些不舍。

"我在这里也没什么要干的了。"周柠顿了顿，"妈，其实说实话，有了这笔赔偿款，你们的日子会好过很多。"

"怎么总你们你们的？你不是我们家的吗？"

周柠轻笑："这赔偿款，我一分都不会要的。你给周铭留好吧，但记得不要给他，免得一会儿就被败光了。"

"知道了。"刘佳知道女儿说得有理，连连点头。

"还有，你们也不用过得那么节省了，爸爸的赔偿费都被他们吞了，这次就当是偿还。"

刘佳又叹了口气："唉，总觉得有些良心不安。"

"有什么可良心不安的？"周柠冷笑，"要不是他们，我们这些年也不至于过得那么苦，就当他们死后做了件好事吧。"

"唉……你啊……"刘佳看着一脸冷漠的女儿，不知道该怎么说。

她何尝不知道那二老走了，儿子的抚养权才总算能要回来，这笔不菲的赔偿款更是让她养育孩子的压力大大减轻。可这些小心思，终归是没办法拿到台面上来说的。她是个传统的人，死者为大的观念深入心里，断断做不到像女儿这样冷漠决绝。

母女俩渐渐没了话说。

周柠沉默了一会儿，再开口时声音变得有些黯淡："今晚我在你和外婆屋里挤一挤吧，明天我把房间里的东西收一下，带去学校，以后那房间就给周铭用吧。"

说完，周柠转身回屋，留刘佳愣在原地。这个女儿啊，表面上那么强硬、冷漠，可实际上总是在让步。只是……连自己的小房间都让给弟弟了，这个家，以后她还想回来吗？

看着女儿离开的背影，刘佳忍不住泪流满面。

第二天在家吃完午饭，周柠就拎着整理好的行李离开了村子。她特意交代陈羡不必开车进来，她会走到路口等他。

站在冷风中，周柠脑海里都是昨晚外婆跟她说的话。

妈妈在另一屋安顿周铭，周柠和外婆躺在床上，挤在一个被窝里。外婆搂着周柠的头，叹了口气："柠柠啊，外婆知道你从小到大受了很多委屈，但是也别怪你妈妈偏心。"

周柠噘了噘嘴，没有回答。

外婆又说："和你爷爷奶奶不一样，你妈妈偏心周铭，不是因为他是男孩子，你是女孩子。"

"那是为什么?"

"因为你是厉害的那个。当妈妈的,总是会担心那个不省心不懂事的。因为你离开妈妈也能过得很好,可铭铭不行啊。"

寒冷的北风吹在周柠脸上,吹得她眼圈和鼻尖儿都红红的。也许外婆的话有道理,妈妈有苦衷。可她也不是生来就这么强的,也是被一路逼着长成了今天这样。但又有谁在乎这二十年来她心里缺的那一大块呢?

见陈羡的车远远驶来,周柠赶紧吸了一下鼻子,揉揉眼睛。可陈羡一下车,还是第一时间察觉到了她的不对劲。

"怎么了?"陈羡轻轻搂了搂她。

周柠红通通的眼睛下面还有一圈明显的青色,一看就是整晚没睡好。

"没事,走吧。"周柠趴在陈羡肩头疲惫地笑了笑。

陈羡松开她,好奇地看了一眼立在旁边的行李箱:"这是?"

"没什么,我的房间腾给周铭了,我收拾了一些自己的东西带出来。"

周柠说得若无其事,陈羡却狠狠心疼了一下,他知道这对周柠来说意味着什么。

陈羡打开后备厢,把行李放了进去,又为周柠打开车门:"走吧。"

车绕着盘山公路,平稳地驶出了那片山区。

陈羡看出周柠并没有什么交谈的欲望,也就强迫自己压住心中的疑问,想等周柠情绪好一些了再说。可谁知周柠竟然很快就睡着了,整个人软软地陷在座椅里,眉头却依然锁着深深的倦意。

陈羡无奈地看了她一眼,又把车上的暖气调高了一些。

四五个小时的车程,周柠始终在昏睡。快到学校时,陈羡犹豫了一下,然后一打方向盘,直接驶进了铂悦府的地下车库。

像是有感应般,车刚停稳,周柠就睁开了眼睛,迷迷糊糊地打量了一下四周,哑着声音问:"这是哪儿?"

"我家。"陈羡试图帮周柠解开安全带,"去家里休息一会儿吧。"

周柠一听,这才惊醒,急忙按住陈羡的手:"你疯了吗?我不去。"

陈羡轻轻拿开周柠的手,笑道:"别紧张,是我自己的房子,家里没有别人。"

陈羡从后备厢取出行李,然后拉着周柠的手,不由分说地把她带进了电梯。周柠试图挣开,陈羡却握得更紧,似乎在跟她较劲一般。

电梯停在八楼,陈羡拉着周柠走出电梯来到门前,很快用指纹解了锁。周柠被陈羡带得脚步一颠,一下迈了进去,陈羡转身提上行李,轻轻带上了门。

房间里暖气开得很足,没几秒周柠就觉得有些微微出汗。

"把外套脱了吧,家里热。"陈羡脱下外套挂在玄关的衣架上,示意周柠也这么做。

"你家怎么这么热?"

"装了地暖。"

"哦。"周柠点点头,听话地脱下外套。

周柠都习惯了冬天的阴冷与潮湿,一下子进入暖烘烘的室内,还真不适应。陈羡倒了杯水递给周柠,周柠抿了一口,嗓子里的干涩顿时缓解,不由得仰起头几口喝完,把杯子递给陈羡。

"慢点喝,又没人跟你抢。"陈羡笑道,"还要吗,再给你接一杯?"

"不用了。"周柠摇摇头,开始打量这陌生的屋子。

"我带你参观参观?"陈羡问。

"好啊。"

陈羡拉着周柠的手,带她在各个屋转了一圈,末了停在书房的展示柜前,介绍起自己的宝贝来:"这些是我做的汽车模型,都是乐高搭的,家里还有一些,但最喜欢的我都搬这儿来了。"

无论何时,陈羡聊起汽车,脸上总能浮现出天真烂漫的孩子气。周柠被他感染,也笑了,问:"这房子是你自己的?"

"嗯,算是吧,高考后外公送我的礼物。"

"难怪以前你都不在乎门禁的,原来有地儿可去啊。"

"嘿嘿。"陈羡不好意思地挠挠头。

周柠走到窗前,看见Z大的大门就在窗户正前方。

"人和人的差距可真大,我连自己的房间都没有了,你却有一个独立的家,还有一个随时欢迎你回去的家。"周柠不由得感慨。

"别这么说,周柠,你家里一定也欢迎你回去的。而且如果你愿意的话,也可以把这里当作你的家。"

这一句话,让两人都愣住了。

周柠不知如何接话,陈羡也觉得自己好像太过唐突。

不过,他和周柠不是一直如此吗?每一次相逢与分离,每一点进展与后退,所有的所有,没一次在正常节奏上。那么现在,他突然提出想给周柠一个家,好像也不算太过突兀吧?

"我有宿舍就很满足了。"周柠有意回避了陈羡话里隐含的意思,"也不早了,我该回宿舍了。"

周柠这反应让陈羡感觉非常失望,连忙拉住她:"你不觉得我们应该聊聊吗?"

"你想聊什么?"

"你打算告诉我什么?"陈羡反问,"这两天我都不知道时间是怎么过的,刚觉得好不容易有机会,你又突然跑去忙雪梨的事,紧接着你爷爷奶奶又出事……周柠,从你愿意和我在一起到现在,我们几乎都没有时间单独相处,难道你就没有想跟我说的吗?"

和周柠在一起,陈羡觉得人生就跟过山车似的,前一秒还高高兴兴,后一秒可能就如坠冰窖,所以,他真的很想跟周柠开诚布公地聊一聊她究竟是怎么想的。

周柠避无可避,咬了咬嘴唇,忽然问:"陈羡,你后悔和我在一起吗?"

陈羡有些惊讶地看着她:"你怎么会这么问?"

"可能因为我有点后悔。陈羡,要不我们还是算了。"

周柠看着陈羡的眼神从震惊,到失望,到变得生气起来。

"不是,周柠,有什么事情你可以好好说,至于动不动就把算了放在嘴边吗?"陈羡气极反笑,眼中满是恼怒,语气却忍不住又缓了下来,"或者是我有哪里做得不好,让你不舒服了?"

"不,你很好。"周柠摇头,"是我的问题。"

"我这两天也憋了一肚子的问题,朋友出事了你着急,家里出事了你难过,我始终找不到好的时机来问你。周柠,既然我们两个都有问题,不妨现在就摊开来说一说。"

周柠突然抬头看向陈羡的双眸,问:"从你在雪梨家楼下接上我到现在,你提了三次难过,陈羡,你为什么觉得我会难过呢?"

这问题把陈羡问住了,他确实没有细想过他为什么会这么说,大概只觉得这是一种人之常情。

"你知道吗?在所有的情绪里,我独独就没有难过。刚听到消息我是惊讶,后来是觉得棘手,可到最后,我甚至觉得……庆幸。"

最后的转折周柠讲得有些艰难,可既然决定说出来了,她就没打算藏着掖着:"一开始我感觉很糟糕,不是因为爷爷奶奶死了,而是因为周铭没人照顾了,妈妈一定会把他接回来,那就势必要牵连到我。坐在你的车上,我一直在查这类事故的处理结果和赔偿金额,看到几个新闻后,突然觉得也许事情没那么糟,如果爷爷奶奶的死能换来一大笔金钱的话。说来也可笑,我甚至压根儿不是对立面,反倒像是他们的帮凶,只是我想要的钱更多而已。

"陈羡,你知道吗?我去跟他们谈钱的底气,正是因为你提前告诉我了,他们只想私了,不想闹大,你让我别难过。可我却觉得太好了,因为他们一定愿意为此付出更多的金钱。"

陈羡有些讶异地看着眼前这个熟悉又陌生的女孩儿,刚想开口,却又被打断了。

"陈羡,从你一次次叫我不要难过,我就知道我们两个太不同了。你一直生活在阳光下,所以总是以善的角度去看待一切事情。我一次次被生活逼到墙角,所以百炼成钢。

"也许你今天会短暂地被我吸引,可吸引你的这点特别,或者独立,或者坚强,正是被隐藏在背后的冷漠与自私一点点塑造起来的。等终有一天你发现这真相,一定会大失所望。

"你知道吗,也许这两天我唯一难过了一会儿的时刻,是把从小住的房间让给周铭的时候。但今天收拾完行李出来,我却突然觉得轻松了。冒出这个念头的时候,我自己都觉得震惊。

"爷爷奶奶死了,妈妈终于得偿所愿找回了自己的儿子,有了那笔赔偿金,周铭以后的生活也有了着落,用不着我来负担,这又何尝不是放我自由呢?"

周柠深深吸了一口气,看着陈羡闪烁不定的眼神,自嘲地笑了:"陈羡,你看,这就是我,既冷血又自私,不会爱人,只会自保。就算这样,你还打算喜欢我吗?"

夕阳的余晖透过窗户照在周柠脸上,衬得她的脸庞既倔强,又笼着一层毛茸茸的脆弱。

"说完了吗?"陈羡问。

"嗯。"周柠破罐子破摔地应道。

她以前从不屑掩饰自己,可是陈羡太好了,好到她不自觉地收敛了冷漠。可忍耐毕竟不会长久,导火索被点燃,总有炸的时候。周柠心想,这样也好,早点说清楚。如果陈羡现在告诉她就当一切都没发生过,她一定欣然接受,并松口气。对她而言,再苦再难都能自己熬,可一旦有人掏心掏肺地对她好,她反倒不知道如何配合。

可没想到,下一秒,她就被陈羡拉入了怀中。

陈羡亲吻着她的头发:"对不起,我不知道你这两天过得那么痛苦,谢谢你愿意告诉我。"

陈羡的话让周柠一时反应不过来。什么?他跟她说对不起,还有谢谢?这些见不得人的小心思,她细想来都觉得鄙夷,可陈羡却说她在痛苦?

陈羡轻轻放开周柠,抚了抚她的头发,眼里有一种说不出的心疼和温柔:"我的安慰太不经思考了,没想到让你这两天那么难受。"

"你不觉得我很卑鄙吗?"周柠问。

陈羡摇摇头:"判断一个人,不要看他说了什么,而要看他做了什么。这些年,你坚持的事情一直没变,就是用自己最大的努力支撑着这个家。"

陈羡回忆道:"我们第一次见面时不过八岁,你就敢为了家里,自己一个人跑来跟我爸争取慰问金。后来再遇到，你的脾气好像更坏了，但努力的样子一点也没变。

"你总是嘴硬心软。那年和你妈妈闹矛盾，可外婆生病时，最紧张、冲在最前面替妈妈扛下所有责任的还是你。刚刚你嘴里斤斤计较说着钱，但又有哪一分不是在为妈妈、外婆和周铭考虑呢？

"什么都不做被动接受、挑三拣四很容易，要出头要争取，去当恶人却很难。很多事放到现在我都未必做得好，所以真的很难想象这一路你是怎么走过来的。

"你对爷爷奶奶的感情，是我太想当然了。小的时候一放暑假，爷爷奶奶、外公外婆都巴不得我去他们那儿住，说宠爱都轻了，简直是溺爱，我很难想象你居然会被赶出门。周柠，我只是心疼你，从小到大，你要承受的事情太多，同时接受的爱又太少，你只有逼着自己变冷漠、变坚强，才能屏蔽掉那些痛苦向前走。

"我能理解你所有的想要逃离，可我知道你嘴上这么说，一旦出事，你又会回去。说实话，如果有一天你真的能得到自由，我反倒祝福你。"

周柠微张着嘴，一字一句地听陈羡说完这一大段话，突然觉得脸颊微凉。她从没想过会有人懂她，懂她的辛苦与冷漠，懂她的委屈和不甘，甚至把她想得比自己以为的更好。

陈羡轻轻抹去周柠的眼泪，又说："不过你现在有我了，我真希望对你而言，我是特别的。在我面前，你不用全副武装地穿铠甲，委屈了可以哭，累了可以叫，撑不下去的时候，能想到自己不是一个人。周柠，你记不记得你曾经说过，只想要独一份的爱，不想跟别人分享？好巧，我的世界就是这么小，小到只够装下你，只够喜欢你。怎么样，你要不要尝试走进来看看？"

周柠揉了揉模糊的眼睛，撇过头去，嘴角却忍不住露出了笑容："上辈子你是不是欠了我什么？"

"是啊，你就做个好债主，把债收了吧。"

周柠终于被逗笑了，接连几天压在心里的阴霾一扫而空，只剩下眼前这个满心满眼都是她的男孩。

"怎么一边哭一边笑啊？"陈羡取笑着捏了一把周柠的脸。

"你管我！"

周柠刚要抬手擦眼泪，却被陈羡捉住了手："你别动，我来。"

周柠不知道是怎么发生的，陈羡突然就向她走近了一步，腰被轻轻一搂，脑袋被稳稳一扶，然后还流着泪的眼睛就被柔软的嘴唇覆盖。

陈羡一点点将周柠脸上的眼泪亲吻干净，感受到怀里的姑娘从僵硬到逐渐放松下来，这才敢吻上她的唇。这个吻从轻柔到热烈，从浅浅地轻啄到试探性地攫取,周柠被吻得全身发麻,脑袋晕乎乎的,不自觉地开始回应陈羡的吻。

感受到回应,陈羡忍不住偷笑了一下,突然加重了手上的力度,把周柠更加用力地箍进怀里,然后无师自通地、更加肆意地感受周柠唇齿间的温柔。

不知道过了多久,陈羡才把周柠放开。

两人气喘吁吁地看着对方,周柠脸颊唇间的红晕逐渐氲开,向来冷淡的眼神也迷离成了一汪水。

她这难得显露出来的娇羞倒把陈羡看呆了,他傻笑了好一会儿才反应过来似的,突然弹了一下周柠的脑门,得意地说:"这下可盖章了,你不能反悔了。"

"疼啊!"周柠猝不及防,捂住脑袋,笑着瞪他一眼,过了一会儿才握住陈羡伸出的手。

望着窗外的落日余晖,周柠第一次有这种感动到想流泪的冲动。

可心底根深蒂固的理智却又让她转过身来,背对着夕阳,说出这样一番话:"陈羡,我们试一试。但如果哪天我们步调不一致了,希望你和我都可以拥有向前走的自由。"

陈羡捂住了周柠的眼睛,再次将她转回到窗前。他放开手后,火烧云霎时涌入眼帘,整个城市像笼罩在凤冠霞帔里。

陈羡温柔地从背后搂住周柠,又摸了摸她的脑袋:"我知道,凡事做好最坏的打算是你从小修炼的本能。但是,别想那么多,晚霞很美,太阳落山后,星空也会很美。别担心步调不一致,因为有的人就是值得你停下脚步来等一等。"

陈羡贴着周柠磨蹭到太阳彻底下山才依依不舍地决定出门,毕竟再待下去,两人真的就快要饿死了。

Z大食堂,陈羡让周柠安心坐在椅子上,自己去打饭。周柠看着陈羡忙这忙那,心里涌上一股不真实感——她从没这样"坐享其成"过。

不一会儿,桌上就摆好了四菜一汤,周柠接过陈羡递过来的勺子,尝了口银耳莲子汤。唔,不知道今天是不是冰糖放多了,居然这么甜!

"把你的课表给我一份啊。"陈羡说。

"干吗?"

"看看我俩时间能不能合上啊。"

"看时间合不合得上干什么呢?"

周柠问得愚蠢,陈羡只能耐心解释:"我得看看我女朋友几点上课几点下课,我好来接送你,陪你吃饭啊。"

"不用这么麻烦吧？"周柠讶异道。

陈羡无奈地说："唉，周柠，你真的很不会谈恋爱……算了，你发来，交给我就是。"

"喊，你倒是很熟练呢，看着不像是第一次谈恋爱的样子。"周柠虽然呛他，但还是拿起手机，把课表发了过去。

"有些事情凭的是天赋好吗？"陈羡一边不服地辩解，一边快速扫了一眼周柠的课表，"我俩几乎早上八点都有课，这样吧，每天早上我都来接你吃早餐，周三周四我看我俩的课都特别紧，离得又远，中午不来找你了，但晚饭还是可以一起吃。每天晚上没啥别的安排，咱们就去车队，行吗？"

"不用这么麻烦吧？"没想到陈羡居然正经地安排起来，周柠想都没想地再次脱口而出。

陈羡不答话，挑眉看她。

周柠沉默了两秒，败下阵来："好吧，我只是想着反正我们几乎每个晚上在车队都会见面啊，白天就不要搞得这么麻烦了吧？"

"只要能见到你，什么都不麻烦。"陈羡眨了眨眼，"周柠，我每时每刻都想跟你在一起呢，你不想吗？"

"我也不讨厌跟你在一起。"周柠想了想，回道。

"周柠……"陈羡有点哭笑不得，"算了，谈恋爱的事情还是交给我吧，你……不讨厌我就行。"

陈羡夹起一块牛肉放进嘴里，嚼得腮帮子一鼓一鼓的，这才想起周柠好像还没对他说过喜欢呢。算了，不讨厌……就不讨厌吧，也许在周柠这儿，不讨厌已经算是很高的评价了。

还没等他想明白，肩膀猛地被人一拍，吓得他还没咽下的牛肉差点卡在喉咙里。

"哎哟，两天不见，微信也不回，没想到在食堂遇上了啊。"还没等陈羡发作，吴鹏远也不管他答不答应，笑眯眯地放下餐盘坐在了旁边。

"陈羡，你这两天去哪儿了？周末本来还想等你一起试试车身的材质呢。"李炎也端着餐盘坐了下来。

紧接着，又有七八个围了过来。陈羡回头一看，怎么着？车队今天是来食堂聚餐吗？

"唔，周末有点事情，没在学校。"陈羡不满地拍掉吴鹏远的爪子，含混地说。

"什么事这么重要，连微信都不回？"吴鹏远没打算放过他，笑看了一眼坐在对面的周柠，"倒是有空找周柠吃饭哈。"

"对哦，周柠你周末咋也没来车队？"李炎也问，"本来还想让你帮忙

.143.

拍一下测试过程呢。"

"不好意思啊，李队。"周柠抱歉地说，"以后有重要的事情您提前跟我说一声，我保证不缺席。"

"没事儿。"李炎摆摆手，"正好何一帆来车队找你，两次你都不在，两次都被我抓了壮丁，哈哈。"

陈羡正等着这话题翻篇，吴鹏远却好像没打算放过他们，笑着调侃道："平安夜舞会后好像你俩都人间蒸发了，不会一直在一起吧？"

陈羡瞪了好兄弟一眼，嫌他多事。自己和周柠刚在一起，还没想好要怎么跟熟悉的朋友们说呢。陈羡倒是无所谓，但这事总还得问问女生的意见，太高调了怕周柠不乐意。

没想到，周柠却放下筷子，清了清嗓子，嘴角扬起好看的弧度："是在一起，顺便跟大家说一下，我和陈羡在一起了。"

一桌人的嘴巴瞬间张成了"○"字形。

罗家伟结结巴巴地问："在……在一起是什么意思？"

"就是谈恋爱的意思。"周柠自然而然地说，"我们现在是男女朋友了。"

"哈？"

"不是，什么时候的事？"

"太不够意思了，你们这保密工作未免也做得太好了吧？平时都没发现啊！"

众人顿时兴奋起来，仔细地回忆起在车队的一点一滴，试图从中寻找蛛丝马迹。陈羡的肩头瞬间扒上了无数只手，衣领也被扯歪了，大家有一种不打破砂锅问到底不罢休的架势。

在一片嘈杂中，周柠笑着收拾了餐具，站起身来，对陈羡挑了挑眉："这就交给你了，我吃完了，先回去了。"

众人的嘴巴又张成了"○"形，连陈羡也一脸震惊地望着周柠潇洒离去的背影。

吴鹏远"啧"了一声，冲陈羡抬了抬下巴："你别说，你女朋友还真比你帅。"

第五章
交心

1：我有什么可紧张的？

车队的人很快接受了周柠和陈羡在谈恋爱的事实。

只不过大家现在见到两人在一起的某些瞬间才会惊觉自己迟钝，原来这小子蓄谋已久，原来这两人早有端倪！

李炎开玩笑地说："既然周柠是家属了，那宣传片的费用是不是可以降一降？"

陈羡毫不犹豫地回道："公是公，私是私，该给的钱一分不能少！"

对于所有人的玩笑，周柠表现得自然又大方，总含笑看着车队的人打打闹闹，这让陈羡大大放下心来——他们的关系，终于迈出了平稳且坚实的一步，有风有光有花开，能大大方方地牵手就很好，能毫无顾忌地站在人群之中就很好。

只要周柠在笑，就都很好。

唯一对这一消息表露出除震惊以外情绪的人是何一帆。

何一帆又接了好几个活儿，天天忙得团团转，周末好不容易抽空来了车队两次，都没见到周柠的影子，发微信问她在哪儿，两天后才收到回复说有事回了趟家，没留意手机，抱歉回复晚了。

这天下课后，何一帆在一堆业余兼职中抽出空跑到车队，终于见到了周柠。她像往常一样坐在电脑前，认真地盯着屏幕，好像在剪辑素材。

何一帆高兴地走过去，拉过来一把椅子坐在她身边："见你一面可真不容易。"

周柠做事专注，何一帆坐下了她才发觉，赶忙停了手上的动作："师兄，你来啦。"

"嗯。上周末你跑哪儿去了？我来找你两次都不在，害得我被抓了两次壮丁。"

"回了趟家，抱歉啊。"

"没事儿，正好饭点了，请我吃饭就行。"何一帆冲着周柠一笑，这两天他觉得有些心神不宁，可这会儿见到周柠了，心又定下来，觉得仿佛还能接上平安夜被打断的时光。

突然,李炎一巴掌拍到他肩上:"现在我们周柠可不是想约吃饭就约吃饭的啊。"

何一帆愕然:"什么意思?"

李炎神秘一笑:"什么意思?名花有主了呗。现在周柠可不是你的小师妹了,是我们车队的人了哦。"

何一帆惊讶地看了眼四周,正对上了身后陈羡投过来的略带几分不爽的目光。

"发生了什么我不知道的事吗?"何一帆稳住逐渐不安的情绪,装作镇定地问。

"走吧,师兄,我请你吃饭。别听李队瞎说,请师兄吃个饭还是应该的。"周柠站起了身,笑着说。

和陈羡交换了一下眼神,周柠带着何一帆离开车队。

门一关上,吴鹏远就划拉着椅子蹭到陈羡跟前:"喂,你不紧张吗?就这么放你女朋友跟别的男生吃饭啊?"

"我有什么可紧张的?"陈羡作出一副夸张的表情,仿佛在嘲笑吴鹏远问的什么蠢问题。

周柠潇洒一走,把给众人解释的任务留给了他。何一帆是她的朋友,理所应当由她去解释才对,自己确实没有必要跟在旁边,不然显得看女朋友看得多紧似的,那多没面子?

更何况,吃顿饭怎么了?吃顿饭还能移情别恋了?周柠是那样的人吗?可笑!

不过,周柠会如何描述他呢?如何解释他俩是怎么在一起的?这一点陈羡倒是真的很想听一听。还有,那家伙都知道周柠有男朋友了,这下该死心了吧?什么师兄不师兄的,这个称呼他一听就觉得很烦。

"喂。"吴鹏远又戳了戳陈羡,"你不紧张的话,拳头握那么紧干吗?"

"滚。"陈羡松开拳头,毫不留情地转过吴鹏远的椅子,一脚踹了出去。

周柠和何一帆去了附近的一家小面馆,泼着红油的汤面氤氲着腾腾热气,把人都映得朦胧了。

"你这是……谈恋爱了?"透过雾气,何一帆迟疑地问周柠。

"嗯。"周柠轻声应道。

"和车队里的人?"

"对。"

何一帆这会儿才觉得自己有点好笑,介绍周柠去车队的时候,他可万万没想到会是这样的结局。

"不会是那个陈羡吧？"想到刚才那小子看自己的眼神，何一帆觉得心里不太舒服。

"就是他。"周柠坦荡地说。

虽然有预感，但听周柠真这么说，何一帆还是不由得一愣。这么一想，他来车队这几次，和其他人都或多或少有过交流，唯独跟陈羡接触得很少。可周柠记录的日常里，却大部分都是陈羡的身影。

陈羡本就是纪录片定好的主线，何一帆也就没多想。毕竟虽然不熟，但有的人存在即耀眼，陈羡的名号辗转于各个学院女生的闲谈八卦之间，他还是听过的，所以他万万没有想到周柠会跟陈羡扯上关系。

"没想到你也喜欢这类型的啊。"何一帆苦涩一笑。

"什么类型？"

"长得帅，有钱，家境好，所有女生都会喜欢的那款。"

周柠也不反驳，只是"呵呵"一笑："怎么，以前在你眼里，我不是女生吗？"

"我不是这个意思……"何一帆顿了顿，神色黯淡，"只是觉得你和他八竿子打不到一起。平安夜见你的时候，也没听你提起……什么时候的事？"

"就是平安夜。"

何一帆突然想起那天晚上随着周柠匆匆追出去的那道黑影，不由得一怔："那晚他是不是追你去了？"

"嗯。"周柠点了点头。

懊悔之情霎时涌上心头，何一帆苦笑道："如果那天追出去的是我，结果会不会不一样？"

虽然此前对情情爱爱的事从未上过心，但何一帆对自己的好感，周柠多多少少还是能感觉到的，尤其在他红着脸向她递出平安夜舞会门票的时候。

"师兄，我知道你一直对我很好，高中的时候你就经常帮我，进了大学，你又教我本领，带我赚钱，我一直特别感谢你。"

"感谢，但就是不喜欢，对吗？"

"我们是朋友之间的情谊。"周柠想了想，"从出生，到成长，我们两个太像了。在你来找我之前，其实我过得挺灰暗的，专业是被调剂的不说，整天陷在一大堆打工打杂里，看不清未来的出路，是你带我走出来的，让我知道只要努力就能闯出名堂，我一直把你当作我的标杆。"

"可你却终究选择了一个跟你一点都不像的。"何一帆自嘲地说，"你和陈羡那样的公子哥儿，有话聊吗？"

"他要是个公子哥儿，我就不会喜欢他了。"周柠乐道，"而且他话挺多的。"

何一帆又叹了口气："把你介绍进车队的时候，我可没想到会有这一出。也怪我，本来想着陪你一起完成这个项目的，可接的业务越来越多，忙得都抽不出时间来车队，你又上手得这么快……唉，我怎么有种自己精心栽培的果子被人摘了的感觉？"

"师兄，我不是谁的果子，我只是我而已。"

何一帆一愣，忙改口："对不起，是我类比不当了。我只是想表达可惜，如果当初我能每天陪着你待在车队，是不是我能有机会？"

周柠摇摇头："在遇到陈羡前，我从没想过自己会和另一个人在一起，也从来不想要任何亲密关系的负累，是他改变了我吧。"

何一帆惊讶极了："这么高的评价？你们才认识多久，你确定自己了解他吗？"

周柠淡然一笑："说出来你可能不信，其实我们八岁时就认识了。"

接二连三的打击让何一帆惊得收不拢下巴，他还想继续问，但话刚要出口却又无奈地摆了摆手："罢了罢了，不想听你们的爱情故事。"

周柠笑道："师兄总有一天也能找到属于自己的爱情故事的。"

何一帆吃了一口面："也许吧，我现在没闲心想这个，还是先多努力赚钱吧。"

这天，陈羡送周柠回宿舍的时候特别磨叽，拉着周柠的手，就是不让她走。

"那什么，那个何一帆，以后不会来车队了吧？"陈羡闷声问。

"那怎么行？纪录片和宣传片最终还得他来把关啊，我一个新手，还达不到要求呢。"

"我觉得你拍得也挺好。"陈羡嘟囔。

周柠取笑："不是吧？这么小心眼儿？"

周柠只想开个玩笑，陈羡却居然没有反驳，一脸不爽的小表情都掩饰不住了。他不是恋爱老手，好不容易追到心爱的姑娘，高兴了一阵后，又患得患失起来。虽然这些天周柠接受了他的陪伴，但好像也只是停留在她说的"不讨厌"的程度，他总希望周柠能再多需要他一点。

比如每天送她回来时，女生宿舍楼下都是一簇簇黏在一起的黑影，可周柠从来不告别得爽快，说拜拜后头都不带回的。虽然陈羡也觉得那些抱在一起的黑影确实有碍观瞻，但周柠过于爽快的样子也让他着实有几分无奈。他不禁会想，万一哪一天他没出现，周柠会怎么样？会想他吗？会需要他吗？还是像过去一样，自己一个人也觉得很好？

今天何一帆的出现，正好放大了他心中的不安。

"想什么呢？"周柠弹了一下陈羡的头，"不会真在吃我师兄的醋吧？"

"也不是，只是在想，你究竟需不需要我。"

"为什么这样想？"周柠有些讶异。

又一对小情侣从他俩身边腻腻歪歪地经过，陈羡瞟了一眼，索性明说了："别的男生送女朋友回来，女朋友都依依不舍的，可你倒好，每次头也不回走得飞快，我再见都还没说完呢。"

周柠也瞟了一眼不远处抱在一起的小情侣，突然换上一副戏谑的笑容："原来你喜欢这样的啊？"

"我倒也不是说要这样，只是……"

陈羡话音未落，只听得一句"也不是不行"，然后领口就突然被拉住，嘴唇上落了一个轻轻的吻。

周柠偷吻得逞后飞快离开，手却没有松，陈羡依然被拽着领口，保持着一个稍微有点别扭的姿势，目瞪口呆地看着眼前这个一脸坏笑的姑娘。

周柠的眼睛忽闪忽闪的，忽然又贴近了陈羡的脸，一字一句都是难得表露的温柔："今晚师兄问我为什么是你。我对他说，在遇到你之前，我只觉得亲密关系是负累，但因为这个人是你，所以我愿意试一试。"

领口忽然一松，陈羡的呼吸却慢了一拍，大脑依然处于缺氧的状态。

周柠拍了拍手，狡黠一笑："我走啦，等你明天一起吃早饭。"

说完，她依然像以前一样，三步并作两步迈上阶梯，头也不回地消失在了楼道里。

陈羡却摸着被周柠吻过的地方，像个傻子一样在楼下偷笑了好久。

陈羡天天早晚出现在宿舍楼下，使得周柠宿舍的人很快就发现了他们的关系。

一天，趁周柠不在，张蕊问孔瑶："那个陈羡不是你男神吗？怎么和周柠好上了？"

吴丽丽感慨："周柠水还真深，没想到一出手就是个王炸，直接把Z大男神拿下了。孔瑶，你和陈羡不是高中同学吗？快跟我们八卦下，陈羡怎么就看上周柠了啊？"

孔瑶顾不得维持一贯的女神形象，脸上明显露出不快的神色，直接堵住了其他两人的嘴。

陈羡有女朋友的事，没几天就在高中同学圈里传开了。她接到了刘颖"好心"的八卦微信，说高二暑假那年就在欢乐谷碰到过他们，当时就觉得不对劲，没想到这两人还真在一起了。孔瑶回了个惊讶的表情包，然后扯起了其

.149.

他,又聊到了自己现在的男朋友,尽量显得自己毫不在意。

可是怎么可能真的毫不在意？漫长的青春岁月挂在一个人身上,到头来落个被人嘲笑的下场,大美女的自尊心实在受不了。

孔瑶现在的男朋友是同系的男生,长相、家境、品位都不错,是众多追求者里面的佼佼者。孔瑶牵着他走在校园里,才又再次昂首挺胸起来——你们看,我男朋友哪点比陈羡差？可每每两人单独相处,躺在男朋友臂弯里的时候,她总忍不住想起另一个人的脸。差不多的身高、差不多的体型,为什么就不能是他呢？她无时无刻不在自我麻痹与自我厌弃,既不能表现出疯狂的妒忌,也无法享受爱情的甜蜜,分裂的人格常常让她内心抓狂。

这天,宿舍里恰好只有孔瑶和周柠两个人在,周柠正准备出门,孔瑶一个没忍住,出言讥讽:"当初装得那么清高,信誓旦旦说跟陈羡没关系,到头来还不是傍上了高枝儿啊,我说怎么不用早出晚归打工了呢。"

周柠却跟没事人似的,回头对孔瑶微微一笑:"是啊,这下不会打扰你们休息了,早知道就早点答应他了。"

周柠说完就利索地出了门,留孔瑶在原地气得快要爆炸。她发现自己从来斗不过周柠,因为无论是虚与委蛇地交好,还是含沙射影地暗讽,周柠通通不接招,一句话就能让她噎个半死。

为什么陈羡喜欢的偏偏是她最讨厌的人呢？

除了雪梨和何一帆,周柠从没向其他好奇的人解释过她和陈羡的关系。如果别人觉得她是另有所图,那就让他们这么以为好了。只是她心里知道,她和陈羡吸引彼此的,只是对方这个人本身而已,其他附加在他们身上的所有,对这段关系而言反而是一种负累。比如现在周柠着急出门,就是要去处理一件不愿意让陈羡知道的事情。

周铭已经在派出所待了一个晚上。

昨夜梦里被妈妈电话吵醒,听说了这件事时,周柠气得简直要破口大骂。晚上没有去往市里的车,刘佳也不好意思因为这种事麻烦乡邻,想拜托周柠先去派出所看一下。周柠断然拒绝,周铭惹出这种事情,在派出所里待一晚上受点苦不是应该的吗？凭什么要着急接他出来？可周柠知道,也只是这一晚上而已,第二天一早,她还是得替妈妈去收拾这个烂摊子。

自打架斗殴被职高开除以后,周铭就闲在家里没事干。村里的人老的老,小的小,年富力强的不是在县里读书,就是在外面讨生活,周铭一个半大小伙子混在里面,显得格格不入。没过多久,他也受不了了,正好有哥们儿喊他一起到市里闯闯,他二话不说,问妈妈要了点钱就出了门。刘佳虽然不放心,但知道把儿子困在这小山村里也不是长久之计,只得再三叮嘱注意安全、别惹事，就放他去了。

周铭最开始学了一段时间美容美发，可他哪是吃得了苦的人，没多久就受不了这种天天给人洗头赔笑的日子。正好这时又认识了几个混混，他自然而然就加入了混子的队伍。这段短暂的学徒经历，除了让他染了一头黄毛外，半点烙印都没在他身上留下。

站在派出所门口时，周柠心里非常不乐意。但想到妈妈电话里颤抖的声音，她只能硬着头皮走了进去。谁想到刚进去，就已经有人笑眯眯地在等她了，看上去还有点儿眼熟。

"果然是你来啊。"陆言笑得更灿烂了。

周柠一蒙："你怎么在这儿？"

"另一个是我侄子，我临危受命。"陆言耸了耸肩。

见双方家人都到齐了，值了一晚上班的民警走了过来："你们两家还真是都不着急接孩子。既然都到了，先走调解吧？"

陆言点头，周柠跟着走进会议室，随后那两个肇事者也被领了进来。

周铭耷拉着脑袋，可见到周柠，还是不屑地"哼"了一声。另一个也染了一头黄毛，只是脸上挂了彩，看上去比周铭狼狈得多。

几番下来，周柠了解了事情经过。简而言之就是两人本在大排档开开心心吃夜宵，因为一些鸡毛蒜皮的小事起了冲突，周铭一言不合出了拳，把人揍得呕吐不止。大排档老板见状报了警，两人就被留在派出所等大人来领了。

民警给双方看了监控录像，是周铭先出的手，另一人几乎都没有还手。

"你们双方先商量看看能不能和解吧。"民警说道。

看了视频，周柠也没什么解释的余地，立马对陆言表态："该我们赔的，我们一定都赔。"

陆言却跷起了二郎腿，摆出一副不乐意的样子。周柠不得不拉下脸来，可好话说尽，陆言却依然不为所动。

见一时调解无果，民警只得说："如果今天调解不成功，那我只能建议你们通过法律途径解决问题，例如提起民事诉讼。"

陆言这下倒答应得爽快："辛苦警察同志了，不耽误您时间，我们再商量商量，我侄子也得去医院再检查检查。"

走出派出所，门口早有人等着，陆言将侄子交给对方，嘱咐带去做伤情鉴定。那黄毛依然恶狠狠地盯着周铭，但还是被硬拉走了。

陆言转身笑着看姐弟俩："今天就到这儿吧，你们可以先走，之后无论是要赔偿还是要起诉，我们再联系。"

经过爷爷奶奶一事，周铭本就对陆言没有好感，一听更是火大，双眼瞬间发红，嚷道："是我先动手没错，可是是他先骂的人。"

周柠怕周铭再惹事，赶紧按住他："别吵了，你先走，交给我解决。"
周铭犟着脑袋又僵持了一会儿，最终在周柠的冷眼下气鼓鼓地走了。
待他走后，周柠才冷声道："你侄子看起来也没受什么大伤，做伤情鉴定，是不是有点小题大做了？"
"那说不准，指不定有个内伤什么的，而且就这么被打一顿，难保不会造成心理阴影，说不定以后还要看心理科呢。"
周柠算是看出陆言根本就是在没事找事，冷笑道："无所谓，爱看什么科看什么科吧，反正不是我打的人，我也懒得管。"
周柠说完就想走，身后却传来懒洋洋的一声："也是，毕竟你只是姐姐，看来我只能找你妈妈了。"
闻言，周柠脚步一顿，万般不情愿地转回身来，盯着陆言："你到底想怎么样？"
"不知道啊，我这人肚子饿时，就想不了事。"陆言摆出一副无赖样，"我得先吃点东西再说。"
陆言拔腿就走，周柠无奈跟了上去。直到走到一家馄饨摊前，他才站住了脚步。
挑了张干净的桌子坐下，陆言朝里屋喊道："老板，两碗馄饨，加两屉生煎。"
周柠也坐了下来："有一份不会是给我买的吧？"
"这一大早的，你吃早饭了？"
"倒也没有。"周柠摸了摸肚子，确实饿了。

2：这件事我们能尽量在今天解决吗？
两人默默无言地吃完这顿早餐，陆言自然地掏出手机，打开自己的二维码，示意周柠加好友。
"干吗？"周柠不动。
陆言嘴角一勾："早餐钱我已经付了，你的一碗馄饨、一屉生煎，一共十五块钱，微信转我就行。"
周柠挑了挑眉，还是没动。
陆言又笑了："怎么，周小姐有让男人请吃饭的习惯？"
"那倒不是，我是觉得你可以直接打开收款码，我扫码付款比较简单一些。"
这下轮到陆言挑眉了，这个小丫头还真不好对付。
"你确定？后续事情还挺多的呢，我现在只有你妈妈的电话……"
陆言话音未落，周柠立刻不耐烦地掏出手机扫码加了好友。

陆言爽快地接收了周柠转来的十五块钱，大大咧咧地站了起来。

周柠拦住他："陆律师，这件事我们能尽量在今天解决吗？有监控录像，您又是律师，我知道我们没什么其他路可走，但该承担的赔偿，我们肯定一分不会少您。您开个价，只要不是太离谱，我都能接受。"

陆言笑了："现在很有钱哦？"

周柠淡淡地回道："托您的福，我们得了很多钱不是吗？"

不提这茬倒还好，一提陆言更是觉得不捉弄一下周柠就对不起自己，略略思索了一番，他又朝前走去。摸不清他的套路，周柠只得跟了上去，可无论她再说什么，陆言都只是笑，就是不答话。

不一会儿，两人又走到了派出所，周柠以为还要进去找警察，陆言却在门口的一辆黑色SUV前站住了脚步，朝周柠一招手："上车吧。"

周柠讶然："去哪儿？"

"你不是说想今天解决吗？可我今天有点事，必须得走了。你可以跟着我，等我侄子的伤情鉴定出来了，说不定我能想到什么好的解决方法，我们再商量。"

周柠警惕地看着他，脑海中闪过一百种陆言这么做的目的：

贪财？不可能，她没有财。

贪色？也不会，自己裹着羽绒服穿着牛仔裤的样子，和这种精英人士根本搭不上边。

难道是要把她拐走卖了？

见周柠眼珠滴溜溜地转，陆言无奈地道："喂，我是个律师，违法的事情，我可不会做。"

"那你要我跟着你干吗？"

"是你说要在今天解决的，可我今天很忙，你不跟着我，我怕我忘了。那后续指不定流程就长了，大家都不想这么麻烦不是？"

周柠依然站着没动，目光中都是戒备。

陆言又笑道："放心啦，小妹妹，我平时很忙的，今天只是凑巧很无聊，拉你做个伴儿。"

手机又响了起来，周柠瞄了一眼"妈妈"两个字，皱着眉走到一边，接通了电话。

"柠柠，你弟弟怎么样？犯的事大吗？"妈妈的声音里明显有了哭腔。

"打架，把人打伤了。"周柠没好气地说。

"那我们赔钱，赔钱能行吗？不能把人给关起来呀……"妈妈在电话那头更着急了。

"他已经出来了，赔偿还在协商。"

"那是不会再被关了吗？昨天联系我还说要起诉什么的。哎呀，妈妈也不懂，柠柠，你有没有办法，他是你弟……"

周柠突然有种预感，这事一天不解决，妈妈就一天安不下心来，最终承担这麻烦的，还是她。

"行了，你先别操心，我会解决的，下午等我信儿吧。"周柠不耐烦地挂断了电话，又面无表情地走向陆言，"上车。"

陆言微微一笑，很绅士地为她打开了车门。

一路上，两人都没什么话。陆言只顾开车，周柠也不问他要去哪儿，像在想什么心事。不一会儿，周柠又收到一条短信，显示到账两万，紧跟着是妈妈的微信。

——打架是铭铭不对，我们赔，妈妈先给你转两万，你看看够不够，不够妈妈再给你转。

——铭铭不懂事，妈妈这辈子没出过农村，不知道该怎么办，柠柠你多担待些，妈妈谢谢你。

——如果有多的，钱你也不用还妈妈，自己留着花吧。你一个人在外面，辛苦了。

读完微信，周柠嘴角的苦笑更明显了。在村子里，是妈妈一次又一次地为周铭犯下的蠢事擦屁股，难道现在要轮到她了吗？她费了那么大的劲儿才考了出来，依然摆脱不了这种烂事缠身的命运？想来想去也无解，周柠觉得心烦意乱，正想关掉手机，忽然又一条微信进来。看到来信的人，周柠不由得神色一缓。

陈羡：大周末的陪不了你简直太遗憾啦，我的宝贝在干什么呢？

末尾还附了一个可怜兮兮忽闪着大眼睛的表情包。

陈羡早几天就跟她说了，这周日他得出去一趟。玩赛车是个烧钱的差事，虽然学校的支持力度挺大，但有很大一部分资金还是要靠拉赞助，车队的人或多或少都背着点任务。

陈羡知道，这事找爸爸肯定没戏，于是就把脑筋动到了舅舅头上，大言不惭地在电话里对舅舅说："您那么大企业，赞助一下未来汽车的希望，也算是尽了一份社会责任。"

沈博文听了哈哈大笑，却没有像往常那样溺爱地一口答应外甥的请求："这周日合力集团有个商务午宴，好多生意上的朋友都会来，你凭本事来拉赞助，并允许你动用我的名号。"

沈博文这么做有自己的私心，他一向疼爱这个聪明的外甥，恨不得把陈羡当儿子养，总想着陈羡毕业后能来合力，可陈羡从未表露过做生意方面的兴趣。现在看外甥也长大了，沈博文想拉陈羡来试试水。陈羡无奈之下只得答应了这个要求。

午宴选在远离市区的桃源度假山庄，跟Z大在这座城市的南北对角，开车过去得两三个小时。出席这种场合，穿着也不能太随便，陈羡还得先回家拿西装，所以一大早就出门了，没顾得上和周柠见面。他完全不知道，周柠今天过得如此焦头烂额。

周柠嘴角微微勾起了笑意，却回避了陈羡的问题，反问道：你现在是在开车吗？

陈羡：嗯。

周柠：那就不要发微信啦。

眼前的红灯还有四十秒，陈羡快速摁着键盘：等红灯啊，没事儿。你在干吗呢？

周柠微微一沉思，迟疑了两秒回道：没什么事，今天休息。

陈羡回了个撇嘴的表情：早知道不答应舅舅了，等我回来啊。

周柠：好。好好开车，注意安全。

打完最后一行字，周柠嘴边的笑容又隐了下去，放下手机看向窗外，眉头不自觉地再次微微蹙起。

余光注意到周柠细微的表情变化，陆言笑问："刚才是男朋友？"

周柠一愣："为什么这么说？"

"看表情啊，你居然也能笑得有些柔情，我刚刚都吓了一跳。"陆言笑着说，"冰美人也会谈恋爱哦？"

"不关你的事。"周柠生硬地回道。

陆言也不跟她计较，一会儿就把车驶进了一家高档商场的地下车库。

停稳车，只听他自言自语道："算了，我去挑就行。你坐车里等我。"说完，他就跳下车关了门，径自向商场入口走去。

周柠看着他的背影，越发不解，这人究竟想要干什么？

没多久，陆言拎着两个袋子走了回来，把东西扔到后座，二话不说又启动了车子，迅速驶离了商场。

"伤情鉴定出来了吗？"周柠问。

"哪有那么快，总得给医院一点时间吧。"

"那你想到解决方案了吗？我说过，只要不是太夸张，我们都愿意赔。"

陆言一听乐了："我怎么有种以其人之道还治其人之身的感觉？咱俩是不是倒过来了？"

上次谈赔款时被这小姑娘骗了一回，这次好不容易逮到她的小辫子，他也非得好好捉弄她一下不可。

周柠突然醒悟："看来你不是针对周铭，而是针对我？"

"你要这么理解也可以。"陆言干脆承认了。

周柠觉得荒唐："你几岁了,跟我一个小姑娘计较?"

"别谦虚了,你可不是普通小姑娘。"陆言恭维道,"我的牌子都差点被你砸了。"

"所以这事没完了是吗?"

"看我心情,心情好的话,今天一定解决,如你所愿。"陆言眯起眼睛。

"所以你要怎样才能心情好?"

见周柠上钩,陆言笑嘻嘻地朝后座一指:"中午有个逃不开的商务午宴,所以打算带你去当我的女伴。不过,你穿成这样可不行,衣服和鞋都给你买好了,一会儿换上。"

周柠吃了一惊,皱眉道:"什么女伴?我可不去。"

"想跟我打持久战?我倒也挺乐意多见见你的。"

周柠无语:"你们律师都这么无赖吗?"

"是咯,所以我劝你在我还没反悔之前,还是答应我吧。"

"我可没有牺牲到这种程度的打算。"

"想什么呢?"陆言挑眉,"正经午宴,规格很高的,带你见见世面。"

"我不需要。"

"那随你,你可以在车里等我,如果不嫌无聊的话。"陆言无所谓地耸耸肩,"等伤情鉴定出来了,我保证一定给你答复,怎么样?"

周柠表面强作镇定,心里却快炸了,一想到这破事还可能发展出什么后续来,她恨不得立刻跳车而逃。可她知道,只要妈妈还在,她就逃不了。

周柠内心斗争许久,心想他也是有头有脸的人物,光天化日之下不敢怎么样,终是硬着头皮在这车上坐了下去。

终于到了度假山庄。

陆言下车前最后问了周柠一次:"你真不跟我去?挺好玩的。"

"不去。"周柠眼皮都没抬,"鉴定结果出来通知我就好。"

"行吧,后悔的话就上来二楼宴会厅找我,邀请函我放这里。"陆言也不勉强,像是笃定了周柠会来似的,笑着关上车门,在车前挡风玻璃上放下个米色的信封,用雨刷压住,转身离开。

周柠在车上百无聊赖地玩了会儿手机,玩着玩着难免又想到从小到大跟周铭有关的那些破事,一会儿就烦躁起来。更不用提妈妈每隔半小时发来的询问微信,间隔不长不短,正好半个小时,像是上了闹钟般精准——时间隔久了,自己不放心;问得太频繁,又怕女儿烦。

三个小时过去,周柠缩在车里坐得腰酸背痛。她猛然一惊,陆言不会是骗她的吧？让她在车里等，其实自己早已走了？可他车还在这儿。也不对，说不定他有另外的车，或者打车走也行啊！

周柠赶紧给陆言发微信，问他在哪儿，什么时候结束，可五分钟过去了都没有收到回复，拨出去的微信电话也是无人接听。周柠暗骂自己傻，赶紧跳下车，抽出夹在雨刷下的邀请函，快步朝电梯跑去。

宴会厅的门关着，周柠正想往里冲，却被旁边的服务生拦了下来。

"我找人。"说着，周柠把邀请函递给他。

礼服笔挺的服务生看了眼邀请函，又犹疑地看了周柠一眼，还是摇了摇头："不好意思小姐，这场宴会有着装要求，您穿成这样，没法进去。"

"我只是找一个人，找到了马上离开。"周柠有些着急。

"不好意思小姐，我真没办法放你进去，请你不要为难我。"服务生也坚持地拦在她面前。

周柠恨恨地瞪了眼那两扇紧闭的暗金色大门，回身快步向电梯口跑去。

拉开晦气的车门，周柠一把抓起后座上的那两个袋子。她力气太大，本来还算结实的提手瞬间断了，她只得抱着袋子再次跑向电梯。

卫生间里，周柠打开盒子一看，是一条暗红色的礼服裙，配一双红底高跟鞋。她皱了皱眉，咬牙换下了身上的衣服，塞进空盒，又费了点劲儿穿上这件陆言选的裙子，顾不得看看自己是什么样子，就踩上高跟鞋再次冲了出去。

她甚至没有留意，在她急匆匆换衣服的过程中，绑马尾辫的皮筋早被一把扯断，黑色的长发柔顺地披了下来，随着步伐的晃动，更加自然地垂在肩头。

高跟鞋并不合脚，周柠前两步都走不太稳。但心中有事，她很快适应了这个感觉，快步走到了那两扇紧闭的金色大门前，再次把邀请函甩到服务生面前。虽然服务生还是狐疑地打量了周柠一番，但这次也不好再说什么，只得为周柠打开了大门。

明明是白天，但宴会厅那几盏巨大水晶吊灯发出的夺目光芒，还是让周柠晃了眼。她死命地眨了眨眼，又往里走了几步，试图在一堆西装革履、长裙翩跹的成功人士、都市精英里寻找陆言的影子。

很快，他俩的目光就对上了。

看到周柠，陆言的眉心微不可察地跳了一下——长发披肩、穿着长裙与高跟鞋的周柠跟早上简直判若两人，竟然还怪好看的。

又与身边的人寒暄了几句，陆言赶紧找了个借口告辞，快步向周柠走来。

"我的眼光不错嘛，暗红色很适合你。"陆言上下打量了一番周柠，似乎在赞赏自己的眼光，"你该变变风格，你看，这样多好看。对了，鞋子还合适吗？不知道你的码数，我估摸着买的。"

看着陆言一副没事儿人的样子，周柠气得牙痒痒："为什么不回微信，也不接电话？"

"我在应酬啊，哪有时间看手机。"陆言一副理所当然的样子，"所以让你跟着我提醒着我点儿啊，你非不上来。"

周柠懒得跟他废话："鉴定结果出来了吗？"

"出来了，没啥大碍，一点皮外伤，专家号六十元，微信转我就行了。"陆言笑眯眯地说，"医生说没必要拍片子，我看我侄子也不需要看心理医生，这事咱就算了。"

明明应该是值得庆幸的结果，周柠却跟吃了个苍蝇般恶心，脸色差到极点，一直冷冷盯着陆言，仿佛在确认他是不是在开玩笑。

陆言却是一副调笑着看热闹的表情。

两人站在一起，非常吸引众人的眼球，恰恰其中就有陈羡从惊讶到不解的目光。

陈羡第一次参加这种场合，被舅舅拴在身边向前来问候的朋友介绍了个遍。陈羡一表人才，众人不由得对他表露出了极大兴趣，还有不少想做媒给他介绍女朋友的，让他很受不了。好在托舅舅的福，他也真和一些企业家聊到了汽车工业的发展和当下他们正在筹备的大学生方程式赛事，当即有好几个老板表示对他们车队很有兴趣，愿意投一笔赞助。当然，这兴趣是否全看在舅舅的面子上，陈羡就不知道了。不管怎样，拉赞助的任务超额完成，车队的装备就能再上一个台阶，陈羡很是开心。

目的已经达到，尽管这觥筹交错、宾主尽欢的名利场还没结束，陈羡却想撤了。如果开快点回学校，说不定还能约周柠一起吃个晚饭。

陈羡悄悄挪到角落，不想引起舅舅或其他人的注意，免得节外生枝。他也不想跟舅舅告别，不知道为什么，今天舅舅格外关注他，他隐隐觉得要是当面告别的话，舅舅不一定能放他走。

看着那两扇紧闭的金色大门，陈羡正琢磨着怎么悄无声息地走过去，没想到这时门却打开了，然后周柠走了进来，还以一副他从未见过的样子——向来绑起的长发柔顺地散在肩上，暗红色的长裙恰好衬托出苗条的身段，高跟鞋更是为她添了一丝成熟而神秘的韵味。

陈羡看呆了，要不是周柠脸上那股熟悉的清冷与倔强的劲儿，他几乎没有认出这是自己的女朋友。

周柠怎么会来这儿？她明明说在休息的，怎么就出现在这偏远的度假山庄了？难不成这是给他的一个惊喜？

陈羡还没从错乱的思绪中走出来，就见一个男人快步向她走了过去。

见周柠真和那男人攀谈了起来,陈羡到底按捺不住,毫不犹豫地走到了周柠身边:"周柠,你怎么来了?"

如果这时周柠能看一眼陈羡,就会知道她男朋友穿上西装帅得有多出类拔萃。

可是周柠没有,她只是恨恨地盯着陆言,双拳紧握,愤怒得似乎下一秒就要上去给他一拳,一字一句咬牙切齿地说:"所以你今天就只是为了耍我是吧?"

在陈羡复杂的目光中,陆言轻轻一笑:"你也耍过我一次,扯平了,不是吗?"

"你浑蛋!"

周柠愤怒地脱下高跟鞋向陆言砸去,随后费劲地推开那扇沉重的大门,头也不回地光着脚跑了出去。

"哟,我说陆律,怎么小姑娘都追到这里来了?你这风流的毛病什么时候能改改?"没多久,看热闹的人就围了过来。

陆言倒是看着还在摇晃的大门若有所思起来——他突然明白为什么会觉得沈总的外甥眼熟了,在东岙村周柠家门口,他见过对方。

周柠头也不回地跑出宴会厅,匆匆跑进卫生间换上自己原本的行头,把那条暗红色的长裙狠狠扔进垃圾桶。

她出来时,陈羡倚在墙边,一动不动,仿佛一尊等了很久的雕像。

"周柠,你怎么在这里?"陈羡静静地看着她,再次轻声问道,"你不是说今天休息吗?"

手机铃声又响起,"妈妈"两个字再次清清楚楚地跳了出来。

妈妈等到现在,估计着急了,顾不上女儿的心情也要打电话来问个清楚。周柠疲惫地接起电话,告诉妈妈一切都已解决。

电话挂断,周柠还在发呆,觉得自己这一天真是很好笑,居然这样被人耍得团团转。她好一会儿才回过神来,发现陈羡依旧等在旁边,一脸疑惑地看着她。

周柠看着陈羡,深深吸了口气:"陈羡,说来话长。你是不是还有事?等你忙完我们再聊吧,我先回学校了。"

说完,周柠咬了咬嘴唇,再次迈开了脚步。可擦肩而过时,她却被陈羡拉住了手腕。

周柠停了下来,回头对上陈羡失望的目光。

"我和你一起回去,任何事都没有你重要不是吗?"

回程的气氛沉寂又尴尬。

车开出一小段后，周柠无奈地开口，缓缓向陈羡讲述了事情的经过。

"好了，如果你骂我蠢的话，我承认。"周柠苦笑。

可陈羡却只是沉默地握着方向盘，没有接话。

遇到红灯，陈羡踩了脚刹车，握着方向盘的手垂了下来。

感受到身边的气压越发低落，周柠轻轻拉了拉陈羡的手，第一次郑重地道歉："对不起，不是有意要骗你，只是没想到事情会变成这样。"

被周柠触过的皮肤有些微微发热，陈羡苦笑道："所以，如果今天没有遇到我，你根本不打算告诉我，是吗？"

周柠想缩回手时，陈羡却一把抓住了她，眼里充满不解："周柠，这么焦头烂额的时候，你就从来没有想过来问问我吗？也许我可以帮上忙呢？"

周柠终于抽出手来，声音里有几分压抑："就是不想麻烦你，才没有告诉你的。"

"麻烦？"陈羡心更凉了，"所以你宁可毫无把握地去跟着一个陌生人，都不愿意麻烦我？"

周柠眼眶发热，却忍住了鼻酸把目光转向窗外："陈羡，这是我的事。"

红灯早已转绿，后面的司机不耐烦了，不一会儿就"嘀嘀"响成一片。

陈羡重新把手放回方向盘，一脚油门向前冲去，两人赌气般一路无言地朝学校开去。

3：我不想变成他裤腿上的一颗刺棵子

宴会结束后，陆言回到酒店休息，打开微信看到周柠给他转来的六十块钱。点下接收的那一瞬间，陆言就后悔了，赶忙随便发了个标点符号过去。可这条消息前出现了一个红色的感叹号，还附了行小字"对方已开启好友验证"。

果然……被拉黑了。

陆言自嘲地搓了搓额头，唉，好不容易觉得生活有点意思，居然这么快就戛然而止。

周柠丢掉的那双高跟鞋，此刻正静静躺在房间的角落。不知出于什么心理，陆言把它们捡了回来，仿佛它们是灰姑娘的水晶鞋。他不否认自己被周柠吸引了，第一次在东岙村见她时就觉得特别，但年龄身份悬殊，他也就没多想。可今天再次遇见，这股被吸引的感觉越来越强烈，强烈到他忍不住想多骗点时间跟她相处，想看看她除了冷漠以外还有没有别的表情，虽然最后只得到了生气。

一向精明的大律师自己都觉得自己今天的行为很莫名其妙，三十好几的人了，情场风风雨雨什么没见过，居然跟一个二十岁的小孩儿玩起了心眼？

说出去都要笑死别人。

难道是最近案子接少了，闲得心智水平下降了？陆言自嘲地想：人啊，真的不能让自己这么闲，不然不知道会干出什么自己都不相信的事来。想到这儿，陆言起身走到墙角，拎起那双高跟鞋又看了一眼后，毫不犹豫地把它们扔进了垃圾桶。

回学校的漫漫车程里，陈羡忍不住又从头到尾回想了一遍和周柠在一起以后的每一个细节。

他们不是不亲密。人潮拥挤中，他们默契地体验着每一次目光相接、双手相触时的悸动；四下无人时，更是有很多发乎情止乎礼的时刻，唇齿相缠，气息相融，即使隔着冬季厚重的外套，也能清楚地听见彼此的心跳。

陈羡曾陶醉在这一点一滴只有他们彼此知道的默契与亲密里，直到今天意外遇见，他才猛然惊醒，原来自己依然没走进周柠心里。

更多的细节浮现了出来，比如周柠从来不跟他谈家里的事，尽管他知道这是她心口一块愈合不了的伤疤。同样的，周柠也从不问他的家人，不关心除他之外又与他有关的任何关系，她无意打扰，更没想过要融入。

她依然坚持着自己所有的习惯与作息，周六仍旧雷打不动地去通宵打工，尽管陈羡心疼她辛苦，对此颇有微词；她还不喜欢陈羡送她礼物，吃饭也不总让陈羡买单；如果要去远一点的地方，宁可自己挤公交车，都不开口让陈羡送一下。

所有有了男朋友后可以享受到的便利，周柠都不屑拥有，她也不像别的女生一样，需要男朋友时刻报备自己的行踪，甚至对出现在陈羡身边的异性也没有过多好奇。只不过陈羡自觉做到了有事必报备，但周柠从来都点头说好，没有提出过丝毫异议。

不知道为什么，明明周柠给了他极大的自由，可看着别的男生稍微晚一些回微信就被夺命连环call，他居然心生出一丝羡慕——周柠如果能这样多好，再多依赖他一些，再多需要他一些，至少能让他感受到自己对她而言是不可或缺的。

可周柠没有，她依然是她自己，离了谁都能活得很好。

车停下时，周柠才来拉陈羡的手："对不起，但今天的事情都过去了，以后也不会再发生，咱们就都忘了，好吗？"

陈羡看着她，没有说话。

"才发现你今天穿西装了呀，挺帅的。"周柠又开了句玩笑，想缓和当下的气氛。

可陈羡依然没有说话。

.161.

"我饿了,一起吃饭吧?"周柠又摇了摇陈羡的手,"对不起,别不开心了。"

尽管心里翻涌着各种不爽的情绪,但陈羡发现自己依然舍不得和周柠吵架,或者说,这是他俩之间暂时无解的一个死结。陈羡知道,即使周柠明白他会不开心,但时间倒退再来一遍,她依然会做出同样的选择。他无法说服周柠改变,周柠也绝对不会改变。

所以尽管难过的表情还明明白白地写在脸上,陈羡还是选择了回避这些矛盾,只是说:"以后遇到这样的事情,先告诉我好吗?就算我帮不上忙,也能在旁边陪着你。"

见周柠点点头,陈羡勉强挤出一个笑容。

虽然两人又拉起了手,但他何尝不知道,周柠的点头也是一种妥协。

今年过年早,转眼就到了寒假。

沈清文早两个月就叮嘱陈羡,寒假别安排乱七八糟的事,全家族的人打算去S市过年,一边享受海岛风情,一边好好聚一聚。

当然,公务繁忙的陈振涛大年夜向来有固定项目——走访基层,陪坚守一线的工人们吃年夜饭。除此之外,他也答应了一结束这些事,就第一时间飞到S市和家人团聚。

陈羡其实不想走,他放心不下周柠。他知道,这个年周柠一定过不好。寒假学校不让住宿,回到家里和周铭抬头不见低头见的,一定又是一地鸡毛。

将近一个月呢,周柠怎么熬?

可在陈羡说起自己家过年的安排时,周柠却没有表现出丝毫异常。陈羡甚至来不及说出他的计划,就被周柠轻松自然的告别噎了回去。

他本来打算借口车队有事,等大年夜过了和父亲一起飞S市,再和父亲一起提早回来的。这样他在那边待四五天就行了,剩下的二十来天,再和周柠商量怎么办。他知道,周柠一定不想待在那个小村子里。

可周柠既没有表现出丝毫留恋,看上去也不打算跟陈羡诉说自己关于过年的烦恼。接二连三的打击,让陈羡感到有些灰心。于是在考完最后一门课,他就像周柠所"期待"的那样,"轻松愉快"地彼此告别了。

陈羡想得没错,周柠确实是不想回家的,所以她去找了雪梨。在这个城市里,她还有一处落脚地。可没想到,雪梨给了她一个大大的惊喜——单身女郎的出租屋里多了好几双男性的鞋,阳台上晾着两人的衣物,连牙刷牙杯都成对地摆在洗手台上。

"这是我男朋友,"雪梨拉过一个有些羞涩的年轻男孩对周柠介绍,"叫连凯。"

"你好。"周柠有些讶异地打量着这个男孩，高挺的身材，浓眉大眼，与雪梨娇小的身材形成了明显反差。

"好朋友难得来，今晚你们好好聊聊，我就不打扰啦。"连凯笑着说，"早听雪梨提起过你了，明天请你们吃饭啊，一定要赏光哦。"

连凯知趣地告别，绅士的行为赢得了雪梨一连串赞赏的亲吻。

周柠看着眼前卿卿我我的两个人，不由得想到自己和陈羡。她好像从来没有这样强烈地向陈羡表达过自己的爱意，也从没这样娇滴滴地对他撒过娇。

寒假前，她拒绝了陈羡快要说出口的建议。与家人度假团聚，多好的事，正常的人家过年不就应该这样热热闹闹地聚在一起，开开心心地分享对新一年的希望吗？于情于理，他都不应该留下陪她的。

晚上躺在床上，雪梨和周柠面对面蜷着身子聊天。雪梨告诉周柠，连凯是前两个月刚来夜总会工作的，负责安保。有一次，她走着走着高跟鞋突然断了，就在快要跌倒的时候，有人扶了她一把，抬头对上目光，两人的故事就此拉开了序幕。

"他不嫌弃我是干这行的，而且能保护我的安全。"雪梨露出一个甜蜜的笑容。

"你开心就好。"周柠也笑了笑。

"你呢？和陈羡还好吗？"雪梨敏锐地觉察出周柠的情绪不是很高，"你今天都没有提起他，闹矛盾了吗？"

"也不算吧，他去S市了，要在那儿过年。"周柠说。

"也不算？那就是有咯？"雪梨抓住了周柠话中的漏洞，"怎么回事，跟我说说。"

在雪梨这儿，周柠也没什么可隐瞒的，就把从周铭出事那天闹的乌龙到寒假两人隐形的分歧大致说了一下。

雪梨皱起眉头："周柠，你知道你真的很别扭吗？"

"别扭？我还以为你会说我冷血。"周柠不以为然。

"冷血的人突然遇到让自己热血的事，不知道怎么办，自然就变成了别扭。"雪梨说，"你为什么要瞒着陈羡呢？他是你男朋友，你这样对他，太见外了，换作是我也不会高兴的。"

"那你有告诉连凯，你爸妈都是烂赌鬼吗？"

雪梨迟疑了一下："有说过一些，但可能也没全说。"

"那你告诉你爸妈你有男朋友了吗？"

"没有。"雪梨摇头。

"为什么？"

"没必要让他们知道。"

"怕他们知道了还会讹上连凯,对吗?"

雪梨的眼神里流露出一丝迟疑,没有否认。

"小时候刚被爷爷奶奶赶出来那阵,我们家很困难,最穷的时候甚至连下一顿饭在哪儿都不知道。我大外公家里虽不算富裕,但条件比我们还是好一些,所以外婆总是硬着头皮去自己哥哥家里借钱。"

"怎么突然说起这个?"雪梨不解。

"外婆总是带着我去,可能是想让人觉得可怜,多施舍一点。一次两次还行,次数多了,亲兄妹也难免有看法。有一次,我就听见大外婆对大外公说,这借借借,什么时候是个头?一开始就不应该同情她们,这下好了,像刺棵子黏到裤腿上,甩也甩不掉了。这句话我一直记到现在。"

雪梨隐隐明白了周柠话中的意思,但还是说道:"你别用过去受过的伤来替陈羡做选择,这不公平。而且你和我不一样,我两头瞒着,一方面是我跟连凯刚开始不久,怕把他吓跑了,另一方面也确实如你所说,怕我爸妈太心黑,把他都拖下水。可你和陈羡从小就认识,他知道你家里的情况。他想帮你,更有能力帮你。"

"一样的,心黑也好,无奈也罢,无论出于何种目的的求助,结果都是一样的,最好最初就不要让它开始。"周柠翻过身来,看向天花板,"雪梨,我不想变成他裤腿上的一颗刺棵子。"

第二天,连凯热情地邀请周柠一起吃午饭。席间,连凯对雪梨关怀备至,又是夹菜又是倒水,雪梨安心地享受着男朋友的服务,一脸甜蜜。这个被迫过早在红尘里讨生活的女孩儿,难得露出小女孩般天真和满足的笑容,周柠由衷地为她高兴。

吃完饭,周柠回到雪梨那儿拿了行李,就起身告辞了。尽管雪梨留她再住几日,但现在这情况,周柠知道自己再待下去不合适。该面对的终究要面对,周柠拎着行李,缓步向汽车站走去,买了一张回东否村的车票。

临近过年,平日里热火朝天的花山岭隧道工程也没了声息,工人们早就走了,辛苦了一年,什么都不能阻挡人们回家过年的步伐。透过车窗,周柠远远看着隧道口袒露的巨大伤口,心脏突然一阵紧缩疼痛。这条隧道,有人盼它念它,有人却为此付出了生命的代价,在这代价背后,与之有关的人的生活也被永远地改变了。

往年周柠家过年虽然不富裕,但倒也和乐。妈妈会早早在门口贴上对联,买上一些平时舍不得吃的小菜,从下午就开始忙碌。到了晚上,妈妈总会借口溜出去,虽然妈妈从不对周柠说去做什么了,但周柠知道,妈妈是给周铭送红包去了。按照村里"压岁"的习俗,在除夕夜,母亲要将用红纸封好的压岁钱放在小孩的枕头底下,说些祝孩子们平安健康成长之类的话,这样来年就能压住邪祟,保佑孩子平平安安度过一年。

周柠总能敏锐地捕捉到妈妈回来时的落寞神情。大年夜儿子不能在身边,不能亲手在枕头下面放上压岁的红包,说上祝福的话语,妈妈一定是遗憾的。但周柠也从来不说破,只要妈妈从来没忘了她那一份,她就能接受。

可今天还没进门,周柠就听到院子里传来的争吵声。

"这是爷爷奶奶留给我的钱,凭什么不能给我?"周铭嚷嚷。

紧接着是妈妈的劝慰声:"以后都是你的,只不过你现在还小,妈妈替你保管着。"

"不行,我现在就要,没钱我在外面怎么生活啊?"

"妈妈每个月给你两千块,你看行吗?"

"你都给我,我自己会看着花。"

"铭铭……"一向软弱的妈妈拿嚣张跋扈的周铭完全没有办法。

周柠一脚迈了进去,小院里的空气顿时凝固住了。

周铭见周柠回来了,气焰顿时弱了一半,妈妈和外婆则像看到了救星。

"你爷爷奶奶用命给你换来的两百万,你打算花多久?"周柠盯着周铭,冷冷地问道。

周铭从小对周柠就有种天然的畏惧感,虽然现在他早比周柠高出了一个头,表面也装得很强硬,但眼神还是不由自主地缩了一下。

"关你什么事?那是我的钱。"周铭梗着脖子说。

"是你的钱,只不过定期给你而已,你吵个什么劲儿?"

"每个月两千块钱,打发叫花子吗?在外面混,这点钱哪够?"

周柠冷笑一声:"那你觉得一个月多少钱合适?"

"怎么也要两万。"

"两万?"这下轮到周柠惊讶了,她知道周铭无知,但竟不知道无知到这种程度。

"你爷爷奶奶的命换了两百万,利息算高点四个点,本金逐年减少二十四万,利息大概逐年减少一万,满打满算也就两百三十多万。你一个月花两万,总共够你花一百一十五个月,所以九年后你是打算去死吗?"

周铭显然已经被刚才的那串数字绕晕了,不服道:"谁说我只花了?我难道不会挣吗?"

"挣?呵呵,只怕你挣得没有赔得快。"

"周柠,你是不是就见不得我好?"周铭快要气得冒烟。

"你倒是干一件好事让我看看呀?你能说出一件吗?"

"哎呀,你们两个别吵了。"外婆伛偻着身子,挣扎着从椅子上起来打圆场，"柠柠，大过年的，说什么死不死的，不吉利。"

周柠狠狠地瞪了周铭一眼，过去扶外婆。

刘佳也赶紧说："好不容易可以一起过个年，怎么一见面又吵上了呢？柠柠，快去洗洗手，我们吃饭吧。"

周柠进屋，一时习惯性地把行李拎进自己房间，一进门，却愣住了……熟悉的被褥换了花色，书桌上的书不见了，取而代之的是一堆男孩儿的杂物。

"你干吗？"周铭毫不客气地挤了进来，周柠被推搡了一下，脑袋撞到门框，发出"咚"的一声。

周铭白了她一眼："现在这里是我的房间了，还请你没事别进来。"

说完，他当着周柠的面狠狠关上了门。

寒假的日子第一次这么难挨，周柠只能尽量让自己不和周铭处在同一个空间里，免得吵起来让外婆和妈妈伤心。其实，她也很伤心。妈妈像要把这些年送不出去的爱一股脑儿地掏出来一样，对周铭的所作所为无条件、无限制地迁就和溺爱，全然忘了他都已经是个一米八的大小伙子了。

看到这样的情景，周柠总忍不住想起周铭刚出生的时候，小小的自己怯生生地站在门口，妈妈想抱她，可周铭一哭，妈妈就顾不上她了。有些伤藏得深了，你都以为自己已经忘记，可一旦掀开，仍是血淋淋的。

幸而杨凡时常来找她。和周铭一样，杨凡也没考上高中，家里条件又困难，他初中一毕业就出去打工了。他说他做过好多份工作，在饭店里端过盘子、擦过地，在二十四小时便利店里当过收银员，回来前最后一份工作是在小区里当保安。

"当保安虽然闲，但是太没意思了。"杨凡说，"我天天就是看手机，读书时眼睛不近视，现在倒要近视了，所以过年前，我把工作辞了。"

"那过完年你打算干吗呢？"周柠问。

"我攒了一些钱，年后打算买辆电瓶车，这样就能申请当外卖员了，听说外卖员挣得更多些。"杨凡信心满满，"等再攒一些钱，我打算报个厨师学校学厨师去。我在饭店打工的时候，对做菜还挺感兴趣的，那儿的师傅说我有这方面的天赋。"

周柠对他竖起了大拇指："很多大学生对自己的规划都没你这么清晰，小凡，你真棒。"

杨凡不好意思地摸了摸脑袋："我一直记得姐你跟我说的，要离开这里，除了让自己变强大，没有第二条路。我读书不好，只能想其他的点子了。"

"世上又不是只有读书这一条路，只要能养活自己，干什么都是好样的。"周柠欣慰地看着杨凡，这个弟弟，不是亲弟弟，胜似亲弟弟。如果周铭能有杨凡的一半，他们俩之间也不至于闹成这样。

"对了，陈羡哥哥，你和他在大学见到了吧？"杨凡突然问。

周柠一愣，点了点头。

"那年暑假，他在你家门口着急地等了半天，幸亏遇到我了。"杨凡说，"我看得出，他喜欢你。"

周柠笑着揉杨凡的头："你这个小屁孩儿，懂什么喜欢不喜欢的？"

杨凡不满地把周柠的手扯下来："我不小了好吗？我都能自己挣钱了。姐，你见到陈羡哥以后怎么样啊？我还挺想他的，不知道还有没有机会再见。"

周柠顿了顿，露出一个笑容："有机会姐姐让他请你吃饭。"

杨凡还想问什么，周柠却不愿意多谈，笑着跟这个可爱的弟弟告了别，转身走回家去。

放假的这些天，周柠和陈羡之间的联系虽然没断，但一直淡淡的。周柠告诉陈羡自己去了雪梨那儿，雪梨有了男朋友，又告诉他自己回了家，正和妈妈一起准备年货。陈羡也给周柠发了一些在S市的照片，照片上蓝天白云、沙滩海浪，他穿着短袖，好像晒黑了一些。周柠看着照片上完全跟自己处于两个季节的陈羡，又放大看他的眉眼，觉得几日不见，他似乎就离自己远了一些。

有天晚上，陈羡给周柠打来电话。周柠裹着羽绒服跑到屋外接，说了几句后两人却都沉默下来，仿佛都在等待对方开口，两人轻微的呼吸声衬托得这静谧更加尴尬。

"好冷啊，我进屋了。"最终，周柠说。

电话那头停顿了两秒，传来陈羡听不出情绪的声音："行，别感冒了。"

转眼到了大年初五，帮家里做好早饭，周柠又独自到外头转悠。冬季有太阳的时候，屋外往往比屋里还暖和，阳光洒在田间小道上，周柠漫无目的地走在其中，倒也觉得惬意。

她本来是想找找有什么零工的，可这个时间，家家户户都沉浸在过年的气氛里，哪有什么活儿。周柠闲着没事，又不想跟周铭待在一个屋檐下，只能一圈又一圈地绕着这个小山村转。

冬日的田野素净安详，周柠漫无目的地沿着小路踱步，任由思绪放飞。

走过王伯家的花生田，田里明明一片枯黄，周柠却看到了那个夏日里长得密密麻麻的花生树，她和陈羡一前一后，戴着箬笠帽，拿着铲子一点点把干结的土地凿开，费劲儿地把花生树整棵拔出来码在一旁。

走过稻田，收割后的田野是焦黄的，周柠却仍看到一片绿油油的景象，那时她带着陈羡来捉泥鳅，她一个不小心摔了下去，没想到把陈羡也拉了下来。他俩突然被迫抱在一块儿,望向彼此的眼神都那么不知所措。

走过小河,冬季的河面已经有些冻结,周柠却仍觉得它在缓缓流淌,周围的蝉鸣不绝于耳,那时陈羡问她要不要玩个漂流瓶的游戏。

伴随着这些被回忆起的片段,周柠的脸上渐渐浮起自己都没有察觉到的笑容。

周柠知道,她和陈羡之间还有一些分歧没有解决,他始终怪她见外,她却做不到处处坦诚。可抛去这些,她毫无疑问是想念他的,想念他温暖的手掌、怀抱,还有凑近时才能闻到的他身上好闻的味道。

想到这儿,周柠搓了搓有些冻僵的手,走到那年她和陈羡并肩坐着的河畔,对着小河拍了一张照片,然后点开与陈羡的对话框,微微思索了一番,开始编辑微信。

这个年,陈羡过得也很煎熬。海岛的冬季依然温暖,陈羡穿着短袖短裤躺在沙滩上晒太阳,心却不由自主地飞回了阴冷潮湿的N市。不知道周柠回去的这几天顺利不顺利,微信里聊得不痛不痒,陈羡不问,周柠也就不提。前些日子他还像赌气般地扛着,可扛到大年初五,他就有点后悔了。周柠不说,他主动点儿就是,他不主动,只怕他和周柠之间就没机会了。

坐在沙滩边,陈羡掏出手机,点开和周柠的聊天界面,开始琢磨该怎么开口,没想到周柠的消息却抢先他一步跳出来——是一条已经有些冻结的小河的照片。

陈羡一时没明白过来,周柠为什么要给他发这个照片。

他正在纳闷的时候,周柠的消息又弹了出来:河都冻住了,是不是就没办法扔漂流瓶了?

4:我们之间难道不值得一个特意吗?

愣了好几秒,陈羡才明白周柠的意思。他放大看这照片,更加确认这就是东岙村的那条河,那时就在这河边,他问她要不要玩个漂流瓶的游戏,周柠第一次对他打开心扉。

陈羡猛地从躺椅上跳了起来,接连几日压在心头的不痛快仿佛瞬间消散,想都没想就拨通了周柠的电话。

"喂?"周柠被突如其来的振动和铃声吓了一跳,手机险些没拿稳。

"是我。"陈羡的声音都透着笑意,"水冻住了不要紧,上次忘了告诉你,有的漂流瓶有翅膀,会自己飞回来找你。"

周柠也笑了起来,声音听起来柔柔的:"你什么时候回来?还要在那儿待好久吧?"

"不会,你等我查一下机票。"

"别，别。"周柠赶紧阻止，"你不用特意回来，我就是随口问一句。"

"周柠。"陈羡的声音低了下来，"我就要特意回来，我们之间难道不值得一个特意吗？"

说完，陈羡挂了电话。没过多久，周柠就收到一张截图，显示陈羡订的机票是晚上八点到 N 市。

陈羡：只能订上这班了，你等我，好好睡一觉，明天早上我来接你。

周柠定定地看着这行小字，脸一阵发热，轻轻回复：好。

回完消息，周柠看了眼时间，琢磨了一会儿，突然又改了主意，急急起身向家里跑去。

刘佳被突然冲进来的女儿吓了一跳："干什么这么着急？"

"妈，我回学校了啊。"周柠一边收拾行李，一边说。

"啊？今天就回去？离开学不是还有一阵吗？"刘佳赶忙走了过来。

"嗯，就是学校有点事，我提前回去。"周柠含混地说。

"柠柠……"

下一秒，正在叠衣服的手就被按住了，周柠疑惑地抬起头，只见妈妈一副欲言又止的表情。

"怎么了？"周柠问。

"在家……这么不开心吗？这么着急走？"刘佳有些支支吾吾。

周柠瞬间明白了妈妈的意思，忙说："不是的，妈，我是真的有事。"

刘佳明显不信，叹了口气："妈妈知道你这些天不开心，你和铭铭一直处不来，现在又把自己的房间让给他了，心里一定不舒服，要不然也不会总往外跑……"

"妈。"周柠赶忙打断了她，把脸凑到她跟前，"你看我是不开心的样子吗？我是真的有事要回去，而且是好事。"

"好事？"刘佳疑惑地看了女儿一眼，只见女儿脸颊微红，眼神亮晶晶的，嘴角还含着笑意，倒不像是在说谎。

"真的是好事，而且我再不快点就来不及了。"周柠推着妈妈到床边坐下，"所以你就别担心啦。"

周柠只带了几件换洗的衣服，行李本就不多，三两下就收拾完了。

周铭正躺在那把铺了棉垫的竹椅上，百无聊赖地摁着遥控换台，半天也找不到什么中意的节目。见周柠收拾行李出来，他斜瞟了一眼，轻"哼"了一声。周柠也懒得跟他计较，扭头跟妈妈和外婆说了声"放心"，就急匆匆出门了。

隧道还没开通，去市里的路程依旧道阻且长，她得赶最近的一班中巴去县里，再倒大巴去市里，市客运中心离机场又有一个小时的车程。她抓紧点，应该刚好能在晚上八点前赶到。

与此同时,陈羡正在一边收拾行李,一边挨骂。

"你爸都是初六才回去,怎么,你比你爸还忙?"沈清文嚷嚷。

"妈,车队有事啊。"陈羡并没有停下手上的动作。

"什么事要大年初五回去?你们车队其他人不过年啊?"

"这不都过完年了吗?下学期开学就有个友谊赛,我们这不是抓紧时间嘛。"陈羡往行李箱里扔了件毛衣。

"可你这也太突然了,昨天还没这事呢,怎么今天说一出是一出啊?"沈清文不满道。

"那不是大家商量着商量着就突然决定了嘛。你就别拦着啦,明年给你拿个冠军回来。"

"喊,谁稀罕你的冠军似的。"沈清文仍旧不乐意,使眼色让陈振涛过来,"早知道从小就不让你玩什么赛车了,你说说,上了大学,你花了多少时间在这破赛车上?回过几次家?现在可好,大过年的也说走就走。"

陈振涛其实平时不太管陈羡,虽然儿子性格自由,不太服管教,但说实话,也没让自己操过心,成绩、品行、样貌样样拿得出手,做事情又专注,他表面上不说,内心对儿子还是很满意的。倒是女儿陈悠,娇生惯养的,对学习也不太有热情,成绩总是在中游徘徊,让他有点忧虑。这么一比较,他倒是说不清是一个不听家里话,但样样出类拔萃的孩子更好,还是虽然听话,但样样需要你操心的孩子更好。

他最理想的当然是儿子也走仕途,但从小到大,陈羡的爱好专一得很,几乎全身心扑在赛车上,他也就随陈羡折腾了,毕竟现在说以后的事还为时尚早。

可既然老婆指示了,也不能不当回事儿,陈振涛只得走了过来,不满地说:"你还真是比我还忙啊?"

陈羡盖上行李箱的盖子,认真地看向老爸:"爸,你说,男人是不是应该以事业为重?"

没想到儿子会突然冒出这么一句,陈振涛被呛了一下,肯定也不是,反驳也不是,只得重重拍了一下儿子的肩膀:"臭小子,翅膀长硬了啊,拿不到冠军别说自己是男人。"

"好咧,老爸!"陈羡开心地向陈振涛敬了个礼,"谨遵指示。"

"少来,记得跟你外公外婆还有舅舅舅妈道个别。"

"知道啦。"

说着,陈羡一阵风似的出了门。

沈清文没好气地白了陈振涛一眼："让你过来是拦着的，就这样？"

"那他都说了男人要以事业为重，我能反驳吗？"陈振涛耸了耸肩，"我明天也该回去了，要不然老婆也帮我收拾收拾行李？"

"唉，你们俩真是一个比一个能气人……"沈清文皱起眉头，"自己收拾，我又不是你秘书。"

"你这话说的，我什么时候让秘书帮我收拾行李了？"陈振涛知道沈清文心里不爽，过来扶她的肩膀。

沈清文虽然又给了他一个白眼，但语气已经缓了下来："着什么急，不是明天下午的飞机吗？你那几件破衣服，明天早上装就行了。"

周柠从机场快线下来的时候，看了眼时间，离八点还有一刻钟。她对机场不熟悉，连问了好几个人才搞清楚出站口在哪里。跑得急了，停下的时候，她的心都快从嗓子眼跳出来了，额头也冒出一层细密的汗。

周柠混在一堆接机的人里面，仔细地辨认每一个出来的人。她刚看了航班信息，显示S市飞N市的飞机已经降落。

不一会儿，周柠就等到了她要接的人。

陈羡还穿着短裤，只在上身套了件咖色的羽绒服，一手推着行李箱，一手飞快地摁着手机屏幕，头也不抬地随着人流走。

没过两秒，周柠的手机就响了。

陈羡：我到N市了，明天见。

他还附了一个大笑脸。

周柠微微一笑，迅速回道：今天见怎么样？

陈羡：今天？

"对啊，就是今天。"周柠小跑着蹿到陈羡身后，猛地踮起脚尖用手蒙住了他的眼睛。

陈羡正想问今天会不会太晚了，字没打完就被突然蹦出来的周柠吓了一跳。扯下蒙住眼睛的手，回头看到周柠调皮的笑容，陈羡足足反应了三秒才确定自己真没认错人，一脸惊喜地问："你怎么来了？"

"怎么？就许你特意，不许我特意吗？"周柠又朝陈羡走近一步，笑着眯起眼睛看他。

"没有，我只是……没有想到。"

陈羡只觉心软得一塌糊涂，一把把周柠搂进怀里。

熟悉的气息相撞在一起，一切隔阂误会、说不出口的言语好像都不再重要。远道而来，身上裹挟的丝丝凉意、难得莽撞呼之欲出的片片真心，此刻都化为同频共振的扑通心跳。

.171.

半晌，周柠推开陈羡，责怪道："不冷吗？回来也不知道换条裤子。"

陈羡笑嘻嘻地说："本来有点冷，但一看到你就不冷了。"

周柠笑着瞪他一眼："看你一会儿出去怎么办。"

陈羡满不在乎地说："不怕，我约车了。"

说着，陈羡一边给网约车打电话，示意司机来15号门接，一边拉着周柠往外走。周柠也不问他去哪儿，就随他牵着跟着他走。

车上，两人一路都牵着手，也不说话，只是各自看着窗外笑。明明一个穿了全套冬装，一个只是夏装外随意套了件羽绒服，陈羡的手却依然比周柠暖了一度。陈羡轻轻摩挲着周柠的小手，不一会儿，两人手心都出了汗。

车在铂悦府门口停下，陈羡从后备厢拿了行李，又把周柠的小行李袋放在自己的行李箱上，然后一手推着行李，一手牵着周柠往小区里走。

电梯停在八楼，陈羡牵着周柠走到门口，快速用指纹解了锁。伴随着"咔嚓"的关门声，玄关处暖色的氛围灯应声而开。陈羡一转身，带着周柠向前走了一步，周柠的背就抵到了墙上。

他待周柠向来温柔，可这次却什么也顾不得了似的，搂着周柠的手臂紧了又紧，细密的吻接连落下，带着有些失控的热烈，在她唇齿间反复流连。

周柠被吻得有些缺氧，用手轻轻推了推陈羡的肩，没想到却被握住，十指相扣地贴在墙上，压在耳边。陈羡抱着周柠的另一只手渐渐不安分起来，可刚触到细细的肩带，他就感觉嘴唇上一痛，不一会儿就尝到了一丝血腥的味道。

陈羡停下动作，睁开眼睛。

暖光灯下，周柠耳根微微发热，脸都红透了，亮晶晶的眼神里却带着一丝报复得逞的快意，然后就听她一字一顿不满地说："叫你这些天不理我。"

陈羡"嘶"了一声，用手摁住被周柠咬破的嘴唇，笑着皱起眉头："你怎么恶人先告状？"

周柠踢了陈羡一脚，陈羡吃痛，只得让开。周柠趁机从他怀里钻出来，打开客厅的灯。

自上次以后，周柠就没再来过这里。他们俩之间的交往，局限于校园、车队的那点空间，撑死再加上周柠从轰趴馆打完工回学校的那段路。时间一长，吴鹏远都忍不住问过陈羡："这恋爱会不会谈得太素了一点？虽说是校园恋爱，但也没必要天天待在学校吧？不是上课就是泡在基地，一天三顿地吃食堂，大学生活得比高中生还规矩，简直有辱你'羡哥'的名号。"

可陈羡知道，这是周柠的安全地带。他虽然能想出一万八千个适合情侣去玩的地方，可就连食堂打饭，周柠都要坚持把自己的卡递到陈羡手里，怕是不会愿意去那些需要额外开销的地方。于是，陈羡一直自觉地配合着周柠的步伐,他觉得这样也很好,只要周柠在身边就好,其他都没什么大不了。

暖气还是有些燥热,周柠脱下羽绒服挂到玄关的衣架上,走到客厅的窗户旁开了些窗,试图让冷风吹进来,降一降这室内高得有些过分的温度。可发烫的脸颊刚感受到微微的凉意,窗就被人关上了。

陈羡扳过周柠的身体转向自己,眼里都是戏谑的笑意:"你紧张什么?"

"我哪紧张了?"周柠明明从耳根红到了脖子,但仍装出一副不屑的样子。

"那你躲我干吗?"

"我哪躲你了?"周柠又呛声回道。

陈羡眼里的笑意更深了,又朝周柠走近一步,弯下腰贴着她的耳朵说:"周柠,你知道不知道,你每次紧张的时候,脑袋右边那一小撮头发都会竖起来。"

周柠不自觉地去摸了一下头发,立马意识到是上当了,瞪了陈羡一眼:"胡说什么呢,我头发都好好绑着。"

"好,刚才当我胡说。现在我说个真的,你每次越紧张就越嘴硬,越不承认,其实就是越紧张。"

"我才没有。"周柠矢口否认。

"真不紧张?"

"当然。"

"那你别躲。"

"我为什么要……"

周柠没说完的话被吞没在铺天盖地的吻中,陈羡一手扶着周柠的脖子,一手环着她的腰,以绝对的身高优势把周柠紧紧圈在自己的怀里。

这吻不再局限于唇齿间的柔情,陈羡顺着周柠的耳根一路向下。周柠闭着眼睛,眼皮微微颤抖,却十分温柔地配合着陈羡每一次试探性的进攻。她有些眩晕,有些不知所措,却没有一点想要推开陈羡的想法,反而还同样热烈地回抱了他。

曾经她是多么独来独往的一个人啊,与同性都很少有肢体上的接触,更别提异性。但在这分别的十几天里,她却分外想念陈羡的味道,想念他的手指轻轻划过皮肤时带起的微小颗粒,两人鼻息相触时胸口涌起的悸动心情。那是外人都不知道的,只属于两个人的亲密。这种想念,让周柠放下了一切理智、矛盾,迫不及待地提早一天跑到了他的面前。

"周柠……"陈羡脸红得像只煮熟的虾米,抵着周柠的额头,鼻尖蹭鼻尖,支吾道,"我想……我想……"

"可以。"陈羡的话还没说完,周柠就轻声答应了。

陈羡倒像是不敢相信似的，惊喜地反问："真的？"

"嗯。"周柠轻轻闭上眼睛。

她闭着眼睛也能感受到陈羡灼热的注视。

过了好一会儿，陈羡的吻才又铺天盖地地落下来，可没多久却又停住了。周柠睁开眼睛，疑惑地看着他。

陈羡懊恼地说："我……没有……那个。"

周柠一下子明白过来陈羡所指，"扑哧"一笑："那怎么办？"

陈羡咬咬牙："你等我会儿，我出去买。"

他以百米冲刺的速度跑到不远处的便利店，进了门却有些不好意思起来。虽然它们就在收银台前摆着，可他从没买过这玩意儿，结账处还有不少人在排队，他只能转而到后方货架假装挑选起东西来。

陈羡拿了五袋薯片、八包饼干、两排酸奶和一些乱七八糟的小零食后，排队结账的顾客终于都走光了，他趁机快步走到收银台前，快速挑了两盒放到一大堆零食中，递给收银小哥。

见小哥面色如常，陈羡觉得自己心虚得有些可笑，不由得轻咳了一声，挺了挺腰板。

"需要袋子吗？"

"要。"

"一共 284.6 元。"

"好。"

拎着一大袋战利品，陈羡火速离开了便利店，再度以百米冲刺的速度向家里跑去。一打开家门，眼前的周柠却让他愣了一下——她好像是刚洗完澡，只穿着一件眼熟的宽大 T 恤，空荡荡地飘在身上，显得光着的两条腿更加笔直纤细，她正背对着他，用一条白色毛巾擦着湿漉漉的长发。

听到门被打开的响动，周柠转回身来，对陈羡莞尔一笑："借你 T 恤穿一下，不介意吧？"

陈羡眯起眼睛，打量周柠："你故意的。"

"怎么？不肯？"

"当然不是。"陈羡脱了鞋走进来，"只是很意外，但……很喜欢。"

塑料袋发出窸窸窣窣的声音，周柠这才注意到陈羡拎着的一大包东西，有些惊讶地问："你这是？"

比起周柠的大方，陈羡更觉得自己刚才在便利店的扭捏很可笑。这不科学啊！难道在这个领域，他都要输给周柠吗？

"你别管。"陈羡咬了咬牙，"你等一会儿，我也去洗个澡。"

大概只花了两三分钟，陈羡就从浴室蹿了出来，背后的水珠都没擦干，就急匆匆地拉着周柠往卧室跑。

　　陷入柔软的床品，在温柔缱绻中，周柠突然感觉像是回到了那年的游乐场。陈羡引着她走到那些巨大的游乐设施前，带着她从过山车和跳楼机上下来，明明心跳急促、头晕目眩，却爽到极致，无比放纵。这种爽快又区别于坐过山车和跳楼机的感觉，还带着与另一个人的亲昵与纠缠，冲击着她身体与心灵的每一寸地方，让她既新奇又满足。

　　又腻歪了好久，陈羡才轻轻抱起周柠到浴室清洗，洗完拿了一件自己的T恤帮她套上，又拿毛巾给她擦头发。

　　周柠坐在椅子上，笑着说："我的手好像没有用了。"

　　"没有用才好呢，这样你以后干什么都得叫我帮你。"

　　"那我不是变成废物了？"

　　"谁让我女朋友总是这么能干，偶尔废物一下，我才有用处嘛。"陈羡嘟囔。

　　周柠转过身来："还生气呢？"

　　陈羡把毛巾放在一边，蹲下来看周柠："不了，见到你的那一瞬间，就都好了。"

　　两人为了能早点见到对方，七八个小时没有吃东西，如今都有些饿了。陈羡翻着自己刚买回来的一堆零食，拉周柠坐到沙发上，把她搂到怀里，一边给她投喂零食，一边打开了电视："看个电影？"

　　"好啊。"周柠拿着遥控，在一堆高分影片里翻来翻去，突然停在了一部黑白影片上。

　　"《罗马假日》？"

　　"嗯，你看过吗？"

　　"没有，黑白片？"

　　"是啊，要一起看吗？"

　　"好啊，你喜欢就好。"陈羡无所谓地说。

　　陈羡家的电视屏幕比当初在医院走廊里的那个小平板的屏幕要大得多。再看一遍，这短短一天中的各种小细节依然让周柠深深动容。

　　陈羡一开始还漫不经心，但见周柠专注，也就认真看了起来，看着看着，好像想起了什么。

　　电影结束，周柠似乎还沉浸在电影情节里，没有说话。

　　陈羡若有所思地看她，问："我们去欢乐谷的前一晚，你是不是对我说过《罗马假日》什么的？"

　　"嗯。"周柠点点头，"那天晚上你来找我之前，病房里有个小姐姐拿

·175·

着平板出来,问我要不要一起看电影,就看的这部《罗马假日》。"

"怪不得,你那天的态度变了又变。"陈羡突然想明白了一些事,"所以,你是看了电影才决定答应我一起出去玩一天的吗?"

周柠没有否认。

陈羡又追问:"你心里想的,其实是那天过后,我们俩就永远不见了?"

"当时觉得,那也算是个不错的告别。"

陈羡沉默了几秒,神情变得有些困惑:"那现在呢?现在你怎么想?"

周柠换个个姿势,盘腿坐起来:"现在啊,觉得我们好像又能拥有很多个一日罗马了。"

周柠虽是笑着说的,但这个答案并不能让陈羡满意,反倒让他蹙起了眉头:"我不喜欢这个类比,也不喜欢电影的结局,他们最后还是分开了。"

"人生本就是孤单的,能彼此拥有过,已经是很大的幸运了。"周柠的语调恢复了往日的沉静。

陈羡看着她平静的脸庞,心里酸酸的:"我发现你害怕一样东西。"

"什么?"

"承诺。你害怕给别人承诺,也害怕接受别人的承诺。"

"因为生命中有很多事情就是无法掌控的,说太多的以后,没有意义。"

陈羡叹了口气:"周柠,你为什么总是不按正常剧本出牌呢?"

"正常剧本应该怎么样?"

"比如我们都这样了,要求我对你负个责什么的。"

陈羡突然想起吴鹏远在上学期末开始的那段网恋。游戏里认识的女孩,聊着聊着就成了女朋友,相隔在两个城市,面都没见过,天天晚上煲的电话粥里就爱来爱去、永远来永远去的。

陈羡觉得不靠谱,吴鹏远却不在意地说:"嗨,谈恋爱嘛,情到浓时有些话自然就脱口而出了,主要是说个心情。"

陈羡曾不以为然,现在却感到有些羡慕,毕竟他和周柠都这样了,有些话对周柠来说,还是很难很难。

果不其然,周柠哈哈一笑:"陈羡,你这剧本会不会有些过时了?"

"还挺想演的。"陈羡老实说。

周柠张了张嘴,本想配合逗逗陈羡,却发现自己发不出声音,半张着嘴卡在那儿,显得有些滑稽。

两人沉默了一会儿,陈羡看她这样,突然觉得自己的执拗有些好笑。

周柠早就告诉过他,她是不信未来的人,甚至曾经一而再再而三地拒绝,认定当下的生活里也不可能有他。可是现在,她就坐在面前,如此之近,低头就能看到她的发旋儿,抬手就能触到她的鼻息。周柠说得没错,生命中确实有很多事情是无法掌控的，但未来怎么发展，全凭当下的努力与积累。有的人说话走肾不走心，说的是个心情。但周柠不是，承诺对她来说是很重很重的事情，他又有什么必要非得在这个时候要一句好听的话呢？

想到这儿，陈羡又把周柠拉入怀中："你说得对，说太多的以后没有意义。比如你以前觉得我们只不过是陌生人，但事实证明，我们不是。你曾经说过你没有长远的打算，但只要一步步坚持，未来都不会过得很差，我觉得我们也是。"

"也许吧。"伏在陈羡怀里半晌，周柠才应道。

这个心结算是解开了，陈羡抚着周柠的长发，另一个困惑又浮上心头。

"周柠，不过你还真是不按一般剧本出牌。"

"你又指什么？"

"一般女孩子在乎的那些，你好像都不在乎呢。"

"比如？"

"比如……我俩都是第一次啊，怎么感觉你比我还大方？"

听陈羡这么说，周柠抬起头来，扳过陈羡的脸细细打量一番，又用手指轻轻划过他高挺的鼻梁和清晰的下颌线，眯起眼睛笑道："第一次跟你，不亏啊，我还觉得赚了呢。"

陈羡这下才真被逗笑了，他反握住周柠的手，挤了过去把她逼到沙发的小角落，也眯起眼睛："你现在不饿了吧？行，我让你赚个够。"

开学前的这十几天，两人都过得很开心，长久地待在一起，每个清晨与黄昏都好像有了别样的意义。

大年初六以后，街市慢慢恢复了热闹。陈羡有时候会拉周柠出去转转，依然是寒冷的天气，一张口就能哈出一团白雾。陈羡总把周柠的手放到自己的大衣兜里，在隐秘的口袋里十指交缠，不一会儿手心就微微有了潮意。

更多的时候，两人都是待在温暖的家里。陈羡恨不得把所有的衬衣和T恤都拿出来给周柠当居家服，他喜欢看她穿他的衣服宽宽松松地套在身上，举手投足间都有种别样的性感。在日复一日的亲密中，那场不愉快没有再被提起，两人似乎也都忘了要去深究这背后的原因。

菜贩们过完年回来后，离铂悦府不远的菜市场也恢复了运营。自从周柠下了几次厨以后，陈羡就不乐意吃外卖了，天天缠着周柠给他做好吃的。高二暑假待在东吞村的那些天，陈羡只尝到过周柠妈妈和外婆的手艺，万万没想到周柠做饭也这么好吃。

周柠看着陈羡狼吞虎咽的样子，想起他带自己去素食馆的那次，不由得觉得有点好笑。自己做的菜，明明色香味哪一方面都比不上他曾习以为常的餐馆,可他却像在品尝什么绝世佳肴一样,每一顿都吃得干干净净,连汤底都不放过。

陈羡尤其爱吃周柠做的米面,晚上肚子饿时,总忍不住拜托周柠帮他煮上一碗。米面只能买新鲜的,陈羡爱吃,周柠也就乐意天天早上去菜市场帮他买,每天换些配菜,小白虾、蛏子等海鲜轮着买一点,或者自己炖些牛肉,再配上青菜、蘑菇等素菜。做好的米面端上桌,陈羡总一副两眼放光的样子,一碗下肚还觉得意犹未尽,惹得周柠嘲笑他简直比自己还像个乡下来的孩子。

开学前一天,周柠收到辅导员的微信,辅导员告诉她此前换宿舍的申请有希望了,问她还要不要换。

周柠盯着微信思索了一阵,才想起是有这么回事。上学期早出晚归,跟舍友矛盾最深的那阵子,她是跟辅导员提过换宿舍的事情。当时辅导员告诉她,本系有变动的话,可以考虑她的申请,让她再等一等。矛盾缓和了一些以后,她也就把这件事抛在了脑后,反正宿舍对她来说只是一个睡觉才需要回去的地方。要不是辅导员提起,自己还真想不起来这回事了。

见周柠盯着手机发愣,陈羡走过来问怎么了,周柠就把手机递给他看。

陈羡看后皱起了眉头:"你有没有想过还有另一种选择?"

周柠知道陈羡指的是什么,但没有答话。

"就住这儿不行吗?"陈羡索性挑明了,"这里离学校很近,每天过去上课都很方便。"

周柠思索了一会儿,还是摇了摇头:"陈羡,我还是想住宿舍去。"

"为什么?你怕别人议论?"

"倒也不是,只是……"周柠停下来,似乎想捋清自己的想法。

跑来找陈羡是自己主动的,这些天两人待在一起,感情升温更快,一切好像都出乎意料又理所当然。可潜意识里,周柠还是把这段时光当成一个"假期",陈羡真提出要和她长久地如此相处,她还真没做好这个准备。

"陈羡,我还是想回到学校里,普通的大学生活会让我感觉更自在。"周柠如实说。

"每天上课,住宿舍,吃食堂?"

"嗯,还有去车队和轰趴馆打打工,我觉得这样就已经很好了。"周柠点点头。

陈羡勾起周柠的发丝,不满道:"可我有时候也想吃米面。"

"那我可以偶尔给你做一下。"

"可我每天都想吃。"

"你不要得寸进尺。"

"好吧……"陈羡败下阵来。

周柠最终还是没有选择换宿舍。除了睡觉,她很少待在宿舍。孔瑶后来似乎是在外面租了房子,平时也不太回宿舍住,和她几乎碰不上面。另外两个人和她最大的矛盾就是作息问题,现在这个问题解决了,自然不再找她麻烦。她懒得经营关系,与舍友之间的淡漠,正好省去了她的麻烦,不然新换个宿舍还要重新走一遍自我介绍流程,想想都觉得挺累的。

平顺的日子总是过得特别快。

妈妈说周铭又出去打工了,她答应每月给他五千块钱,虽说提高了标准,但好歹守住了底线,没让他把那笔钱一次性全骗走。反正暂时没有传来什么不好的消息,周柠虽然知道这是一枚不定时炸弹,但既然炸弹还没有炸,她犯不着提前忧虑,她本也就无法去管。

陈羡像往常一样配合着周柠的一切心愿。她想待在学校,他就陪她谈一场最简单的校园恋爱,只要她觉得好,那对他而言,一切就都很好。

陈羡的这份温柔,也极大地化解了周柠的戾气。不知不觉中,周柠身上那副随时准备防守反击的小野猫姿态不见了,眉眼舒展不少,多了很多笑意。每次陈羡趴在她的颈窝嚷着想吃米面的时候,她也都笑着答应。尽管很多次周柠想去菜市场买的时候,陈羡都嫌麻烦,总迫不及待地拉着她往家里跑,这时候他明显觉得周柠更可口一些。菜市场可不等人,两人总错过关门时间,陈羡只得往家里搬了一堆方便面。周柠拿锅煮一煮,卧个鸡蛋,放两根火腿肠,他都觉得是人间美味。

平静无澜的时光像一只温柔的手,一点点抚平周柠身上的毛刺。周柠自己都没意识到,从来独来独往的她,现在居然能听得进别人的建议了。比如陈羡曾好几次劝她别花太多精力在打杂工上,她以前不屑一顾,只笑他何不食肉糜,现在却认真地思考起可行性来。许是从何一帆身上看到了靠专业赚钱的可行性,也是体谅陈羡老陪她去轰趴馆通宵太辛苦,她终于决定辞去轰趴馆的工作。课余时间,她除了专心做车队的拍摄外,就是在车队蹭电脑埋头学习各种软件,这样一来,和陈羡待在一起的时间倒是越来越多了。

第六章
目标

1：且行长路，无问东西

转眼就从冬天越过春天，走到夏天。

过完暑假，FSC赛事就近在眼前了。时间很紧张，所以这个暑假，车队的人都没有回家，日日泡在基地里进行最后的冲刺。

周柠作为记录者，自然也全程陪同在旁，用相机原原本本地记录下了大家流的每一滴汗、熬的每一个夜。经历了几轮造车、试车、爆缸、再造、再试，九月初，车队终于又完成了新一轮改装，大家心里差不多认定这下该成功了，再次兴冲冲地来到校内封闭赛段进行试验。

这辆赛车被命名为Rocker（摇滚歌手），车身设计方面充分融入了空气动力学的理念，又很好地兼顾了视觉美学，流线型的车身设计，红黑相间的颜色搭配，很是吸睛。车队里每个参与过车辆设计与零件打磨的人都跃跃欲试，想亲自上手体验一把驾驶着它跑起来的感觉。在周柠的镜头里，每个人都像对待珍宝一样小心翼翼地轻迈进去，郑重其事地踩下油门。看着Rocker在赛道内帅气地飞驰，大家心里别提有多高兴了。

陈羡是这天最后一个驾驶这辆车的人，周柠拍他，自然比拍其他人更多了一丝甜蜜在心里。可驾驶到一个低速弯道的时候，镜头里的赛车突然剧烈震了一下，随后传来"嘭"的一声巨响。

"什么情况？"李炎愣了。

"车好像熄火了。"吴鹏远说。

所有人都吓坏了，周柠顾不得按暂停，跟着大家一起冲了过去查看情况。

此时坐在赛车里的陈羡也惊出了一身冷汗，车子突然出现异常后，他没等车子有下一个反应，就迅速松开油门和刹车，打回方向盘。摇摇晃晃好不容易停稳，其他人也都赶到了。确认陈羡身体没有受到伤害后，大家立马开始围着车子找问题。检查一番过后，所有人都惊出了一身冷汗——悬架立柱居然断了！

悬架立柱是悬架跟车轮的连接件，立柱断裂，就相当于其中一个轮子突然跑飞。吴鹏远擦了把冷汗，后怕地对陈羡说："还好你没踩刹车，不然断的可能就不仅仅是立柱,还有你的脊椎骨了。"

车手组的姚伟良也心有余悸地拍了拍陈羡的肩,由衷地说:"你反应够快,换我可能都不行。"

周柠第一次感受到赛车的危险,着急地上前拉过陈羡,再次检查他有没有受伤。

"我没事,你放心。"陈羡虽说在安抚周柠,心思却完全不在自己身上。

所有人都被这突发状况吓蒙了,大家虽不愿意明说,但每个人脸上如出一辙的愁云密布的表情却出卖了他们此刻的担忧——离比赛只剩十几天了,这下怎么办,还来得及吗?

大家心情沉重地把赛车抬回了基地,悬架组的人几乎第一时间趴到了车底,开始检查问题到底出在哪儿。经过仔细的检查和测算,大家更绝望地发现了一个事实:立柱的设计有问题,更大的问题可能是悬架的设计存在缺陷,导致后轮存在摆动现象,给立柱施加了过大的力,所以前面几个人试开时都还好好的,到最后一个人时,立柱承受不住压力崩断了。

怎么办?

所有人都看向李炎,大家心中都有了一个答案,但没人愿意说出来。

"重做整个悬架系统吧。"见大家都沉默不语,陈羡出声打破了这片沉寂。

"离比赛没几天了,来得及吗?"吴鹏远担忧地问。

陈羡反问:"你还有更好的办法吗?"

陈羡的这句反问,倒是把所有人浮在半空还抱有幻想的心都拉回了地面。是啊,还有更好的办法吗?从头再来是唯一的出路!

作为队长的李炎站起身来,拍了板:"重新做吧,我们赶紧分工,再制定个详细的日程表,无论多困难,都要在大赛前完成。"

这绝非一个简单的决定,重做整个悬架系统意味着要从头开始设计、买材料、加工制作,而车队用于制作悬架和立柱的钢管和铝块只剩下一些边角料,根本就不够重头开始的。

"按以往的渠道去订货肯定来不及了。"李炎紧皱眉头。

陈羡立马接下了这个难题:"我去负责搞定钢管和铝块,你们先重新设计方案。"

李炎有些惊讶:"你确定能行?"

"不行也得行。"陈羡坚定地说。

周柠随着陈羡匆匆跑出基地:"你去哪儿弄这些东西呀?"

"我认识一个汽修厂的老板。"陈羡边走边跟周柠解释,"没跟你说过吧,高中的时候为了能更了解车一些,我暑假寒假没事常常往那儿跑,老板跟我特好,我跟着他还学了不少技术呢。"

"你对汽车还真是真爱呢。"周柠感慨道,"够得上是倾其所有,不遗余力了。"

"这么说来,我对你更是真爱啊,我追你花的力气,可比在汽车上多多了。"一整天兵荒马乱地下来,陈羡终于有闲心在这时开个玩笑。

"讨厌啊。"周柠笑着停住脚步,"那你小心开车,我回去了,今晚应该有很多东西值得记录。"

"嗯。"陈羡回身抱住了周柠,过了好一会儿才撒手,又舍不得地摸摸周柠的脑袋,"周柠,你在这儿,真是太好了。看到你,这些困难好像都不算什么。"

周柠笑着摇了摇头:"不是因为我,而是因为你是你,这些困难对你来说,本来就不算什么。"

"但你在,我会开心很多。你能一直在吗?"陈羡拉住周柠的手,放到嘴边吻了吻。

周柠捏了一把陈羡的脸颊:"我不在这儿,还能在哪儿?快去吧,我等你带着材料回来。"

周柠回到车队基地的时候,技术组的成员们已经对悬架设计展开了热烈讨论。她拍着这热火朝天的景象,脑海中渐渐形成了一个新的宣传片台本。

车队的宣传片在半个月前就做完了,何一帆对周柠的构思和拍摄大加赞赏,稍作修改就定了稿。可今天这一系列碰撞,却让周柠对它有了新的想法。

要重新做吗?周柠当下就做了决定,车队的精神就是精益求精,匹配这支车队的宣传片,当然也值得是最好的。既然有了更好的想法,有什么理由不推翻重来呢?

凌晨五点,陈羡风尘仆仆地回到基地,他身后拉着的小推车里装着两个大箱子。

"6米钢管,一箱子铝块,足够我们用了。"陈羡神色虽然疲惫,眼里却发着光。

车队的人都欢呼起来,笑着冲上去抱他。

李炎激动地用力在陈羡背上拍了一把:"好小子,真给力!快来一起看看设计方案,我们也刚出炉。"

接下来这十天,车队就像一把上了膛的冲锋枪,没有人敢休息,也没有人想休息。到后来,队长李炎不得不强制命令大家轮班睡觉,队员们才恋恋不舍地给下一个人交代好工作进度,回宿舍眯上几个小时。

周柠也跟着车队熬了一个又一个大夜,一边继续拍摄,一边从头开始修改宣传片。

陈羡有些心疼,趁着忙碌的间隙走到周柠身边:"你怎么比我们还忙?你不用天天陪着我们啊,我看拍得也都差不多了。"

"我重新修改宣传片呢。"周柠盯着屏幕,头也不回地说。

"不是都做好了吗?"

"嗯,突然有了更好的想法。"

"别要求太高了,上次的我看就够好的了。"陈羡心疼地看着周柠通红的眼睛。

周柠却放下了手中的鼠标,转头看陈羡:"如果在比赛正式开始前,你发现赛车还有个地方可以优化,又来得及优化,你会因为辛苦而放弃吗?"

陈羡愣了一下,说:"不会。"

"那我也是啊。"周柠转回头继续忙碌,不再理陈羡。

陈羡看了会儿周柠在快捷键上飞快翻转的双手,起身回到了自己的工作区域,眼里满是笑意——谁说他们不是一类人?他和周柠明明就是一类人。

连续奋战了八天八夜,全新的悬架系统终于做好了。虽然是隐藏在里面的配件,但换上后,所有人都觉得 Rocker 简直焕然一新。

伴随着 Rocker 新生的,还有周柠为车队重新制作的宣传片。短短一分半的时长,却浓缩了这一年辛苦奋战的时光,最刻骨铭心的场景,最简洁流畅的剪辑,最恰到好处的音乐,什么是青春、什么是热爱、什么是坚持,在这短短的宣传片里体现得淋漓尽致。最后"且行长路,无问东西"的总结词缓缓显示出来时,每个人都湿了眼眶。

"周柠,谢谢。"李炎哽咽着对她说,"不拿冠军都对不起你做的这么好的片子。"

"我应该做的。"周柠笑了笑,"这样拼搏努力过,拿不拿冠军反倒真的是次要的了。"

"说得是,且行长路,无问东西,这句话太好了。"陈羡感动地说,"别想那么多,我们好好享受比赛吧!"

正式的比赛在 G 市,ZSR 车队的队员们提早两天就到了赛场,开始做赛前准备。何一帆也早早留出时间,跟着车队一起来到了 G 市。这样的大赛,光指望周柠一个人去记录还是不够的。

两天时间下来,何一帆对陈羡是服气的。他作为一个凭着脚踏实地的努力才一步步走到现在的人,本来瞧不太上陈羡这种出身优越的公子哥,他以为陈羡身上的光环不过是各种外在条件的加持,绣花枕头烂稻草,徒有虚名罢了。可相处时间稍微一长,陈羡很轻易地就打破了何一帆这种固有的成见。

抛去外表不看，陈羡对事业的极致认真、对队友的包容鼓励、考虑事情的周到细致，都很难不让人诚服。有时候，他甚至比李炎更像一个队长。

至于周柠和陈羡之间，何一帆不想看，可两人的眼角眉梢全是默契与亲昵，何一帆想不注意都不行。事到如今，何一帆也只能认输。幸而自己不是小气的人，认清了现实后，早已主动退回到了该在的位置，对待拍摄任务更是一丝不苟，使得三人相处起来倒是一点也不尴尬。

伴随着发动机的轰鸣声，正式比赛的日子终于到来。一百多支参赛队伍，一百多辆造型拉风的赛车，青春的热血与激情所绽放出来的光芒，让初秋的阳光都相形见绌。承担此次车手重任的姚伟良已经穿戴整齐，队员们纷纷过来为他加油打气，只等最后登场的时刻。

"是不是特想自己上啊？"周柠抬头看明显有些紧张的陈羡。

陈羡摇摇头："那倒没有，我没进行过车手的系统训练，肯定不行。再说赛车比的是团队，每个人、每个环节都很重要，缺一不可的。"

"我还挺想看你赛车的，但想到上次试驾那么危险，就觉得还是算了。"周柠老实说。

陈羡笑着摸摸周柠的头："说实话，我确实也想当个车手。这学期我挑战下，看看能不能做好技术的同时加入车手组，这样说不定明年就有机会上场了。"

来不及多聊，陈羡立马跟着队友投入到了马上要开始的高速避障赛中。高速避障环节的长度是1.44公里，每名车手都有两次比赛资格，取其中最快一次计入成绩。高速避障比赛的排位将直接决定耐久赛的出场顺序。

周柠在场边等着，摁快门的手指都变得有些颤抖。她的人生里，对待自己的事尚且没这么紧张过，现在居然为了一辆赛车激动成这样。这要是告诉几年前的自己，怕是绝对不会相信的。

经过漫长的等待，终于轮到 Rocker 入场。

周柠看到陈羡、李炎等人穿着印有 ZSR 车队标志的马甲，推着 Rocker 缓缓入场，赶紧拉近镜头，连摁几十下快门。

随着小绿旗一挥，Rocker 就正式出发了。

看得出，姚伟良是一个经验丰富的赛车手，一出发就巧妙地漂过了高速U弯，绕过两个连续的绕桩，平稳地度过发卡弯，再次灵巧地完成了连续绕桩任务，一脚油门冲过了终点，除了碰倒两个减速装桶以外，几乎没有明显的瑕疵。

第一圈的成绩是1分07秒。陈羡知道，这不算姚伟良的最佳实力。根据经验来看，他的爆发往往在第二圈。

简短交流后，Rocker 再次出发。陈羡紧盯着赛道，期待这次的成绩能冲进1分03秒以内,这样才能稳拿耐久赛的入场券。

可谁知刚过U弯没多久,Rocker突然冒出了一阵烟。一开始,姚伟良还想往前冲一冲,完全没有停下来的意思。可烟雾越来越大,再开下去可能就危险了,姚伟良只能赶紧停了车,快速从车上撤离,紧接着就有提着灭火器的工作人员冲了过来。所有人都被这突发状况搞晕了,周柠进不去,只能在场边干着急,等了好久,才看到陈羡一众人出来。

"怎么回事?"周柠赶忙冲上前问。

"不知道,还得回去找下原因。"陈羡的脸色看上去极差。

所有人都很沮丧,这种沮丧在成绩被连续超过,直至跌出前十二的时候达到了顶峰。

他们无缘耐久赛了,昔日的卫冕冠军,怀着极高的期望,花了一年心血筹备的比赛,居然就这样结束了?

整个下午,车队的所有人都围着Rocker查找原因。

当看到发黑的隔热棉时,负责这块的吴清失声痛哭。这个在车队里独树一帜、雷厉风行、寡言少语的女生懊恼地揪着自己的短发:"我明明做过试验的,隔热棉怎么会起火呢?都怪我,应该再检查一遍的……"

姚伟良也流泪自责道:"别这么说,也许是我驾驶的时候操作不当,不一定是你的问题。"

整个车队都陷入了低气压,何一帆虽然依然敬业地扛着摄像机,履行好最后的责任,但也被这气氛感染得红了眼眶。

"嗨,大家别哭了。"陈羡故作轻松的语调打破了这沉重的气氛,"我们先去吃饭吧,不是订好地方了吗?吃完饭再说。"

晚宴是早就订好的,本是为了庆祝阶段性胜利,可谁都没想到是这个结局。饭桌上,大家依然耷拉着脸,谁都没有动筷的欲望。陈羡让服务员抬了两箱啤酒进来,既然谁都没有胃口,那不如先喝点儿。

酒还真是个好东西,酒过三巡,大家基本都放开了些,沉闷的包厢里逐渐有了些动静。

陈羡举起杯,笑道:"咱们不是说好的且行长路,无问东西吗?怎么失败一次就都这样了?这长路以后我们还走不走了?"

"就是太不甘心了。"吴鹏远恨恨地说道。

"没想到这么快就出局了,我们可是卫冕冠军呢……"姚伟良嘟囔道,"要是我第一圈再发挥得好点儿,就算第二圈起火了,我们说不定也能有时间修好车来参加耐久赛,可惜第一圈成绩不行。"

"还是怪我,我要是再检验一遍隔热棉就好了……"吴清说着又开始掉眼泪。

　　李炎端着酒杯，忍着眼泪没有说话。他今年大四了，毕业在即，他心里的遗憾比任何人都深。

　　见大家又开始一个劲儿地把责任往自己身上揽，陈羡敲了敲酒杯，清了清嗓子，打断了这压抑的谈话："如果说我们一年前就知道今天的比赛一定会输，那你们还愿意开始吗？还愿意这么辛苦地走这么一遍吗？"

　　"当然愿意。"好多人抢着回答。

　　"那不就行了，说明我们的初心不仅仅是为了一个结果。但现在，又为什么要因为这个结果把我们之前所有的努力都否定了呢？"

　　陈羡的话像在深潭里投下了一颗石子，大家沉重了一下午的表情顿时起了波澜。想到这一年日日夜夜在基地泡着的时光，谁会因为今天的失败而觉得过去的岁月不值呢？

　　陈羡又笑着说："那我再问你们，今天虽然失败了，但明年的九月依然有比赛，有人会因为今天的失败而拒绝明天的比赛吗？"

　　"当然不会。"

　　"除非我们车队不让我待了！"

　　"我就不信了，明年必须再来过！"

　　陈羡的两个问题，让气氛彻底活跃了起来。大家好像回到了待在基地里的日日夜夜，不断创新，不断复盘，为了一个问题争论不休，为了一个零件反复打磨。出于真心的热爱，没人会去计较值不值得。

　　李炎感动地拍了拍陈羡的肩："明年我是没机会了，但知道大家都还会在这里，我就放心了。"

　　"放心吧，交给我们，绝对没问题，也希望李队继续当我们的场外指导。"陈羡肯定地回答。

　　包厢里彻底热闹了起来，车队又恢复了往日的轻松融洽，大家互相敬酒笑闹，不一会儿，几乎每个人都喝多了。

　　和大伙儿闹了一阵，陈羡放下酒杯，示意周柠跟他出去吹吹风，散散酒劲儿。秋夜晚风带来了凉爽，陈羡牵着周柠走到一棵桂花树下，抬头就是皎皎月光。

　　周柠酒量不好，今晚也跟着喝了一瓶啤酒，此刻酒劲正有点上头。她抱住陈羡，仰起头，眼睛红红的："我有没有说过你很帅？"

　　"好像倒是没直接说过。"

　　"那我现在要说，你今天特别帅，特别特别帅，真的，比拿了……冠军……还要帅。"周柠不小心打了个酒嗝。

陈羡笑着看着周柠红得像苹果一样的脸颊，忍不住上手掐了掐："你今天真是喝多了，早知道你喝完酒这么可爱，我应该早跟你喝酒的。"

周柠喝酒后的眼神有一些迷蒙，陈羡忍不住轻轻吻了下去，良久才放开。

"有你陪着，好像失败都不是那么难捱了。"陈羡摸着周柠的头发说。

周柠把头靠在陈羡胸前，蹭了蹭他的衣领："明年我一定会看到你站在冠军的领奖台上的。"

陈羡释然一笑："努力呗，你不是说了嘛，且行长路，无问东西。"

两人抱了好一会儿，周柠推开陈羡："我们回去吧，不然一会儿他们该找人了。"

"好。"陈羡温柔地拍了拍周柠的脑袋，"明天也没事了，队里好些人想在 G 市玩一下，我们也一起吧，反正不着急回去。"

"嗯。"周柠顺从地点点头。

果不其然，一回去，包厢里的人就端着酒杯七嘴八舌地围了过来，责怪他们离开的时间太长，非要陈羡自罚三杯不可。周柠笑着从人堆中挤出来，走回自己的座位，把这难题留给陈羡去解决。

出去的时候忘了拿手机，这会儿周柠无意识地把扣在桌面的手机翻过来。屏幕亮起的时候，她顿时瞳孔一缩，酒意醒了一半。短短半个小时，居然有十几个未接来电，来电人都是妈妈。

周柠的太阳穴突突跳了起来，心里涌起一股极其不好的预感——也许那枚让她始终忐忑的不定时炸弹终究还是炸了。

陈羡被一堆人围着灌酒，周柠拿起手机悄悄溜了出去。跑到外面，周柠深吸一口气，平复了心情，回拨过去。

"妈，刚刚没看手机，怎么了？"

"柠柠……"刘佳一句话还没说完，声音里就已经有了哭腔，"铭铭出事了。"

"他又怎么了？"

"喝了酒跟人打架。"

"又进派出所了？"

"还没有，我们现在在医院呢，铭铭脑袋被酒瓶砸了，刚清理完伤口，但还要做下检查，看看有没有脑震荡。"

"你也来了？"周柠眉头皱得更深了。

"唉，今天下午出的事，我一听就搭最后一班车来了。本来妈妈也不想麻烦你，可是今天留院观察完以后还要去警局录笔录，妈妈想来想去，还是打给你了。"

周柠有些头痛地听刘佳讲完了事情经过。

周铭这次打架居然还是跟那个黄毛,也就是陆言的侄子。周铭正跟朋友在店里吃饭,碰巧黄毛也跟着三五好友进来,一来二去,就又打了起来。周铭脑门见了血,对方手骨折,还顺带把人店里的东西砸了个稀巴烂,店主立刻报了警。

"今天铭铭还要留院观察,如果没事的话明天就要去警局了……柠柠,妈妈不知道该怎么办,能不能麻烦你明天过来一趟呢?"刘佳的声音里有一丝哀求。

"可我现在没在N市……"周柠无力地蹲了下来。

"你没在学校吗?"

"我在G市。"

"啊?那妈妈该怎么办呀?"

周柠用手使劲揉了揉眉心,叹了口气,说:"我想想办法吧,明天我尽量回来。"

挂了电话,周柠打开12306,想查一查最快回N市的火车是几点。幸运的是,N市和G市之间还保留着一趟慢车,晚上十一点出发,第二天早上七点就能到,硬卧虽然没了,但硬座还有富余。周柠揉了揉眼睛,点开那班车次,正想买票的时候,手机却突然被拿走了。

陈羡蹲了下来,脸上是毫不知情的笑容,经过刚才那番轰炸,他明显也添了不少醉意。

"我说怎么找不到你,原来躲到这儿来了。"陈羡不满地问,"你干吗呢?"

周柠咬了咬嘴唇:"陈羡,我明天不能跟你们一起去玩了。"

"怎么了?"注意到周柠的表情不对劲,陈羡收起了笑容,又看了一眼周柠的手机,发现正停留在购票页面。

"你要回去?发生什么事了吗?"陈羡疑惑地问。

周柠撇了撇嘴:"周铭又出事了,明天大概又得跑趟警局。我妈自己处理不好,想让我过去一下。"

"我陪你一起回去。"陈羡赶忙说,"或者需要我先打电话托人问问情况吗?"

"不用。"周柠下意识地拒绝,声音都高了一个调。

气氛霎时沉默了下来,那次早被抛在脑后的不愉快突然又横亘在了两个人中间。陈羡惊讶地发现,过去了这么久,再遇到同样的事情,他们之间好像依然没有任何改变。

"周柠,"陈羡的酒也醒了,"你好像特别讨厌我帮你,为什么?"

周柠的辩驳有些拙劣:"不是的,明天车队不是还要出去玩吗,我只是觉得没必要因为这个影响原先的安排。"

"难道你觉得我明知道你这边出事了,还能抛下你跟其他人一起开心地玩吗?"

周柠咬了咬嘴唇,没有回答。

半晌,陈羡困惑地问:"周柠,一年过去了,我们之间难道什么都没有改变吗?一定要跟我这么见外吗?"

周柠把脸埋进膝盖,沉默了一会儿,抬起头,说:"我只是不想把事情搞复杂了。"

"你觉得我帮不上忙?"

周柠摇摇头:"恰恰相反,我怕你帮得太好了。"

"我不懂,什么意思?"

周柠无奈地笑了笑:"你听过农夫和金鱼的故事吗?"

陈羡摇了摇头。

"就是从前有个农夫,网到了一条金鱼,金鱼答应只要农夫放了它,就给他贵重的报酬。农夫没要报酬就放金鱼走了,可家里的老太婆却不乐意了,第一次让农夫去要了一只木盆,第二次又要漂亮的房子,第三次还要做世袭的贵妇人。这些愿望都实现了以后,老太婆又要当女王,并叫金鱼来伺候她、供她使唤。金鱼最终被激怒了,收回了所有东西,再也不来见农夫了。"

"你不会想说,你是农夫,而我是那条金鱼吧?"陈羡不解地问。

"对,很像不是吗?我了解我的家人,有些忙,帮起来是没有底的。也许我妈没有故事里的贪得无厌,但结果是一样的。我求你帮周铭一次,就会有第二次、第三次,我不想变成那样。从小到大,因为不得不求助,我遭过太多白眼,也见过太多关系的破裂。一开始人家对你有同情,但次数多了,只会对你避之不及。所以我发过誓,等我有了力量,能自己解决的问题,绝不求助。"

"你解决不了的怎么办呢?"

"那也没办法,也许本该如此。就像如果周铭犯了罪,那他理应付出他该付的代价。一而再,再而三超出常规地去救他,是没有底的,而你是我最不想牵连到的人。"

周柠顿了顿,接着说:"陈羡,我知道你家境很好,但这也是我一直避免与之产生交集的,你明白吗?我不希望你帮我,尤其是帮一些超出你能力范畴的忙。就像你刚才问的,需不需要你先打电话托人问问情况。如果你只是和我一样的普通大学生,你能托谁问?谁又会理你?

"陈羡,我喜欢你,但我们之间的喜欢应该是纯粹的、平等的。我的生活是有很多困难,以后可能还会有更多,但这些也只能由我自己去解决。这不是见外,而是只有这样,我才能和你在一起,你懂吗?"

周柠一口气说了一大段以前从未说过的话,听得陈羡一愣一愣的。他是不满她的见外与疏离,觉得"好心当成驴肝肺"很委屈,却没想到在这背后,周柠有这么多敏感的心思。是的,他又不自觉地把她放到了一个弱者的位置,不自觉地摆出了高出一筹的姿态,觉得周柠是待帮助与待拯救的。可周柠说得对,如果他只是他自己,又怎么能确定他一定能比她做得好呢?

陈羡想了想,问:"如果只是我自己对你的帮忙,可以吗?"

周柠不解:"什么意思?"

"就是你说的,局限在我个人能力范围内的帮忙,比如陪你坐一趟通宵的火车,帮你拿行李,在你处理这些麻烦事的时候陪着你,在你难过的时候安慰你,你不需要的,我绝不干涉,这样行吗?"

周柠无奈地笑了:"哎,你……"

她话还没说完,就被陈羡拉进怀里,轻轻吻了一下。

"你这是干什么?"周柠有些摸不清头脑。

陈羡嘴角一勾:"你刚说你喜欢我。"

"很意外吗?"

"你以前真的没说过。"陈羡看上去有些委屈巴巴的,"我等啊等啊,怎么也没想到,你第一次说这话,前面后面还都是转折句……周柠,你的剧本,有时候还真让人没法接。"

周柠也笑了:"那我再郑重地说一遍,我喜欢你,这样行了吗?"

这下陈羡彻底没了脾气,摸了摸周柠的脑袋:"好啦,但我坚持今晚和你一起回去,别和我争了。你再怎么厉害,我都不放心我女朋友大晚上一个人跑这么远啊。帮我把票也买上,然后回酒店收拾行李吧,我跟他们说一声。"

两人坐了一晚上硬座,后半夜周柠靠在陈羡身上睡了一会儿,醒来只觉得脚都发麻。陈羡更好不到哪儿去,周柠起来后,他缓了半天才痛苦地抬起胳膊。

"你看,我还是能帮上忙的吧。"陈羡龇牙咧嘴地说,"好歹能给你当个人肉靠垫。"

周柠由衷地笑了笑:"辛苦靠垫了。"

在G市的行程本来计划是七天,出了火车站,陈羡看着两人拎的行李箱,试探着建议道:"火车站离学校比较近,要不然先去我那儿把行李放了,我开车走?万一有事,有车还比较方便。"

周柠笑道:"我怎么感觉你跟我说话小心翼翼的?"

"谁让我女朋友这么难伺候呢，多干一点都怕挨骂啊。"陈羡叹了口气。

路上，周柠就接到妈妈的电话，说周铭拍了CT，又留观了一晚，确定没脑震荡，现在要去派出所了。

陈羡将车驶进派出所的小院儿，一下车，周柠就看到了旁边陆言那辆黑色SUV。进门稍微搜寻了一下，她就见到了脑袋上裹着纱布的周铭，妈妈紧张地在一旁拉着他，生怕又出事似的。而黄毛旁边那个西装笔挺的人，不是陆言又是谁？

民警见周柠进来，转而问刘佳："这下人到齐了吧？"

刘佳唯唯诺诺地点了点头，周柠和陈羡赶忙走了过去。

陆言抬起头，目光从两人身上扫过。

民警拿着出警记录："店是两个人一起砸的，店主的损失，你们肯定要赔。昨天店家清算了下，砸坏了两张桌子、两把椅子、一盏灯，墙和地毯被破坏，加上误工费、重新装修费用，大概四万五千块。店主说，你们要是能赔上，他就不追究了。他一会儿就到，你们好好跟人赔礼道歉。"

"我们会的，我们会的。"刘佳赶紧说。

"那就还剩下一件事，我们查了监控，两人打架，这边先动的手，但那边也还手了，都有错。你们自己先协商看看能不能和解，商量好了再来找我。"

说完，民警和陆言点头示意了一下，就转身离开了。

周铭和黄毛小子依然像两头好斗的公牛，愤怒地看着对方，要不是旁边有人拦着，似乎下一秒就能扭打在一起。

刘佳求助地看向女儿，陈羡拉着周柠的手，周柠却紧皱眉头盯着陆言。

陆言抬手蹭了蹭鼻子，金丝眼镜在阳光下微微反光。他转头看周柠，笑道："没想到这么快又见面了，我们还真是冤家路窄，对吧？"

2：我对你免费

"叔，告他，我非要他坐牢不可！"黄毛小子恨恨地盯着周铭。

周铭也不甘示弱："找人来撑腰算什么？有本事我俩再打一架啊，看谁厉害。"

"打就打，我还怕你了？"

刘佳连忙拉住周铭："好啦，别闹了，都在派出所呢，还打来打去。"

陆言被吵得有些头疼，拉住黄毛："你再打架，就别想出这门了。"

"叔，你没听警察说吗？是他先动的手！"黄毛不服，"要不是他，我胳膊至于这样吗？"

"行了，闭嘴！"陆言更加不耐烦了，对黄毛说，"你爸妈说一切让我做主，你听不听我的？"

"那我这胳膊也不能这么白折了啊。"

"你要信我,现在就去那边坐着,什么都别动,等我信,能做到吗?"

黄毛恼怒地瞪了周铭一眼,但还是听了陆言的话,转身找了条凳子坐下,跷起二郎腿。

陆言看着面前剩下的四个人,眯起眼睛:"谁能做主?派一个人跟我谈就行,七嘴八舌的,我听着烦。"

周铭刚想说什么,就被刘佳摁住了手:"听你姐的。"

"那借一步说话?"陆言笑着看周柠。

周柠捏了捏陈羡的手,在他耳边轻声说道:"你陪下我妈妈吧,我马上回来。"

陈羡犹疑地看了陆言一眼,心里不爽,但也只能随周柠去。

周柠扭头就走,陆言饶有兴味地跟了上去,心想这姑娘的脾气还真是一点没变。

两人在门口站定,陆言拿出手机:"要不然你先看下监控视频?"

周柠皱着眉头看完了这出闹剧,陆言收了手机,笑着说:"别说,你弟弟还真是打架的一把好手。你也看视频了,他先动的手,我侄子手又骨折了,伤得比他重,追究起来对他很不利啊。"

"那如果不追究呢?"

陆言挑了挑眉:"你是不是想得有点儿美了?"

"如果要追究,你刚才告诉警察不接受和解,或者直接告我们就是,还找我出来谈什么?"周柠反问。

陆言被周柠的话逗笑了,由衷地说:"周柠,我发现你特适合当律师,不学法律有点可惜,不然我还可以收个徒弟。"

"谢谢夸奖,所以你找我出来,到底想干什么?不追究的办法,你不如直说。"

陆言笑看她一眼,转了话题:"你对你男朋友也这么直接吗?"

"不关你的事。"

陆言也不觉得被冒犯,反倒"呵呵"一笑:"从上次见面到现在快一年了吧?你们居然还没分手,还真是挺出人意料的。"

"陆律师,言归正传吧,其他人其他事,跟今天没关系。"

"如果我说,不追究的办法就是你好好陪我聊会儿天呢?"

周柠意外地看了陆言一眼,沉默了两秒,一字一句道:"那周铭也可以去坐牢。"

陆言顿时"扑哧"一声:"周柠,没必要这么绝吧?我又不是什么坏人,和我说两句话,少不了你一块肉的。"

周柠莫名地问道:"我只是不明白,我俩根本就不熟,怎么每次见到你,你都要跟我过不去呢?"

"此言差矣,第一次在东岙村,明明是你摆了我一道啊。"

"所以你这是大律师的自尊心受不了了,非得找我还回去,而且一次还不够?"

"那倒没有,只是两次碰到你时都刚好有些无聊而已。"陆言想起了上次见面的场景,依旧很想笑,"你穿晚礼服的样子真的很好笑,逗逗你,挺解压的。"

周柠皱起眉头:"你知道你很恶趣味吗?"

陆言爽快地承认了:"过几年你就会知道,工作很无聊的,生活中如果能有乐子,得及时把握。"

周柠不想再跟他纠缠,又把话题带了回去:"言归正传吧,陆律师,对于店家的赔偿,我们一人一半吧,行吗?"

"这倒是合理,我接受。"

"那行,我们回去把钱给店家,然后就散了吧。"

周柠扭头要走,陆言拦住她:"欸?不对吧,你弟弟和我侄子的事情还没说清呢。"

周柠抬起下巴:"你本来就不打算追究,不是吗?"

陆言眉心一跳:"何以见得?"

"直觉。法律我不懂,但你不像是要为侄子出头的样子,难道不是吗?"

周柠犀利的眼神像是能看到人心里,陆言晃了晃神,却没法否认,因为从内心上说,他根本不想帮侄子讨什么"公道"。那两人臭鱼对烂虾,他能帮忙应付过店家那一关,已经算是对哥哥仁至义尽,根本不想再助长这臭小子嚣张的气焰,以为闯什么祸都有人替自己出头或买单呢。他只是想吓唬一下周柠,没想到周柠完全不上当,这顿时令游戏失色了不少,让他有点失望。

陆言无奈地蹭了蹭鼻子:"你真的不考虑辅修个法律专业吗?考个律师资格证,以后我可以让你来我律所。"

周柠白了他一眼:"这就不劳烦您操心了。"

见她又要走,陆言快两步堵在了她面前:"不过说真的,别让你弟弟再跟我侄子一起玩了,他玩得起,你弟弟玩不起。"

周柠皱起眉头:"什么意思?"

"就是字面意思,我哥哥嫂子虽然不管孩子,但胜在家底雄厚,只要他别犯什么大罪,家里都能替他兜了。你弟弟呢?我每次见他,都是你在帮他收拾烂摊子,你还能忍受几次?上次得到的赔款,又够赔几次?"

陆言这番话说中了周柠心中所忧,周柠微不可察地叹了口气,低眉不语。

陆言看着周柠沉默的样子，心中一动，又说："周柠，我不否认，你挺特别的，我也确实对你感兴趣，所以不想看你一次次被拖入深渊，因为说不定哪次就真的再也浮不起来了。你信也好，不信也罢，我是估计今天会见到你才来的，而我来的目的，也只是想跟你说这些话而已。"

周柠有些讶异地看着陆言："陆律师，想不到你还挺有同情心的。"

"我并不是对所有人都这么有同情心的，我说了，你身上有能吸引我的地方。"

陆言的直白让周柠稍稍有些招架不住，不由得撤回了目光："谢谢你的提醒，但现在，我们先把这件事了了吧。"

周柠又转身想走，陆言这次却拽住了她："我们还会再见面吗？"

周柠挣脱了他的手，直言道："麻烦你注意分寸，我有男朋友。"

陆言眉毛一扬："然后呢？我只是觉得你有这样一个弟弟，会需要一个律师的。"

"我可付不起你的律师费。"

"我对你免费。"

陆言的目光灼灼逼人，一向善辩的周柠突然词穷了。

陆言突然笑了："行了，不逗你了，你放心，我也没想对你怎么样，你就当是我无聊时偶尔发的善心好了。"

周柠没好气地白了他一眼："那真是谢谢陆大善人。"

陆言却突然转移话题："不过，你跟你男朋友走不久的，你信不信？"

周柠的眼神里闪过一丝不爽，陆言却没给她反驳的机会，紧接着又说："就像你弟弟和我侄子不适合在一起玩，你和你男朋友也是。实力相差太过悬殊的两方，只能有福同享，却无法有难同当。而且一旦强弱对立，弱的根本没有还手的能力，你明白吗？"

陆言的一番话惹得周柠心中十分不快，她冷哼一声："怎么，律师当得不过瘾，还想当个拙劣的预言家吗？"

陆言笑了笑："只是作为律师，看得多了，善意的提醒而已。"

"请把善意用在其他需要的人身上吧，我就不劳您费心了。"

"唉，油盐不进。"陆言装模作样地叹了口气，"看来我们的缘分也就到此为止了。走，处理完今天的事，我们就散了吧，如你所愿。"

说完，陆言先周柠一步走了进去。

周柠看着陆言的背影，觉得这人真是莫名其妙，虽然才见了三次面，但每次都得打起十二分精神应对才行，不然不知什么时候就会掉到他挖的坑里。他好像戴着很多面具，说话真心掺着假意，让人搞不清他的真实目的。

周柠不由得在心里祈祷可别再有第四次碰面了。

此时的陈羡和刘佳倒是聊得挺好。尤其是当得知陈羡和女儿在一起了，刘佳十分惊喜。

"那时在医院里，我就觉得你对我们柠柠不一般，但也不敢多想，没想到你俩还真在一起了。周柠这孩子真是的，也不跟我说一声。"

"她害羞吧。"陈羡笑了笑。

周铭却"嘁"了一声，斜眼打量陈羡："你什么眼光？"

陈羡乐了："看来你对你姐有很深的误会。"

周铭不置可否，却在陈羡与妈妈聊天的间隙，忍不住偷偷打量他。即使从男性的眼光来看，眼前站着的这位，无论是长相还是气质，也是非常拿得出手的，怎么就看上周柠了呢？

陆言和周柠回来时，倒霉的店家老板也到了。两个浑小子被摁着头向人道了歉，好在老板接受了赔款后，没再为难，这事就算翻篇了。

陆言带着黄毛去另一角低语了几句，黄毛一听，差点又参毛。陆言一脸严肃，不知训了什么，黄毛不服气地忍了下来，恶狠狠地瞪了周铭一眼，气鼓鼓地冲出门去。

陆言对着侄儿的背影无奈一笑，又回来跟办事的民警聊了两句。临走路过周柠时，他停下脚步，嘴角勾起一丝笑："希望我俩下次见面，不会是因为这破事了。"

这话让周柠有一丝不自在，她眉头微微皱起："不会再有下次了。"

"我上次也是这么想的。"陆言耸了耸肩，不甚在意地说。

气氛莫名有些尴尬，幸而刘佳出来打圆场："陆律师，今天谢谢你……"

她话还没说完就被周铭打断了："你谢他干什么？"

陆言皱眉看向周铭："刚跟我侄子说的话，再跟你说一遍。老大不小的人了，掂掂自己有几斤几两重，别老以为闯了祸有人给你擦屁股。尤其是你，周铭，有本事自己犯下的错自己扛，别老拖累你姐姐。"

说完这句，陆言神色缓了缓，又看向周柠，眼神有些意味深长："我走了，既然不知道还会不会再见，那就祝你一切顺利吧。"

陈羡对着陆言的背影翻了个白眼，心里十分不爽。他突然发现，陆言从头至尾都没有正眼看过他，仿佛他不存在似的。或者说，陆言根本就是有意忽略了他的存在。

这个发现让陈羡更不爽，但碍于有其他人在场，也只能暂时忍了。

"回家住几天吧。"出了派出所的门，刘佳过来拉周铭。

"我才不回去，天天在小村子里，我都要憋疯了。"周铭一把甩开妈妈的手。

"至少把头养好了啊,你这受着伤的,能去哪儿?"刘佳无奈地说。

两人僵持了一会儿后,周铭还是同意回家了。其实他也就是做个姿态,不跟妈妈回家,他既没钱继续租房子,也没有朋友可以混,实在不知道还能再干些什么。

"阿姨,我送你们回去吧。"陈羡说,"开车回去比较快。"

刘佳一边连连摆手,一边迟疑地看向女儿:"不用不用,不用这么麻烦,我们自己去汽车站就行。"

"周铭脑袋还有伤呢,今天还早,够我们来回的。"陈羡说完,又低声对周柠耳语,"还是我们送一下吧,让你妈自己回去,不合适吧?"

周柠沉默了两秒,对妈妈说:"就麻烦陈羡一下吧,送完你们,我们就回来。"

见女儿同意,刘佳这才点了点头。

见到陈羡的车时,周铭眼睛明显一亮:"你的车?"

陈羡点头:"对啊。"

周铭意外地看了周柠一眼,眼里露出一丝嘲讽。但上了车,他的注意力全被这车吸引住了,一边克制着自己的好奇,一边又忍不住四处打量,状态着实有些别扭。

他们回到东岙村,外婆显然已经焦急地等了大半天。妈妈和外婆解释完以后,转头开始忙碌晚饭,她让陈羡和周柠吃了饭再走。她的心情明显好了很多,屋里屋外都是她熟悉的地盘,锅碗瓢盆都是她最趁手的工具,叮叮哐哐之间,白天在城里的局促和不安不见了,她又回到了自己最熟悉、最自洽的农村妇女的模样。

周柠有些心酸地看着外婆和妈妈忙进忙出,也赶紧帮忙洗菜择菜。她知道,外婆和妈妈一辈子待在灶台与田地之间,外人再怎么觉得这里落后,这儿也是最能让她们感觉到安全的地方。周柠想过,等她再赚一些钱,就把房子翻修一下,让外婆和妈妈住得再舒服些。现如今的日子,已经比过去好了太多,如果能一直这样平安地过下去,何尝不是一件好事呢?

只可惜……

周柠瞟了眼屋外,只见周铭和陈羡站在一起,不知道在聊些什么。可她没想到的是,这两人居然聊得还不错。

陈羡意外地问周铭:"你也喜欢车?"

周铭难得表露出一丝羞涩,问:"你这车很贵吧?"

"我舅舅送的,应该还行。"

"我能开开吗?"

"你有驾照吗？"

"没有。"

"那不行，等你有驾照了，可以借你开开。"陈羡说。

周铭不说话了，无聊地用脚踢路边的石子儿。

周铭从小就喜欢车，村子里穷，小时候偶尔开进来一辆车，他都要围着看半天。在职高的时候，周铭念的也是汽修专业。他别的不行，但涉及汽修的专业课都很有悟性，经常得到专业老师的称赞。那一小段时光，大概也是周铭到目前为止的人生中，唯一一次自己都觉得是在向上走的时候。可惜好景不长，因为聚众打架斗殴，一年不到他就被开除了，从此人生再次失去了方向与目标，又变成了一个小混混。

陈羡见周铭情绪低落，忽然有点心软，忍不住说："或者这村里有没人的路吗？要不然去那儿让你试一下。"

"当真？"周铭眼睛一亮，"花山岭那边修隧道呢，一长段都是封闭的路，现在肯定没人。"

"行，那我们去看看。"

周铭裹着一头纱布，一脸兴奋地坐进了副驾驶座，样子属实有些滑稽。

陈羡一边开车，一边问："你开过车吗？"

"开玩笑，我就是学汽修的，能不会开车吗？"

"哦？"陈羡有些惊讶，"不过修车跟开车还是两码事，未成年学不了车吧？"

"学校里有模拟器，练过八百回了。再说看都看会了，也就是还不够年龄考驾照而已，不然早考到了。"

"看样子对车很懂啊，怎么不继续学了？"

"就……被开除了呗。"周铭"哼"了一声，一副满不在乎的样子。

到了周铭说的路段，陈羡下车仔细检查了一番，见确实没有人，天色也还没暗，就打开车门，示意周铭坐到驾驶室。

"油门和刹车分得清吧？"陈羡问。

周铭"喊"了一声："小瞧我。"

"行，那你试试。"陈羡说着坐到副驾驶座，简单介绍一番后，干脆地说，"开始吧，不过我叫你停，就得停，明白吗？"

好像一股热血从丹田冲到了脑门，周铭握着方向盘的手顿时有些颤抖。在陈羡的指导下，他摁下了启动按钮，轻轻踩下第一脚油门。

周铭没开多久，陈羡就知道他没有吹牛，他对车有感觉，一如小时候的自己。稍微指点了两句过后，陈羡就不说话了，让周铭自己感受驾驶的乐趣。

开了好几个来回，陈羡见天色暗了，又没路灯，才让周铭停下来。

周铭依依不舍地从驾驶室下来,两人靠在车上聊天。

陈羡笑着说:"我看得出你是真喜欢车,跟我小时候差不多。我小时候开卡丁车的时候,就觉得汽车没什么难的,也就是年龄不到,没法考驾照。"

"男孩都喜欢吧。"这一趟试驾,让周铭对陈羡的防备卸下了不少。

"我还造过一辆真的车呢,还是赛车。"

"真的假的?"周铭讶异道。

陈羡拿出手机,点开相册,一脸骄傲的样子:"当然是真的,你不知道,造车比开车更有意思呢。"

陈羡从相册里翻出一张张照片和一段段视频,一边讲解,一边向周铭展示 Rocker 的风采。周铭听得越来越专注,越来越惊讶,嘴巴也张得越来越大。他从没想过,眼前这个人只不过比自己大了几岁,居然会有机会亲手造一辆车,还能自己当赛车手!

末了,陈羡给周铭看了 ZSR 车队的宣传片,笑着问道:"怎么样,不错吧?"

"是挺不错的。"周铭咂了咂嘴。

"周柠拍的。"

"她?"一听到周柠的名字,周铭立马换上了不屑的表情。

陈羡见他这样,笑着换了话题:"我读的车辆工程,说起来,我俩还挺像呢。"

周铭耸了耸肩:"我可考不上大学,读的也没那么高级,反正现在也没得读了。"

看着周铭一副自暴自弃的样子,陈羡突然心念一动,问道:"你还想学修车吗?"

周铭莫名地看了他一眼:"怎么学?我这种没毕业的,汽修厂都不会要,只能去洗车。"

陈羡站直身子,认真起来:"如果你想的话,我可以介绍你去一个地方,保证你有技术学,还有钱赚。怎么样,要不要试试?"

陈羡诚恳的样子不像在开玩笑,周铭皱起眉看他,疑惑地问:"你为什么帮我?"

3:车技还行,就是有点眼瞎

"能为什么,因为你姐呗。"陈羡答得毫不犹豫。

周铭顿时不乐意了:"我可不领她的情。"

陈羡笑道:"你跟你姐是不是根本就不熟?"

"喊,谁要跟她熟。"周铭不屑地说,"倒是你,看上她什么了?"

陈羡想了想，说："特别？"

周铭嗤了一声。

"漂亮？"陈羡又补充道。

周铭一副见了鬼的表情："你眼睛是不是瞎？眼瞎的人能开赛车吗？"

陈羡哈哈一笑："你跟她长得挺像的，没人说过吗？"

"谁跟她长得像了？"周铭非常不爽，"我才不像她呢，天天一副尾巴翘到天上去的样子，不知道在骄傲个啥。"

"你说她尾巴翘到天上，但哪次你遇到麻烦，她没来救你？"陈羡替周柠申辩道。

"那是我妈叫她来的，不然她根本不会管我死活。"

"那你有没有想过，你马上要成年了，本来就该为自己的死活负责，难道要一辈子指望别人吗？"

"我这不是还没找到能干的事吗？"周铭非常烦躁，手想插兜却发现没有口袋，于是放那儿也不是，放那儿也不是，更加心烦意乱了。

他已经像只无头苍蝇一样团团乱转好久了。以前虽也顽劣，但好歹还是学生身份，随着既定线路走，日子虽然过得混乱，但好歹也能混下去，至于未来要怎么样，是几年以后才需要担心的事情。可自从被职高开除，猛地一下被推到社会上来后，他才发现自己什么都干不好，甚至连帮客户洗头都洗不好。

从美发店辞职后，他什么都不想干，白天在简陋的出租屋里睡大觉，晚上到处乱混，陆扬阳就是他在夜宵大排档上认识的。一群被学校淘汰的人混在一起，臭味相投，"街溜子"的生活倒也惬意。

可时间久了，周铭也有不太舒服的地方——他和陆扬阳那帮人经济差距太大了，那些人消费的地方，不是他可以负担得起的。好在这个年纪的二世祖们虚荣心重，聚起来总有人负责买单，周铭打肿脸充胖子请过两回，其他日子倒也还混得下去。

和陆扬阳闹翻，正是因为那天陆扬阳嘲笑他是"充大款"，他恼羞成怒，忍不住出了手。那次以后，两人彻底决裂，没想到冤家路窄，吃个饭又能遇上。陆扬阳见周铭兴高采烈呼朋引伴，忍不住上前挑衅，问他是不是又打肿脸充胖子，让他在新朋友面前大失脸面，再次把他惹毛了。

周铭想想就觉得很丧气，这两年的城市生活仿佛是个梦，一醒来，他依然没有工作，没有朋友，什么都没有，只能又回到这个小山村。妈妈希望他平平安安在家就好，反正家里还有一些田地，祖祖辈辈都是靠着这几亩薄田生活过来的，日子总有出路。可见过了外面的世界，他还哪能在这小山村久待？过年那段时间就快把他憋疯了。

"喂。"陈羡推了一把周铭,"跟哥散散心,去不去?"

"走就走,谁怕谁。"周铭说着就跳上了副驾驶座。

东岙村附近多盘山公路,蜿蜒曲折,连绵起伏,很考验车技。陈羡却是一副气定神闲的样子,仿佛对每一道弯、每一道坎都游刃有余。

又绕过一个急转弯,周铭不由得抓住了车顶的扶手:"你开过这路?"

"没有。"

"看你开得挺熟练。"

"我也开得很小心啊,该减速减速,该刹车刹车。咱俩的命可不是闹着玩的。"

在确信了陈羡的车技没问题后,周铭渐渐放松下来,开始真正享受兜风的惬意。车窗被摇下来,山谷间的晚风霎时充盈了整个车厢。

陈羡瞟他一眼:"你这头,吹风没事吗?"

"你别管,我舒服着呢。"周铭头也不回地说。

一直开到山顶,陈羡才掉头回来。回到东岙村时,周铭还有些意犹未尽。

"你还挺惜命的,看你刚开始挺紧张。"陈羡踩下刹车。

"谁知道你车技行不行。"

"是吧?既然是这么在乎生命的人,是不是也应该在乎一下生命的质量?"陈羡趁机问。

周铭皱起眉头:"你什么意思?"

陈羡拉起手刹,解开安全带,转头看周铭:"周铭,咱俩今天算是第一次正式见面,你我都喜欢车,也算是有缘。"

"所以呢?"

"所以,我想帮你一把。"陈羡认真地说,"你不是说你找不到事情干吗?我有个朋友是开汽修厂的,如果你还想继续学汽修,我可以帮你搭线介绍,只要你肯好好干,这会是一条很好的路。"

周铭犹豫了一下,嘴角一撇,快快地道:"你是为了周柠吧?"

"有区别吗?不想待在这村子里的是你,想找事情做的是你,喜欢车的还是你,你不会傻到因为周柠而拒绝一条明明很合适自己的路吧?"

周铭沉默了半晌,没有答话。

"不着急,你再想想,反正你这脑袋暂时也没办法出门。"陈羡打开车门,跳下车,冲周铭说,"下车吧,再不回去,你家人该等急了。"

周柠她们确实是等着急了,前一秒还看到两人在院子外头说话呢,后一秒就不见了人,连车也不见了。虽说陈羡给周柠发了微信,说带周铭出去走走,可去的时间也太长了。而且周柠想不到陈羡能带他出去干些什么。

两人走进屋时,桌上已经摆好了饭菜。

"不好意思,我俩兜风去了,回来晚了。"陈羡刚进屋就解释,看到满满一桌子菜,又露出了惊喜的表情,"哇,外婆和阿姨做的排骨汤我还记忆犹新呢,今天又有口福了。"

周铭跟在他后面,表情怪怪的,却也跟着洗了个手,走到饭桌前,坐到陈羡旁边。

周柠奇怪地瞟了陈羡一眼,陈羡对她眨眨眼,微微一笑。

"小羡啊,真没想到还能见到你,喜欢吃你就多吃一点。"外婆见到陈羡,很是高兴,她始终对这个礼貌又周到的孩子充满了好感。

刘佳赶忙单独给陈羡盛了一碗排骨汤:"喜欢就多吃点,锅里还有呢。"

"好咧。"陈羡也不客气,高高兴兴地拿起了筷子。

这餐饭的气氛因为陈羡的到来而有了微妙的变化。周铭和周柠从来处不到一起,待不过五分钟就要呛起来,可今天,周铭却出奇安静,一边一声不吭地扒拉眼前的饭,一边听陈羡和妈妈、外婆聊那个暑假的趣事,还时不时悄悄瞄陈羡一眼。

周柠把这一切看在眼里,更纳闷了,刚才他们究竟聊了什么?

吃完饭,天色已经全暗了。

刘佳看着窗外有些担心:"开夜路回去会不会不太安全?小羡今天开了一天车,也挺累的吧?要不然住一晚,明早再走吧。"

"别了,妈,住哪儿啊?"周柠拒绝道。

"我没事,不累。"陈羡笑着向周铭抬了抬下巴,"我车技挺过关的,是吧?"

"车技还行,就是有点眼瞎。"周铭冷哼一声,想了想却又补充道,"眼瞎的人晚上怕是更看不清路吧?不行的话我屋让给你睡,我睡客厅躺椅就行。"

话音刚落,所有人都震惊地看着周铭。

周铭也有些不好意思,梗着脖子嚷道:"随你,爱住不住。"

"住啊,既然有地儿,那我们就明天再走好了,开了一天车确实有点累。"陈羡赶忙说。

刘佳很开心地看着儿子,一时忘了说话。她没想到周铭和姐姐这么处不来,却对姐姐的男朋友还挺有礼貌。

陈羡看了看屋外,又说:"离睡觉还早,我想去外面散散步。我印象里,咱们村的夜色还挺美的。"

刘佳赶忙说:"行行,柠柠,你快陪小羡去吧。"

陈羡却转头看周铭:"你要不要一起?"

.201.

周铭一愣，随即换上了那副熟悉又欠揍的面孔："谁要去？我才不去。"

陈羡也不勉强，耸了耸肩："那随你了。"

他们走出一小段，来到了熟悉的小河旁。

周柠忍不住停了下来："喂，刚才是怎么回事？"

"什么怎么回事？"陈羡笑着看她。

"你给周铭下了什么迷魂汤了？"

"没有，就是发现他也喜欢车，我俩简单交流了一下而已。"

"他喜欢车？"

陈羡乐了："你俩果然一点都不熟。"

"谁要跟他熟？"

陈羡更乐了："可说话的语气却是一样的。"

"喂。"周柠不乐意了，"你别老把我和他扯在一起啊，谁跟他一样了？"

陈羡笑着摸了摸周柠的头发："好啦，不过说真的，我想帮他一把。当然，也要先征得你的同意。"

"帮？"

"你还记得 Rocker 悬架立柱断裂的那次吗？我去找一个朋友帮忙，我跟你说过，他是开汽修厂的。"

周柠点点头。

"我今天才知道，周铭以前在职高也学的汽修，所以想着如果可以的话，介绍他去我朋友的汽修厂试试看，可以先从学徒做起。"

周柠皱起眉头："周铭从小到大没干成过一件正经事，给他介绍工作都是白费。"

陈羡却摇摇头："周柠，你总得给人一个机会吧？万一这次行呢？"

"狗改不了吃屎。"

"那你准备怎么办呢？你不想管他，又不能不管他，哪次出事不是你回来帮着收拾烂摊子？你放得下周铭，放得下你妈吗？"

周柠咬了咬牙，低头不语。

陈羡又轻声说："他总在外面这样混，出事是早晚的，长久下去你受得了吗？周柠，授人以鱼，不如授人以渔啊，只有帮他走到正道上，才能真正救他，你也才能真正解脱。"

陈羡虽然说得不无道理，周柠却没有动摇："我知道周铭，他太不稳定了，今天下午可能跟你聊得不错，哪天头脑一热就不知道会做出什么来。这枚不定时炸弹，炸到我也就罢了，我不希望连你的生活也被拖累。"

陈羡皱起眉："你又来了，总是你的我的分得那么清楚，难道你觉得你的生活被炸了，我就能置身事外袖手旁观吗？"

"陈羡，我不是这个意思……"

"你就是这个意思。"陈羡打断了她的话，"周柠，如果他不是你弟弟，他怎么样我都不会管。可偏偏他是你亲弟弟，他真出事，你妈妈会怎么样？你能袖手旁观？良心能安？"

周柠何尝不知道，现在的生活看似风平浪静，但只要周铭这枚不定时炸弹一炸，家里不知道会变成什么样子。可无论怎样，这也是自己家里的事，她没想过让陈羡来替自己操心。

"陈羡，你说得有道理，在对待周铭的问题上，我确实太鸵鸟了，想视而不见，但又无法独善其身，一次又一次，自己的心情也被搞得很糟。"周柠说，"可这也应该是我的事情，我回去找他谈一谈。"

"你俩一见面就点火的样子，能谈什么？"

"我尽量控制下我的态度。"

陈羡叹了口气："你以前说过，不希望我帮超出自己能力范围的忙，是不是？"

周柠点点头。

"但这次，真的只是我个人的帮忙，跟我的家人一点关系都没有。汽修厂的老板是我高中玩卡丁车的时候认识的，算是忘年交，拜托他全是我私人的情谊。何况，今天和周铭聊的时候，我明显感觉到他很心动。在还没找到其他办法的时候，如果这是个不错的选择，能不能不要忙着拒绝呢？"

陈羡顿了顿，抚了抚她的头发，继续轻声说："周柠，你在担心什么？偶尔接受一下我作为男朋友对你的一点关心和付出，就这么难吗？"

周柠沉默了半晌，说："我知道你是为我好，可我担心周铭给你惹麻烦，他太不稳定了，而你本来可以不管这些糟心事的。"

"既然让我女朋友糟心了，我就得管。再说了，要是有麻烦，我们就解决麻烦。而且你别总把事情往坏处想，周铭以前是没走对路子，我看得出他是真喜欢车，万一这次是条正道呢？"

"周铭说要去了？"

"他还没说，但我预感他会答应。"

周柠苦笑了一下："为他找出路，倒还要他答应了，这都是什么事？"

"那你答不答应？"陈羡问。

"我不答应，你是不是会生气？"

"嗯。"陈羡眨眨眼，"而且周铭都答应了，万一最后姐姐不同意，那你俩关系估计就更糟了。"

周柠瞪了他一眼："还说要征求我同意呢，你这是征求我同意吗？"

陈羡嘿嘿一笑："我觉得不是什么坏事嘛，如果大家都能开心，何乐而不为？"

"好吧。"周柠终于点了头，"谢谢你，陈羡，但你要答应我，给周铭提供这样一个机会已经足够，如果他还不行，你就别再管了。"

"好。"陈羡弯了弯眉眼。

这件事算是过去，两人又牵着手沿着小道向远处走去。

"下午周铭带我去了花山岭隧道那儿，真是个大工程啊，不知道什么时候能通车。"陈羡感慨道。

"听村里人说，至少还要三年才能完工呢。"

"你记不记得，那年暑假我来这儿的时候，就说过如果哪天交通能打通，说不定东岙村这一块能有很好的发展，你说我是不是预言家？"想起陈年往事，陈羡忍不住自夸。

"你还挺懂城市规划。"周柠笑道。

看着远处月光下层叠的山峦，听着脚边淙淙的流水声，陈羡由衷地说："我预感隧道开通后，东岙村一定会比现在更美，村民们的生活也一定会更好，你开心吗？"

"说不上开心不开心，从小我就不喜欢这里，它发展或不发展，好像完全无法勾起我的情绪。"周柠想了想，眉心微微蹙起，"但命运有的时候很奇怪，你越想逃，越会有一双无形的手把你拽回来，有几次我梦到自己回来种地，醒了额头上都是汗。"

"怎么又开始宿命论了？"陈羡擦了擦周柠的额头，"至少隧道通了，回来能节省很多时间，以后来看妈妈和外婆方便了，总是好事吧？"

"嗯，这倒是。"周柠应道，"希望这儿能真的变好。"

再往前走，就到了那年抓泥鳅的水稻田。

"稻穗好像比夏天的时候饱满了不少。"陈羡看着稻田说。

"嗯，白天来看，这里应该快变成一片金黄了，毕竟就要丰收了。"周柠说完，嘲笑陈羡，"你这四体不勤五谷不分的，不懂了吧？"

"嘿，嘲笑谁呢？五谷不分我认了，四体哪不勤了？"

陈羡说着就来挠周柠的痒痒，周柠笑着往旁边躲去，谁想突然脚下一滑，即将要跌倒的时候，陈羡赶忙出手拉住了她，圈到自己怀里。

"你瞧你，差点又掉下去。"周柠看了眼脚下，心有余悸道。

"无所谓啊，毕竟上次掉下去的感觉也不是很差。"陈羡笑嘻嘻的，亲了下周柠。

"流氓！"周柠啐道。

说到这儿，陈羡突然想起了什么，蹙起眉头："我差点忘了问你，那个律师什么情况？他看你的眼神，看着就像有非分之想，我很不爽！"

周柠摇摇头:"我也不知道,每次见他都觉得很莫名其妙。"

"然后呢?"

"还有什么然后?微信早删了,要不是被周铭整了两次,我估计都不会再遇到他。"

陈羡"嘶"了一声:"我回去得跟周铭说下,到了汽修厂以后,可不能再跟以前那帮人混了,要不然还没完没了了。"

周柠取笑道:"你这就属于心术不正了啊。"

陈羡"哼"了一声:"这属于歪打正着。"

初秋的夜晚凉风习习,很是舒爽。

刚结束 FSC 的赛事,又开了一天车,陈羡确实是累了,在周柠曾经的小屋里,这一晚他睡得特别香。第二天起床时,其他人都已经起床,正等着他吃早饭。

"铭铭一早特意去村口给你买的豆腐脑和油条,你尝尝。"刘佳热情地对陈羡说。

周柠在一旁冲陈羡做了一个"我也不理解"的表情,毕竟这还是她第一次"沾光"吃到她亲弟弟买的东西。

陈羡意外地看了周铭一眼:"谢谢。"

"反正我也要吃。"周铭快速瞟了一眼陈羡,不太自然地应道。

"你们是不是一会儿就要走了?"吃完早饭,周铭假装不在意地问。

陈羡点点头:"是这么计划的,你还有别的事吗?"

"我能有什么事?就是随便问问。"

陈羡笑着看了周铭一眼:"来,加个微信,想好了你就联系我。"说着他就点开个人二维码,把手机放在桌上。

周铭磨叽了一会儿,不情不愿地掏出手机,但还是默默扫了二维码。临走时,陈羡突然想起车里还有好几盒上次买的、一直忘了拿回家的乐高,赶忙去车上把这些都取了出来。

"给。"陈羡把四五个乐高盒子塞到周铭怀里。

"这什么?"周铭纳闷儿地问。

"乐高,玩过吗?"

周铭诚实地摇摇头:"没有。"

"其实就是大人也能玩的积木。"陈羡热情地介绍起来,"这些都是经典车型,你看,保时捷911、迈凯伦 Elva、兰博基尼 Huracan,够你拼一阵的。"

"我不会啊。"虽然被包装盒上的图片吸引,但周铭还是有些手足无措。

"里面有说明书，你慢慢研究，肯定没问题。"陈羡拍了拍他的肩膀，"我迷茫的时候就喜欢拼拼乐高，尤其是赛车和摩托车，拼着拼着，脑子也就慢慢清楚了。"

周铭有些不信："你也会迷茫？"

"每个人都有迷茫的时候，只要能找到目标，就不怕。"陈羡笑着说，"这些够你养伤的时候拼一阵了，正好消解消解无聊。"

"行，那谢谢了。"周铭收下了礼物，不自然地咧了咧嘴。

"那我走了，有不会的，就给我发微信。"

"啰唆。"虽然很想再跟陈羡聊几句，但周柠在旁一副见了鬼的表情，搞得他十分下不了台，他只能换上那副讨人厌的样子，"你们快走啦。"

回程的路上，陈羡稍稍开了些窗，干净清新的山风从缝隙中吹进来，让两人心情都很好。

周柠感慨地说："我妈都说没见过周铭这样，在你面前跟换了一个人似的，你难道有什么魔力吗？"

陈羡哈哈大笑："正常人谁会不喜欢我？就你，可费了我老劲儿了。"

"给点颜色你还开起染坊了。"周柠"哼"了一声，扭头看向窗外，眼里却充满了笑意。

陈羡踩了脚油门，心情像这飞驰的汽车一样轻快。谁能想到，输了比赛的他能有这样的好心情呢？可现在，过去的失败好像不再重要，从头再来，他依然有大把的时间投入到自己最爱的事业中，有最爱的人陪在身边，甚至还可以用自己的能力帮最爱的人化解烦恼。

展望新的一年，陈羡从未觉得如此信心满满。

回去休整了两天，车队的人就又全身心地投入了新赛季的筹备中。

周柠花了整整三周时间精心剪辑制作，车队的纪录片终于大功告成。何一帆对周柠的作品很是赞赏，微调了几处镜头转换，就正式定了稿。

李炎把尾款转给何一帆："辛苦了，找你真没错。可惜没拿冠军，不然这纪录片就完美了。"

何一帆笑着说："遗憾才是青春的底色嘛，我倒感觉这使得故事更美了。再说，还有机会呢，明年再重新来过呗。"

"嗯，一定的，我也会陪车队到我毕业的最后一刻。"李炎肯定地说。

这天晚上，何一帆和周柠久违地聚了个餐。

何一帆给周柠转了七万八的尾款："别和我争，这项目你付出得最多，我后期都没怎么参与，两千块酬劳已经足够。"

周柠知道拗不过师兄,只得接受了这份好意:"谢谢师兄,要不是你的指点,我真不知道还要像无头苍蝇一样乱转到什么时候呢。"

"也是你自己努力。说实话,在介绍之初,我真没想到你能做得这么好。"何一帆笑了笑。

"你毕业后有什么打算吗?"周柠问。

何一帆灌了口啤酒:"早打算好了,我准备正式创业了,不等到毕业。"

"创业?"周柠有些吃惊。

"嗯,我和两个协会的朋友,就俞健和李盈,你都认识的,打算一起开家广告公司。反正毕业了也要找工作,不如我们自己先试试看。"

周柠瞪大了眼睛:"能行吗?会不会有风险?"

"干什么事没风险?既然是自己认定的事业,去试试才不会后悔嘛。"何一帆豪爽地说,"再说了,这两年到处接活儿,也算是积累了一定的客户和口碑,我还是挺有信心的。"

听完何一帆的话,周柠陷入了沉思。

何一帆却没发现周柠的异常,滔滔不绝地继续说:"哎,你不知道,广告行业学问可大着呢,你这一年干的只是冰山一角,最重要的还是创意、营销、客户关系的开拓与维护……"

何一帆得意地说起了这两年的几个成功案例,周柠听得一愣一愣的,由衷地说:"真厉害啊。"

何一帆哈哈一笑:"所以嘛,对于创业这个事,我还是很有信心的。你要有兴趣的话,也可以入股哦。"

何一帆只是随口一说,却没想到周柠沉思了一会儿,她抬起头,一脸认真地问:"怎么入股?"

4:我想当造车的人,不想只在旁边鼓掌

周柠的反问让何一帆一时没反应过来:"啊?"

"我也想跟你们一起干,怎么入股?"周柠又重复了一遍。

这下轮到何一帆结巴了:"啊……不是,周柠,我就是随口一说,你怎么还当真了呢?"

"是不是我还不够格?"周柠认真地说道,"这一年我确实也只是拍摄剪辑的能力长进了点儿,你刚说的创意营销,还真不太会,但我保证会认真学的。"

何一帆仔细辨别周柠的表情,见她不像是在开玩笑,不由得也认真了起来:"不是你不够格,说实话,你这么靠谱又努力的人,是多少创业人求都求不来的合作伙伴。"

"那你同意我入股了？"

"你还真想跟我们一起干？"何一帆依然有些意外，"创业很累的，我们大四是没什么课了，你这课业还挺多的，何况……"

见何一帆犹豫着不说，周柠忍不住追问："何况什么？"

"何况我觉得你没必要这么辛苦啊。"

这话让周柠有些不解："我不明白，什么意思？"

"就是……"何一帆有些结巴，"你有陈羡了啊，我以为……"

周柠恍然大悟，笑了笑："跟陈羡有什么关系？其实这两天我一直在琢磨呢，车队的活儿也忙完了，我得尽快找下一份工作呀。"

何一帆有些触动："哎，你还真是没变。但我觉得你还是和陈羡先商量一下吧，毕竟创业不是闹着玩的，忙起来可是连谈恋爱的时间都没有了。"

周柠倒是有些严肃了："师兄，不考虑陈羡的因素，我的加入对你们来说，是什么为难的事吗？"

"当然不是。"何一帆果断否认，"俞健和李盈也看了你做的宣传片和纪录片，直夸你厉害呢。而且我们人少，确实也需要帮手。你和其他人又熟悉，如果来的话，不存在融入的问题，过不了多久就能独立负责一块业务了。"

"那就行了。"周柠松了口气，"我就怕你是同情我才勉强同意。"

何一帆笑笑："如果说上一份活儿有同情的成分，那这一年你已经完全证明了你的实力。"

听到肯定的话，周柠很开心："那我们聊聊怎么启动的事吧？你们是怎么打算的？"

"嗨，我刚也有点吹牛了，其实我们是打算先成立一个小的工作室，还够不上广告公司的规模呢。"

"嗯，务实点好，一步步来嘛。"

"前段时间我们在校外的一个老旧小区租了一套八十来平方米的房子，稍微改造下就能当办公场地了，每个月租金大概在六千元。"

"这块成本就不小呢。"

"可不是嘛，还有些设备要添置，都是花费。幸亏学校这儿是郊区，市中心更不敢想。"

"你们有多少启动资金？"

"暂时是我和俞健每人拿出十五万，李盈十万，来年能赚到钱的话，就按比例分红。不过一开始得付一年的租金，再算上简单改造和添设备的费用，大概就得花去十五六万了。"

周柠托腮沉思了一会儿，说："我拿不出十五万，也拿不出十万，可不可以先拿出八万作为入股资金？"

"这倒是没问题,毕竟无论多少,钱总是多多益善的嘛。"

"太好了,我恨不得现在就去找俞健和李盈,征求他们的同意呢。"周柠笑道。

何一帆摆了摆手:"这你不用操心,他俩都挺看好你的,肯定没问题。只是……"

"怎么了?"

"跟车队去比赛那次,其实我挺感动的,感觉你就是车队的一分子了,我还以为你会选择继续留在车队,顺便也能陪着男朋友呢。"何一帆感慨地说,"说实话,我以为你和陈羡在一起以后,经济压力会小很多,也就不必这么急于找工作了。"

"我是很舍不得车队,但赛车毕竟无法成为我的事业。如果没有拍摄需求了,我在里面能干什么?"周柠冷静地说,"何况,经济是经济,感情是感情,我的助学贷款,总不能想着让陈羡替我去还吧?"

"哎,你呀,从来都只会硬扛,完全不懂得走捷径。"何一帆笑着摇了摇头,"也不是每个女生都会像你这样的,你真是,何必这么苛求自己。"

周柠却笑着反问:"师兄,为什么一定要代入男女呢?忽略掉性别,我不是在做和你同样的事情吗?"

周柠这话让何一帆愣了一下。

"我们想要的独立和自由,都是必须脚踏实地地站在地上才有资格去追求的,而不是靠依附着他人幻想出来的,无论那个人是谁,不是吗?"

何一帆服气地说:"你说服我了,刚才是我大男子主义思维作祟。你说得没错,追求独立自由之路又何来男女之分?只不过,你还是应该好好和陈羡谈一谈。虽然不想承认,但我看得出,他是个靠谱的人,对你也是真好,我祝福你们。"

周柠举起酒杯,淡然一笑:"嗯,我会的。正因为他好,所以相信他也一定会理解我的决定。"

陈羡对周柠的决定还真是没一点儿心理准备。他刚给车队所有人配置了一把人体工程学座椅,因为周柠总是长时间地对着电脑工作,有时嚷嚷腰疼。可光给女朋友一个人买也不好意思,他干脆买了二十来把,把基地所有的椅子都换了。

他根本没想过,周柠其实不是车队的一员,拍完纪录片,她确实也没了继续待在车队的理由。但这又有什么关系?相信其他所有车队成员都不会觉得周柠继续出现在车队是很突兀的事情。陈羡以为,他们会像上个学年一样,重头来过,重新拼过,直到拿到冠军。周柠的陪伴,是他的动力,也是他的定心丸。

两人牵手在校园里散步，听完周柠的打算，陈羡愣了半晌才说："一定要去吗？大不了今年再给车队拍一部纪录片呢？"

周柠笑了笑："今年车队没这个计划，也没这个预算吧？"

"我出钱。"陈羡毫不犹豫地说，"把今年再记录下来，也很好啊。"

"陈羡，别闹。"周柠果断拒绝，"这不光是钱的事情，更是关于我对未来的设想。"

"未来？"

"对啊，广告专业重在实践，否则理论知识再丰富，都是纸上谈兵。何况我本来就需要边工边读，何一帆、李盈和俞健又都非常靠谱，能和他们一起创业，是多难得的机会呀。说不定几年后，我们真的能做大呢。"

周柠说的都有道理，可陈羡还是不太开心："今年我们车队打算出两款车参加比赛，一款油车，一款电车，你知道吧？"

周柠点点头："我知道，很厉害呀。"

"我还决定申请加入车手组，从明天开始，就要为明年的参赛进行训练了。"

"你穿赛车服，我想想都很帅。"

陈羡却没被逗笑，反而嘴角向下垂了垂："所以这一年一定会很忙很忙，比去年还要忙得多。周柠，你想过没，你要是也很忙的话，我们可能连面都见不上了。"

周柠似乎不意外陈羡的担忧，笑着问道："为车队忙，是让你开心的事情吗？"

"当然。"

"你不仅把它当作兴趣爱好，更是当成一项事业，没错吧？"

"当然。"陈羡再次不假思索地回答。

"所以，你有没有想过，我也需要自己的事业？"

陈羡被周柠问住，微微张了张嘴，却一时不知道如何回答。

"说实话，正是在车队的这一年，才让我感觉到有梦想有事业是多么幸福的事情。"周柠的眼神里有一丝憧憬，"看着你们，我也会想，要是我也能有一项愿意投入全部精力为之奋斗的事业该多好呀。"

"你的事业和我的事业就不能统一吗？"陈羡依旧不甘心。

周柠摇了摇头："如果待在车队，我永远只能是你的附属品，我可以为你加油为你呐喊，但永远当不了主力军。而陈羡，我想当造车的人，不想只在旁边鼓掌。"

周柠闪着光的双眼里充满了倔强，像极了一只蓄势待发的小猎豹，陈羡知道自己说不过。何况，周柠说得没错，既然都是追求梦想，为什么必须由她来配合自己的步伐呢？

陈羡叹了口气，抚了抚周柠的头发，他早应该明白，他爱上的就是这样一个倔强又自负的姑娘，断断不能奢望她像普通女孩那样小鸟依人、楚楚可怜。周柠想追求的，远远不只是爱情而已。

"我是舍不得。"陈羡最终认命地说，"一想到以后在车队见不到你，我就难受。"

"我有空就会过来啊。"

"你最好是有空。"陈羡表示不信，"你刚不是都给我打了预防针了吗？正式创业不是开玩笑的，会很忙很忙很忙。"

周柠眼珠一转，思索了一番："你说的车手训练，是从明天开始吧？"

"是啊。"

"我也是打算明天和何一帆他们正式谈谈工作的事情。"

陈羡挑起眉："所以呢？"

周柠嘴角一勾，踮起脚尖，坏笑着将双手绕上陈羡的肩膀，压低声音道："所以，你要不要好好把握下今晚的时间？"

温热的气息扑在陈羡的脖子上，挠得他心里直痒痒。陈羡笑着一把拽过周柠的手腕，拉着她就往校外走去："这可是你自己说的，今晚可别抱怨我不让你睡觉。"

晚上。

周柠轻轻抚着陈羡的头发，陈羡捉住她的手，叹了一口气："永远能这样多好，我们会永远在一起吗？"

周柠笑道："你知道吗，永远是程度副词，不是时间副词。"

陈羡抬起头来，不满地说："什么意思？欺负我是理科生啊？"

"那你们理科生的永远是什么？"

陈羡想了想，抬手在空中定了一个点，又向一个方向直直地划去："就是一条射线，无限向一边延伸。"

周柠顿了顿："你们理科生还挺浪漫。"

"不是理科生浪漫，是你太不浪漫。"陈羡嘟囔道，"再给你一次机会，你重新说，我们会永远在一起吗？"

周柠抚了抚陈羡期盼的眉眼，轻声道："我会努力。"

"我发现有些词儿对你来说烫嘴。"陈羡无奈地笑了笑，"罢了，不为难你，我倒要看看你会有多努力。"

周柠好似又被"没收"了手脚，陈羡抱着她到浴室，轻轻替她清洗擦干，又找了件宽大的T恤套在她身上。为了报答，周柠来到厨房，拿出两包方便面、两个鸡蛋、两根火腿,开始给两人做夜宵。

面不一会儿就煮好了,陈羡把热气腾腾的碗端到桌上,搓搓手,迫不及待地拿起了筷子。正要开吃,手机响了一声,陈羡拿起一看,笑了。

"谁给你发信息?"周柠好奇地凑过来。

陈羡把手机屏幕转向她:"你弟,给我发了他拼完赛车的照片。"

说完,陈羡又掉转屏幕,快速回道:帅,这次拼了多久?

周铭秒回:半天,大大提速了。

陈羡竖了个大拇指:厉害,快赶上我了。

见陈羡和周铭一来一回的,周柠闷闷地说:"你俩居然能有话聊?也真是奇了。"

"嗨,都喜欢车嘛。我看周铭也挺喜欢拼乐高的,上次那几个拼完,我又给他寄了几个,好像又拼得差不多了。"

"你还又给他买了?"周柠瞪大了眼睛。

"看他喜欢嘛,他朋友圈最近都是拼乐高的照片,你没看见?"

周柠沉默了两秒,闷声道:"我没有他微信。"

"啊?"陈羡愣了一下,哑然笑道,"我就说吧,你俩真的是不太熟。"

周柠有些别扭地拿起筷子,挑起一撮面条塞进嘴里。

陈羡若有所思地停了一会儿,快速打下一行字:头好得差不多了吧?什么时候过来,带你去汽修厂和我朋友见个面。

再拿起筷子时,陈羡的注意力明显已经不在面上,时不时瞟一眼手机,看有没有回复。

周铭这次回复得明显慢了一些:明天吧,明天你有空吗?

陈羡得意地再次把手机递给周柠。周柠瞄了一眼,闷闷地说:"你明天不是要正式开始车手训练了吗?"

"这点时间还是抽得出来的。"陈羡问,"你是不是就不来了?免得你俩又吵起来。"

周柠放下筷子,突然觉得词穷,再开口时声音都显得有些艰涩:"陈羡,谢谢你,我真的没想过要你为我做这么多。"

"你我之间就不用说谢了吧。"陈羡不满道,"只是希望,这次真的能是一条正途吧。"

接到陈羡回过来的"OK"表情后,周铭重重呼出一口气,把自己和手机都扔到床上,仰着望向天花板发呆。其实他早就决定要去了,可头上的伤还没好,他不想这个样子出现在新的生活面前。

小学毕业前,他几乎没有离开过东岙村,有爷爷奶奶宠,还有虽不住在一起，却依然无限溺爱他的妈妈，犯了什么错都有人替他擦屁股，所以他上天下地、胡作非为，俨然是村里的小霸王，没一个同龄的孩子敢惹他。可一走出东夳村，他那种"我是世界中心"的幼稚认知就被打破了。他发现世界的运行规则全变了——以为是哥们儿，可哥们儿关系也有三六九等，甚至拳头也不管用了，拳头越硬越容易把自己送进监狱。

周铭的世界彻底颠倒，没了爷爷奶奶做靠山，只剩一见他就忧心忡忡的妈妈和外婆，更别提从不拿正眼瞧他的周柠。村里待不住，社会融不进，虽说他依然摆出一副吊儿郎当的样子，但内心渐渐开始感到恐惧，他隐约意识到，原来没有人能真的罩他一辈子。

可他没想到，就在他受尽白眼，破罐子破摔，再次被周柠像垃圾一样从派出所里捡出来的时候，他会遇到陈羡。陈羡的眼神那么温和，语气那么真诚，仿佛真的对他没有一点儿嫌弃。他第一次开那么好的车，第一次有人带他兜风，第一次知道乐高这种东西，甚至第一次知道，原来喜欢车也是一件了不起的事情。

三个多礼拜过去，周铭依然沉浸在遇到陈羡的震惊之中，觉得他和身边所有人都太不一样了，他一笑，就让人如沐春风，好像世界都开花了。这感觉很神奇，周铭觉得有些怪异，思来想去，终于明白，自己是找到偶像了，人生中的第一个偶像。本是无头苍蝇的他，突然看到了自己想要成为的样子，虽然知道差距很大，但也想踮起脚尖够一够。

当然，陈羡也不是十全十美，比如居然瞎了喜欢周柠。但不是周柠，自己好像根本没机会认识陈羡。一想到这个绕不开的点，周铭就觉得很内伤。最后，周铭干脆不再想了，他本就是头脑简单的人，这些天的思虑已经严重超出了他的负荷。既然偶像愿意给他介绍一个机会，他就去试试呗，万一这次真的行呢？

第二天下了大巴，周铭就觉得有点想哭——偶像居然还来接他。

又坐上了梦想中的车子，周铭咳了咳，假装不在意地问道："那谁没来啊？"

"你说你姐啊？她今天太忙了，所以只有我过来啦。"

周铭"哼"了一声把头扭向窗外："怕是她根本不想看见我吧。"

"先去吃个饭？"陈羡转了话题。

"不饿。"周铭依然没有回头。

陈羡笑看他一眼："我饿了，就当陪我吃吧。"

烤肉"滋滋"冒着热气，陈羡将牛排翻了个面，见差不多了，就用剪刀剪成小块儿，夹了一半到周铭碗里。

"要带你去的汽修厂叫名车工坊,是专门做进口车展销和售后服务的,在 N 市已经很有口碑了。"陈羡一边吃,一边介绍,"老板是我朋友,已经跟他说过你的情况,喜欢车,学过不到一年的汽车维修,所以到了那边,你需要先当学徒。"

周铭筷子一顿,有些不自然地说:"他知道我是被开除的吗?"

"我都如实说了,你别有心理负担,过去的就让它过去,但从现在开始,每一分形象可都是自己挣的了,明白吗?"

周铭不太擅长接受教育,但在陈羡面前,他还是别扭地"嗯"了一声。

虽然有了一定的心理准备,但真的到了名车工坊的门口时,周铭还是吃了一惊。这可不是一家普通的汽修厂,光展厅就有六百多平方米,装修非常豪华,几十辆豪车亮闪闪地陈列在灯光下。再往后去,维修车间更是少说有上千平方米,许多穿着蓝色工服的工作人员拿着工具,穿梭在一辆辆豪华车之间,一片繁忙的景象。

陈羡领着周铭走进老板办公室,一个四十多岁的中年男子立马笑着迎了上来。

"你小子,最近光顾我这儿有点频繁啊。"中年男子笑着拍拍陈羡。

陈羡也搂上他的肩膀:"你自己说的有事找翟哥,我这不就来了嘛。"

"嘿,四五年前说的一句玩笑话,你还真赖上我了。"

嘴上虽这么说,翟哥还是热情地把他们领到沙发前,并亲自动手泡了两杯茶。

翟哥本名翟宁生,为人豪爽,和他熟悉的朋友都叫他翟哥。十年前,他和几个伙伴一起创立了 N 市第一家平行进口车服务公司,通过不断积累资源,这些年业务逐渐扩大到豪华车维修、4S 店展销、二手车买卖和汽配连锁上来,手下员工得有大几百人。

"就是这小子吧?"翟哥看了周铭一眼。

翟哥自带江湖大哥气质,周铭被他一看,鸡皮疙瘩都起了一层,不由得站起来自我介绍道:"老板好,我叫周铭。"

"陈羡都跟我介绍过了,还说你小子脾气比较火暴,让我好好管管。"翟哥笑道。

周铭顿时脸一红,傻在那里,不知该怎么接话。

"傻站着干啥?坐下喝茶。"翟哥手一挥,示意周铭坐下,"陈羡应该跟你介绍我们公司了吧?"

周铭点点头。

"现在汽车行业竞争激烈,我之所以能做这么大,靠的就是过硬的口碑。口碑怎么来,靠的就是高素质的员工队伍。不管你过去怎么样,如果来我这儿，就必须按我的规矩来，能做到吗？"

周铭看了一眼陈羡，又点点头。

"学徒期间没有工资，但提供食宿。考试合格后，从初级员工做起，能接受吗？"

周铭已然变成了一个点头机器。

这时有人敲门。

"翟哥您叫我？"进来一个四十来岁的中年男子。

"对。"翟哥指着周铭，"介绍一下，这是周铭，新来的，从今天开始就是你徒弟了，从零开始，好好带。刘伟，我们这儿最好的汽修师傅，你跟着好好学，保证能学到本事。"

"没问题，翟哥您交代的，我一定好好带。"刘伟笑得一脸淳朴，看上去是个老实人。

周铭试探性地看了陈羡一眼，见陈羡对他投来肯定的眼神，心里的石头也就落了地。

像有一双无形的手在拽着周铭向前走，他还没反应过来，就已经换上了蓝色工服。刘伟带着他一点点熟悉工作场景，介绍同事给他认识，陈羡跟在后面一起认真地听着。一圈下来，已经快天黑了，周铭却完全没有感到时间的流逝，只觉得自己眼睛不够看、脑子不够用，恨不得再多学一点、多记一点。

陈羡走时，周铭送他到门口。

"喜欢这儿吗？"陈羡笑着问。

"嗯，喜欢。"周铭第一次没了那股别扭劲儿，十分高兴地说。

陈羡拍拍他的肩膀，语重心长地说："喜欢这儿就好好干，努力一定会有回报的。以前的小毛病都收一收，也别再和那些狐朋狗友混了。机会不常有，如果不珍惜，哪天可能也就没了。"

"我知道了，啰唆。"周铭不自然地耸了耸肩，又随口问道，"你现在干什么去啊？"

"我吗？去找你姐姐呗。"陈羡自然而然地回道。

周铭一头黑线，简直后悔自己问了这个问题，嫌弃之情溢于言表："赶紧走吧你，我也要回去了，他们等着带我去宿舍呢。"

告别了周铭，陈羡眼角眉梢都是藏不住的笑意。他想得没错，这里太适合周铭了。橘生淮南则为橘，生于淮北则为枳，找到合适的环境，说不定周铭真能脱胎换骨呢？

想到这儿，陈羡压抑不住心中的兴奋劲儿，掏出手机给周柠发微信：在哪儿？我来找你。

可车都开到学校了，依然没收到周柠的回复，陈羡皱起眉头，拨了电话

.215.

过去——居然关机了？

周柠还真没留意自己手机是什么时候没电关机的。

一大早，她就主动去找了俞健和李盈，表达了想要一起干的决心。何一帆说得没错，俞健和李盈非常欢迎周柠的加入，甚至当天就把她拉到了刚租好的办公场地。

房子在一个离学校十分钟路程的老旧小区内，外表看着虽然破旧，房屋状况倒还行，水电都有，八十来平方米，包含两室一厅一厨一卫，尤其是客厅非常大，用来当办公室刚好。至于两个小房间，他们打算作为临时卧室和杂物间，两个男生一间，两个女生一间。毕竟广告行业本就是没日没夜的，更别提创业阶段了，有个铺盖更加方便干活。

大家对租的场地都非常满意，根本等不了一秒，立刻去附近超市买了清洁工具，花了半天时间，齐心协力把地板擦得简直能反光。搞完卫生，四人干脆又去了趟家具城挑选办公桌椅和家具。记下了心仪物件，四人又回到租的房子，用卷尺细细测量一遍，确定没问题后，何一帆火速下了单。

房子毕竟不大，能添置的设备有限，何一帆谈好了一台价格合适的大型商用复合机和一台写真机，打算等家具都进场了再联系配送。喷绘机等专用设备实在太贵，而且买来也没地方放。不过倒也不愁，这些年何一帆积累了不少关系和人脉，真接到了活儿也能联系工厂印刷制作。

四人兴致勃勃坐在一无所有的"办公室"里，畅谈着对未来的设想，等察觉到口渴时，已经快到零点了。周柠这才发现手机没电了，赶忙问李盈借了充电器，刚开机，就看到了一长串微信留言和未接来电，都是陈羡打来的。

周柠赶紧拨了回去。

在听到周柠声音时，陈羡明显松了口气："吓死我了，还以为你怎么了，差点儿报警。"

"忙得没顾上看手机，不知道没电了，真对不起。"周柠抱歉地说。

"这都还没正式开始呢，就忙成这样？"电话那头的陈羡很不满，"再忙也得睡觉吧？我过来接你。"

"不用不用。"周柠看了一眼其他人，压低声音说，"你等我吧，我自己过来，马上就到。"

陈羡郁闷地坐在沙发上，看着对面的秒针"嘀嗒嘀嗒"地走动。大概走了三十圈，门口终于有了响动。

陈羡一开门，顿时被门口的"小灰人"震惊了："你怎么搞成这样？"

周柠一整天都处于兴奋当中，根本没留意自己的形象。等看到挂在玄关的全身镜时，才发现自己不仅头发乱糟糟的，衣服上也都是污渍。

"我们今天给办公室开荒来着，搞得身上有点儿脏。"周柠不好意思地笑笑，阻挡了陈羡想要抱她的手，"我能先去洗一下吗？"

陈羡一边把周柠往里面领，一边抱怨："干吗自己干啊，找个开荒保洁不就得了。"

"你说得倒轻松，还没开始呢，买这买那都已经花了好多钱了，能省的当然要省。"

"要不要我给你投资点儿？"浴室门口，陈羡笑着拦下周柠。

周柠白了他一眼："谢谢好心，不用了。要不你投资件T恤吧，一会儿我要穿。"

被热水从头到尾淋一遍，周柠这才觉得今天真是累透了，出来时连举吹风机的手都有点颤抖。幸好有陈羡在，这些从来不用她操心。吹干头发，陈羡抱起她坐到被子里，觉得她今天身上分外柔软。

"跟我说说，今天都干啥了，累成这样？"

周柠带着疲倦但满足的笑容，把一天的经历从头到尾说了一遍。

陈羡听完，皱了皱眉："还买了两张高低床？这是打算住那儿了啊？"

"活儿多的时候需要，做广告就是这样啊，干起活儿来没日没夜的，有床比较方便嘛，实在累了还可以躺一会儿。"

"哎，要不要我提醒下你，你才大二呢，要不要搞得这么认真啊？"

"大二怎么了？说实话，我对按部就班地读完大学一点兴趣都没有。"

"那你对什么有兴趣？"

躺在陈羡怀里，周柠想了想，老实地说："钱，我想赚很多很多钱。"

陈羡嘲笑道："财迷心窍。"

"嗯，我就当是你对我的赞美了。"周柠笑了。

周柠对金钱毫不掩饰的渴望，陈羡十分理解，十分尊重，但谈不上感同身受。毕竟他是从小到大都没有缺过钱的人，无论是玩游戏还是玩赛车，哪项都是烧钱的爱好。他只顾着玩，却从没想过钱是从哪儿来的。直到遇上周柠，他才意识到，钱原来是要靠自己挣的。

搂着周柠，他火速回顾了一下自己这二十多年，发现除了获得过几次奖学金外，还真从没有靠自己挣过什么钱。至于花了多少钱，他更是根本记不得。这点发现让陈羡挺不好受的，比起已经能养活自己的周柠，他好像平白无故就矮了一截。

想到这儿，陈羡轻轻掐了一把周柠的腰，刚想说什么，却发现怀里的人没了声响。他低头看去，刚走神的一小会儿工夫，周柠居然就睡着了？仔细一听，竟然还打起了轻微的小呼噜。陈羡无奈地笑了笑，轻轻把周柠放倒在床上，替她盖上被子，拉着她的手一起睡了。

第二天，两人是被快递的门铃吵醒的。

陈羡打着哈欠签收了一个大箱子，周柠也迷迷糊糊地从卧室里走了出来："什么东西呀？"

"前天下的单，送来还挺快。"陈羡笑眯眯地递给周柠，"喏，你拆吧，送你的礼物。"

"什么呀？"周柠惊讶地走了过来，接过这个沉重的纸盒。

周柠拿起剪刀，剪开外面的快递箱，白色的内盒露了出来，是一台全新的笔记本电脑。

"你这是干吗呀？"周柠有些责怪地看了一眼陈羡，"干吗买这么贵的东西？"

"你这都要创业了，我作为男朋友不能一点表示都没有吧？"陈羡笑道，"更何况，工欲善其事，必先利其器，你又不在车队待了，没电脑你拿什么搞设计做视频啊？"

"我自己有打算要买。"周柠皱眉道。

周柠在表示可以出资八万以后，突然想到自己还缺一台电脑。之前都是蹭车队的用，这下人都走了，总不能把车队的电脑也搬走吧？于是，她又不好意思地跟何一帆提出能不能减少一万入股资金，她得添置台电脑。何一帆哈哈大笑同意了她的请求，并叮嘱她买稍微好一点儿的，毕竟做广告对电脑配置的要求挺高，这块不能省。

而陈羡选的这台，明眼人一看就知道不只是好一点儿，直接就是顶配。

"我咨询了店家，说这台挺好，很适合你们做广告的。"陈羡说。

"我当然知道好，只是……太贵了啊，我没想着买这么好的，现在也没钱还你。"

陈羡叹了口气："就知道你要说这些扫兴的话。"

"那你还买？"周柠也不相让。

陈羡想了想，换了种方式："你对你们未来挣钱有信心吗？"

"当然有。"

"那就行，就当是我有眼光，做个投资，来年你分红的 10% 再分红给我，你看行吗？"

周柠眼珠一转，说："那万一我挣了一百万，分 10% 给你，我岂不是还亏了？"

"嘿！"陈羡被气笑，忍不住伸手把周柠的头发揉得一团乱，"有你这样的白眼狼吗？"

周柠哈哈笑着拨开陈羡的手,低头摸了摸怀里的电脑,又抬起头对陈羡粲然一笑:"谢谢,那我就收下了,保证不辜负投资人的期望。"

陈羡这才作罢,表面"哼"了一声,心里却很高兴。这番心意总算是被开心地收下,而不是像送衣服那次,自己兴冲冲的,却闹得两人都很不开心。这是不是说明两年过去,他和周柠的关系也有了明显的进展?

李盈在看到周柠的电脑时,竖起了大拇指:"可以啊,下血本了。"

周柠笑道:"我这水平,配这电脑还有点可惜了,你们得多教教我才是。"

"放心吧,到时候你不想学都不行,不然活儿谁干哪?"

很快,"一帆创意工作室"就像模像样地开张了。这名字让何一帆还挺不好意思的,但大家都说,本来他就是带头人,何况"一帆风顺"的寓意也很好,没有比这更合适的。盛情难却,何一帆也就接受了这个提议,毕竟是做广告的,首先得给自己打广告。

除了做好已有业务外,何一帆给每个人都派了新活儿,他和俞健负责工作室网站的制作与维护,李盈负责短视频平台的宣传推广,周柠则负责网上店铺的打理。半年多时间花下去,各类渠道渐渐开始发挥作用,真给他们带来了一些客户。虽然何一帆讲起广告时,总爱提国外那些经典的广告营销案例,但现实中,这种高大上的策划根本轮不到他们,接的大多是海报、名片、平面、画册等设计和小短片拍摄制作,还得根据甲方的意见一遍遍无休止地修改,真正够得上"创意"的地方并不多。

现实和理想有差距,周柠倒是觉得无所谓,只要能赚钱,活儿不分贵贱,所以这网店小妹当得乐呵呵的,二十四小时不敢关机,一有动静就马上"亲"地发过去,惹得陈羡嘲笑她对客户比对他还热情,并气呼呼地扬言下次再不回他微信,他就干脆上网店找她。

也难怪陈羡心生不满,周柠确实是有点太忙了。一方面,她是四个人中水平最低的,心里铆着一股劲儿地追赶,工作之余,还得花大量时间自学。而且其他三人多摸爬滚打了两年,都积累了一些客户资源,就周柠什么都没有,没法为工作室拉来客户,她只能用更努力地工作去回报伙伴们对她的信任,主动承担了很多杂活儿;另一方面,大二的课程依然比较繁重,她在忙工作室的同时还得兼顾学业,导致她更是忙上加忙,将所有的精力投入了事业后,对其他难免有忽略。

吴鹏远都小心翼翼地问过陈羡好多次他和周柠是不是分手了,并表示车队的人都很好奇,托自己作为代表来问问,让陈羡很无语。

也不知道撞了什么运,车队的"单身狗"们新学期像集体迎来了桃花,接二连三地有了女朋友,连吴鹏远也告别了上段不靠谱的网恋,找了个中文系的美女，整天卿卿我我黏在一起。车队的工作本来就忙，有了此前陈羡和周柠打样，大家很自然地就经常把对象往基地里带。吴鹏远曾嘲笑陈羡见到周柠就像孔雀开屏一样，恨不得冲到人眼前去张开尾巴，展示自己到底有多厉害。现在他自己有了女朋友，简直是有过之而无不及，画个简单的电路都要跟人展示半天，看得陈羡直翻白眼。而与此形成鲜明对比的是，整个大二下学期，周柠几乎没在基地出现过，也难怪大家会有这样的疑惑，毕竟陈羡现在是整个车队最像单身狗的人。

转眼就快到期末了，陈羡在基地忙赛车的同时，也不得不捧起专业书抱抱佛脚。这天吴鹏远欠欠地走过来，抽走他手中的教材，冲他抬了抬下巴："喂，你生日快到了啊，After Party走一波？大伙儿想给你庆祝生日呢。"

"想宰我直说。"陈羡一眼看穿。

"嘿，你别说，我思来想去真是没有更好的聚会时间了。你想啊，你生日之前是期末考冲刺，生日之后是暑期备赛冲刺，就你生日那天能放松一下。"

陈羡笑道："说得跟真的似的。"

"哈哈是吧，大家好久没聚了嘛，找个由头高兴高兴。"

"行吧，包厢你来定啊。"陈羡爽快地说。

"没问题，车队的人我来张罗。"吴鹏远拍了拍好兄弟的肩膀，犹豫了一下问，"那个，要算上周柠吗？"

"啊？"陈羡一时没反应过来。

"没分手的话就叫上周柠，我暂时算她一个。"说完，吴鹏远生怕被打似的赶紧后退了两步，脱离了陈羡的攻击范围。

陈羡无奈地瞪了吴鹏远一眼，心里却有点烦躁。仔细一算，他居然已经两个礼拜没见过周柠了！上周约周柠吃饭，周柠说给企业做宣传册，改得头大没时间。这周约周柠两次，她又说外出拍片了，让他别傻等。

两人明明都在Z大或附近，却忙得连面都见不上，说出来恐怕都没人能理解。吴鹏远这一挑衅，陈羡心里更是不好受，烦闷地收拾了一下桌面，抓起件外套就向校外走去——不管周柠在忙什么，他今天非见到她不可。

第七章
分歧

1：你是我朝着目标奔跑时也想拥抱的人

周柠这两周是真的忙到脚不着地，平均每天只能睡两三个小时，通宵也是常有的事。之所以这么拼，是因为经过大半年的磨砺，她终于有机会能独立上手做一项业务了。

何一帆接了个宣传册设计制作的活儿，甲方是本地一家小有名气的企业，设计费给的是六百元一页，还要负责后期的印刷制作。这对于新成立的小工作室来说，算是非常不错的生意了。其他三人都挺忙，何一帆试探地问周柠想不想独立试一试。

周柠一听，立马答应了下来。打了大半年下手，她对设计已经有了一些初步的认知，对 Photoshop、illustrator、Indesign 等软件运用得也更加熟练，正等着机会检验一下自己。

宣传册要得急，只给了十天时间出成品。一开始跟周柠对接的是一个小姑娘，叫司晴，周柠花了大半天时间到企业了解情况，又花了一整个通宵研究对方传过来的图文资料。大概理出思路后，周柠又上网看了不少既有作品，初步形成一份大纲。

司晴对周柠的思路很满意，基本没提修改意见，只是让周柠赶紧出个成品，好让领导审核。还在象牙塔里的周柠怎么会想到，很多活儿难就难在领导审核这一环，一个领导一个意见，领导的上面还有领导。

熬了六个通宵，经历完两轮审核，宣传册已经面目全非。好不容易到了大老板面前，大老板大手一挥，这儿不行，那儿不满意，又是一番伤筋动骨。第三次被打回来时，周柠明显蔫儿了，对着电脑发愣了很久，不知道该从哪儿下手。

何一帆见状，笑着拍拍她："别气馁啊，甲方就是这样。"

周柠郁闷地说："可他们就不能把意见统一好了再让人改吗？我这大改有三稿，小改都二十多稿了，这颠来倒去的，不是白费力气吗？"

"以后接触多了你就会知道，无论是否合理，你都得按照甲方说的来。不过恭喜你，已经打到了大 Boss 面前，估计离通关不远了。"

.221.

周柠咬了咬牙:"那我再坚持坚持。"

周柠拿出十二万分精神,仔细消化了大 Boss 在宣传册上画下的那几笔意见,睁着通红的眼睛,又投入到了新一轮的修改中。收到通过的消息,已经是第九天下午。司晴又用那副甜美的嗓子催道:"明天我们就要两千册,你们来得及吧?"

幸而何一帆早料到会有这么一出,早早拜托了熟悉的印刷厂今晚务必等等他们,辛苦一起加个班。周柠火速将定稿传过去,跟何一帆打上车就往印刷厂跑,盯了一晚上的印刷胶装,赔了一晚上笑脸,终于在第二天八点半前,将装箱的宣传册送到了企业大门口。

好在辛苦也有回报,这家企业是第一次与他们合作,对他们勤恳的态度和超高的效率非常满意,听说他们还接拍摄业务后,当即决定把宣传片的活儿也交给他们。但行事还是同样的风格,恨不得上午要,下午就得给,完全不给人喘息的时间。

周柠感慨地说:"我算是明白了,我们的设计费劳务费里,原来还包含了委屈费和被折腾费。"

"能领悟到这一层,说明你离职业人又近了一步。"何一帆给周柠竖了个大拇指,"没办法,我们只是个小作坊,要生存下去,就得像块橡皮泥,甲方怎么搓,我们就怎么变。只有这样,才能争取到更多合作的机会。你怎么样,能适应吗?"

周柠笑笑:"能,虽然过程很辛苦,但看到成品还是挺有成就感的。"

"那就好,咱开始干下个活儿呗?你给我搭把手。"

"没问题。"周柠仿佛已经忘却疲惫,再次鼓足了干劲。

连续不断地投入工作,周柠已经很久没有好好地和陈羡吃过一顿饭了,甚至陈羡进来的时候,周柠都没有察觉,还在认真地和何一帆讨论脚本构想。

陈羡一踏入工作室,就感受到这里连阳光下漂浮着的尘埃都充满了疲惫。周柠和何一帆并排坐在角落的写字台前,视线被成堆的文件和杂物所挡,并没有看到陈羡进来,或者说两人的精力都集中在那块小小的屏幕上,自动屏蔽了外界的干扰。周柠认真地听着何一帆说话,一边点头,一边不停地敲击键盘,好像在修改什么文档。虽然陈羡对何一帆早已没了芥蒂,但看到两人头挨着头凑在一起,周柠不时皱眉,不时面露笑意,心里还是有些不爽,尤其他都走到面前了,周柠依然连头都没抬一下。

"咳咳。"陈羡轻咳了两声,周柠和何一帆这才从屏幕上移开目光。

"你怎么来了?"周柠看上去很惊讶。

陈羡扯了扯嘴角:"来找你呗,不来这儿怕是都见不到你。"

"最近活儿多，太忙了。"周柠解释道。

"再忙还是得吃饭吧？到饭点了，下楼吃个饭。"

周柠的心思还是放在工作上："我们还要讨论脚本呢，一会儿随便点个外卖就行了。"

看着周柠眼睛里明显的红血丝，陈羡有一点心疼，可听她这么一说，不由得又立刻皱起了眉头，显出一丝不悦。

何一帆反而先于周柠察觉出陈羡情绪的低落，赶忙说："正好，我这眼睛也遭不住了，得休息会儿，等你吃完回来再继续吧。"

"可是这儿刚改到……"周柠仍有一些犹豫。

"哎呀，周扒皮也得让人休息吧，行行好，让我喘口气。"何一帆赶忙打断她。

听何一帆这么说，陈羡倒是忍不住笑了一下。那次暑假，他也是这么觉得周柠来着——周扒皮，正好她也姓周！

周柠终于被拽出了这栋小楼，接触到阳光的那一刻，她突然感到眼前一黑，差点儿没站稳。

"怎么了？"陈羡赶紧扶住了她。

"不知道，突然晕了一下。"周柠缓了一会儿才睁开眼睛，用手揉了揉酸痛的颈椎。

尽管心里还在不爽，但见周柠这样，陈羡还是下一秒就把手覆上了周柠的脖子，替她轻轻揉捏。陈羡的手掌温暖而有力，不一会儿，周柠就觉得舒缓了很多。

又靠在陈羡怀里缓了一会儿，周柠突然觉出有点不一样，起身捏了捏陈羡的胳膊："怎么感觉变了？"

"你是多不关心我？"陈羡白了她一眼，"为了比赛，这半年一直在练体能啊，长肌肉了呗。"

"哦。"周柠恍然大悟，又笑着捏了捏陈羡的肱二头肌，"手感不错，我喜欢。"

"你喜欢？"陈羡挑起眉看她。

"嗯。"

陈羡又逼近一步："要不要好好感受一下？"

周柠被逼得向后退了一步，赶忙用手挡在胸前："别闹了，我一会儿还得回去忙呢。"

"喊，没劲。"陈羡料到她会是这个反应，百无聊赖地站直了身子，认命地继续寻找食物。

他知道周柠没什么心情吃大餐，于是在街边随便挑了一家看上去干净些的面馆，点了两份豌杂面。雪白细长的小面浸在香喷喷的红油里，一看就让人非常有食欲。

周柠夹起一筷子囫囵吞下，又拿起旁边的饮料猛灌一口，发出一声感慨："真好吃啊。"

见她这副模样，陈羡不由得笑了："怎么，觉不睡，连饭也没好好吃吗？"

"吃了，但可能跟你在一起才觉得特别好吃吧。"周柠嘿嘿一笑。

陈羡"哼"了一声："说得跟真的似的，也没见你多爱跟我吃饭啊！知道咱俩多久没见了吗？"

"很久吗？"周柠挠了挠头，"最近实在太忙了，对不起对不起。"

陈羡叹了口气："你是不是最近连课也没怎么去上？"

"嗯，点名严的那几门去了，其他能翘的都翘了，实在忙不过来。"周柠又夹了一口面，"不挂科就行，反正我的目标也不是当三好学生。"

周柠碗里的面已经快见底了，陈羡却没动几筷子。不知道为什么，他开始回想周柠吃饭的样子。她好像很少说什么东西不好吃，食堂那些不时过咸或过淡的菜，她都吃得毫不犹豫。陈羡突然明白，她不挑，是因为食物只是果腹的工具。好吃她也只是吃这么点儿，不好吃也能下咽，填饱肚子继续前进才是她的目标。

她像一个匆匆赶路的人，只有一个终点，途经的所有都得服务于那个终点。而他不一样，他认为生活应该多线并行，很多人和事同样重要，没有谁为谁服务的主次之分。

周柠吃完了才发现陈羡的心不在焉，诧异地问："想什么呢？"

"没什么，就是在想你刚才说的目标。"

"怎么了？"

"你的目标不是当个三好学生。"陈羡重复了一遍。

"有什么问题吗？"

陈羡抬起视线，声音有些发闷："我只是想问问，我是不是也不在你的目标里？"

中午的阳光透过窗户，在餐桌上映出一道光，数不清的细小尘埃在两人之间起起伏伏，正如那些忽明忽暗的细小情愫。

周柠被陈羡问得一愣，放下筷子，眉眼一弯："你本来就不是目标呀，你是我朝着目标奔跑时也想拥抱的人。"

这么浪漫和有温度的话居然是周柠说出来的？陈羡一下子愣在那里，简直不敢相信自己的耳朵。他本是抱着埋怨的心情，这下倒突然不知所措起来："咳……看来这半年你写文案的功夫长进了不少。"

周柠笑着看他一眼："说真话你倒是不信了。"

陈羡撇了撇嘴："总觉得你在朝目标奔跑时，也不太需要其他人。"

周柠装出一副恍然大悟的表情："哦，原来是在跟我生气呢。对不起嘛，这段时间真的太忙了，等忙完这段，补偿你行不行？别跟我闹别扭啦。"

被周柠当小孩儿似的哄，陈羡的面子顿时有点挂不住，脸一红，假装自然地问："你这段要忙到什么时候？"

"估计得到月底，月底怎么着也该完活儿了。"

"那正好，车队的人想在我生日那天聚一聚，他们好久没见你了，也挺想你的。"

"这么一说，我真是好久没见到大家了。"周柠也有些感慨。

陈羡挑了挑眉："我生日几号还记得吧？"

"不敢忘，不敢忘。"周柠笑嘻嘻地说，"6月最后一天，往往也是考试的最后一天和放假的前一天嘛，怎么都不会忘记的。去年我们是和车队的人一起在 After Party 过的。"

"今年他们也订了那儿，你能来吧？"

"当然啊，男朋友的生日，无论如何都得来的嘛！"周柠说得信誓旦旦。

"你最好是能来，你再不来，他们都以为我俩分手了。"

两人把话说开后，陈羡初来时的烦闷心情已然一扫而光。连带着桌上那碗已经有些凉掉的小面都变得美味起来，陈羡三两口就吃了个底朝天。周柠笑着扯过一张纸巾，递给他让他擦擦嘴边残留的红油。

眼前的笑靥如此真实，似乎也嘲笑他的患得患失不过是庸人自扰。虽然接下来周柠依然会很忙，依然约不上饭见不上面，陈羡却突然觉得自己好了，周柠的话像是有魔力一般，让他觉得生日前的十天半个月也变得有期待起来。

周柠回到工作室时，李盈瞄了眼她红通通的脸颊，打趣道："爱情的力量真伟大哈，吃顿饭的工夫，气色都好了不少。"

"有吗？"周柠摸了摸自己的脸，笑着继续回到自己的工位前坐下。

何一帆也走了过来："你和陈羡没事吧？"

"没事，能有什么事。"周柠不太在意地说。

"你也别神经太大条了，这段时间我都觉得你太夸张了。"

"那你说怎么办？"周柠转过椅子看他，"工作量摆在那里，一个人的时间也就这么多，我能怎么办？"

这话让何一帆很是感同身受，苦笑着说："也是，创业和恋爱不可兼得，我这两年要不是天天在这些工作里打转，当初也不至于……"

意识到自己脑袋一热差点说漏嘴，何一帆赶忙止住了话头，强行转折道："反正回都回来了，咱继续吧，争取早点把这活儿干完，毕竟给的报酬还是不错的。"

周柠点点头。她也觉得长痛不如短痛，早点完活儿，月末还能安心给陈羡好好庆祝生日。好久没见车队的人了，她也挺想他们的。

为了赶进度，周柠更加拼了。脚本通过后，她就忙不迭地跟对方约定拍摄时间，何一帆带着她在对方公司里整整拍了两天，光素材就收集了近十个小时。拍完后，甲方突然又说七月一号他们有个新产品发布大会，希望把它作为宣传片的重要内容。周柠一愣，这就意味着脚本又要改，但既然对方提了，也只能应下来，月底前先把能剪的剪辑出来，发布会后再根据情况调整，也不算是白费功夫。

周柠负责剪辑和字幕，何一帆负责特效、音乐和找人配音，两人合作，倒也十分高效。赶在月末之前，周柠就把样片发给了甲方。司晴说，这次领导看了都觉得挺满意，等下月初新产品发布大会召开再作为引子融进去就行。周柠松了一口气，想来不会像上次那样被折腾得那么惨。

这天晚上，何一帆高兴地叫停了大伙儿手上的活儿："来来来，停一停，停一停，咱开个小会。"

俞健站起身来，伸了个懒腰："看你这表情，莫不是有什么好事？"

何一帆嘿嘿一笑："咱工作室成立八个月了吧？"

"没错儿。"李盈接话道，"满打满算，到今天正好八个月。"

"咱原来说的是满一年再分红是吧？"

"哎呀，别卖关子了，有什么好事儿你倒是直说啊。"李盈是个急性子，看不得何一帆在那儿故弄玄虚的。

何一帆又嘿嘿一笑："我昨晚仔细算了一下，通过大家这八个月的努力，我们收益不错啊，净利润已经有二十五万了。所以我想着是不是提前分个红，大伙儿高兴高兴。"

"有这么多了？"俞健顿时欢呼起来。

李盈和周柠也都眼睛一亮，这些日子积累的疲惫在听到二十五万这个数字的时候，突然就从身体里蒸发了。

四个人对彼此都很信任，创业之初，大家对于财务管理模式都不太计较，全权交给何一帆负责。何一帆建议道："我决定拿十五万出来分红，十万用于扩大再生产，大家同不同意？"

这哪有不同意的？三人一致鼓掌通过。

"按照最初的入股资金比例，我和俞健每人可以分得四万八，李盈三万二，周柠二万二，我没算错吧？"

"没有没有，快快转账过来就行。"俞健忙不迭地掏出手机，叹了口气，"付出这么久，总算见到回报了，不容易不容易。"

周柠却有些犹豫，说："前几个月的活儿基本都是你们接来的，我只是打打下手，我负责的两个活儿都还没有收到尾款呢。"

"你这话说得，咱们人少，哪个活儿不是你中有我、我中有你地干？现在你是差不多能独立了，没人打杂了我还挺惆怅呢，那些小破事儿都得我自己来了。"李盈打趣道。

俞健也说："就是，咱当初就说好的按比例分红，你就安心收下。"

何一帆也笑着说："其实周柠说得也不是没道理，不过咱刚创业，谁都不是吃闲饭的，大家的努力和付出差不多，这么分配算是公平。"

听大家这么说，周柠也释然了："那我就恭敬不如从命，谢谢师兄师姐！"

何一帆乐呵呵地给每人转了账，又说："既然现在差不多算是刚站稳脚跟，我提议今后每个月咱拿利润的百分之三十出来发工资，其他的按比例分红，你们看如何？"

"行啊，咱今后也是领工资的人了。"俞健更加高兴地说。

何一帆拍了板："那就这么愉快地决定了，有激励，动力才更足嘛。"

"可能跟别的公司比起来，我们这完全是野路子吧？但我觉得还挺适合我们的。"李盈赞赏道。

何一帆说："因为我们都没有私心，所以不会计较。以后咱做大了，招的人更多，肯定就得再研究更合理的管理模式了。当下的任务，还是尽全力地往前冲，有多少活儿接多少活儿，有多少力出多少力。"

周柠点点头："没错，期待我们早日做大，到时候租个更好的办公场地，配一点更先进的设备，不用一点儿小活儿就去求印刷厂了。"

"哈哈，会有那么一天的。"何一帆说完又突然想到了什么，"对了，周柠，下周就到考试周了吧？前阵子答辩完，我们几个算是彻底告别学生生涯了。"

"对，一直要考到三十号，基本每天都有安排。好在宣传片剪得差不多了，等下个月他们新产品发布会开完再调整就行。下周我得临时抱佛脚了。"

"嗯，我们其他人手头上活儿也差不多完了，下周刚好有空闲，我想着要不要大家一起出去玩一趟，只可惜你没办法一起去了。"

"真的？还有团建啊？"李盈兴奋地说，"我也是该休息休息了，都快累疯了。"

"嘿嘿，那下周带你去泡温泉。"

"去哪儿？"

"野村度假山庄，刚开业，但人流量不算太好。那儿的老板联系我去拍个广告，顺便商量商量怎么在新媒体做推广比较合适。"

"嗨。"李盈睇了何一帆一眼，一副早就料到的表情，"我说你怎么会突然想到要去玩，搞了半天还是接了个活儿啊。"

"在度假山庄，工作不就跟玩儿似的？你们去不去？住宿泡温泉可都免费，吃饭我请，过了这村就没这店了。"

"去，当然要去！老板的羊毛，哪有不薅的道理？"李盈说完和俞健哈哈大笑。

周柠的心情从没这么好过，她想了想，把分红的钱取了出来，包成了一个大红包。她此前夸下过海口，绝不让投资人失望，这下她提前三个月完成了任务，一想到能神气地把这大红包递到陈羡面前，她就忍不住偷偷乐。

何一帆他们都出去"玩"了以后，周柠开始捧上专业书临时抱佛脚。但她也不敢离开工作室，其他人都不在，她更得待在这里，以防临时有事。所以这一周，她的作息变成了通宵看一晚上书，第二天顶着黑眼圈去考试，回来睡两三个小时，又通宵突击一晚上，再应付第二天的考试。尽管如此，周柠却不觉得累，一想到陈羡的生日和车队的人，她心里就喜滋滋的。

与此同时，陈羡的心情也很好。车辆工程的考试任务更加繁重，除了继续忙车队的事，他也全身心地投入到了备考中。但一想到这一阵忙完就能和周柠好好待两天，他就觉得充满了动力。

车辆专业的考试在二十九号就收尾了，广告专业却还有一门拖到三十号上午。周柠让陈羡和车队的人不必等她，上午一考完，她就会直奔After Party。

这天，她特意再次穿上了陈羡送的小黑裙，又拿雪梨送的化妆品不太熟练地化了个淡妆，惹得同学们说她看着不像来考试的，反倒像是要去约会。答完卷子，周柠匆匆过了一遍，就提前交了卷。她从老师那里拿回被收的手机，走出教室正想给陈羡打电话，可一摁亮屏幕却发现有四五个未接来电，都是司晴打来的。

周柠皱了皱眉，第一次对甲方的呼唤产生了动摇。她正想不理时，手机屏幕却又闪烁起来。内心挣扎了好几秒，周柠还是摁下了接听键，司晴的大呼小叫声顿时从话筒里传了过来："哎哟，周柠，你可总算是接电话了，都快急死我了。"

2：周柠，你究竟爱不爱我？

此时，After Party天空岛包厢里已经玩开了，大家祝陈羡生日快乐后，就开始唱歌、打桌游、玩飞镖。啤酒一箱箱地端上来，哗啦一开，整个包厢里都是快乐的泡沫。

"这儿还真是一如既往的火爆啊，幸亏我提前半个月订，不然在这毕业季还真订不上。"吴鹏远扔给陈羡一罐啤酒。

陈羡打开喝了一口："也是,咱今年好像都来得少了,怎么回事?"

"太忙了呗,去年一辆车,今年可是两辆,真抽不出时间。"吴鹏远又问,"周柠呢,怎么还不见人?"

"她上午考最后一门,一会儿就来。"陈羡嘴角含笑。

"终于能见她一面了,不容易啊。"吴鹏远笑道,"咱先一块玩会儿牌去吧?"

陈羡摆摆手:"我不玩了,你去吧。"

吴鹏远面露嘲笑:"怎么,媳妇儿不在,没心思玩啊?"

"玩你的去吧,话这么多。"

陈羡嘴上虽不承认,但心思还真不在这儿。他捏着一罐啤酒,十分钟看一次手机,时不时就瞧一眼门口,可始终不见周柠的身影。十一点半以前,他都算比较淡定,毕竟在正常时间范围内。可过了十一点四十还不见人,陈羡就有些坐不住了。他走到门口,刚想给周柠打电话,周柠的名字就先他一步跳了出来。

"怎么还没到?"陈羡摁下接听键,嘴角还含着笑意,"不会太久没来,迷路了吧?"

"对不起,对不起,我可能又得晚点再来了。"听筒那边传来一阵抱歉声。

陈羡蹙起眉:"怎么了?"

"刚想过来,甲方那边就给我打电话,说让我赶紧过去一趟。"周柠的声音有点喘,明显在赶路,"应该不会占用太长时间,我完事了就过来。"

"什么重要的事啊,非得现在去吗?"陈羡的声音明显沉了下来。

"何一帆他们都不在,只能我过去了。对不起,对不起,我保证一结束就马上回来,好吗?"

"我能说不好吗?"

"陈羡……"

双方僵持住了,过了好一会儿,陈羡才松口:"罢了,罢了,那你加油忙,忙完了快过来,大家都等你呢。"

"好咧,你们先玩啊,帮我和其他人说下。"周柠的语气这才扬了起来。

在去的途中,周柠又接到了何一帆的电话:"刚在泡温泉没带手机,出来才发现好多个未接来电,怎么回事?"

"唉,司晴说他们大老板突然发飙,说明天发布会这么重要的事情,居然连个彩排都没有,非得要求所有人到场走一遍流程。我刚考试出来,正往那边赶呢。"

.229.

"这太突然了，我们今晚才能回来呢，你一个人能行吗？"

"没事，我走一遍流程也好，明天咱俩能更顺些。"

到了产业园门口，周柠深深吸了一口气才出示工作证走进去。

明明是白天，偌大的报告厅里依然灯光通明，头顶的水晶灯十分刺眼。会场上呼啦啦坐了一堆工作人员，有的人在调试设备，但更多的人在百无聊赖地玩手机。

司晴见周柠来了，笑着迎了过来："来了呀，我们刚刚彩排了一遍，还算顺利，有些灯光和设备还得再调试一下。"

"这么说我来晚了？"周柠皱眉道。

"不算晚，等他们调完，我们还得再来一遍，然后大老板来了，还得迎接他的检查。"私下里，司晴他们都戏称董事长为大老板。

"大老板什么时候来？"

司晴耸了耸肩："谁知道呢，发布会之前总会来的吧。"

周柠拍了一张会场的照片传给陈羡：*我到了，彩排完就回来，你们先开心玩啊。*

好半天才收到陈羡的回信：*知道了，等你。*

但要说开心，陈羡哪开心得起来。明明是为他举办的生日派对，坐在人群中，他却觉得异常孤单。

偏偏这时李炎还带着女朋友坐了过来，笑着问道："周柠呢？怎么还不见人？"

李炎单身快四年，偏偏在大四最后一学期迎来了春天，幸得软件系系花刘思敏的垂青。黄昏恋来得凶猛，再加上在校园里的时间所剩无几，两人更是无时无刻不腻在一起，丝毫不在乎周围人调侃的目光。

"她还得过一会儿。"陈羡有些不自然地说。

李炎有些失望："还想介绍嫂子给她认识呢，她再不来，我们可真要毕业了。"

刘思敏依偎在李炎身边，甜美一笑。

今天说是陈羡的生日派对，其实也是李炎等一些大四队友的告别宴，所以车队的人到得特别齐。因为大家都知道，过了今天，很多人真的就各奔东西、各自天涯了。

陈羡也有些不舍："幸亏你还留在N市，不然见面都难了。"

"可不是嘛。"李炎笑了笑。

"嫂子毕业也留N市吗？"陈羡问。

"本来我都签好了公司，谁知道半路杀出来个程咬金呢。"刘思敏笑着

.230.

捏了捏李炎的脸，"我俩都不是本地人，商量了一下，还是觉得对N市更有感情，留在这里发展也好，所以我就跟那边毁约了。"

"那找好新工作了吗？"陈羡问。

"还没呢，毁约得不是时候，校招基本都结束了，社招我又没有工作经验，投出去的简历暂时都没回音。"说到这儿，刘思敏叹了口气。

"是啊，牺牲太大了。"李炎说着又搂住了女朋友，"不过媳妇儿放心，下个月我就是挣工资的人了，暂时靠我养着，咱俩也能过得下去。"

"那是，你敢不养一个试试？"刘思敏仰起头，自信地笑道。

看着两人眼角眉梢的亲昵与依恋，陈羡突然觉得心脏痛了一下。他这才发现，原来在恋爱关系中，两个人是能商量着来的，改变一下既有的路线，或者短时间地全然依靠一下对方，也不是什么大不了的事情。而他与周柠，好像从来不存在商量。周柠只负责告知，他只能选择开心地同意或者勉强地妥协。无论他的意见如何、心情如何，周柠做的决定都很难很难再改。

陈羡不知道的是，周柠此刻的心情也糟糕到了极点，因为她已经无所事事地在这个晃眼的报告厅等了一下午。

"你们大老板到底什么时候来？"周柠忍不住问司晴。

"我也不知道，本来说是下午三点来，但有事又推迟了。我们领导说，大老板只说了等他忙完就过来看一眼。"司晴疲倦地从手机屏幕中抬起头。

"那所有人就这么干耗着？"

司晴笑看她一眼："小姑娘一看就没受过职场的毒打。你以为大家不想走啊？每个人都想走，但谁敢呢？"

"这样很不尊重他人的时间。"

司晴又呵呵一笑："你的时间，不是时间。老板的时间，才是时间。我们等一天都可以，但老板来了，绝不能让他等一秒。这也是我工作了五六年才学会的。"

一股酸胀感沿着脊椎直达头顶，周柠这段日子透支得着实有些厉害。看着同样疲惫但不敢有怨言的打工人们，周柠挑了个偏僻的角落，放下摄像机和电脑，揉了揉酸胀的太阳穴，趴在桌上，轻轻闭上了眼。

不知过了多久，迷迷糊糊中感觉有人在推自己，周柠猛地睁开眼睛，是司晴。

"大老板终于来了？"周柠赶紧坐起身子，想要拿摄像机。

司晴摁住她的手，递过来一盒盒饭："没呢，说是晚上有饭局，结束了再过来。这不，给你拿份盒饭。"

周柠胃部一阵抽痛，更加没有胃口："所以还是没有确定的时间点？"

司晴叹气,摇了摇头:"没有,我这高跟鞋都穿一天了,脚都快断了。"

周柠也低头看了眼自己的鞋子,为了配小黑裙,她今天穿了一双低跟的小皮鞋。可这装扮,终究还是白费了。

见周柠神色沮丧,司晴赶忙拉住她:"再坚持坚持,你可千万不能走啊。我的工作就是保证所有相关人员都在场,我们老大对拍照摄像的一向非常吹毛求疵,何一帆没来就算了,你可千万得在,要不然我就惨了。"

周柠知道自己没法走,也就对司晴点了点头,不想让司晴为难。这段时间接触下来,她和司晴算是有了私交,关系处得还不错。司晴私下里经常跟她吐槽公司的人和事,但吐槽完了,转头依然笑脸相迎,好像和刚才毒舌的不是一个人。

这令周柠觉得很费解,但这个公司的人好像都是这样,明明私下接触时觉得至少是个正常人,可一旦放到这个体系里,就好像立马变得扭曲起来。看着会场上形形色色穿着正装的人,周柠突然觉得有点好笑,心想他们是不是也都变异了?

打开手机,陈羡的头像静悄悄的,没有只言片语。周柠咬了咬嘴唇,快速打字道:我可能还得晚一点,你们什么时候散?

可等了一会儿也不见回信,司晴劝她快吃饭,要不然凉了,她只得笑了笑,掰开筷子。

晚上七点已过,这一天大家玩得已是十分尽兴,就等最后的晚宴。

"还等吗?"吴鹏远捧着蛋糕,小心翼翼地问陈羡。

"不等了,咱开始吧。"陈羡故作轻松地耸了耸肩,又端起酒杯对大家说,"周柠加班被绊住了,估计一时半会儿来不了,我们先吃吧。今天大家聚一起,其实主要不是为了给我过生日,而是给李队、旭哥、宁姐送别,咱们 ZSR 永远是一家人,毕业了也欢迎常回来看看。"

陈羡这么一号召,大家纷纷举起酒杯。

李炎笑着说:"那是一定的,我等着你们把冠军重新赢回来。"

清脆的碰杯声四起,杯中酒被一饮而尽。

李炎放下酒杯,冲陈羡抬了抬下巴:"一会儿周柠来了,可得让她把这杯酒补上。"

"就是,这杯罚酒她总赶得上吧?"吴鹏远也嘟囔道。

陈羡勉强笑了笑:"一定一定。"

整个下午啤酒就没断过,刚才的碰杯更是一下子把气氛推到了高潮,没一会儿,大家就都喝多了。李炎和几个大四的队友抱头痛哭,车队其他人也都被这离别的氛围感染,纷纷红了眼眶。不知过了多久,李炎以仅存的一丝

.232.

理智，勉强睁开眼看了眼手机，已经过了十点。

他像猛然惊醒似的，一拍桌子："明天就要卷铺盖滚蛋了，我今天非要在门禁前回去不可，再睡一次我的床！"

大四的几个纷纷附和。

其他人玩闹了一天，也都累得不行，喊着要把师兄师姐们送回宿舍。

周柠终究是连这杯罚酒都没有赶上。

走出轰趴馆的大门，陈羡才收到周柠的微信：我这儿终于完事了，你们还在吗？我马上过来。

夏夜的晚风吹得陈羡有点头痛，他苦笑了一声，回道：不用了，已经散了。你继续忙吧，我回家了。

洗完澡出来，陈羡倒在沙发上，依然觉得头重脚轻。他后来其实喝得不多，因为实在没什么喝酒的心情。可这一次却比哪次喝多了都难受。他也不想睡，只是莫名烦躁，以往烦躁的时候，他会选择拼乐高排遣，但今天连看一眼乐高的兴致都没有。

也不知道傻坐了多久，门口突然有了响动。陈羡困惑地将头转向那儿，只听密码锁被嘀嘀嘀地按开，紧接着又是一阵窸窸窣窣的脱鞋声，然后就看到周柠从玄关那儿跳了出来，气喘吁吁地出现在面前。

周柠抬头看了一眼时钟，离十二点还差五分钟。像是卸下了一个沉重的包袱，她大大松了口气，蹲下来凑到陈羡跟前，笑着说："还好赶上了，生日快乐啊，小寿星。"

陈羡一下子愣住了，直勾勾地看着周柠，一时不知道该作何反应。他本是极度失望的，早就说好的事，一而再再而三地被爽约，脾气再好的人也会生气。他也极度患得患失，回家就把手机扔到了一边，既不想看到周柠的道歉微信，也怕她真的没了消息，仿佛这次的爽约对她而言真不是什么大不了的事。

可周柠居然赶在十二点前回来了，此时正笑呵呵地蹲在脚边祝自己生日快乐。这让陈羡的感受一下子变得更复杂，他很想觉得惊喜和感动，但又有很多地方感觉不对，实在笑不出来。

周柠似乎也不知道该怎么弥补白天的过失，见陈羡没有反应，不知怎么的突然就从包里拿出一个大红包来塞给陈羡。

"这是什么？"陈羡颠了颠，还挺有分量。

"你记不记得你当初说要投资我来着？"

陈羡显然已经不太记得了："投资？"

"你送我电脑的时候。"

"哦。"陈羡想起来是有这么回事，他当时担心周柠不肯收，故意找的借口，"所以这是？"

"这是我的第一次分红，提前三个月达成投资人的期望，厉害吧？"周柠故作轻松地笑了笑，又把红包往陈羡怀里一推，"虽然我知道还不够那台电脑的价格，但我相信等到第二次分红的时候，就应该差不多了。"

陈羡难以置信地看着周柠和手中的红包，感动和惊喜瞬间消散，不由得气极反笑："周柠，你该不会认为你送我这个，我会很高兴吧？"

"本来不是想在这种气氛下送你的。"周柠没想到陈羡这么大反应，有些措手不及，"只是你刚才不理我，我不知道该干什么了，不知怎么的就拿了出来。"

"你觉得我想要的是这个？"

陈羡明显还在生气，周柠只得耐下性子解释："今天真的对不起，我一直想来的，实在没想到会拖这么晚。"

"你真的想来吗？"陈羡冷笑着扯了扯嘴角，"怕是我们这些人都没有你的彩排重要吧？"

"陈羡！"周柠的耐心在消失，顶着心气儿撑着的笑容也垮了下去，不由得提高了声音，"这个项目我前期已经努力了很久，实在不想在临门一脚的时候把事情搞砸，你理解我一下好吗？"

其实周柠现在已经非常非常累，这段时间日夜连轴转，本就已经透支得非常严重，今天又在企业拖沓的办事作风里浸了一天，更是感觉身心俱疲，连刚才那点笑容都是好不容易挤出来的。明天早上还有正式拍摄，如果可以，她真想随便找个地儿躺下来，抓紧时间睡上一觉。可今天是陈羡的生日，她还是逼着自己揉着酸痛的双腿，用最后一点力气马不停蹄地赶到了这儿，却依然没办法得到陈羡的谅解。

陈羡被周柠忽然抬高的声音一刺激，更加生气，恼怒地把红包扔到一边，红包的口没封好，一沓人民币歪斜着掉了出来。

周柠的眼神逐渐冷了下来。她瞥了一眼掉在地上的红包，像是自己这些天呕心沥血的成果被毫不怜惜地扔在了地上。

双方僵持着，谁都没有服软，陈羡也第一次不想让步。

他失望地看着周柠："我生日不生日的其实没关系，可李队他们明天就走了，今天这是最后一聚，大家念叨你很久，可你真就连面儿也不露。我真的很想问问你，你对车队真的有感情吗？你的那些工作就这么重要？"

周柠的脑子里瞬间闪过无数念头——就这么重要？难道不重要吗？好不容易独立负责的项目，好不容易拉来的客户，不重要吗？她何尝不想见李队，何尝不想再跟车队的人好好喝一杯？可她就是赶不上啊，能怎么办？

她张了张嘴，却好像丧失了辩解的力气，发不出一点声音。

"事到如今，我真不知道你在车队的那一年有多少真心。"周柠的不反驳让陈羡更加失望，他自嘲地笑了笑，"是不是那时你也只是把它当成一份应该认真干好的工作，所以才日日夜夜地待在基地，和我一起，和大家一起？也许只有工作和赚钱才配得上你全身心的投入，可我那时竟然傻到以为你是为了我。"

听完陈羡的质疑，周柠本就没什么血色的嘴唇显得更加苍白。稳了稳情绪，她抬起头："我们可以不要在你生日的时候吵架吗？"

陈羡看了眼挂钟："早过零点了。"

"所以你希望我怎么样呢？如果道歉没办法让你消气的话。"

"我不知道，周柠，我也不知道。"陈羡第一次感觉生活充满了茫然。

周柠也看了眼时钟，时针已经朝一点的方向走去，而她明天早上八点之前又必须赶到会场。

"不如我们都先冷静一下，今天大家都累了，你早点睡，我还要回趟工作室取电池。"

临走时又瞥到散在地上的红包，周柠几步过去将它拾起，把钱重新装好再次递给陈羡："也许今天时机不对，本来是希望能开开心心地给你的，是我搞砸了。但既然早就约定好了，这红包你就收下吧。"

陈羡看看周柠，没接，周柠转而把红包放到了茶几上，拿起相机和包转身想走。陈羡难以置信地看看周柠依然这么冷静，这么理智，不由得头脑一热，上前一步抓住了周柠的胳膊。

周柠猝不及防地被迫转身，却一下子没稳住重心向下跌去。跌落在沙发之际，周柠用尽全身力气将相机举过头顶，确保它安然无恙。她自己却没这么幸运了，虽然后背是沙发，小腿却重重地磕到了茶几脚，疼得她两眼一黑。

陈羡夺过周柠手中的相机，随意扔到另一张沙发上。周柠紧张地看过去，生怕相机被摔到地上。幸好它在沙发上稳稳地停住，周柠松了口气，转过头来愤怒地看着陈羡。

陈羡压在周柠上方，讥笑道："我早点睡？你觉得我睡得着？"

"不管你怎么样，我明天还有工作，现在很需要睡觉。陈羡，你放开我！"

又听到工作，陈羡更是不管不顾地就吻了下去。

"陈羡，你放……开，你是不是疯了！"周柠被吻得喘不过气来，用力地想推开陈羡，可陈羡紧紧箍着她，根本推不动。

"我是疯了，可你为什么总是这么冷静，从来就不疯呢？"陈羡的嘴唇游移到周柠的耳畔，喃喃道，"周柠，你究竟爱不爱我？"

陈羡的声音充满委屈，周柠突然觉得心酸，本奋力推他的手突然松了劲。

这段爱情本就是她人生计划之外的疯狂，可因为是陈羡，她已经尽最大努力去配合他的步伐。出了会场在街边疯狂拦的士的时候，她觉得自己疯了；下了的士疯狂往楼上跑的时候，她也觉得自己疯了。可陈羡如果要的是她丢下合作的伙伴，放弃自己的追求，只围在他身边的疯，她确实给不了。

陈羡吻得激烈而霸道，可身下的人儿突然没了反抗，陈羡不由得立刻停住了动作。他抬起头看周柠，周柠眼里似乎含了一点泪水，但更有一丝茫然和怀疑，这让他突然觉得心慌。

"对不起，我可能真的疯了。"陈羡撑起身子坐了起来，头发乱成了一团。

周柠更是好不到哪儿去，脖子上印满了或深或浅的吻痕，胸前小黑裙的褶皱更是被不小心扯开。

"裙子坏了。"周柠捋了捋头发，试图将胸前的布料往上提提，可是手一松，那块布就又掉了下去，不经缝补，是没法再穿了，"这只是第二次穿呢，好可惜。"

"对不起。我再给你买一条。"陈羡说。

周柠却摇了摇头："不用了，也许我还是不适合穿裙子吧。"

"你说的只是裙子而已吗？"陈羡的心有点冷，"这八个月，总觉得你离我越来越远。"

"可惜一天没有四十八个小时。"

"有四十八个小时也改变不了什么，也许只是会让你的分红翻一番吧。"陈羡的声音有些苦涩，"周柠，如果时间再倒流一遍，你会为了我，为了我们回来吗？"

周柠沉默了好一会儿才回答："我不想骗你。"

"也许我想听你骗我呢？"

"可再有下一回，我怕我还是圆不了谎。"周柠吐了口气，还是选择了实话实说，"陈羡，我无法骗你，现阶段工作对我来说真的很重要很重要，除了全力以赴，我没有别的选择。"

"我明白了。"陈羡站起身，从沙发背上拿了件衬衣套在周柠身上，"走吧，你不是说要回去取备用电池吗？我送你回去。"

3：我们都冷静一下吧，陈羡

第二天，周柠还是提前二十分钟出现在了会场，只是在小西装里套了一件高领薄针织衣。

何一帆奇怪地打量她："用不用我提醒你现在已经是夏季了？"

周柠笑笑："会场空调很冷，我昨天冻得够呛。"

何一帆又瞅了眼四周，摸了摸胳膊："还好吧？"

不过是无心起的话题，何一帆也没有追问到底的意思，不一会儿，他们就开始忙碌起来。发布会只开了一个小时，周柠关掉相机的那一刻，想到昨天因为这一个小时在这里耗的整整一天，还是觉得无比疲惫。

传说中的大老板昨天晚上十点才到，隔老远都能闻到他身上散发的酒气，周柠甚至怀疑他的眼睛还能不能看清东西。可没有人敢怠慢大老板，前一秒抱怨的眼神还写在脸上，后一秒所有人都变得精神奕奕起来，围着大老板介绍这介绍那，生怕漏下自己的功绩。

大老板瞅了一圈，觉得主席台摆得别扭，亲自动手指挥大家现场开始搬桌椅。搬完后，他满意地拍了拍手："你们啊，要学的东西还多着呢，平时都留心着点，看看人家都是怎么办发布会的，别这种小事还要我亲自来教。"

"是是是。"下面点头成一片。

大老板又挑了一些不痛不痒的毛病，最后对着一个男员工说："稿子我还没仔细看，不过总感觉还应该再压缩下，你跟我上去过一遍吧。"

那名男员工没憋住沉下了脸，但又很快换上笑容："行，辛苦您看看哪里要删。"

其他没被点到的人纷纷松了一口气，司晴在旁边叹了一口气。

周柠倒是好奇地问："你们老板看着喝了挺多，精力这么好？"

"可不是嘛，我们都觉得他是铁打的，疯狂出差、疯狂应酬不说，你看这么细枝末节的事他都不放过。反正没到正式开始，永远有进步的空间。"司晴说，"他倒还好，办公室里就有个卧室，我们可就惨了。"

"可我也没觉得桌椅那样摆比刚才你们摆的好多少。"周柠老实说。

司晴笑看她一眼："你管呢，领导说好就是好，事情完结不就行了。你们的宣传片好好改啊，他要求高着呢，尤其是对于和形象相关的。"

周柠苦笑了一声："我尽力吧。"

回去的路上，周柠一直很沉默，像是有心事。

"怎么了？"何一帆忍不住问。

"我只是在想，我们永远不要变成那样的企业。"周柠说，"以后做大了也不要。"

"哪样？"

"拖沓，低效，所有人的心思都对人不对事，哪怕上级非常不尊重你的人格和时间，哪怕他的要求和意见并不合理。"周柠想了想，又说，"我希望我们永远像现在这样，忙碌可以，辛苦可以，但所有的苛刻只是为了把事情做得更好，而不是把心思都花在维护人与人之间的关系上。"

何一帆笑了："你啊，还真是学生心气。不过放心，我们离它们的规模

.237.

还差得远呢,这辈子都赶不上。"

"就算赶上了也不要变成那样。"周柠坚定地说。

"好。"何一帆又笑了,"我们不变成他们那样,我们只赚他们的钱。"

回去后,周柠昏天暗地地睡了一觉,可睡到后来,梦都变得不太踏实。

昨晚,陈羡送她到工作室楼下,一小段路两人都走得很沉默。陈羡看着被罩在宽大衬衣下的周柠,眼睛下一圈青黑,觉得心疼又无奈,很后悔刚才自己的冲动行为。可他一抬手,周柠却往后一缩,这不由得让两人之间的气氛又下降了一度。

"我们都冷静一下吧,陈羡。"沉默了一会儿,周柠开口道。

"我们需要怎么冷静?"

"给彼此一点时间和空间,想一下。"

陈羡默然地看了她一会儿,说:"我冷静之后,还是依然会喜欢你。"

"但我们需要找到一个更合适的相处方式,不然以后的日子永远只会像今天这样重复了又重复。"周柠说,"可我现在太累了,累得没有办法去思考这些,我需要一点时间。"

周柠的眼神里有深深的疲惫,陈羡简直觉得再拖她一秒都是罪恶:"谢谢你这么辛苦还特意跑回来庆祝我的生日,是我搞砸了,对不起。好,我们就冷静一下,我等你忙完,好吗?"

周柠点点头:"等我们都忙完这一段吧。"

冷静得怎么样不知道,但两个人却都实实在在地越来越忙碌。

周柠的宣传片几经修改,终于得到了大老板的肯定。没过几天,司晴兴奋地联系周柠,说是园区里其他企业看了他们做的宣传册和宣传片,都觉得很不错,主动问她要联系方式。周柠一听,赶忙拜托司晴帮忙牵线,又主动上门找了人好几次,终于接下一单生意。

"厉害啊,可以自己接活儿了。"何一帆朝周柠竖起大拇指。

李盈也笑着说:"恭喜周柠第一次开张,今晚聚个餐,庆祝一下?"

俞健也赶紧附和:"对对对,好好吃一顿,每天外卖我都腻了。"

几人说着,满心欢喜地放下手头的活儿,拉着周柠就往外走,决意松一松一直紧绷着的弦。

与此同时,陈羡和队友们也在基地里待得躁动起来。暑假冲刺到了尾声,所有人都处在一种又累又亢奋的情绪中。陈羡更是负荷最重的那一个,不仅要负责技术,还要系统地进行车手训练,每天都安排得满满当当。所有人都希望陈羡能接过队长的接力棒,但他拒绝了。大家也都只当他是忙不过来,毕竟当了队长还有更多管理上的责任,也就没再强求。反正车队一家人,谁当队长，车队的团魂都在。

这天试完车回基地，大家累得往地上一躺，吴鹏远冲陈羡嚷："今晚实在干不动了，放松会儿吧。"

"行啊。"陈羡笑道，"要不然咱出去吃个夜宵？"

这一提议得到了大家的热烈响应，纷纷放下手头的活儿，催陈羡快出发。

Z大门口一百米远的地方就是专为学生开设的美食一条街。平时，无论多小的店面都挤满了吃厌食堂出来满足口腹之欲的学生。这会儿是暑假，人倒是少了不少。

周柠他们挑了个平时都得等位的川菜馆，点了一些小菜，几扎冰啤。

李盈笑着说："这不还是我们经常点外卖的那家吗？"

俞健摇摇头："现场吃和外卖的口感完全不一样，再说这小灯小风小情调的，多有氛围感。不像在工作室，吃完了胃里都还堵着呢，就又得改图写稿了。"

"行，今晚我们只谈吃喝，不谈工作，好好放松下。"何一帆举起酒杯，"来啊，干杯走起。"

四个啤酒杯碰在一起，发出清脆愉悦的碰撞声，可说好的不谈工作，却没一会儿就破了功。不知谁起的头，四人的话题很快又回到业务上，一会儿复盘起上一张海报的创意点，一会儿又聊到最近可开拓的新客户，大家毫无保留地分享着自己的经验和教训，一顿聚餐简直吃成了经验交流会和工作展望会。

"说好的不谈工作，这都快谈了一个小时了。我们四个真是绝了，活该都是单身狗。"俞健自嘲道。

"谁说都是单身狗了？"李盈反驳道，"周柠不是有男朋友吗？"

"啊……"周柠喝了酒，脸色微红，含混地道。

"对哦，好久没见周柠男朋友了，我都给忘了。"俞健突然反应过来，又嘲笑李盈，"你也是个女生，怎么不谈恋爱？"

"我倒是想啊，哪有时间？你看周柠，就算有男朋友，有时间约会吗？"李盈打趣道，"不如我俩凑合一下，每天在一起工作，就当是恋爱了。"

"行，要是两年后我俩都还单身，我就考虑考虑。"

"喊，给你脸了是不是，你还考虑上了？"

两人你一言我一语地吵了起来，何一帆和周柠默默笑着在旁边当看客。周柠又低头喝了一杯酒，何一帆觉察出她的不对劲，但也只是看了她一眼，没有说话。

回去的路上，李盈和俞健还在斗嘴，越吵步伐越快，不一会儿就跟何一帆和周柠拉开了距离。

何一帆犹豫了一下，还是问道："你和陈羡还好吗？"

周柠搓了搓发红的脸颊："好像还好，又好像不好。"

"我早就说过，你要选择创业这条路，就没办法好好谈恋爱。"何一帆了然道，"是不是你太忙，你俩起矛盾了？"

"我现在才觉得，生活好像一道单选题，选择了 A，就不得不放弃 B。"

"你就这么坚定地要选 A？"

"你怎么会问我这个问题？其他人或许不懂，但你应该知道，我们这样的人，是不可能放弃 A 的。"

闻言，何一帆站住了脚步，周柠疑惑地看向他。

过了好一会儿，何一帆才抬起头看周柠，笑了笑，说："可能因为我曾经选择了 A，但我后悔了。"

周柠不知道的是，路的另一头，另一伙人正勾肩搭背地往美食街走去，也有人被问了同样的问题。

吴鹏远揽住陈羡的肩，小声问道："好久没见周柠了，你俩还好吗？不会真分手了吧？"

"没有，只是说好要冷静一下。"

"冷静？为什么？自从周柠离开车队，感觉你俩就不像那么回事儿了。"

"她忙我也忙吧，没什么在一起的时间。"

"你们这都在 Z 大的，居然谈出了异地恋的感觉。"吴鹏远哑然失笑，"不过，我有个解决方法，你要不要听？"

"什么方法？"陈羡犹疑地看了他一眼。

"你换个女朋友。"吴鹏远笑道。

"有病。"陈羡白了他一眼，"就知道你狗嘴里吐不出象牙。"

"哈哈，不过你俩是真的太另类了。你想不想听听正常校园恋爱的吵架理由？"

"比如？"

"比如上个月罗家伟和女朋友吵架，因为他女朋友每次梳妆打扮时间太长，他在楼下等得实在火大。昨天毛世军和女朋友吵架，因为他玩游戏的时候挂了女朋友两次电话，游戏是打爽了，女朋友哄半天。"

"你想说明什么？"

"我想说明，这才是校园恋爱嘛。"吴鹏远叹了口气，"可你俩，对彼此要追求的事情都太执着，真没法分对错。你有没有想过，也许你俩的生命只是在某段时空中短暂交会，然后注定要向着不同方向奔去？"

"我没想过。"陈羡断然否认。

"可事实是，自从周柠离开车队，你们就已经在朝着不同的方向走了。"

陈羡顿了顿，开口道："所以我在考虑，也许今年拿了冠军以后，我可能会退出车队。"

这个想法萦绕在陈羡心头好多天了，第一次对人说出来，他心里居然轻轻松了口气。

吴鹏远像听到了什么惊天大秘密，顿时张大了嘴巴，半天说不出话来，好一会儿才结结巴巴地问："真……真的假的？大哥你不是在跟我说笑吧？"

"真的，但你先别跟其他人讲，比赛完了再说吧。"陈羡坦诚地说。

"你要退出车队？"吴鹏远仍然不敢相信，"你是不是早有预谋？难怪让你当队长你不当，为了周柠，你居然要放弃车队？"

"只是退出车队，又不是放弃车。"陈羡说，"在车队什么都经历了，也够了，我还想学点别的东西。"

"你指什么？"

"你不觉得电车，或者说智能汽车才是未来汽车的发展方向吗？这一年，我的主要精力都放在电车上，所以更有感触。"

"所以呢？这跟你退出车队有什么关系？"吴鹏远很不解。

"赛车和生活中的车肯定不一样，想做智能汽车，光懂车是不够的，另一半是互联网。比起互联网人学硬件，我觉得我们做硬件的人去学互联网会更快一些。"

"你说得有点深奥，我还一时消化不了。"吴鹏远老实说。

"因为我不想只把造车当成学生时代的一个游戏。"陈羡说，"如果毕业后还想继续造车，及早做准备不是更好？国外已经在电车方面取得突破了，我预感我们国家未来在这一块的竞争也会很激烈。"

吴鹏远才明白过来陈羡的想法，佩服地竖起了大拇指："不愧是羡哥，想得够长远。不过你刚说拿到冠军就退出车队，万一拿不到怎么办？"

"所以这次必须要拿到，没有退路。"陈羡不自觉地捏紧了拳头。

这就是陈羡这段时间冷静的结果，和周柠的分歧，逼迫他跳出现在的舒适区，往更远的未来思考。这一思考，他才发现周柠只是比他更早一步奔向了自己的追求，而且比他更迫切。

陈羡知道，要不是周柠，他大概会在车队待满四年，因为舍不得。但再在车队待下去，他确实也腾不出精力去辅修第二专业。周柠的超前，反而促使他也更快地朝着自己的梦想奔去。

再说，这是一举两得的事情。吴鹏远说得没错，两个人的方向确实已经分岔，既然这矛盾不可调和，那就不妨由他来稍稍改变一下步伐。如果退出车队，他就不必天天困在基地，反正学习是独立的事，在哪儿不是学？他可以更加灵活地配合周柠的时间。

陈羡理清了思路的同时,周柠却被何一帆突如其来的含蓄表白吓了一跳。可何一帆却像没看到周柠的反应一般,自顾自说了下去:"我曾经也喜欢过一个女孩,在她来到Z大的那一刻起,我就想着要是能和她在一起就好了。可是那时我的事业也刚刚起步,每次想去找她的时候,总被这样那样的事绊住,每次我都告诉自己,等忙完这个再说。可你现在该知道,总有忙不完的事情。等我真鼓起勇气的时候,却早已经失去机会。

"所以我后悔了,如果当时我稍微放慢一点对A的追求,多花点儿时间去追我喜欢的女孩,会不会有不一样的结果?虽然她明确拒绝过我,虽然她后来的男朋友很好,但我总觉得,以我和她的相识相交,不一定一点儿机会都没有。"

"师兄,你现在说这个干什么?"

自上次说开以后,何一帆一直待周柠像正常朋友一样,一起创业以来,也只谈工作和日常生活,没再表露过其他方面的心思。所以今天他突然如此剖白自己,周柠不由得被震了一下。

"别紧张,我说了那是曾经。"何一帆笑了笑,"我能这么坦诚地和你说,就说明这事在我这儿已经过去了。只是觉得你和当初的我很像,刚忙完上个活儿,又接了下个活儿,你觉得你忙得完吗?"

周柠摇了摇头。

"所以,我只是想告诉你,适当放慢一下脚步没什么。没有B的话,即使A取得了巨大的成功,回望身后,还是会觉得很空虚。"

何一帆说得很真诚。

周柠顿了一会儿,笑道:"哪有这样劝人慢点儿干活的老板?"

"我不是你老板,我们是合伙人啊。"何一帆说,"我好像总能在你身上看到以前的我,所以啊,我走过的弯路,不忍心让你再走一遍。再说你这段时间真是透支得太厉害了,再这样下去,我真怕我损失一个好的战友。"

"何一帆,谢谢你。"周柠由衷地说,"你的建议我都收到了,我会好好想想的。"

夏夜晚风吹起周柠耳边的碎发,周柠喝完酒的脸庞微微发红,脸上细小的绒毛在灯光下透着温暖的笑意。

何一帆看了她一眼,撇开头去。他知道,这不是属于他的笑容。但他觉得,男女之间的关系还可以有很多种,不一定要把美好的感情局限在互相占有的情欲上,彼此欣赏、彼此祝福的朋友情谊,谁说不是另一种更稳固、更长久的关系呢?

他对周柠说这些，没有私心，只是真诚地希望她更好而已。

可在陈羡那个位置，却只看到两人站得很近，何一帆低着头，不知说了什么，周柠笑得温柔。

吴鹏远也注意到了十米开外的那两个人，瞄了陈羡一眼："你是不是没心情去聚餐了？"

陈羡没有移开目光，眉头逐渐紧锁，抿着嘴不说话。他很喜欢周柠喝了酒后憨憨的样子，有一种在她身上很少能见到的娇态。可这次，她对面站的并不是自己。

陈羡莫名冒出一个念头——周柠的冷静期选项里，应该不包括换"男朋友"吧？

"我就先走了。"吴鹏远见状吐了吐舌头，"要是你还想来的话，就到前面那家火锅店，10号包厢。"

何一帆和周柠的聊天总是这样坦诚而利落，两人正待继续往回走，周柠电话响了，拿出来一看，是个陌生号码。

"那你说，如果我想要B的时候，碰巧来了个客户电话，我接还是不接？"周柠盯着那串陌生数字，问何一帆。

"和B在一起的时候可以不接，和我在一起就接呗，看看是什么客户，说不定还需要我帮忙呢。"何一帆笑道。

周柠也微笑着摁下接听键，可没几秒，神色就变了——这电话居然是周铭打来的！

她没存过周铭的号码，周铭也从未主动给她打过电话，所以她并不知道。

"你和陈羡哥在一起吗？"电话那头，周铭的声音很紧张。

"没有，你怎么了？"

"周柠……"周铭有种不知所措的慌张，"我把陈羡哥的车撞了，我……我实在不知道……只能打给你……"

周柠的酒意瞬间就从头顶散去："撞了？他的车怎么会在你那里？你怎么撞的？"

"你能不能先来龙观大道，我被交警扣这儿了，陈羡哥的车也在这儿。还有……他妈妈也在……"

"他妈妈？你……"周柠顿时气得说不出话，"怎么回事？"

"一两句话说不清楚，你先过来趟行吗？"

"你把定位发我。"

"那你先微信通过下我的好友……"

周柠挂了电话，急匆匆地对何一帆说："出了点事，我得走了。"

"怎么了？需不需要我陪你去？"何一帆见周柠神色不对，赶忙问。

"不用，你回去帮我看下刚做的那个视频，今晚我怕是来不及改了。"

"这个你不用担心，没问题。"

周柠愤怒地通过了周铭的好友申请，收到定位后，立马打开打车软件叫车。

她的脑子里现在一团乱，为什么周铭会开着陈羡的车？到底撞成什么样？有没有造成他人的损伤？陈羡的妈妈也在是什么意思？

周柠的手都在发抖，周铭的事终究还是牵涉到陈羡了，她当初应该拒绝得再坚定一点，不管其他人怎么想，就不该让周铭和陈羡扯上关系。

在这间隙，陈羡也早就待不住了，他见周柠的神色变了又变，何一帆在一旁从笑意融融变得束手无措，好像又发生了什么自己不知道的事情。他正想过去，骤然响起的手机铃声却打断了他的步伐。一接起，就传来妈妈愤怒的声音："周铭是谁？你的车为什么会在他这里？发生车祸了知道吗？吓死我了，我还以为是你……"

陈羡被沈清文一连串的质问直接问蒙，费了好大一番力气安抚好妈妈，才得知自己的车在龙观大道，卷入了一场飙车连环撞的事故。

他远远看着周柠焦急的样子，猜想她也刚得知消息，赶忙奔了过去："你知道了？"

周柠见到陈羡，一愣："你怎么在这儿？你也知道了？"

"刚接到我妈电话，说我的车子在那儿被撞了，我还没来得及问其他。"

"周铭刚刚也这么跟我说，求我过去。"周柠咬了咬嘴唇，"你的车怎么会在他那里？"

"我前阵子是送到翟哥那里做改装，车暂时放那儿了。先不说这个，我们还是赶紧过去吧。"

的士飞快地往龙观大道赶。

陈羡也不明白，自己的车为什么就出现在了那儿。周铭在翟哥那里一直表现得很好，他去过好几次，周铭都踏踏实实穿着工作服在学技术，似乎真的告别了原来小混混的作风。两个月前，周铭终于通过了测评考试，高兴地告诉他可以开始挣工资了。

前段时间，陈羡又为了车队去翟哥那里要材料，顺便决定把一直想改装的几个地方给改了，再给车做个大保养。反正他接下来得天天窝在基地，用不上车，正好就放在那里慢慢折腾。

此时，周铭看着瘪进去的车头和弹出的安全气囊，无力地蹲在地上，心中懊悔不已。陈羡哥把钥匙交到他手中的时候，他还信誓旦旦地拍着胸脯说："放心，经过我手，一定把你的车保养得跟新的一样！"

可现在……

周铭突然想起陈羡哥跟他说过，机会不常有，如果不珍惜，哪天可能也就没了。周铭抹了把脸，绝望地想，现在瘪进去的倒不如是他自己的头。

陈羡和周柠赶到现场时，只见乱哄哄一片，六辆豪车撞在一起，整条马路都被堵了。

还没看到周铭，陈羡反倒先被瞅见了，沈清文赶忙跑过来拉过儿子上下打量："你没事吧？"

沈博文也跟了过来，眼神里都是担心："我和你妈正从你外公那儿回来呢，谁想半道被堵这儿了，一看这不是你的车吗，吓死我们了。没事就好，没事就好。"

陈羡来不及搞清为什么这么晚了他俩还要去外公那儿，只是无奈道："妈，舅舅，别看了，我没事，我都不在现场。"

沈清文又扯着儿子打量了一番，确认没事，这才把目光转向旁边的周柠。

周柠瞬间头皮一麻，她这是第三次对上这个雍容华贵的女人，而前两次，都不见得有多愉快。

陈羡知道躲不过，干脆搂了搂周柠："妈，我女朋友，周柠，你见过的。"

陈羡不说，沈清文也已认出了周柠，因为当初这个看上去极度冷淡的农村女孩儿就给她留下了很深的印象。但她万万没想到，儿子居然还真和这个女孩在一起了！

"阿姨好。"周柠有些尴尬地打了招呼。

"你也好。"沈清文从余光里打量她。

这时，陈羡打断了沈清文想要继续问话的意图："妈，你等会儿，我们先找个人。"

说完，陈羡拉着周柠的手匆匆往前走去，钻进人群。

周铭正抱头蹲在地上，陈羡赶忙把他拉起来仔细检查了一番，见人没事，不由得松了口气。

交警处理完前几辆车，正往他们这边走，陈羡安慰周柠和周铭："人没事就行，车有保险，没关系的。"

这时，周铭身边的一个小伙子立马走到陈羡身边，压低声音惴惴地道："那个……我知道您是周铭的姐夫，您能不能跟翟哥说这车是您借给我们开的？求求您，要是被翟哥知道我们偷开客人的车出来，一定会被开除的。"

这话被刚走到旁边的沈清文听到了，她霎时皱起眉头，心中极为不悦。

这时，交警也过来了，看了一眼陈羡："你的车？"

"对。"陈羡赶紧应道。

"你借他开的？"

刚被拜托过，陈羡没反应过来，顺口就说："是的。"

交警冷笑了一声："那你知道他没有驾照吗？"

陈羡一愣，刚才一时没想到这个点。

可周铭却哭丧着脸，偏偏在这时选择道歉："陈羡哥，对不起，我真没想到会这样。上次你借我开的时候，我真感觉我是可以的。"

"这么说来，知道他没驾照，你还主动借了不止一次？"交警又冷笑一声，朝陈羡伸出手，"你的驾照也拿出来吧，主动把车借给未取得机动车驾驶证的人，你的证也得吊销。"

4：我们俩之间的关系

交警高海明和他的同事们追这群深夜飙车党已经整整一周。

每年夏季，关于飙车党深夜"炸街"的举报就层出不穷，搞得他们交警烦不胜烦。这群飙车党还不好抓，专在深夜挑像龙观大道这种偏远人少的路段，竞速一段后就四散而去。收到举报，交警到现场也抓不到人，还得事后调监控取证，很是麻烦。要不是今天这几辆车撞在一起，把这条路堵了，高海明还真不一定能把这群人一锅端了。

高海明看着现场这些"战损"的豪车，很是嫌弃，对那些妆造各异、浑不惮的飙车党们更是深恶痛绝。作为交警，他非常讨厌这种毫无社会责任感的人，尤其是这些爱出风头、标新立异的富二代们，自己的命不要也就算了，万一伤了别人，人家跟谁要理去？周铭这种无证驾驶的，更是踩到了他的雷区，连带借车的人也被他归到不法分子之类，既然被他抓到，非严惩不可。

周柠立马上前解释："交警同志，搞错了，车不是他主动借的，车被开走我们完全不知情。"

高海明冷哼了一声，指了指自己肩上的执法记录仪："别狡辩了，都录下来了，还主动借了不止一次，你们现在说啥都没用，驾照拿出来吧。"

陈羡站着没动，高海明眉头一皱："不会你也没驾照吧？"

"我的在车里。"陈羡无奈地说。

"找出来。"高海明的言语里毫无回旋的余地。

陈羡的脑子里闪过了一百八十个念头，第一个就是他的驾照千万不能被吊销，不然十天后他还怎么上场比赛？

可还没等他想好该怎么办，沈清文先一步走到车旁，打开车门，把驾照取了出来递给交警："他是我儿子，驾照给您，他犯了错，该吊销就吊销，我们绝对配合。"

高海明有些意外地接过驾照，他见惯了不明事理宠溺孩子的家长，这么配合的，倒是少见。

陈羡震惊地看向妈妈："妈，你这是干吗？"

沈清文冷声道："配合交警执法，顺便教育自己的儿子，怎么了？"

周柠也有些急了："交警同志，阿姨，陈羡确实不知情。"

"刚刚他可不是这么说的，犯错了就得付出代价。"沈清文厌恶地瞥了周柠一眼，"至于你和你弟弟的责任，一会儿我们再算。"

高海明看了一眼剑拔弩张的几个人，虽觉察出这其中似乎有几分自己不知道的隐情，但这并非他的事，他只需严格执法就行，于是说道："一会儿几位还得跟我回交警大队做一下笔录。"

沈清文满口答应。

周柠正欲再分辩，陈羡却拉了她一把，对她摇了摇头。他知道，在妈妈心里，这件事已经不止车祸本身了。

周铭蹲在地上，看着眼前的这一切，觉得自己真是太蠢了。进名车工坊的这段日子，是他人生中最愉快的一段时光，不仅能学喜欢的技术，而且还第一次凭自己的能力赚到了人生第一份正儿八经的工资。更别提因为陈羡和翟哥的关系，同事们都对他另眼相看，让他罕见地感受到被尊重与被接纳。可他也是一个极不成熟的人，虽有陈羡这样的偶像在前，但也抵挡不过身边狐朋狗友的诱惑。这次飙车，就是被六子撺掇的。

来厂里改装汽车的，大多是有钱有闲的富家公子，六子改装技术不错，时间长了，就和几个公子哥攀上了关系。早听说他们圈子里的飙车局，六子一直心痒痒，这天改装完陈羡的车，他没忍住，就试探性地问周铭能不能偷偷开出去试试。其他客人的车不敢，可陈羡是周铭的姐夫啊，偷偷开一下姐夫的车，应该问题不大吧？

周铭是好面子的人，而且这阵子跟着六子学改装技术，关系处得十分融洽。一方面他不好意思拒绝六子，一方面更是想证明自己跟陈羡的关系真的非同一般，于是脑子一热，就答应了。

今天晚上，六子飙了第一场，周铭坐在副驾驶座，当引擎轰鸣，车速到达160码的时候，他感觉灵魂都在空中飘，狠狠体验了一把肾上腺素飙升的感觉。于是转战龙观大道的第二场，他提出也想试一下，全然不顾自己还没考到驾照——他两次都卡在科目一，看书背题简直是他的死穴。可这丝毫不影响他对自己驾驶技术的自信，会开就是会开，跟那些破题有什么关系？

不知敬畏的人总是会被上天惩罚，就是这么背，刚起步，打头的两辆车就别到了一起，周铭都还没飙上速度，这场六车连撞的事故就发生了。但幸运的是，正因为速度没起来，车虽撞在了一起，但这群浑小子没受严重的伤。

陈羡的车前后都撞得有些变形，安全气囊弹出，一侧车门蹭到护栏，也凹进去不少。周铭和六子除了被安全气囊震得胸闷眼花外，其他倒也无碍。可刚刚陈羡过来检查周铭伤势的时候，周铭觉得还不如让他死了算了——他怎么会愚蠢至此，如此辜负陈羡对他的信任？

周铭多希望时光能倒流，如果再给他一次机会，他一定安安心心在厂里当一个汽修工，任六子怎么说，他都不会去动陈羡的车一下。

一路跟着回交警大队，陈羡早已顾不上车怎么样，他头疼的是他的驾照怎么办，如果拿不回来，十天后他还怎么当车手？

他得进去配合做笔录，可这样大厅里就剩下妈妈、舅舅和周柠三人，舅舅想缓和氛围，可明显连句话都插不上，这让他如何走得了？此刻，他担心的反倒又不是驾照了。

交警喊了三遍，陈羡依旧未动。周柠放开陈羡紧抓着她的手，冲他宽慰地笑了笑，让他赶紧去，他这才不得不一步三回头地走了。

陈羡走后，沈清文终于好好打量了一番周柠，脸上的笑容却没什么温度："我后来才知道，你就是小时候和陈羡打架，把他手弄伤的那个小丫头呀。那福贵还真会挑，高中还让陈羡住你们家去了。"

"小时候不懂事，我后来也跟陈羡道过歉了。"

"谁能想到小时候闹得那么凶的两个人，长大了却处起朋友了呢？陈羡也没跟家里说，所以你们俩这关系，我这当妈的，是当真还是不当真啊？"沈清文看周柠的姿态一如当年，客气的假笑掩盖不住内心的看不起和防备。

周柠被这轻蔑的眼神盯得浑身不舒服，身上那防御的刺又不由自主地一根根竖了起来。于是，她捏紧了拳头，一字一句地回道："阿姨，既然是'我们俩'之间的关系，为什么需要您来当真或不当真呢？"

周柠嘴角那丝冷淡又嘲讽的笑容，让沈清文心突突一跳，险些没绷住表情。她真是极不喜欢眼前这个丫头，儿子的其他女同学，哪个见了她不是恭恭敬敬、客客气气，嘴巴甜甜一口一句"阿姨"地叫？可周柠，八岁初见就觉得浑身冒刺儿、没有教养，明明是个农村丫头，却一副清高冷傲、目中无人的样子，半句落不得下风。这样的女孩想当自己的儿媳妇？门儿都没有，她绝对不会同意。

沈清文冷笑一声："好，你们俩之间的关系我暂且不管，但今天这事我得管吧？陈羡的车是借给了你弟弟？"

周柠还是不卑不亢："陈羡没有借，是我弟弟在他不知道的情况下把车开走了，整件事跟他没关系。"

沈博文立马搭话："没事，就算借了，我也能找人……"

沈清文立马打断了他："找什么人？别影响警察公正执法，扣着吧，该吊销吊销，这小子不知天高地厚的，也该让他知道知道，交了不该交的朋友，是要付出代价的。"

沈博文一愣："别啊，干吗这么折腾我外甥？"

周柠也有些急了："阿姨，陈羡真的没做错任何事情，全是我们的责任，他马上就要比赛了，驾照对他很重要。"

沈清文嘲讽道："你还是担心担心你们自己吧，东岙村这些年发展得好点儿了吗？你弟弟无证驾驶，商业保险可不赔，全由你们承担，赔得起吗？"

"您放心，该我们承担的责任，我们一分不会少。陈羡没有错，驾照一定能拿回来的，还拜托您不要为难他。"

沈清文冷笑一声："哟，怎么搞得还是我的错了？要不是你，能有今天的事吗？"

明知是故意刁难，周柠却没了针锋相对的勇气，低声道："阿姨，我知道您不喜欢我，但如果是对我有意见，可以冲着我来，能不能不要因此牵连到陈羡？今年的比赛对他真的很重要。"

"清扫他人生道路上乱七八糟的障碍更重要。"沈清文冷哼一声，"别太看得起自己了，什么叫冲着你来？你是什么档次，和我什么关系啊，我犯得着冲着你来吗？"

说完，沈清文不再理周柠，转而对沈博文说："这件事你别管啊，陈羡求你也不行。不让他长点教训，还真以为自己脱离了家里，什么都能行呢。"

陈羡做完笔录出来时，门厅这侧的气氛已经降到了冰点。

舅舅拼命冲他使眼色，暗示他现在别惹他妈妈，他却担忧地看着周柠。

上了大学后，沈清文或开玩笑或认真地问过陈羡很多次有没有交女朋友，让他带回家来看看，陈羡都坚定地说没有。不是他不想介绍周柠，而是他知道，妈妈一定不会接受。

八岁那年陈羡受伤，妈妈每次看陈羡消毒换药都要愤愤地咒骂那野丫头好半天。素食馆偶遇那次，妈妈以为陈羡早恋，回去忙不迭地让陈振涛去问福贵，才发现原来又是那个野丫头，如临大敌般审了陈羡半天，后来见陈羡确实跟人没再联系才悻悻作罢。

同样的，陈羡知道周柠也一定不会喜欢他妈妈。他自己都不赞同沈清文身上的很多东西，比如控制欲极强、门第观念重，又非常虚荣。长大懂事以后，他都知道要巧妙地逃离妈妈对他的管控，周柠更没必要去受这个罪。

她那么心高气傲的人，恐怕刚遇上他妈妈打量的眼神，身上的刺儿就又全冒出来了。所以陈羡根本没有介绍两人认识的想法，他希望他和周柠之间的爱是纯粹且自由的，至少在现阶段，绝对没有受家庭干扰的必要。

"周柠？"陈羡走过来试探性地看周柠。

周柠沉默地看了他一眼,眼神担忧:"驾照拿回来了吗?"

陈羡无奈摇头,第一次借已经过去好久,没有证据也没出事,交警并不会追究。但刚才脱口而出的谎言却被录了个正着,任凭他怎么解释,交警都不为所动。

突然,他灵光一闪,对了,就是证据!交警不信他的话,就是因为他没有证据,但如果找到证据了呢?

"说不定还有办法。"陈羡突然说。

"真的?"周柠一喜。

沈清文却无动于衷,继续冷眼看着两人。

陈羡折回询问室,找到高海明,说明来意,高海明皱了皱眉,还是尊重了陈羡的意见,把周铭叫了出来。顾不上什么安抚,陈羡急忙问周铭和六子是在哪里商量的要偷开他的车出去,开车时有没有聊过这方面的事。

周铭一愣,回答说是在改装完车时商量的,今晚飙车时,六子还说过要不是偷开出来,一辈子都开不上这么好的车之类的话。

陈羡大大松了一口气,证据终于找到了。他一边给翟哥打电话求助,一边折返回大厅。

周铭回忆的时间点很准确,翟哥很快把那段监控视频传了过来,时长足足有一刻钟。周铭和六子围在陈羡那辆车旁边,好一番商量怎么偷开出去才不会被人发现。有了这个视频,行车记录仪都不用调取了。

沈博文看了松了一口气,他正担心母子俩这么僵下去不好收场。周柠更是高兴,让陈羡赶紧去交证据,把驾照拿回来。

陈羡正要走,沈清文却冷笑一声开了口:"也好,这下证据确凿,你没借,那就是他们偷盗吧?"

陈羡脚步一滞,回身难以置信地看向妈妈。

沈清文不为所动:"这事是不是还需要另外报案?"

"妈,你至于吗?"陈羡震惊道。

"什么叫我至于吗?事实摆在那里,你借了,就活该你吊销驾照。你没借,那就是他们偷盗,别指望我会放过他们。"沈清文转而问沈博文,"这罪名叫偷盗还是什么?我也不懂,你介绍个好律师给我。"

"姐……"沈博文不忍。

"妈!"陈羡也还想再分辩。

周柠却抓住了陈羡的手,拉着他往里走:"把视频交上去,驾照拿回来重要。"

陈羡被拉着踉跄走了两步就停住了,任凭周柠怎么使劲,都再也拉不动。

"陈羡……"周柠看着他,眼睛都红了。

沈清文懒得再看这场景,转身朝外走去:"今天在医院陪了你外公一天,我累了,先回家了。你要不要回来,随你便,反正明天一早我就找律师。"

沈博文追了出去,门厅这儿只剩下陈羡和周柠两人。

"我们去交视频。"周柠再次拉他。

陈羡却摇了摇头,反把她拉进怀里,轻轻搂住:"一定还有别的解决办法的。"

靠在陈羡的肩头,熟悉的气息萦萦绕绕地钻进鼻腔,这一瞬间,周柠很想哭。她好像很久没有这样好好感受过陈羡的拥抱了,甚至临近几次的见面,两人都闹得不欢而散。可在这个动荡的夜晚,她真想在这个温暖的怀抱里待一会儿,再多待一会儿。

陈羡松开周柠,轻轻抚了抚她的头发:"我回家一趟,大不了跟我妈再求求饶。"

"可以不用这么麻烦的,陈羡,把视频交上去,就什么事都没了。"周柠依然坚持。

陈羡摇头,刮了下她的鼻子,假装不满道:"又说傻话,你总是忘了我们俩是一体的。"

陈羡回到家时,沈清文果然坐在沙发上等他。

"我就纳闷怎么天天叫你回家你都没空呢,说是在搞车队,原来都是在交一些狐朋狗友啊。刚刚你舅舅在,我给你留点面子,现在我告诉你,你那上不了台面的女朋友,赶紧给我分手。"沈清文劈头盖脸就是这么一顿。

"妈,你对周柠是不是有什么误解?"陈羡按捺住脾气。

"能有什么误解?小小年纪,对长辈一点尊重都没有,你怎么就看上一个农村姑娘?"

"你别一口一个农村姑娘的,这跟农村有什么关系?"

"怎么没关系?从小野蛮生长,有脾气没教养,更别提她那个法盲弟弟,偷车这种事都干得出来。"

"妈,这是我的事,我的车,你能不能别管这么多?"虽然进门前提醒了自己千万遍要服软要说软话,陈羡终究是忍不住。

"你的车?哪一分钱是你自己赚来的?好意思说?翅膀都没硬就不知道天高地厚。"沈清文冷笑,"这事就这样,不是你吊销驾照,就是他们偷盗,别指望我会放过。"

"妈!你非要为难我是吗?"

"不为难也行,但我有条件。"

"什么？"陈羡冷声道，"你可别说是让我和周柠分手，这事跟她没关系，我也不会跟她分手。"

沈清文又是冷笑一声："那就没什么好说的了。"

陈羡知道，跟妈妈是怎么也说不通了，心灰意冷转身想走，沈清文却又冷冷地说："而且我告诉你，经济责任和法律责任我都会追究到底，明天我就去咨询律师，她和她弟弟该承担的，一样都不能少。"

陈羡高中之后，沈清文就极少再这么严厉地管教过他，一方面是他主动疏远不服管，另一方面也是他的成绩和表现都很好，沈清文抓不到他的毛病。虽然母子之间的疏远让她感觉有些失落，但她也知道，青春期的男孩子不对母亲说心事是正常的，好在女儿尚且贴心，她也就放松了对儿子的管束。

但现在，沈清文有点后悔自己的过于放松。交什么样的女朋友，混什么样的圈子，可是人生大事，她这几年来居然一无所知。现在陈羡的车能被不上道的小混混开着撞毁在路上，下次撞毁的，难保不是他自己的人生！

尤其是刚才和陈羡针锋相对的这短短几分钟里，沈清文更坚定了对这件事必须一管到底的决心。趁还来得及，她必须把正儿子的人生方向。

可陈羡已经无心再和妈妈吵下去，他得立马找到周柠，一想到分别时周柠隐忍的哀伤模样，他就觉得非常不安。

5：所以现在，我们分手吧

不该交的朋友，乱七八糟的障碍，沈清文的言外之意已经很清楚。陈羡走后，周柠靠在墙边，回忆刚才和沈清文的这场冲突，心一点点往下沉。

她第一次怪自己不够圆滑，如果自己能再多忍耐一些，是不是就不至于激怒沈清文，也能少给陈羡添点麻烦？

周柠蹲坐在地上，把头埋在膝盖里，太阳穴突突地跳。她可以接受自己的生活时常掉进泥潭，反正从小就是这样，要经历数不尽的挫折、数不尽的麻烦，咬咬牙努努力，再爬出来就是。可她不能接受陈羡也被她拖进泥潭。那么多汗水，那么多心血，如果因为这种烂事上不了场，那真是太委屈了。

周柠后悔得直捶脑袋，骂自己愚蠢，明明知道周铭是颗不定时炸弹，当初就不应该一时心软让陈羡帮了周铭。哪怕当时所有人都怨她怪她冷血，也比现在好啊。

周铭从审讯室出来后，周柠短暂地见了他一面。

周铭双眼通红，脸上是难得的自责与后悔，第一次放低了声音和周柠说话："对不起。"

周柠看了他一眼，觉得心里已经麻木："你这次逃脱不了法律责任，没有人会帮你，也没有人能帮你。"

"我知道。"周铭低下头。

"我们还要赔很多很多钱。"

周铭又把头埋得更低了一点,沉默了很久才抬起头来:"周柠,你能帮我跟陈羡哥说声对不起吗?"

"对不起有用吗?"周柠漠然地反问,"伤害后的道歉毫无意义,因为已经改变不了过去了。"

周柠说完,转身走了。

他们没有像以前那样一见面就起激烈冲突,或互相大声指责。可周柠这句不轻不重的反问,却有如千钧般压在周铭心头,他第一次流下悔恨的泪水,知道自己可能再也没有机会了。

回工作室的路上,周柠接到了陈羡的电话,他的声音听起来有些着急:"你还在交警大队吗?"

"在回工作室的路上了。"周柠紧接着问,"你和你妈妈聊得怎么样?"

电话那边的陈羡顿了顿,声音变得轻松起来:"没事儿,不管她,我先来找你。"

周柠的心沉到了谷底。

见她迟迟没反应,陈羡又试探性地叫了一声她的名字:"周柠?我来找你吧。"

"好。"周柠回了神,对着电话那头轻声说,"一会儿见。"

周柠放下手机,疲惫地靠在出租车的椅背上,将车窗摇下。窗外只剩路灯还在顽强地发着光,可这光与铺天盖地的黑相比,显得那么微不足道。风把周柠的头发吹得很乱,却没有为她提供多少可以呼吸的空气,她觉得胸口一阵阵发闷,看不清前路,也找不到方向,这个黑夜长得仿佛没有尽头。

周柠到工作室的时候,陈羡还没到。可她一脚迈进去,却感觉屋里氛围不对,每个人好像都跟她一样丧。

"怎么了?"周柠奇怪地看着正对着一沓海报发愁的何一帆。

何一帆苦笑道:"我们被举报了,房东让我们三天内搬出去。"

"举报?怎么会?"饶是今天已经经历过狂风暴雨,周柠还是吃了一惊。

"这些日子,总有一老头在我们门口晃悠,你注意到没?"

李盈这么一问,周柠是有点印象。

"他是我们楼下的,就是他举报给物业的,说我们违规改变房屋用途,噪声大扰民。我们晚上回来时,房东正在开门呢,当场要求检查。"

何一帆又继续解释:"唉,这事也是我们理亏,当初租这老小区,是因为离学校近,租金也相对便宜。和房东谈的时候,我没说是要当工作室,结果人家进来看到客厅里一堆机器和货品,当时就不乐意了。"

"怎么会突然被举报呢?我们都在这儿这么久了,之前也没事啊。"周柠问。

"刚起步那阵儿活儿还不算多,而且写真机那些不常用,那时没吵到人家吧。这不是生意好起来了嘛,这些天晚上机器都在转,确实是有噪声,我们也无法狡辩。"俞健叹了口气。

"房东说搬我们就得搬吗?当时不是签了三年的合同?"

"合同里也写了只能作为居住用途,不得挪为他用,也不得群租,说到底是我们理亏。"何一帆说,"当时只图性价比,确实没考虑那么长远。"

周柠看着一屋子东西,成箱的海报、画册,成堆的易拉宝、展板,都是他们这些日子熬出来的心血,这下突然没了暂存地。

"那怎么办?"周柠问。

"刚才我们已经商量了,不是还有三天时间嘛,明天我先去找新地儿,俞健联系客户,把能送的能安装的都先送出去,你和李盈辛苦在家里整理打包一下其他东西,等我找到房子了,我们就搬过去。"何一帆回道。

"好。"周柠只能点头。

何一帆突然想到什么:"对了,司晴前阵子说他们有意向把产品手册也给我们做,本来跟我约了明天过去谈,但现在肯定是去不了了。哎,周柠,你和她熟悉一点,你再辛苦下,明天替我去她那儿跑一趟吧?你在那儿不是还接了一个新客户吗,顺便也拜访拜访。"

"那这里这么多东西呢?"周柠第一次听说来了新业务却不觉得兴奋。

"我来吧,你能干多少是多少,剩下的我来。"李盈忙说。

何一帆有些歉疚地看着大家:"唉,这几天本就有一堆活儿要交付,又蹦出那么多杂事,是我事先没考虑周到,对不住各位了。"

"嗨,说这些。"俞健拍拍他的肩,"不就是熬几宿的事儿吗,又不是没熬过,挺挺就过去了。"

"就是,我把手头的画册弄完就开始收拾,反正也快天亮了,大不了今晚不睡了。"李盈说着已经坐到了电脑前。

周柠看着已经忙碌起来的大伙儿,太阳穴再次突突跳了起来。一晚上兵荒马乱地下来,她差点忘了自己还有一堆待完成的任务,一个宣传片脚本、一套KT板设计、新客户关系的维护⋯⋯一样样都标着最后期限,闪烁着"紧急"的字样。可周柠却傻站在原地发愣,任时间一分一秒过去,一点都不像原来的她。

何一帆也注意到了周柠的反常,担心地问:"周柠,你怎么了?"

周柠摇摇头,笑了笑:"只是有点累,我出去透个气,你们先忙,我一

·254·

会儿就回来。"

  腿像被灌了铅,周柠沉重地一步步迈下楼梯。楼道里的灯忽明忽暗,她突然想起和陈羡确定关系的那个夜晚,雪梨租住的老旧小区的楼道里装的也是这样的感应灯,时灵时不灵的。在那一明一暗间,陈羡轻轻把她抱进了怀里。

  走出楼房,周柠倚在墙边,深深地吸了一口气。初秋的夜晚,风变得凉爽,吹得周柠起了一层鸡皮疙瘩。周柠低头看到自己的T恤,突然想到去年车队在G市比赛失利的那个夜晚,她也正好穿了这件衣服。那天晚上,众人在包厢里哭了笑笑了哭,她和陈羡偷偷溜出来,她对陈羡说今年一定会看着他站在领奖台上。

  尽管思维已经有些迟钝,但周柠还是忍不住顺着时间线回忆了起来。

  可是再后来的回忆好像变得有些少,她离开车队后,一天比一天更忙,偶尔陈羡来找她,她都没时间好好陪他。再紧接着,他们渐渐有了争吵,直到约定好要彼此冷静一下。

  周柠向天边看去,黑色开始渐渐泛蓝,也许再过一会儿,天就真的该亮了。就在这黑蓝博弈交替之时,周柠看到有个身影急切地朝她跑来。

  陈羡气喘吁吁地在周柠面前停下:"你怎么在这儿,我差点没看到你。"

  周柠笑了笑:"等你啊。"

  "也不怕被蚊子咬。"陈羡拉过她,替她拍了拍。

  借着楼道里昏黄的灯光,陈羡低下头看周柠,她长长的睫毛下覆了一片狭长的阴影,嘴角却勾起好看的弧度,好像今晚并没有坏事发生。

  陈羡搂过周柠的腰,低头想吻她,周柠却轻轻抬手挡在两人之间。

  陈羡微微蹙起眉头,不解地看着她,眼神里的担忧和不安不由得让她心软,横在两人之间的手一松。

  这次陈羡没有再给周柠犹豫的机会,果断加重了手上的力度,低下头轻而易举地就撬开了她的唇齿。从温柔的试探到意乱情迷的交缠,他们好像已经很久没有这么专心地接吻了。周柠被陈羡吻得有些缺氧,直到终于被放开,空气又涌入鼻腔的那刻,理智才又重新回笼。

  "陈羡。"周柠往后退了一步,嘴唇发着红,声音却已经冷静了下来,"把视频交上去,把驾照拿回来。"

  陈羡顾左右而言他:"不重要。"

  "很重要。"周柠打断他,"你不用顾忌我,周铭犯了错,他应该付出代价。"

  "真的不重要,离比赛还有十天呢,我再想想其他办法,总能做到两全的。"陈羡故作轻松地说。

"不可能两全的。"周柠摇头,"这是唯一的办法。"

"大不了我上不了了,反正也不是没有备选。"陈羡不在乎地说,"而且驾照又不是不能重考。"

"你辛苦训练了一年,就这么白费吗?"周柠依然摇头,"何况备选和你一样好吗?拿得了冠军吗?这不是你一个人的事,是车队所有人的心血。正因为我在车队待过,更不能看着它在成功前夕毁于一旦。而且就算你把责任担了下来,除了驾照被吊销你上不了场以外,我们以后又能怎么样?"

"周柠……"陈羡的眼神重新变得不安起来,"你想说什么?"

周柠深吸了一口气,看着陈羡的眼睛,缓缓地问:"你记不记得刚在一起时,我们约定过,如果哪天我们步调不一致了,希望你和我都可以拥有向前走的自由?"

"所以呢?"

"所以现在,我们分手吧。"

老式楼道里接触不良的感应灯断断续续,周柠的神情在这明明灭灭中却始终保持着平静与镇定,仿佛刚才那句话真的是她深思熟虑的结果。

陈羡当然无法接受,难以置信地反问:"分手?你的解决方案就是分手吗?"

"不然能怎么办?你要为了我放弃多少?又要花多少力气去解决家里的麻烦?"

"我不在乎,你跟我在一起就行。"

"可是我在乎。"周柠抬起头,"陈羡,我刚在楼下想了很久,与其我们两个一起完蛋,不如分开各自走好自己的路。"

陈羡如鲠在喉,双眼通红地看着周柠。

周柠惨淡地笑了笑,继续说:"你说巧不巧,偏偏在今晚,我们被告知要在三天内搬出这里,连工作室也突然保不住。从周铭出事到刚才,我整个人的灵魂都在空中飘,脑子里全是他怎么办、你怎么办,回到这里,我才突然想起还有一个'我'。我才想起来,我还有那么多事情要做,尽管今晚如此糟糕,明天一早,我还是得硬着头皮继续往下走。"

陈羡没有说话,只是沉默地站在周柠面前。

"因为我无法放弃我坚持的路,所以我也不希望你放弃你自己的路,尤其是为了我。"周柠的声音低了下去,"陈羡,你就当是我自私,承受不起。"

"承受不起?"陈羡突然重复了一遍。

"是的,承受不起。我怕你为我放弃很多,我却无法给予同等的报答。更怕这段关系把我们都拖到泥潭里,什么都毁了却依然没有好结局。与其这样,不如我们各自轻装上阵,让所有事情都回到正轨。"

"轻装上阵？回到正轨？"陈羡的语气充满了困惑。

周柠却像是已经下定决心："对不起，我不想被困在这里，你也不应该被困在这里。"

两人沉默下来，衬得楼道里杂乱的下楼声更加刺耳。何一帆匆匆跑出来，却没想到在楼门口就撞到了周柠和陈羡，不由得有些尴尬。

"师兄？怎么了吗？"周柠分出一些精力。

"啊……没事，看你这么久不回来，我有些担……"何一帆止住了话语，"你没事就行，你俩接着聊，我先回去了。"

说完，何一帆立马转身上了楼。

两人之间又静了下来，静得几乎能听见楼道里劣质灯泡发出的滋滋声。

又过了很久，陈羡才开口，声音中充满了苦涩和不解。

"周柠，其实这段时间我总在想，你到底有没有爱过我。"陈羡自嘲地说，"我以为重要的是我们俩在一起，其他一切都可以克服。可在你这儿，我的赛车重要，你的创业重要，好像只有我们俩之间的感情是不重要的。如果回到正轨，如你所想，我真的拿了冠军，你的事业越来越好，我们俩的家庭之间也不再有任何纠葛，只是你的轨道上没有我了，你会开心吗？"

陈羡的问题让周柠心中一痛，可她忍住了想去捂一捂胸口的冲动。

"家中麻烦不断，前途毁于一旦，即使我俩在一起，我也不会开心。"周柠吐了口气，"我只能选更有把握的事情，而弱者始终是没有胜算的。"

陈羡苦笑："你知道吗，你有时理智得甚至让我觉得自己有点可笑。"

陈羡突然想起第一次向周柠告白的情景，周柠拒绝他，冷静的一句"我不想"就堵死了他所有说辞。这次提分手，周柠说的依然是"不想"，她不想被困在这里，也希望他不要被困在这里。

"不想"这个词的杀伤力，远比一切外在困难要强得多。

困在这里？陈羡又突然注意到这个短语。周柠曾说过，她不想被困在家里，不想被困在那个小山村，却没想到，现在连他们之间的关系对她来说都是一种困境。

陈羡不由得想起自己的承诺，他对她说过的，他能理解她所有的想要逃离，如果有一天她真的能得到自由，他反倒祝福她。在说这句话的时候，他万万没想到，有一天周柠的不自由居然会和自己有关。

要祝福她，还是困住她？

陈羡看着周柠薄薄肌肤下隐隐透出的血管，差点忍不住抬手抚摸她的脸。可他没有，他让他们之间的空气继续静默了一会儿，仿佛想要留住这最后的连接。

过了很久，他才轻轻笑了一下："那就分手吧。"

周柠猛然抬起头看他,瞳孔好似急剧收缩了下,可过了一会儿又渐渐散开了去,眼神变得释然。

陈羡张开双臂,轻声问:"最后再抱一下吗?"

周柠鼻子发酸,看着这近在咫尺的怀抱,却摇了摇头:"还是算了。"

陈羡也没有勉强,垂下手臂:"那我走了。"

"嗯。"周柠垂下眼睛,用鼻音回道。

眼前的姑娘一如初见时的执着与倔强,陈羡依然有些不舍地看着她,却不由得想,在一起两年的时光,究竟是不是没有改变她分毫?

可纠结这个是如此徒劳无用,又怔了一会儿,陈羡才仿佛真的接受了这个结果,深吸了一口气,说:"祝你能自由地在你选的道路上飞驰。"

也许对于周柠来说,这才是最好的祝福。

周柠的声音有些发抖:"谢谢,你也是。"

陈羡转身离开时,却听周柠叫他:"陈羡。"

他立马回转身来,眼神闪烁,心中生出一丝幻想。

可周柠缓缓开口要说的,却只是再次叮嘱:"把驾照拿回来,你一定要参加比赛。周铭的事,你不要再管,法律该怎么判,都是他该承担的。车的钱,我们会全数赔偿,你不用为我担心。你知道的,我妈那儿还有很多赔偿金,这次肯定也够了,不会太难的。"

等了一会儿,也不见周柠说其他,陈羡又嘲笑起自己的不坚定来。他在想什么呢,如果会回头就不是周柠了。只是他们俩之间最后的对话,依然是周柠坚持要把所有东西还清,与高中那个夏天无异。此情此景,不由得让陈羡觉得好像踏入了循环的魔咒,其间的所有努力都是徒劳无功。

他只能苦笑着接受:"好。"

陈羡真的走了,没有再回头。

周柠感觉全身的力气都被抽走,心仿佛空了一大块,痛得她不得不蹲下身来,死命地抵住自己的心口。

呼吸,放松,呼吸,放松……

也不知道过了多久,周柠才咬着牙抬起头来。一睁眼,却发现天色泛白,远处的云层更是被快要跳出来的太阳染成了金色,这个漫长得仿佛永远不会结束的黑夜,还是过去了。

陈羡不知道该去哪里,不知不觉中,还是走回了车队的基地。一进门,居然所有人都在,一股热火朝天的气氛扑面而来。

大家不知道发生了什么,纷纷笑着过来搂他。

吴鹏远打趣道:"你怎么回事,不知道要比赛了啊,居然敢整个晚上都在偷懒?"

吴鹏远这话仿佛把陈羡从半空拉回了地面。陈羡突然理解了,为什么周柠刚才说回到工作室才发现还有一个"我",一个不能被忽略的"我"。

"我还以为你们聚完餐回去休息了,怎么又通宵?"陈羡过去摸了摸已经被反复摩挲了无数次的车子。

今年一辆油车,一辆电车,油车被继续命名为 Rocker,在哪里跌倒,就在哪里爬起。电车的名字是陈羡取的,他叫它 Flash(闪光),希望它奔跑如闪电。姚伟良会继续驾驶 Rocker,而从没尝试过的电车,则选定陈羡为一号车手。

"马上就要去比赛了,睡也睡不着啊。"吴鹏远说,"还不如再好好检查下,看看还有没有什么缺漏。"

吴清也推了推眼镜:"这次绝对不能有任何一点纰漏。"

"我们能做的都做了,上了赛场就看你俩的了,压力大吗?"吴鹏远笑着开两个车手的玩笑,"这次再拿不了冠军,就是你俩的锅了。"

姚伟良摆出信心十足的样子:"放心吧,我这次绝对第一圈就称霸,稳稳的。"

所有人都笑着看陈羡,等他也给大家吃颗定心丸。陈羡却仿佛僵住了般,半天没有回应。

"怎么了?"吴鹏远不解地看了陈羡一眼,"大家开玩笑呢,别压力太大啊。"

陈羡看了看大家期待的眼神,将目光投向了 Flash 的二号车手毛世军:"咱 Flash 就算不是我开,也一定能得第一。"

"不是,你看我干吗?"毛世军被盯得一阵紧张,"虽然我是二号,可我没有上场的打算啊,我开指定拿不了冠军。"

吴清也奇怪地看向陈羡:"哟,怎么今天扭捏起来了?不像你啊。"

所有人热切的目光又集中在陈羡脸上,他诸般复杂的情绪皆被哽在喉咙,怎么也说不出口。

吴鹏远搂过他,替他解了围:"我们羡哥偶尔谦虚下怎么啦?谦虚也是人类的美好品质。"

陈羡这才勉强笑了笑,岔开话题:"你们昨晚光凑在一起臭贫了吧?"

一群人又插科打诨了会儿,纷纷嚷着要出去吃早餐。

陈羡摆了摆手,示意自己不饿,强行把自己留在了基地。可所有人都走后,他却再一次陷入了巨大的空虚——也许周柠说得没错,他们俩的轨迹已经悄然分岔,他必须上场,她也有着自己不能放弃的追求,可再往后呢?

6：正因为他好，所以才不能把他毁掉

等到上班时间，陈羡又去了趟交警大队，交上视频，再次解释了前因后果，又诚诚恳恳地为自己一开始的撒谎道歉。这下一切都对得上，交警将驾照还给了他。

可他内心并没有多少喜悦。他不想告诉妈妈分手的事实，可不说，后续只会更麻烦，他怎么可能真的完全不顾忌周铭。

果然，舅舅发来微信：快回家来，想救你的小女朋友，还是向你妈妈低个头吧。

陈羡咬了咬牙，无奈还是只能回家。

他一走进家门，除了妈妈和舅舅以外，客厅里还坐着一个陌生人。仔细一看，这人也不算太陌生，几次周柠遇上麻烦，他们都碰巧打过照面。

"这是陆律师。"见陈羡进来，沈清文介绍道。

陈羡淡淡地看了陆言一眼，没有反应。

陆言倒是无奈苦笑了一下，他是今天一早被沈博文拖来的。合力集团是律所的大客户，对于VIP的要求，他向来是有求必应。只不过到了这儿，他才惊讶地发现这事居然又和周柠有关。他叹了口气，早提醒过她的，有这样的弟弟，她会需要一个律师，只是没想到这次自己居然站到了她的对立面。

"陆律师刚和我解释了盗窃罪和侵占罪的区别，我还没听懂，你要不要一起听一听？"沈清文冷眼看陈羡。

"这两种罪都是起诉的才处理，不起诉法院不会管。如果你们不打算追究，那也没必要分那么清啦。"陆言立马补上一句。

"我们怎么可能不追究？"沈清文立马说道。

陈羡觉得疲惫："我和周柠分手了，所以妈，你别麻烦了。"

这下轮到沈清文讶异，她后续的招数都还没出，儿子居然真听话地乖乖分手了？

"你别以为说分手了就能蒙混过关。"沈清文不信。

"是真的。"陈羡觉得太阳穴突突地跳，"我答应你分手了，也请你兑现你的承诺，不要再去找她麻烦。"

"我怎么知道你是真分手还是假分手？那姑娘能轻易放走你？呵，我也不怕外人笑话，就在这儿明说了，这样的家庭，有这样的弟弟，她能是什么好姑娘吗？小的时候那么野蛮，长大了知道你是谁了，反倒贴了上来，你别被这种别有用心、想走捷径的人骗了！"

陈羡觉得妈妈的话可真好笑，他可不是周柠的捷径，反而是她通往自由之路的障碍罢了。

"她是不是觉得分手了我就不追究了？我告诉你，车撞成这样，该赔的钱一分都不能少。"

陈羡觉得在这儿多待一秒都是受罪,他一字一句道:"妈,你听好了,周柠是我追的,她一分一毫都没有贴着我,以前都是我贴着她。而且我们已经分手了,她对我说的最后一句话就是该赔的钱一分不会少。你的那些心思,根本就是多余。"

沈清文难以置信:"你真是中了邪了,我倒要看看这姑娘究竟有什么魔力,把你迷成这样。"

"你不要去找她麻烦。"陈羡瞬间提高了声音,他之所以说出分手的事实,就是希望周柠不要再被打扰,"我说分手了就是分手了,如你所愿,不会再有联系。如果你不希望我和她再有关联的话,就管住你的手,不要再有多余的动作,你想清楚。"

沈清文脑海中闪过一堆盘算,最终,她退了一步:"好,你说的,你们不会再有联系,我暂且相信你。不追究他弟弟盗窃的事已经是我最大的让步,但该赔的钱一分不能少。赔偿的事情,你不用管了,我会委托律师去办,这钱我要清清楚楚看到它赔到位。"

"随你,车不是我买的,我也不想要这钱。希望你也遵守你的诺言,这事了了,不要再去烦她。"

说完,陈羡摔门离去。

沈博文叹了口气,也开始劝姐姐:"年轻人谈个恋爱罢了,你那么当真干吗呢?不理他们,他们指不定哪天就散了,越阻拦,还越弄出个罗密欧与朱丽叶呢。"

"唉,你不知道,一看到那个小姑娘,我就心突突跳。我不能眼睁睁地看着儿子跟这种野丫头混在一起啊,那么多好姑娘他不挑,也不知道是什么孽缘。"沈清文摆了摆手,"你说他们真的分手了吗?"

"看来我比你还了解你儿子,要没分手,他根本不屑撒这个谎,他说分了,那就是真分了。"

"一夜之间,难道陈羡突然想通了?"沈清文自言自语。

闻言,陆言笑了笑,心想,只怕想通的另有其人吧。

沈清文怕陈羡不守承诺,坚持让律师跟到底,所以陆言再次见到周柠,是在定损结果出来以后。

他们约在一个咖啡馆,周柠像是没打算在这里多作停留,推门进来的时候,她手里还拎着电脑包,风尘仆仆的。

"喝点什么吗?"陆言一边问,一边偷偷打量她。

好久不见,她似乎没有变,依然是雷厉风行的样子,失恋这件事在她身上也找不到什么痕迹。不知是隐藏得太好，还是她真就这么洒脱。

周柠摇了摇头："直接说事吧，我一会儿还要赶去别的地方。"

陆言表示理解，也开门见山道："定损结果出来了，周铭是无证驾驶，所以商业保险拒赔，所有经济损失都要由你们来承担。"

"这我早就知道了。"

陆言把一张单子推向周柠："这是清单，陈羡的车定损三十九万七，你们是相撞的第三辆车，但因为是周铭先追的尾，后面的车又追的他，所以他需要承担一半责任，这部分定责总共十二万三。"

周柠粗粗扫了一眼清单，似乎没有仔细看的兴致："钱我怎么赔？"

"其他两辆车我不管，你可能还得辛苦下和其他两个车主协商，我是来收陈羡的钱的。"陆言说着又递给周柠一张单子，上面写着一个账号，"打到我委托人的账号吧。"

周柠瞄了一眼沈清文的名字，拿起手机就开始转账。

陆言笑着看她："挺有钱啊。"

"我不是说过吗，托您的福，我得了好大一笔钱。"周柠头也不抬地摁着键盘，她早已告知并安抚了妈妈，也早早准备好了这笔赔偿款。

"好了，转完了，我和你委托人之间的纠纷也应该到此结束了。"周柠摁灭了手机屏幕，"那就告辞了。"

"等等。"陆言叫住了她，还是忍不住问，"你们真分手了？"

"这也是你委托人要搞清楚的吗？"

"不是，单纯是我自己好奇。我们也算是相识，有这点好奇，不过分吧？"陆言一副看热闹的样子，"那天我见到你的小男朋友了。"

周柠的食指瞬间颤了颤，本想离开的身体也突然僵住。

陆言笑了笑："你提的分手吧？你别说，我那天才觉得你那小男朋友还挺好的，就这么放弃了，舍得？"

周柠看向窗外，一只白鸽恰好停在窗口，和她对视了一会儿，又展翅向天空飞去。陈羡这会儿也应该和队友们去了G市，为比赛做最后的冲刺了吧。

看着白鸽越飞越远，最后消失不见，周柠收回目光，冲陆言释然一笑："正因为他好，所以才不能把他毁掉。"

一整个晚上，陈羡的脑袋都晕乎乎的。

Rocker一雪前耻，早早锁定胜局；第一次亮相的Flash更是在他娴熟的操控下，力压群雄拿到了电车组的冠军。

今年是ZSR车队的丰收年，所有人都沸腾了，庆功宴从晚上八点开始，一直闹到凌晨还没散。不知道灌了多少啤酒，陈羡出来透气的时候，只觉得有些站不稳。

酒楼还是去年的酒楼，可是抬眼望去，对面的桂花树下却没了熟悉的身影。这个时候，陈羡难免有点怨周柠，她说过要看他拿冠军的，可现在，捧着冠军的奖杯，他都不知道要跟谁分享。晕晕乎乎地收回思绪，陈羡突然又苦笑了一下，至少他现在还有个冠军奖杯，如果不是周柠坚决要分手，他可能连来 G 市的资格都没了。

也不知道在桂花树下呆坐了多久，突然有人来拍他的肩，回头看，吴鹏远正笑着看他。

"去年车队失利的时候，所有人都没心情吃饭，你鼓励大家要拿得起放得下，明年再来过就是。怎么今年真拿了冠军，你反倒兴致不高了？"吴鹏远搂住死党的肩。

"没有，我只是喝多了，出来透透气。"

"在我这儿就别装了。"吴鹏远收回手，"你和周柠是不是真的分手了？"

"嗯。"陈羡淡淡应道。

"果然……我就觉得你这段时间状态不对，一直憋着股劲儿，比赛前我也不敢问。"吴鹏远叹了口气，"怎么回事？"

陈羡不自觉地摩挲着手腕上那道疤，把前段时间发生的事情说了一遍，语气却平静得像是在讲述别人的故事，仿佛这段日子已经在他脑海里过了无数遍，再提起，已是坦然或者不得不接受了。

吴鹏远听得张大了嘴："这么说，你本来有可能上不了场？"

陈羡点点头。

"我能谢谢周柠吗？"

陈羡无语。

吴鹏远立马转折回来："开玩笑的，虽然我一直就不太看好你俩，可你俩真分手了，我还是觉得挺可惜的。"

陈羡靠在桂花树上，沉默了良久，突然问："你有过这种感觉吗？你很渴望一样东西，它就在那儿，但你只能眼睁睁看着，却什么都做不了。"

"如果你是指周柠的话，现在去找她不就完了吗？事情都解决了，冠军也拿到了，瞒着你妈，你俩偷偷谈着不行吗？"

陈羡摇了摇头："不是没想过，但这解决不了问题的本质，反而可能会把事情变得更糟。"

"问题的本质？你指什么？"

"弱小。"

"弱小？"吴鹏远惊讶道，"你说得越来越深奥了，我都听不太懂。"

"我也是第一次觉得自己弱小，曾经我还觉得自己挺无所不能的。"

"你是挺无所不能的啊，咱差哪儿了？"

"那是因为我们从来没有真的反抗过，你拥有的，都是助力，不是阻力。"陈羡有些感慨，"我现在才知道，周柠为什么这么执着于要赚钱、要独立、要变强，因为她成长的一路上都是阻力。她一次次冲破了这些阻力，而我在遇到第一个真正的阻力时，就好像束手无策。"

"你是指你妈妈吧？"

"你和你父母真的不和过吗？"陈羡问。

吴鹏远摇摇头："小的顶撞无数，但大的矛盾没有。"

"也许哪天，你想走的路跟他们产生根源性的分歧时，你会明白我的感受。"陈羡自嘲地说，"你知道吗，我这次站在我妈面前，发现除了自毁，似乎真的没有别的办法来对抗他们。"

"自毁？"

"对，驾照我不要了，赛车我不干了，大不了学我也不上了。"

"我要是女生，我还觉得挺感动的。"

陈羡无奈地笑了："可周柠不会，她说与其我们两个一起完蛋，不如分开各自走好自己的路。"

吴鹏远"哇哦"了一声："周柠吧，还真是挺帅的。其实要我说，你随便在喜欢你的姑娘里挑一个都不至于这么费劲，但你偏偏喜欢周柠。"

"喊，说这些。"陈羡嗤了一声。

"那你打算怎么办？"

"我也没有办法。"

"你和她真就这么结束了？"

陈羡又无意识地摸着手腕上的疤，认命地道："她一直都想要自由，我现在能做的，也只有祝福她能拥有真正的自由。在没有把握让事情变好之前，我不会再去打扰她。"

"爱情让人变成哲学家啊！"吴鹏远感慨完后，突然眼睛一亮，"既然你和周柠分手了，又不能再去找她，是不是就可以不用退出车队了？"

陈羡一愣，是啊，他都还没来得及跟周柠说他的打算，变化就来得如此之快。可看着吴鹏远期待的眼神，他还是摇了摇头。

"为什么？"吴鹏远不解。

"你知道吗，虽然有时候周柠冷血得让人抓狂，但回头想想，还真是挺佩服她对自己的狠。"陈羡看向远方的目光逐渐聚焦起来，"我做这个决定，本来也不全是为了她。既然是自己选的路，哪能遇到点不顺就放弃？"

吴鹏远笑着拍了拍陈羡的肩："我算看出来了，不管你和周柠以后怎样，你这身上是怎么都抹不去她的印记了，这恋爱没白谈。"

何一帆知道他们分手的消息以后，曾一度非常担心周柠的状态，不是因为她不正常，而是因为她太正常了。她高效地处理着手头上的工作，麻利地和他们一起搬家，又一起花了两天时间分类整理资料，把机器重新调试好。

周柠正常得根本不像刚失恋的人，而他明明撞见过那晚她的失魂落魄。

在周柠忙完手头的事情，打算赶回学校上课的时候，何一帆拦住了她。

"怎么了？"周柠看向他。

"你放两天假吧，好好休息一下，明天别来了。"

周柠很意外："为什么？"

"周柠……"何一帆顿了顿，迟疑地说，"不用硬撑的，心情不好，就休息一下吧。"

"那休息完了心情还是不好怎么办？"周柠眨眨眼，"你打算放我多久假？我还要不要回来？"

何一帆被问住，一时不知该怎么回答。

周柠走到窗边，拾起挂在边沿的伞，看了会儿窗外细细密密的小雨，对何一帆说："我小时候特别不喜欢这种淅淅沥沥的小雨，没完了，一下就是一天，搞得什么事都干不了。"

何一帆不知道周柠为什么要说这个，只能静静地看着她。

周柠又说："后来长大一点，跟着王伯学种地，才发现无论晴天雨天都有要干的事情。在夏季，大晴天过后的傍晚就要更注意浇水；如果下了大雨，就要赶紧开沟清渠，把水引走。"

"我也种过地，你说的这些，我都知道。"何一帆笑了笑。

"所以后来我才明白，晴天干晴天的事，雨天也要干雨天的事。干等着雨停也是一天，做点雨天能做的事情也是一天。"

何一帆渐渐明白了周柠想要表达的意思。

"我这么讨厌小雨的人，不如在这种天气给自己找点可以忙活的事情，心情比干等着雨停要舒畅得多，所以你不用担心我。"周柠眨了眨眼，"明天上午上完课了我就回来。"

何一帆吸取了上次的教训，这次特意找了商住两用楼，并在签合同前仔仔细细看了合同条款，确保他们不会出现违约情况。新地方比原来的还要大，更加明亮宽敞，但美中不足的是离学校远了一些，周柠有课的时候，往返有些不便。好在大三课程少了很多，周柠在选课时仔细凑了凑，倒是也能保证每周有一半的时间待在工作室。

周五晚上，周柠回到工作室。她还没在新地方住过，行李也放在房间里没拆开。那几天仓促而忙乱，各种事情交杂在一起，她的私人物品都是李盈帮她收拾的。可再麻烦人收拾出来就不太合适了,周柠特意叮嘱了李盈别管,她来住的时候自己会弄。

铺盖被放在一个大的编制袋里,周柠麻利地取出床单被子,爬到上铺铺好,又下来打开行李箱,打算收拾别的衣物。长袖短袖、外套裤子、睡衣拖鞋……周柠忙不停歇的手在触到一件衣物的时候顿住——那是一件白衬衫,被压得皱成一团缩在角落,几乎看不出它原本潇洒飘逸的样子。

周柠的手变得有些颤抖,迟疑地拾起白衬衫,将它捧到眼前,稍稍一低头,一股熟悉的气息就扑面而来。

这是陈羡生日那天,他送她回来时,给她套的那件白衬衫。

周柠用手撑开褶皱,想把它抚平,却怎么都抚不平,而往事在这一下下的较劲中,不受控制地浮现在脑海——

八岁的小陈羡,在午后炎炎烈日下,僵持着问她,手都被她划伤了,是不是就算扯平了。

十七岁的陈羡,再一次突兀地出现在那片跟他极不相配的土地上,第一天就发烧呕吐,却依然听话地跟着她拔花生、捉泥鳅。

十九岁的陈羡,陪着她在基地度过了第一个晚上,又在朝阳升起时对她伸出手,笑着说不如重新认识一下。

…………

如果悲伤也有延迟,那么冷静了这么久的周柠,终于在怎么也抚不平褶皱的这一刻,突然抱起这件白衬衫失声痛哭。

第八章
全世界他们最配

1：你也不只是会对我这么笑

忙碌起来，时光就像沙漏里的细沙，稍不留神，六七年就过去了。

这六七年里，周柠他们又搬了两次工作室，只不过再也不是被赶了，他们的规模逐渐扩大，终于有条件能搬到像样的写字楼里，人员队伍也扩充了三倍。

周柠最高兴的是租房几年后，前年她终于用努力攒的钱在工作室附近按揭买了套单身公寓，面积不大，一室一厅一厨一卫，她一个人住已经足够宽敞。

搬进公寓的那天，她将门一关，坐在刚揭开塑料薄膜的沙发上发呆，淡淡的皮革味围绕在四周，让她觉得十分放松。过去与未来的分界，好像就在此刻。她不用担心突然要让出自己的房间，也不会因为房东一句话就无可奈何地收拾离开。这一块只属于她的空间，既给了她归宿，也给了她自由。

雪梨在来庆祝周柠乔迁之时，也一眼看中了这幢公寓。刚巧同楼层有一户出租，她赶紧把房子租了下来，从此和周柠成了邻居。

雪梨和连凯早已分手，两个人在一起时甜甜蜜蜜，可因为雪梨的"职业"，这段恋情遭到了连凯父母的强烈反对。爱情是会被消磨的，抵抗一阵后，连凯也逐渐心生退意。雪梨没有怪他，分手后暗自神伤了好一阵也醒悟了，想找个好人家，自己是真不能在这行干下去了。

于是雪梨终于告别了灯红酒绿的场所，在美甲店找了一份工作。这份一坐就是一天的工作，收入跟以前比差得远，还让她每天晚上都觉得腰酸背痛，但她十分乐在其中，因为她终于感觉双脚落在了地上，十分踏实。

给人打了两年工后，她狠狠心，和一个聊得来的美甲小妹另起炉灶，合开了一家美甲店。一时间，房租、客源、工资的压力通通向她涌来，但在她的咬牙坚持下，回头客越来越多，生意也越来越好，终于在那条"女人街"有了一小方立足之地。

说来也奇怪，她本意是想洗去陪酒女的身份，好再遇到靠谱的缘分。可一旦有了自己的事业，她就只顾将所有的精力都投入到小店的经营上，几乎想不起来找对象这回事。

两个相邻而住的女人，忙碌中唯一的闲暇就是在晚上偶尔能碰上的时候，开上一罐冰啤酒，坐在阳台上聊聊天。

"你妹妹睡了？"周柠接过雪梨递过来的啤酒，仰头喝了一口。

和雪梨做邻居这一年，她的酒量倒是好了不少。

"睡了，小丫头还想跟着过来，被我给摁住了。"雪梨笑着说。

美甲店上轨道以后，雪梨就把妹妹从老家接了过来，姐妹俩彻底脱离了那对不靠谱的父母。她没有告诉父母她在N市的地址，不再理会他们骂骂咧咧索取无度的电话，除了每个月固定给他们打六千块钱以外，拒绝再有任何联系。

从某种程度上说，两个女孩在经历了种种以后，都重新调整了自己与原生家庭的关系。雪梨的世界终于清爽，不再每天一醒来就觉得有债要还。周柠与周铭之间则有了一条明确的分界线，刘佳因为上次的事情对女儿产生了极大愧疚，也终于醒悟一双儿女终有不同的路要走，不能奢望把儿子的人生也挂在女儿身上。

至于周铭，那年从拘留所出来后，他来找过周柠一次，得知周柠和陈羡已经分手，表情顿时变得痛苦万分。周柠知道他不是装的，但事后忏悔或痛苦无法改变事实分毫，周柠看着他哭，半句宽慰的话语都说不出。

这些年，周柠没关心过周铭究竟在干什么。刘佳几次小心翼翼地告诉周柠，周铭现在好像真的改邪归正了，自己又找了家汽修厂，据说干得还不错。见女儿兴趣缺缺，她也就不敢再多嘴。不过周铭后来倒真没再出过什么幺蛾子，周柠不知道他是真如妈妈所说的改邪归正，还是只是自己不知道罢了。她也无意去深究，每个人终究都有自己的路要走，种花得花，种豆得豆，一切后果都只能自己买单。周铭能明白这一点最好，如果还不明白，那她也无能为力。

二十多年来生活在这样一种缠绕的家庭关系中，家庭成员之间的爱与怨盘根错节，很难划下一条清晰的界限。两个女孩儿痛苦过、挣扎过、想逃过、回头过，终于用自己切切实实的伤痛拨开了这一层层的纠葛。它们依旧没断，却再也无法遏制她们的生长。

"我今天看到你前男友了。"雪梨喝了口啤酒，瞄了周柠一眼。

周柠嗓子一涩，咳了两声："什么？"

"没看微博吗？应该全国人民都看到了。"雪梨笑嘻嘻地掏出手机，点开热搜递给她。

周柠接过手机，"孔瑶 陈羡"的词条此刻后面飘着"沸"，牢占文娱版头条。

孔瑶大四那年拍了一组毕业照，美女+名校的光环让她火速出圈，她也借着这波热度顺理成章地进入娱乐圈，几年磨砺下来，已经混成娱乐圈知名小花。

热搜上是一张大合照，看上去是同学聚会的样子，这对俊男靓女单独被红圈圈了出来，在一堆面目模糊的人中间显得尤为醒目——陈羡眼带笑意地看着镜头，而孔瑶正笑盈盈地看着他。

再往下翻，又有更多的合照爆了出来。两人不仅在聚会上笑意融融、交谈甚欢，结束后孔瑶甚至还上了陈羡的车！

经过网友深扒，又发现两人从小学、中学到大学，居然都是同学！

车圈新贵＋女明星，又是帅哥美女的组合，吸引了无数吃瓜群众。

——这一对我怎么乐见其成？

——青梅竹马，这也太好嗑了吧？我单方面宣布我同意了。

——一时不知该羡慕谁……

每个营销号下面都翻腾着激动的评论。与一般明星被爆恋情不同，这次网民们大多一副乐见其成的样子，恨不得他们明天就结婚。

周柠刷了一会儿，把手机递回给雪梨。

"假的吧？他大学明明跟你在一起，怎么就跟那女明星青梅竹马了？"雪梨道。

周柠笑了笑："娱乐新闻，谁知道呢。"

"网上呼声还挺高的欸，你别说，两人看着还挺配。"雪梨挑眉看她，"你心里酸吗？"

周柠又笑了笑："我酸什么？都已经过去很久了。"

雪梨走后，周柠将桌上凌乱的易拉罐捏扁扔进垃圾桶，又将阳台收拾干净。头很晕，但好像又没有睡意，瞄到桌上的手机，她不自觉地拿起来，又翻起今天的热搜新闻来。将八卦图片放大，再放大，陈羡的笑容变得模糊又清晰。周柠轻轻地抚摸着这张脸，心想：果然一切都会过去，你也不只是会对我这么笑。

这些年要说没有回头望过，那是假的，尤其是创业初期压力最大的那两三年，周柠在稍稍能喘口气的时候，那段亲密无间的岁月总会在记忆深处不安分地翻腾。每当心绪难平之时，她就翻开手机相册找到保存下来的一张合照，像今天一样放大、再放大——那是他们刚刚分手，车队夺冠时的合照，吴鹏远发在朋友圈里的。在脑子反应过来之前，周柠的手已经点了保存。

照片上所有人都在笑，陈羡捧着冠军奖杯，阳光照在他身上，更衬得笑容金光闪闪、光芒四射。这是一种梦想终于实现的笑容，每次看到这照片，周柠就会觉得幸好金子没有蒙尘，他们当初的决定没错，与其一起完蛋，不如好好走好各自的路。

生命中不只爱情宝贵，自由、热爱、独立，甚至成功，这些都是无比金贵的东西，它们的优先级不在爱情之下，不是拥有某个人就能抵消的。遗憾只是生活的一部分，生活的车轮滚滚向前，谁说这点缺憾不能被其他更值得追求或珍惜的人和事掩盖呢？

就如同陈羡在夺冠的时候会笑，她一年忙到头收到分红的时候也会笑。甚至在今天，她还能在八卦新闻里看到陈羡对着别的女孩子笑。

周柠后来又见过一次沈清文。她已经记不起那是场什么活动，谁是主办方，只记得是她和何一帆接了摄影摄像的活儿，镜头轻易就捕捉到了被众人簇拥着的沈清文，雍容华贵，举止优雅，完全没有对待自己时轻蔑的样子。

创业这么些年，与形形色色的人打过交道，摔过几次跤以后，周柠也学到了，这个社会上就是见人说人话，见鬼说鬼话。周柠知道，沈清文客气且真诚的笑容是因为对面站着的是跟她同阶层的人，自然不会像对待自己时那样随意。

而他们的学生时代是模糊了这种阶层观念的。尤其陈羡和周柠识于幼时，成长环境、生活背景完全不同，反而让他们之间有了特殊的吸引力，让他们觉得彼此更特别、更可爱。可成年后再看不到这差异就是蠢了，正如周柠穿着工作人员的小马甲，戴着帽子和黑框眼镜站在相机后面时，沈清文路过看都没看她一眼，更别提认出她来——没有陈羡站在旁边，她根本不是值得注意的人。

这倒让周柠大大松了口气，她实在不想再一次与沈清文针锋相对。她甚至觉得庆幸，没了陈羡，她们也没有必要再去针锋相对。

再后来，陈羡的样子逐渐出现在新闻媒体上。他作为某品牌新能源车的创始人，侃侃而谈、帅气自信，简直是再完美不过的代言人。而他出挑的外形，也让他收获了除事业本身之外更多的关注。雄厚的家庭背景、优秀的过往经历，每一点都被媒体放大再放大，使得他头上的光环更加耀眼。

对于陈羡的成功，周柠当然是欣喜且祝福的。她一直知道，他绝对是能实现自己梦想的人。现在的他好像稍稍变了样子，额前不再有碎发，眼神也变得更加成熟和果断，举手投足间都透着自信。

屏幕里的人呀，熟悉又陌生。

周柠渐渐不再关注陈羡的消息，也越来越少再回忆起过往。那段热烈而交缠的时光，好像只能发生在那段特定的年轻岁月，他们都已经告别了过去的生活，并在各自认定的轨道上走得很好。谁说这不是一种圆满？

时光荏苒，心境变迁，而"向前看"这三个字，永远是过好这一生最根本的信念。

可周柠不知道的是，今天一整天，陈羡都在因为这条莫须有的绯闻接受亲朋好友的轮番轰炸。

此刻，吴鹏远正贱兮兮地凑在他身边："我说，要不你就从了孔瑶算了，明里暗里暗恋你这么久了，人好歹也是个女明星，肤白貌美大长腿，配你难道不是绰绰有余？"

"滚。"陈羡愤懑道，"谁这么无聊传这些照片啊？"

那几张说不清道不明的合照是一周前的高中同学聚会上拍的。吴鹏远和几个热心同学忙活了半天，说是毕业十周年，怎么都得聚一聚。正好李老头要退休，他们一并邀请了过来，以表达他们这届学生对他的感激之情。

陈羡本不想去，可吴鹏远搬出李老头，他就不太好拒绝了，毕竟当年他这个刺儿头可没少给老师惹麻烦。可谁想到这十周年聚会的吸引力这么大，不仅陈羡这种新晋成功人士来了，连近几年小爆的女明星也来了。一出场，陈羡和孔瑶就成了同学聚会上最闪光的两个人，几乎所有话题都围绕在这两人身上。

可陈羡也不记得跟孔瑶聊了多久，怎么照片一拍出来就成这样了？合照就算了，怎么还有两人挨在一起相视而笑的照片？孔瑶是来找他单独说过几句话，他也有礼有节地回了，可哪有像八卦新闻描述的什么眼神暧昧、旁若无人了？

旁边那么多人呢？都是瞎吗？

更令陈羡郁闷的是，聚会结束后孔瑶上他车的那几张照片。他那天开了他们刚上市的新款车出来，好些同学嚷着要上车体验一把。本着王婆卖瓜的心态，陈羡欣然应允。在孔瑶上车前，其实已经有两个同学钻到里面了，可八卦新闻偏偏只登了他为孔瑶撑着车门的那一刹，完全不顾车里车外都还有一堆人呢。

如此精准的捕捉和歪曲的描写，真是让陈羡跳进黄河都洗不清。

吴鹏远一边看，一边乐："你看网友们都追查到你俩的前世今生了，小时候的合照都搬出来了。"

那是小学一年级六一儿童节时，陈羡和孔瑶合唱的照片，孔瑶穿着小绿裙子，陈羡穿着白衬衫背带裤，两人额头上还分别点着一个红点。

"也难怪网友脑补，我看着都觉得太好嗑了，哈哈哈。"吴鹏远丝毫不觉得疲倦，甚至网友每发掘出一个新点，他都要跑来跟陈羡实时"汇报"进度。

"这些照片到底是谁传出去的啊？这么无聊。"陈羡不耐烦地推开吴鹏远递过来的手机。

"那谁知道，你俩从小学到高中都是同班，有点合照太正常了啊，这些照片又不只是你俩有。"吴鹏远说着拍起了胸脯,"不过我保证啊,我可没传。"

"你敢传一个试试?"陈羡嗤道。

"其实你俩挺般配的,你看这照片,这氛围感,你别说,上面写的我都想相信了,不如你干脆试试?"吴鹏远调侃道,"我看孔瑶对你也余情未了,你主动点,你俩绝对有戏。"

"滚蛋。"陈羡干脆地一口回绝。

"不过说真的,这绯闻也不见得是坏事,你看热搜榜后几位,是咱的车欸!我倒要感谢记者们把新车也拍进去了,至少免费蹭了一波热度,这可比我们自己花大力气做宣传的效果好多了。"

"无聊,这种热度不要也罢,对我们品牌的长远完全没有益处。"陈羡皱了皱眉,"再说也让人误会。"

吴鹏远笑着瞥他一眼:"误会?你是怕谁误会?"

吴鹏远这一问,倒是让陈羡沉默了。

那个人,真不知道还会不会在乎他的消息。

当年分手后,陈羡当着沈清文的面删了周柠的微信,沈清文这才保证不会去找周柠麻烦。其实删了微信又怎么样,他不是不记得周柠的手机号,也不是没想过再加回来。只是他那段时间的灰心压过了他想再联系周柠的欲望。他还找不到办法去跟沈清文抗衡,再脑袋一热地去找周柠,对他俩的关系也绝对不会有益处,所以他只能停在那里。

毕业前,他还见过周柠两次。

一次是在教学楼里的偶遇。周柠手中抱着书,似乎是匆匆赶去上课,他们在拐角处差点撞上,两人看向彼此的眼神都有些惊讶。周柠笑着恭喜他拿了冠军,他也得体地回了谢谢。就在他有冲动想一把抓住周柠不让她离去时,周柠又对他笑了笑,告诉他他们工作室已经熬过最难的那一阵,一切都在变好。她还说她会继续努力,也让他加油。周柠眼里闪烁的光让陈羡刚要抬起的手又垂了下去。她已经在向前走了,自己却还在原地踏步,如果无法做到更好,又何必再去搅乱她的生活?

之后,偌大的校园,陈羡再也没有偶遇过周柠,直到毕业典礼。

大礼堂里,所有人都穿着学士服,一脸留恋地在Z大校歌中缅怀自己的青春。可周柠没有。大概是近水楼台先得月,他们接了学校的活儿,宽大的学士服丝毫影响不了她麻利的动作,她和何一帆两人专注地盯着摄像机的小小界面,仿佛这不是为她举办的典礼,只是又一份工作而已。

那么大的礼堂,那么多穿着同样学士服的人,陈羡还是一眼就看到了扎着马尾辫的周柠,看着她忙东忙西,看着她匆忙扶正帽子去和校长合影,又看着她收拾机器和何一帆笑着离去。可是周柠却没有看到他,甚至在他上台和校长合影时,她正好拿了相机去拍其他地方,完全没有留意到台上的人。

这让陈羡非常非常失望,两年过去,他似乎真的已经从她的生活中被剔除了。她和何一帆在一起的默契与自然,让陈羡不禁怀疑他和周柠的开始到底是不是真的只是自己单方面的强求。

毕业后,陈羡把全部精力都投入到了新能源车的研发中,雄心与忙碌,或多或少冲淡了他对周柠的执念,或者说,他更理解了周柠的选择。

他是幸运的,没有经历白手起家的挣扎,一开始就被放到了一个高高的平台。舅舅沈博文作为精明的生意人,也一眼看中了新能源车的赛道,意识到它极有可能和智能手机一样,在未来五到十年内会极大改变人们的生活。合力集团本就有工业基础,如果能抓住新能源这个风口,难保不是企业进一步做大做强的绝佳机遇。

在得知陈羡的想法之前,沈博文就已经开始着手收购一家濒临破产的汽车厂,也网罗了一些能为之所用的人才。知道陈羡的想法之后,沈博文更是大喜过望。他本就十分看好自己的外甥,巴不得陈羡毕业后能到他的麾下,这下更是哪有肥水落入外人田的道理?

陈羡大四时已得到一家知名车企的工作机会,本打算去大企业的新能源部门好好磨砺两年,为今后创建自己的品牌积累经验与资源。谁知舅舅居然也有这方面的打算,并已经投入了一定的金钱和精力。沈博文说新能源的风口就在未来这几年,国家政策已经有了风向,国内品牌又还没完全崛起,他们想入局就得趁现在,晚一步都可能只剩残羹冷炙。陈羡和舅舅的想法不谋而合,两人聊得投机,陈羡在慎重考虑了舅舅的邀请后,决定加入这项疯狂又理智的扩张计划。

国内各大车企对于新能源车都还处在探索阶段,谁都不见得领先谁多少,既然这样,倒不如直接开干。陈羡乐观地想,凭他对车的了解与对新能源的研究,再加上舅舅网罗来的那些有经验的人才,组个团队好好干的话,不见得会比其他车企逊色。

汽车被誉为工业制造的"皇冠",是唯一一个供应零配件过一万个、年销量过一百万、代码过一亿的工业产品,非常"烧钱"。盖一家工厂,几十亿就得下去;研发一款车,至少得要二十亿的投资;新车上市前,更是要做大量的测试,而测试车的成本根本不是按市场价来的,因为它是在规模量产之前的作品,市场价十五至二十万元的车,测试车的成本都得高达百万,可这一试,至少得上千台。

开弓没有回头箭,除了孤注一掷,没有第二条路可走。这不仅是陈羡个人的尝试,更是合力集团的一场豪赌,没有退路。

毫不夸张地说，在压力最大的那段时间里，陈羡经常整宿整宿睡不着觉，更有数次紧张到呕吐。那个时候他就会想起周柠，想起她刚开始的兴奋与后来的疲惫，想起他曾不能理解为什么她不歇一会儿，为什么连参加个聚会的时间都没有。原来是真的没时间，也没这个心情。

幸运的是，他还有一帮好兄弟陪着。企业正是用人之际，在陈羡发出邀请的时候，车队的一帮兄弟二话没说，欣然加入。甚至李炎也辞去了上一份薪水不错的工作，打算跟着陈羡从头开始拼一把。造车这个事情会上瘾，他们有过从零开始造一辆车的经验，就有了想从零开始造成千上万辆车的野心。在这条追梦的路上，陈羡幸好不孤单。

"喂。"吴鹏远又用手肘推了推陈羡，"咱营销部的意思是对这场绯闻冷处理。"

"他们倒是打得好算盘。"陈羡冷哼道，"这热搜挂了一天，他们的任务倒是完成了是吧？"

"哈哈哈，你别这么狭隘啊。"吴鹏远哈哈大笑，"我觉得他们说得也有道理，这种绯闻传个一两天也就散了，咱又不是娱乐圈的人，不必当回事。再说女方也没回应呢，据经验来看，男方跳出来否认，极有可能被扣上没担当的帽子，到时候反而引起人们对咱品牌的攻击。"

陈羡瞥他一眼："有你这么坑队友的吗？敢情我不明不白被造谣还不能反驳了？"

"你又没吃亏，咱车也没吃亏，从营销的角度来看，我觉得挺好。"吴鹏远笑道。

陈羡冷呵一声："你要不干脆别做技术了，转去营销部吧。"

"倒也不是不行，我挺有这方面天赋的。"吴鹏远大言不惭，"话说营销部策划的自驾活动你参加吗？这可是咱新车第一场大规模线下活动，你作为创始人一起的话，我感觉对品牌宣传会更有力。"

这份策划书倒是前几天就摆到了陈羡桌子上，吴鹏远一提，陈羡又从一堆文件中找出它看了起来。他们的首款车是纯电设计，被命名为"悦途e-tron"，去年推出以后，市场反馈非常不错，算是在这场新能源大战里站稳了脚跟。

今年，他们又马不停蹄地推出了增程式"悦途e+"，相较于纯电款，e+的宣传点在于"可油可电，里程无忧"，于是营销部就策划了这场"悦途无忧，玩转N市后花园"的自驾游活动。

几年前，随着花山岭隧道打通，东岙村那片山区正如陈振涛设想的那样迅猛发展了起来。合力集团这两年除了专注新能源赛道以外，还在"后花园"的建设上下了不少功夫，不仅投资了公路、酒店、餐饮，东岙村附近的那片汽车营地也是合力的杰作。玩转后花园，再到营地歇一歇，与其说这是场对悦途e+的营销，倒不如说是悦途、合力与城市花园名片的三赢。

这么看来，营销部的脑子还是很够用的。

只是……

陈羡摸着地图上曲曲折折的线条，微微蹙起了眉头。花山岭，东峦村，记忆中的那片地方，他真的已经很久没有去过了。

周日上午去工作室转了一圈后，周柠就背上相机，打了辆车回东峦村。花山岭隧道打通以后，回去一趟的时间成本大大减少，周柠现在也不用再像穷学生一样费劲地去汽车站挤大巴，所以虽然她回去得不频繁，但每一次的经历都愉快了许多。

这次，她是回去帮杨凡想点子的。

杨凡在外干了几年大厨后，毅然决定回来建设自己的小山村。花山岭隧道的通车，让曾经无人问津的小山村渐渐有了人气。尤其是汽车营地建成后，不少车友将东峦村当成了休息驿站，回程前总要来这里歇一歇，或直接安营扎寨，第二天再走。周围秀丽的山岭也受到不少驴友的喜爱，经常有背包客徒步下来到村里找住宿。

外人早就嗅到了这里的商机，隧道打通前就开始在周边建设度假酒店。村里人也借着本地优势，有精力折腾的，都将自家住房翻新改成了农家乐，过上了靠山吃山、靠水吃水的日子。

但围城毕竟是围城，外头人瞅着新鲜，里面的人待久了却觉不出它的好来。所以尽管村里也有发展机遇，但年轻人还是更愿意去外头讨生活，不愿意一辈子待在这个小地方。

杨凡曾经也这样想，直到有次回来，爷爷奶奶突然跟他说，他们想和王伯一起把家里翻新，也学人家搞农家乐。可爷爷奶奶都这么大年纪了，哪有精力搞这个？他们能给自己做口吃的就不错了。

杨凡在村里转了一圈，这才惊讶地发现，这个村子真的已经很老很老了，老黄狗陪着老人在阳光下晒太阳，老花猫趴在洞口守着老耗子。虽有牙牙学语的小孩儿围在一起玩着和他们当年一样的游戏，但杨凡知道，这只是他们爸妈没空照顾，暂时把他们"寄存"在这里，到了读书年龄，他们就会离开。

五六十岁的人在村里已算是壮年，那几个农家乐多是他们搞的，规模虽然不大，但也红火，难怪老人家们看着眼红。花山岭隧道拆迁时，杨凡家和王伯家也赔到了一块地，正好挨在一起，凑一凑，别说是农家乐，都能办个还不错的民宿了。

杨凡在村里走了一圈又一圈，突然觉得，既然要搞，为什么不是自己来搞？他如果能回来，不比几个老人在一起瞎折腾强？

杨凡把这个想法跟周柠说了以后，周柠很是震惊，让他可得想清楚，毕竟他刚做到一家大酒店的助厨，职业前景还是非常好的。

杨凡却爽快地说他想清楚了，看着村里老的老小的小，他挺心酸，想回来为村里做点事。而且赚钱在哪儿不是赚，东岙村今后发展得好了，说不定他真能当上个小老板呢。

周柠听了很震动。他们两个的童年时光都不算快乐，她只想逃离，而杨凡却愿意回来，还想为村里做事，这胸襟远比她要开阔宽广。这么多年过去，杨凡真的不再是那个处处需要她保护的小男孩了。周柠看着他坚定的眼神，当即表示支持他的决定。

但要办民宿，原来那点破房子肯定不行，怎么都得推倒再重建。杨凡这些年省吃俭用攒了大概十万块钱，远远不够启动资金的。周柠刚刚付了房子首付，手里还有三十万存款，二话不说决定全部拿出来支持杨凡。何一帆听说后，表示自己也愿意出三十万，算是他的私人投资，不够的再向银行贷点款，怎么也能动得起来了。

工程启动前，三人一起吃了顿饭。

杨凡不好意思地说："我办个民宿，还连累你俩投了这么多钱进来，真是……"

何一帆打断了他的话，笑道："你都说了是投资，又不是白给。再说了，我和你姐的梦想就是过那种什么都不干，光靠分红就能数钱数到手抽筋的日子。"

周柠乐了，笑眯眯地看着杨凡，好像非常赞同何一帆的话。

杨凡感动地看着哥哥姐姐，拍了胸脯："你们放心，不出三年，我一定让你们过上这种日子！"

三人其乐融融地谈起了对民宿的规划，何一帆还帮着出了不少好点子，杨凡恨不得当场就拿小本本给记下来。

服务员端上西湖牛肉羹，何一帆第一反应就是帮周柠盛一碗，周柠也很自然地接过，低头尝了一口。

杨凡看着眼前默契的两个人和周柠的笑脸，心里挺高兴的。他的柠柠姐，有很长一段时间处于低气压中，每次见她，都觉得她身上负担重得令人心疼，可自己只能干着急，没有办法为她分担分毫。但周柠毕竟是周柠，永远不会让人失望，无论多苦多难她都挺过来了，身边还有何一帆这么好的人一直陪着她，杨凡为周柠悬在半空的心也算稍稍放下了一些。

杨凡曾偷偷问过何一帆他和周柠的关系。

当时何一帆眨了眨眼，说："你不知道吗，陪伴就是最长情的告白。"

他虽然没直说,但心思已经很明显,杨凡就当是了。

对于这个"姐夫",杨凡是百分百举双手赞同的,因为何一帆和周柠无论在成长经历、事业规划,还是性格脾气方面都太搭了。周柠性格要强,甚至有些独断专行,但何一帆的意见她总能听得进去。何一帆不露锋芒,看着温温柔柔,但内在有着和周柠一样的韧劲。他们都是从艰苦的土壤中成长起来的,不仅自己长成了大树,还能为旁边的小草遮风挡雨。可一棵大树就算再强悍,也会孤独,杨凡希望周柠身边能再有一棵大树,最好再高再壮一些,在周柠需要的时候,也能为她遮遮风挡挡雨。

其实,杨凡时不时也会想起陈羡,周柠曾说有机会让陈羡请他吃饭,可他左等右等也没等到。他忍不住把何一帆和陈羡做对比,就觉得陈羡怎么看都不太像是这片土壤上能长出来的树,而何一帆无论哪方面都要合适得多。

经过一年的建设和布置,杨凡的民宿终于像模像样了。

何一帆给民宿起名叫"林间山舍",一则周边群山环绕,小小民舍就在林间,与周围环境很是匹配;二则突出文艺格调和闲适美学,与附近那些大规模度假酒店和小打小闹的农家乐区分开来,更能吸引目标受众。

周柠和杨凡都觉得这个名字很好。周柠专门找了熟悉的厂家,定制了一块特意做旧的木雕牌匾,这会儿已经稳稳地悬挂在了小院的屋檐下方。

周柠这次来,就是帮杨凡再查漏补缺一番,顺便好好拍些照片和视频,以便用于各类渠道的宣传。

她忙活了一下午,总算差不多干完了。

"说要让你们躺着数钱,结果还啥事都要你们帮忙。"杨凡不好意思地挠了挠头。

周柠收起相机,笑着说道:"说什么傻话,不让我这股东参与,我还不放心呢。"

"你啊,就是劳碌命,想叫你休息都难。"杨凡摊了摊手。

周柠站在院子里打量了一番刚落成的小舍,又看着忙进忙出的村里人,心中的感动难以自抑。民宿要开张,靠杨凡一个人忙活肯定不够,他干脆招了好些村里的叔叔婶婶和富有余力的爷爷奶奶来帮忙,连周柠的妈妈都得到了前台登记的活儿。

"小凡,谢谢你愿意做这些,我觉得特别好,真的。你还招了这么多村里人,大家一定会很感谢你。"即使再感动,周柠还是忍不住担忧,"但我看现在人手够了,可别再招了,运营初期,咱也说不好生意到底会怎么样,别太增加人力成本。"

"知道了,姐,你放心吧。"周铭笑了笑,"反正运营和菜品我来负责,年纪大的长辈负责打打下手、洗洗涮涮、打扫卫生就行。这些年大家的日子也好起来了，他们只是寂寞图个事儿干，要的工资都低，说是我帮他们，倒不如说是他们帮我呢。"

"你也注意身体，一个人又干运营又要做饭，我怕你忙不过来，不行就再招两个年轻人来帮忙。"周柠又说。

"明白了，放心吧，姐。"杨凡拍着胸脯，"下周末就正式营业了，开业那天你和一帆哥要来啊。"

"那是自然。今晚我回去就把照片和视频都整理出来，下周的宣传很关键了。"

"姐，我真是服了你了，你的脑子就不能稍微休息会儿吗？"杨凡笑道，"今晚着急回去吗，吃了晚饭再走？"

周柠摇了摇头，她已经去看望过外婆和妈妈，在村里也没什么要紧的事。

"那你等我会儿，我包点饺子，上次一帆哥说我包的饺子特别好吃，我这刚收了一茬新鲜韭菜，馅儿都准备好了，你帮我带去给他。"

倒也没那么赶时间，周柠点点头："行，那你忙着，我出去转转。"

"我半个小时就能包完，一会儿我去村口那棵大榕树下找你。"

2：周柠，你是不是打架有瘾？

到汽车营地后，陈羨就有些心神不宁，连吴鹏远都看出了他的异常。

"怎么了？不会盘山公路开晕了吧？"吴鹏远过来摸他的额头。

"笑话谁呢？哥可是开赛车的人。"陈羨拍掉吴鹏远伸过来的爪子。

"那你为何一副忧心忡忡的样子？我寻思这活动也办得挺好啊，今天热度已经挺高了，接下来品牌宣传再发发力，绝对是口碑销量双丰收。"

吴鹏远这话倒是不假，今天悦途e+的车队一路从闹市区开到"后花园"，很是拉风。活动准备也很充分，下车的每个环节都安排得十分丰富，车友们好评度极高。据反馈，其他重点城市同步开展的自驾游活动反响都不错，今天下来，估计又能收获不少铁粉。

可陈羨的走神跟这活动根本没关系，而是这汽车营地离东岙村实在太近太近了……

"你们先玩，我出去喘口气。"陈羨拍了拍吴鹏远的肩。

"不是吧？我们头顶是蓝蓝天空，脚下是青青草地，你还要去哪儿喘气啊？"吴鹏远嘴贫道，"你不会最近工作压力太大，脑子傻了吧？"

"废话怎么这么多？营地交给你了，照顾好车友们。"

"晚上我说不定会在这儿露营呢，你要回去还是一起啊？帐篷倒是还有多的……"

吴鹏远还在唠唠叨叨，陈羡却一句话都听不进去了，转身向着东峦村的方向走去。

好久没在村子里逛了，周柠走在其中，觉得自己仿佛也是个外来游客。涓涓溪流还在，坑洼的土路却被一条条石子小路取代，既干净，又保留了乡间小路的韵味。取水的古井依然完好，垂在旁边的井绳却不见了，井沿处只留下这么多年被磨出来的道道凹痕。

很多东西好像都变了，但那种感觉又没有变。周柠一边走，一边用相机记录。小村庄的自然风光与周围的便利交通也是宣传"林间山舍"的重要素材，她脑海中已经生成了另一份脚本。

不知不觉就走到了村口，周柠在枝繁叶茂的大榕树旁停下脚步。

这村庄再怎么变，这棵树应该都不会变吧？虽然"二级保护古树"的小木牌被风雨侵蚀去了不少风采，模模糊糊的有些辨认不清，但它已经百年来矗立在这里，岁月的更迭只是让它的树干变得更粗，枝叶变得更茂，无论怎么拆迁怎么改造，都不能动它分毫。它矗立在这里，就好像这个村子的守护神，沉默地守护着那些被尘封在记忆里的、沉甸甸的岁月，替远行的人们珍藏与怀念。

周柠伸手去触摸树干，粗粝的手感传来，她忽然回想起那年暑假，她好像就是站在这棵树下，百无聊赖地踢着石子，准备迎接前来体验生活的贵客。

可还来不及感叹时光易逝、物是人非，周柠突然感觉胳膊上的挂绳一紧，心中警铃大作——

不好，有人要抢相机！

周柠瞬间反应过来，回身一手抓住挂绳，一手伸向那个贼娃子。

好啊，居然是王伯家的孙子，半大的小子学点什么不好，居然学这种下三烂的路数！

周柠气愤地揪住他的衣领："我的相机也敢偷？不要命了？"

"不是！误会啊，小柠阿姨……"王小跳连忙告饶，"我看到是你，所以想吓你一下来着，你干吗反应这么激烈啊？"

话虽这么说，但看到周柠生气的样子，王小跳还是觉得很恐怖，不自觉就又往前逃了一步。

周柠反应快，一把抓紧他，可半大小子的力气也不是盖的，一个较劲儿，两人就摔在了地上。

周柠依旧抓着他："误会的话，你逃什么？"

"你这么凶，谁不逃啊？"王小跳哭丧着脸，"小柠阿姨，我偷你相机干什么，我能偷哪儿去？真是好久没见你了，想吓你一下来着。"

.279.

周柠一听倒是也有道理,揪着衣领的劲儿松了松:"真的?"

"当然了,您快起来吧。"王小跳咳嗽了两声,他真是千不该万不该,忘了他小柠阿姨是何等厉害角色,居然敢跟她开这种玩笑。

周柠放开王小跳站了起来。这一跌,倒是把她膝盖都摔破了,反应过来后火辣辣地疼。

王小跳无语道:"小柠阿姨,不是我说你,你是不是有被害妄想症?"

周柠瞪了他一眼:"打招呼就好好打招呼,哪有这样吓人的?"

"下次说什么我都不敢再招惹您了。"王小跳举手投降。

送走了王小跳,周柠吹了吹膝盖上的灰尘,嘲笑起自己来。还真是有被害妄想症了,现在谁会光天化日之下抢相机啊,还以为是小时候抢书包、抢零食呢?回到这小山村,还真是把她身上防守反击的本能又激发出来了,只不过没意识到年代已变,用得不是时候。

周柠仔细检查了下相机,见没什么损坏,这才放下心来。

她拢了拢头发,扬起头稍稍一侧身,自嘲的笑容还未散去,就瞬间凝固在了脸上。

夕阳西下,天空中大片大片的火烧云绚烂缤纷,耀眼得让人睁不开眼睛。周柠忍不住用手挡在眼前,前方的景象也在指缝中变得越发模糊和不真实。可在这一片红彤彤中,有个人的身影明明被笼罩了一层虚幻的光芒,却在周柠眼中逐渐放大和清晰起来。

火烧云太烈,刺得周柠想要流泪。

她捂着眼睛,正想嘲笑自己白日做梦,这个人怎么可能还会出现在这里。被光芒笼罩的人影却一步步向她走来,他扯下她挡着眼睛的手,一脸难以置信:"周柠,你是不是打架有瘾?"

汽车营地到东峇村不过短短五分钟车程,陈羡却开得心绪难安。一路上,附近依山傍水的风水宝地都被一个个度假酒店占领,他知道,随着城市后花园的开发推进,东峇村也一定会变了模样。他没有别的奢求,只是想再去看看那条月光下的小河,看看那片抓泥鳅的稻田是不是还在,却怎么也没想到,居然会遇到周柠。

陈羡将车停在村口,村口依然有个小土坡,记忆中,只要翻过这个小土坡,就能看到一棵巨大的榕树,那就是东峇村的标志了。那年暑假,送他的车就是停在了那儿,他走上去,然后一眼认出了正在打架的周柠。

陈羡在车边站了一会儿,突然有种近乡情怯的感觉。他怕它变了模样,再找不回记忆中珍藏的岁月,更怕它没变模样,物是人非终究还是更残忍一些。

所以，他走上小土坡，突然看到那个对着榕树发呆的熟悉背影时，还真怀疑自己是不是如吴鹏远所说，工作压力太大，脑子坏了，居然出现了幻觉。当眼睁睁看着周柠将那个半大小子拿下，气势汹汹地质问对方的时候，他更是混乱得有些崩溃——今夕是何年？

直到周柠缓缓起身，检查伤口，拢拢头发，又侧身朝他看来，他才掐了自己一把，确定真的不是在做梦。

"周柠，你是不是打架有瘾？"

周柠看着一脸震惊的陈羡，顿时也愣在原地，半晌说不出话来。光影中的身影竟然不是幻觉，陈羡居然真的再次出现在了这片土地上，此刻正真真切切地站在自己眼前。

可没想到，第一次见面她在打架；第二次相见，她还在打架；这么多年过去，第三次再遇见，她依然在"打架"……这不能不说是某种命运的捉弄。

"陈……羡？"良久，周柠才轻轻叫了一声，语气里仍有犹疑。

"不敢相信这么多年过去，你的身手依然这么好。"陈羡微微皱起眉头，看着周柠。

这令人毫无准备又啼笑皆非的开场，倒是把重逢的尴尬冲淡了不少。

陈羡看着周柠眼里还未来得及敛去的泪花，觉得有点好笑："明明是你抓着人打，怎么自己还哭上了？"

"膝盖疼。"周柠赶紧揉了揉眼睛，掩饰道。

陈羡这才蹲下来查看周柠的伤口。

她今天穿了一条利索的西装短裤，恰好露出的膝盖不巧蹭在地上，没了衣物的保护，皮被蹭掉一大块，伤口已经明显肿了起来，血肉混着尘土，看上去挺触目惊心。

陈羡站起身来，眉头皱得更深了："所以说不要动不动就打架啊。"

"我哪有打了，只是询问。"周柠不自然地说。

"有这样询问的吗？不过……"陈羡的表情变得悲喜难辨，"以前多疼都不见你吭一声，现在倒是会哭了。这么多年过去，倒是变柔弱了？"

陈羡的问题让两个人都沉默了下来。

周柠能怎么回答？她根本不是为了那点小伤而哭，但要说是被夕阳刺了眼流的泪，倒好像更加可笑。

陈羡心里却有种说不清道不明的感觉，他万万没想到，这么多年后居然能看到周柠的柔弱。她以前哪怕在他面前示弱一点点，他都不至于觉得自己毫无希望。可周柠从来没有，她永远冷静、理智、强他一点、快他一步，让他觉得她没了他依然会过得好，甚至能过得更好。

复杂的情愫在两人之间流窜，良久，陈羡才缓缓开口："周柠，好久不见,你过得好吗?"

周柠眼里的泪早已收尽,神色也恢复如常,嘴角还微微扬起一个笑容:"挺好的,你呢?"

"我……"陈羡突然不知道该怎么回答,说不好倒不尽然,他明明取得了世俗意义上的巨大成功,但要说好,他自己却并不认可,这些年他心里一直空了很大一块。所以陈羡不知道周柠刚才为什么能这么快说出"挺好的"。

"恭喜你实现了梦想,我以前就知道你一定能成功的。你们的车很漂亮,我每天在路上就能看到不少。"没给陈羡慢慢思考的时间,周柠又开口了。

"喜欢吗?喜欢的话送你一辆。"陈羡脱口而出。

周柠觉得有些意外,赶忙摇头:"我不会开车,连驾照都没考。"

"哦……"陈羡自嘲地笑了笑。

也是,现在是什么关系,人家怎么会平白无故接受你的车?

"你呢?还在做广告吗?"良久,陈羡又问。

"嗯,我们工作室已经有十七个人了,这两年算是真正上了轨道。"周柠笑了笑,"当然,跟你是没法比的。"

"行业不同,比规模有什么意义?"陈羡顿了顿,又问,"还是老的工作室?"

周柠点点头:"对,我们四个创始人,后来又招了一些新人。"

"那也真是挺久的了。"陈羡在心里算了算,从周柠开始创业到现在,已经整整八年了。

近况聊了些,又好像什么都没聊,初夏的风吹过,四周静得只剩树叶沙沙作响,谁都不知道该再说些什么。

这时,杨凡拎着两兜饺子向村口走来,他远远就看到周柠面前站着一个男人,比她高比她壮,看上去倒像是一棵还不错的"树"。走近了,他才发现,这"树"居然是陈羡!

杨凡惊喜地喊道:"陈羡哥?"

"小凡?"陈羡也一脸惊讶地看着他。

"真没想到还能见到你,我还以为认错人了。陈羡哥,你现在可是我们在新闻里才能看到的人了啊!"杨凡惊喜道,"今天怎么会来这儿?是来找周柠姐的吗?"

"不是……"陈羡只能否认,"公司在附近有活动,我顺便过来看一看,没想到就遇上了。"

杨凡也觉得自己问得有些突兀,他明明知道陈羡和周柠有一段过去,而且他们已经很久很久没联系了。

"是那个汽车营地吧?"杨凡只能岔开话题,"它可真是为我们东岙村带来不少客流量呢,我以后的民宿还指望着它呢。"

"民宿?"陈羡一头雾水。

"对啊,我新开了一家民宿,今天周柠姐就是来帮我做宣传的。"

陈羡回头看了一眼周柠手里的相机,又听杨凡说:"下周末就正式开业了,陈羡哥有空来吗?我帮你留一间客房。"

"人家哪会这么空啊。"周柠替陈羡拒绝。

杨凡也不好意思地挠了挠头:"对哦,陈羡哥现在是大忙人了。"

陈羡却立马接道:"我来,不是周末吗?我有空。"

"真的假的?"杨凡有点惊喜,"有个成语怎么说的来着?蓬荜生辉。"

杨凡的加入,让陈羡和周柠之间的气氛稍稍轻松了一点。

陈羡笑着说:"给我你的微信,到时候联系。"

杨凡赶紧把饺子递给周柠:"塑料袋里的是生饺子,你们以后慢慢煮着吃。我刚给一帆哥打电话,他特高兴,说馋了,今晚就想吃。怕你们没时间煮,我就煮了三十个放保温盒里了,你回去应该还是热乎的。"

杨凡心直口快,倒豆子似的说完这长长一串后,才发现陈羡的脸色不太好,可也找补不回来了。不知道他们刚才叙旧到哪一步,杨凡有些忐忑地看向周柠。

周柠倒是没有什么异样,接过饺子,还笑了笑:"那我替他谢谢你。"

"你们""今晚""一帆哥""替他"……每一个词都像一块石头重重地往陈羡心口砸。他还没有做好准备,就这么猝不及防地知道了周柠的"近况"。

"陈羡哥?"杨凡举着二维码,有些不安地看着他。

陈羡这才回过神来,赶紧拿出手机,"嘀"地一扫。

"林间山舍?"陈羡不自觉地念出了杨凡的微信名。

"我们民宿就叫林间山舍,马上就要营业了,干脆先把名字改了,以后客人好找。"杨凡笑着说。

"名字挺好听的。"陈羡夸道。

杨凡把那句"一帆哥取的"憋了回去,只"唔"了一声。

这时,在民宿帮忙的张大爷慌慌张张地跑了过来:"小凡,你走这会儿,那电脑一直嘀嘀叭叭地响,没事儿吧?"

"嘀嘀叭叭?"杨凡低头想了一下,"您不是在说那QQ吧?没事儿,联系工作用的,我一会儿回复就行。"

周柠见状,催他回去:"你快回去忙吧,我也该走了。"

杨凡早知道周柠要走,也不挽留,看了两人一眼,又把目光落在陈羡身上:"陈羡哥,你呢?"

"我？我也要回营地，他们该启程了。"

"好吧，本来还想请你去民宿先睹为快的，还是等下周，等我把一切弄好了吧。"杨凡又羞赧一笑。

"下周我一定来。"陈羡应允道。

杨凡走后，陈羡把目光落到周柠拎着的两袋饺子上，很想问点什么，但话到嘴边又心生胆怯，生生忍住了，岔开话题："你要去哪儿？"

"我回市里。"

"我送你。"

"不用。"周柠连忙拒绝，"你不是要回营地吗？我叫车就行了。"

"反正我们下一步也是回市里，一样。"陈羡坚持，"我送你吧，车上刚好有个应急箱，把你的伤口处理一下。"

周柠还想拒绝，可在与陈羡对视的那一刹，话却咽回了肚子里。陈羡的眼神太过熟悉，每次他想要朝她走近又担心被拒绝的时候，他总是这样望向她——小心翼翼，怀有期待，但又掩饰不住忐忑。

两人对视了一会儿，周柠微不可闻地轻轻叹了口气："那好吧。"

陈羡为周柠开车门时，周柠忍不住想起了八卦新闻上的模糊照片，他也是这样为孔瑶开的门。

陈羡却看着周柠手中的饺子盒，心里更加不舒服。为什么晚上回去还一起吃饺子？杨凡说得那么自然，难道他们都已经住一起了？

忍着心中的不快，陈羡到后备厢拿了应急箱，这是今天出发前给每辆车配的，没想到还真派上了用场。

陈羡拆出碘伏棉签和无菌贴，正想弯下腰为周柠清理伤口，周柠却抢了过去："我自己来吧。"

陈羡看着周柠白皙的小腿，有一瞬间出神，那细腻柔滑的肌肤，他曾轻轻地抚摸过无数遍，可现在，却连为它清理伤口的资格都没有。来不及伤感，下一秒，陈羡就被周柠粗鲁的动作搞得直皱眉头——她还是那样，对自己也毫不怜惜。

在铂悦府那会儿，周柠经常下厨做饭。有一次都快吃完了，陈羡才发现她手指上有个很深的切口，一问，才知道是刚切菜时不小心伤到的。周柠毫不在意地用纸巾擦去还在渗出的血，说过一会儿就好了。他着急忙慌地翻箱倒柜找创可贴，还被她嘲笑是小题大做。

现在也一样，她这哪是擦伤口，根本就是在往伤口上撒盐。

陈羡忍不住又抢过了周柠手中的棉签："还是我来吧，杀猪都比你这下手轻。"

陈羡单腿蹲在地上，轻轻握住周柠的小腿，一点点小心地擦拭着伤口上的尘土，确认清理干净后，才又轻轻地贴上无菌贴。做完这一切，陈羡却依然没有起身，手仍然握着周柠的小腿，似在发愣。
　　周柠不自然地动了动腿，挣脱了陈羡的手，催促道："走吧。"
　　陈羡这才站起身来，将手中的棉签和包装袋捏成一团："好。"

　　车门一关，韭菜味儿就显出来了。
　　陈羡边开车边皱起眉头，他本来就不是很喜欢这种味儿大的东西。周柠以前还嘲笑过他大少爷做派，说韭菜怎么了，方便好养，她们家门口有一小块土地就专门留着种韭菜的，有时候包饺子或是烙馅饼，都很方便。
　　当时陈羡不以为然，这会儿不由得心一沉——何一帆也爱吃韭菜。周柠怀里这饺子，好像又在以它那冲鼻的味道叫嚣着证明他们俩才是同路人。
　　开出一小段，陈羡才问周柠："你住在哪儿？"
　　"绿洲公寓，需要导航吗？"
　　周柠说着已经打开了地图，搜了地点给陈羡递过去。
　　陈羡瞥了一眼，在城市的南边，下了高速倒是很近，但跟他住的地方刚好相反，一南一北。
　　"等下了高速再导航吧，怪吵的。"陈羡说。
　　周柠点点头，关了地图，把手机放回兜里。
　　"我记得我以前每次来东岙村都要开五个多小时。"又开出一小段，陈羡再次打破沉默，"刚地图显示，现在到你那儿只要一个半小时就够了。"
　　"是啊，托花山岭的福，东岙村都变了很多，这得谢谢你爸爸。"
　　"你觉得这一个半小时是长是短？"
　　"什么？"
　　"如果你打算一直不跟我说话的话。"
　　周柠这才反应过来陈羡的意思，低头回道："没有不跟你说话，只是不知道要说什么。"
　　陈羡心酸地笑了笑："所以现在我们俩之间，竟是连可以说的话都没有了吗？"
　　"这么多年没见，很多事情不知道该从何说起。"
　　"那不如，我问你答，行吗？"
　　"你想问什么？"
　　陈羡一下子卡了壳。他有很多很多问题，比如何一帆的晚饭为什么要由你带回去？什么叫生的饺子以后再煮？谁煮？你们是每天都在一起吃饭吗？住在一起了？不会连婚都结了吧？

杨凡不经意说出的话，那么自然，那么理所应当，让陈羡感觉很绝望。可他又不想问，只要这话没从周柠嘴里说出来，他就还有一丝侥幸的余地。一旦问了，就是板上钉钉，他再说什么都不合适了。

这时，陈羡的手机响了起来，拿起一看，是吴鹏远。他不耐烦地摁掉，过了一会儿，却又响起。陈羡不想接电话，转而跳到微信，说他已经走了，不用管他。发完，他就把手机调成静音，扔到一边。

"大三那年被房东赶出来，你们后来是怎么办的？"既然聊不了感情，那就聊聊事业。

周柠意外地看了陈羡一眼："你都是大老板了，还有兴趣听我们小公司的创业故事？"

"创业总是相通的嘛，难保没有值得我学习的。"陈羡看上去不像在开玩笑，"你是前辈，不妨传授点经验。"

见陈羡说得一本正经，周柠倒觉得无所谓，理了理思绪，真从头开始讲了起来，从入不敷出到略有盈余；从无家可归到喜迎乔迁；从一开始求爷爷告奶奶才能拉来一个业务到渐渐有了固定客源，生意渐渐做大。周柠都一五一十地告诉了陈羡。

陈羡本不是真的想问周柠的创业故事，而且被反复提到的"何一帆"更是让他觉得不爽。但周柠平淡又真实的叙述让他渐渐抛去了其他心思，开始专注在周柠这段经历本身。原来这些年她是这样过来的，这些难关她是这样闯的，她的坚持与野心、痛苦与希望，其实都源于她与自己的斗争，与他无关，与何一帆也无关。

周柠已经讲完，陈羡却久久没有回过神来，半响才突然冒出一句："对不起。"

周柠有点奇怪："突然说对不起干什么？"

"我只是突然意识到，八年前的那个生日，其实我是多么幸福。"车子依然开得平稳，陈羡的声音却有了波折，"你那么辛苦，还特意跑回来祝我生日快乐，我却把事情搞砸了。"

那晚过后，他们之间的好时光似乎就被消耗殆尽，直到最后终于分离。

周柠的思绪就像车窗外的风景，令人目不暇接地涌起，却又都很快一晃而过。

"都过去了。"周柠说。

陈羡突然不想管什么何一帆，或是周柠是否单身了，他不自觉地握紧了方向盘，像豁出去了似的开口："总有些还没过去。周柠，这些年，你就没想过回来找我吗？"

周柠愣了愣，把头撇向车窗外："没有，纠结过去没有意义。你不也没

.286.

回来找我吗?"

"那是因为你从来都不需要我。"陈羡苦笑,"大学毕业前,我遇到过你两次,第一次在一教楼梯拐角,我们才分手没多久,你笑着告诉我你们已经走出困境,发展得很好,让我也要加油。第二次是在毕业典礼上,你甚至都没有看到我。"

周柠回忆起那场毕业典礼,低眉回道:"那时我们接了摄像的活儿,所以一直在忙。"

前方就是检查站,车速渐渐慢了下来。N市最近正在承办一场受人瞩目的国际赛事,高速入口处有警察把守,对进入的每一辆车都查得很严。

陈羡踩了一脚刹车:"我知道你在忙,因为我看了你一整场。我也知道你享受那种忙碌,因为你是笑着的。"

这么多年过去,想起那时周柠与何一帆的默契笑容,陈羡的嘴角依旧会往下沉。他不敢去想,他们往后又有过多少这样并肩而立又亲密无间的时光。

"我在笑吗?我倒是记不清了。"周柠如实说。

"可我记得很清楚。"陈羡跟着前方的车一步步挪动,轻轻松开刹车,又得立马踩下,他的神情在这一踩一松中变得越来越失落,"周柠,我们分手后,你总是告诉我你过得很好。在你看不见我的地方看着你,你好像也确实真的过得好。所以我怎么来找你?我对你来说,好像真的只是多余的,你但凡有一点点需要我……"

陈羡委屈的音调听得周柠心头一颤,眼里突然泛起一股酸涩,她咬了咬嘴唇:"干吗纠结过去,现在大家都过得挺好的,不就够了吗?"

"你觉得我过得好吗?"

"不好吗?香车宝马女明星,多少人都羡慕不来。"周柠倒是还有心情调侃。

"香车宝马女明星?"陈羡转过头,难以置信地看着周柠,"别人说这话也就罢了,你不是不知道创业有多难,你觉得我走到今天,有时间香车宝马女明星?"

周柠被陈羡看得脸颊发烫,眼神闪了闪。

"这些年,我最累最苦的时候,倒是会想一个人,你知道是谁吗?"快轮到他们检查了,陈羡转过头去看着前方,缓缓控制着车速,每一个字却都飘向周柠。

周柠的心跳开始变得有些快,却没有应陈羡的话。

"你,我会想你。"刹车被牢牢踩下,车停在了检查站前,陈羡也不管周柠想不想知道,转头看向周柠的眼睛,一字一句地继续说,"每当走不下去的时候,我就会想你,想想如果是你,你会怎么样。想到你一定不放弃,我就觉得自己也一定不能输。所以周柠,这些年,除了事业与梦想,我脑海里能想到的,依然只有你。"

车窗被敲响。

"身份证、行驶证拿出来,后备厢打开检查一下。"交警的声音不带任何感情。

这给了周柠一些逃避的时间。她松了一口气,赶紧避开陈羡的目光,从包里找出身份证递了过去。

"还有行驶证。"工作人员看了眼两人的身份证,示意陈羡,又到后头先去检查后备厢。

"怎么连行驶证都要?"被打断了谈话,陈羡很不耐烦,但也没办法,只得摁开了头顶的照明灯,对周柠说,"帮我拿一下,行驶证在你前面的抽屉里。"

周柠赶忙打开抽屉,往里一摸,先摸到两个小盒子,顺手拿了出来。

两个人都傻了眼——两盒计生用品。

"不是……这……周柠……我……"陈羡顿时语无伦次起来。

交警又来敲车窗:"行驶证找到没?"

周柠赶紧把那两盒东西丢进抽屉,弯腰仔细地往里一摸,终于摸到了一本薄薄的小硬册子,拿出一看,是行驶证无疑了。

陈羡无奈地接过行驶证,递了出去,不一会儿就被还了回来。交警示意他们可以通行了。

两盒突如其来的东西让陈羡如此深情的剖白顿时显得一文不值,前面的话怎么都接不上了,他只能哭笑不得地解释:"不是……周柠……这不是我的,我也不知道为什么会有这个……真的,你信我……"

"这是你的车吧?"周柠问。

"是……"

"那就行了。"周柠打开手机导航,将音量调到最大,"跟导航走吧,就快到了。"

在毫无感情的导航女声中,陈羡一头雾水地左拐右拐,怎么也想不明白,车上怎么就平白无故出现了这些东西?他都当了几年和尚了,根本不需要这玩意儿好吗?而且他也完全不记得自己买过,怎么就出现在他车上了?

吴鹏远此刻的心情却不比陈羡好多少。

太阳已经落山,露营的帐篷已经搭建完毕,眼看浪漫星空就要升起,他想着陈羡腹诽了一万次:说走就走,倒是把东西给我留下啊!

那两盒东西是吴鹏远为今晚精心准备的。可就尴尬在妹子主动要求开她的车出去，夏天衣物单薄，男人出门也没个包，这两盒东西放哪儿都不合适。

吴鹏远想了想，决定先放陈羡车上，反正他们一天都在一起，万一真的需要，他过去拿就是。这样一来，还可以说是找朋友借的，不更显得他纯情？

可左等右等陈羡都不来，不接电话就算了，还一声不响地把车开走了！乡村野外的，去哪儿买这玩意儿？

憋屈的吴鹏远只能一边在心里骂陈羡，一边含泪当了一晚上柳下惠。

3：等待不过是怯懦的同义词，而果实从来都留给勇敢者

"那个真的不是我的……"送周柠到楼下时，陈羡还在解释。

周柠瞟了他一眼，微博热搜上暧昧的照片和言之凿凿的描述又在脑海中闪过——信你个鬼，几年没见，撒起谎来倒是面不红心不跳的，段位大有长进。

"不重要，也跟我没关系。"周柠跳下车，转身对陈羡说，"谢谢你的顺风车，我到家了，再见。"

"周柠！"

陈羡赶忙过去一把拉住周柠的胳膊，周柠被扯得身子一歪，手中的塑料袋差点没抓紧。周柠赶紧把袋子拎了起来，又把歪了的饭盒摆正。

塑料袋窸窸窣窣的声音和周柠紧张饭盒的样子，倒是让陈羡一下子清醒了一些。是啊，此刻在这楼上，还有人正等着她回去一起吃饺子呢。

"真的跟你没关系了，是吗？"陈羡看着周柠，眼里有些难过，"你已经向前走了。"

"大家不都向前走了吗？"周柠也看着他的眼睛，"陈羡，我们都已经各自向前走了很久了，没必要因为今天的一次偶然遇见，再去纠结昨日的痛苦，放下不是很好吗？"

开锁，关门，脱鞋，周柠随手把两袋饺子放在矮柜上，随后就疲惫地躺在了沙发上。她已经很久不像这般一动不想动了，可与陈羡的偶遇，又将她本已平静的心情全部打乱。

膝盖上的伤口还在隐隐作痛，周柠抚着陈羡轻轻贴上的无菌贴，在心里叹气。这么多年，周柠没想过陈羡会为她停留，她也不需要他为她停留。大家都是成年人，谁没有重新开始的权力？更何况，他那样一个人，招女孩子喜欢再平常不过。他的成功不是假的，热搜上笑意盈盈的照片也不是假的，车上的避孕套更不是假的，可他又为什么还要对她说这样一番话？

难道只是因为一次偶遇，想要重温青葱时代的旧梦吗？

周柠很快否认了自己的想法。不对，陈羡不是那样的人，时光再怎么变，

他都不会如此轻浮儿戏,她相信陈羡不会这样对她。

闭上眼睛又想了一会儿,周柠突然就释然了。既然说了纠缠过去没有意义,她现在这样又是在做什么?

当年她和陈羡分开,究竟谁占的因素更大?是她自己不想被困在原地,是她狠心先放的手,陈羡是不得不接受的那一方。就算换到现在,他俩的境遇能变得更好吗?她依旧忙碌,陈羡只会比她更忙,他们俩的家庭也依然没有任何改变。难道陈羡回头一句挽留,她就愿意舍弃自己的生活,或接受他家人的重重审判?

还是不愿意。

所以,纠缠过去,对现在、对未来毫无意义。时光再倒流一遍,她依然会做出同样的选择,他们还是会走到今天这般田地。

周柠睁开眼睛,又清醒过来。如果今天陈羡的试探只是因为当初分开的小小不甘心,那么她理解他撒的这些小小谎言。

这时,周柠的手机响了起来,屏幕上闪烁着何一帆的名字。

一接起,何一帆带着笑意的声音就传了过来:"我听说晚上有饺子,可是等到现在还没吃上,我的饺子走丢了吗?"

周柠这才想起杨凡拜托的事,瞄了一眼被忘在矮柜上的两袋饺子,抱歉地说:"不好意思,我给忘了。我现在在家呢,马上给你送过去。"

何一帆有些意外:"不是说晚上还要商量一下音乐节的广告策划吗?我还以为你会直接回公司。"

周柠沉默了一会儿:"对不起,我忘了。"

何一帆立马说:"没事,明天也来得及。你是不是累了?既然到家了就好好休息吧,别过来了。"

周柠摇摇头:"不累,你等我一会儿,我马上到,不然小凡煮熟的饺子可就浪费了。"

周柠换下今天被蹭脏的衣裤,换上一条薄薄的长裤,掩盖住了膝盖的伤口,拎着饺子出了门。

绿洲公寓离工作室步行十分钟的距离,周柠买在这儿就是为了节约一切可以节约的时间,把更多的精力投入到工作上。

这些年,周柠更加觉得事业才是最可靠的伙伴。尤其在心绪烦乱、心情低落的时候,与其一个人待着胡思乱想,不如把精力放到工作上。多少努力得多少回报,专注事业才是投入产出最直观、最高效的路径。所以,她今晚去工作室,不仅仅因为这几个饺子,更是因为她迫切地需要用工作来转移自己的注意力,以免被继续困在回忆的牢笼里。

周柠回到工作室，顺手把生的饺子冻到冰箱。杨凡包的饺子不止何一帆爱吃，在整个工作室都很受欢迎。所以每次见面，杨凡都会包一些让周柠带来，周柠就把它冻到冰箱里，谁想吃就自己拿出来煮。

"吃吧，还热着呢。"周柠笑着将保温饭盒打开，递到何一帆面前，"小凡都给你煮好了。"

"不愧是我的好弟弟。"何一帆满足地接过饭盒，掰开一次性筷子，"这也有两盒呢，你也没吃吧？"

周柠还来不及回答，李盈就凑了过来："我也没吃呢，有人想着我吗？"

周柠一回头，发现饺子的香气已经把工作室的小伙伴们都吸引了过来，一个个两眼放光地盯着饭盒。

周柠笑了："饭盒里的不够，冰箱里还有，我再去煮一些，大家都有份。"

"我还想喝奶茶。"

"我要啤酒！"

"啤酒跟鸭脖更配哦。"

人是铁，饭是钢，周末还辛苦了一天的广告人们此刻纷纷抛下手头的事情，围到了周柠旁边。

周柠笑着拿出手机，从通讯录里找出楼下美食城前台的电话。

美食城是这栋写字楼的白领们赖以生存的粮仓，里面什么好吃的都有，环境不错，味道不赖，还有专门的跑腿小哥，送餐比点外卖快得多，简直承包了这栋楼的一日三餐，甚至加餐。

电话一通，工作室的小伙伴们就七嘴八舌了起来。

"五杯奶茶，一打啤酒，对，还有鸭脖，还有……"

没一会儿，周柠的耳朵就受不了了，干脆把手机递给何一帆："你来点，我还是去煮饺子吧。"

陈羨漫无目的地开着车走在高架上，心里却全是周柠的影子。她还是习惯扎个马尾，虽然她把头发披下来的样子很好看。她也依然穿着最简单利落的服饰，见不到一丝繁杂，却有一种天然去雕饰的美。

忙起来的时候还能不去想，没见到的时候也能克制，可一旦见到，过去的岁月就像走马灯似的在陈羨眼前转，连争吵与分歧都让他一遍遍回味。

周柠说，他们都已经各自向前走了很久了，可根本不是啊！她向前走了，他还留在原地呢！

陈羨忍不住拿出手机，管它什么今夕是何年，管她是不是有了别人，他至少要告诉她，他根本没有向前走！他也希望她回头！

没有微信也没关系，她总不至于换了号码吧？

陈羡毫不犹豫地拨下那串烂熟于心的数字，等待对方接起。

等餐期间，何一帆已经心满意足地吃完了属于他的那份饺子，抬头才看见饥肠辘辘的小伙伴们的不满眼神。

"作为老板，吃独食，呵呵。"

"还吃得那么香，一点也不顾及我们饿肚子人的心情，呵呵。"

"吃饭都不想着我们，万一地震了肯定也第一个跑，呵呵。"

何一帆被大家你一言我一语的玩笑说得不好意思起来，连忙举起周柠的手机："饺子和外卖马上就到，现煮的保证比我碗里的更好吃！"

如同及时雨般，周柠的手机响了起来。

何一帆一看是陌生号码，只当是美食城的跑腿小哥，毫不犹豫地接了起来："外卖吗？放门口就行，我马上去拿。"

他话音刚落，电话那头的人却一声不吭就挂断了。

第二天，当吴鹏远抱怨陈羡坏了他的好事时，陈羡几乎要跳起来揍他。

"你有病吧？怎么想的，放我车上？"陈羡气得每一个字都像是从牙缝里挤出来的。

吴鹏远不以为意："放一下怎么了？"

"呵，就一个晚上，还准备两盒。"陈羡嘲讽道。

"你管呢，有备无患，多多益善嘛。"吴鹏远嘲讽回去，"谁像你，清心寡欲不问红尘，再改成吃素，真就能出家了。"

"滚。"陈羡闷声怒斥。

吴鹏远倒是觉得陈羡的状态有点奇怪，明明是自己被扫了兴，怎么他看上去更像个倒霉蛋？

"怎么啦？放两盒避孕套而已，是扰了你清修，还是坏了你好事了？怎么一副苦大仇深的样子？"吴鹏远奇怪地问。

"别烦我了。"陈羡头疼地向他甩去一份财报，"这么有空，不如想想怎么把交付量提上来。"

他还能有什么好事？在听到何一帆声音的那一刻，他就觉得自己彻底歇菜了。吃饺子不够，还要点外卖，那两人的日子真是过得挺滋润。难怪周柠说放下过去挺好。是挺好，拥有幸福的人向来不会缅怀过去，只有心有不甘的人才会可怜兮兮地守着过去那点岁月，把它当个宝。

陈羡现在头疼的，是贸然答应了杨凡的民宿之约。光是听到声音就如此受不了，更别提要是当场看到两个人做出什么亲密举动，他会如何失态。早知道就说忙去不了，人家也一定能理解，信誓旦旦地说一定赴约，现在倒是把自己架在火堆上烤了。不管了，丢面子就丢面子，陈羡打算提前一天"抱歉"地告诉杨凡自己不得不出差，再派人去现场送个贺礼，他自己是无论如何不会去了。

和周柠一样，陈羡这些年来也选择用同一种方式来掩埋痛苦，那就是全身心地投入事业。往日时光如断线的风筝不可追，那不如让自己忙碌起来。忙碌起来，日子就仿佛过得很充实，但又没那么真实，所有不情不愿不甘心，也就都那么稀里糊涂、不明不白地被吞噬了。

再说，陈羡是真的不得不忙碌。两款悦途的声势虽然不错，但产能是个隐忧，核心零部件供应不足，交付跟不上，导致成本压降和利润率都不是很理想，对公司的现金储备造成了冲击，这点在上季度的财务报表上已经有了直观反映。为了公司长期稳定发展，他必须竭尽全力好好解决产能的问题。

可他怎么也想不到，明明一天天忙得焦头烂额分身乏术，自己的名字却再一次上了热搜。这次连他的照片都没有，居然就能编出一段故事来。

那段不算清晰的视频是孔瑶娉娉婷婷下车的样子，下车后还走到车灯前比心微笑着与车合影，而那辆车，正是上市不久的悦途 e+。

八卦配文：喜获男朋友赠车，孔瑶比心自拍炫不停。

令陈羡惊讶的是，在八卦记者问孔瑶这车是不是陈羡送的时候，孔瑶一副甜蜜支吾的样子，既不承认，也不否认，可含笑的眼神摆明了这车来得肯定别有深意。

陈羡不想理，这绯闻却跟狗屎一样沾了上来，让他觉得非常恶心。

吴鹏远八卦地问："是不是真是你送的？"

陈羡给了他一个大白眼。

吴鹏远这才若有所思道："啧，看来上次的绯闻不全是营销号的胡编乱造？你们小时候的照片会不会就是孔瑶给的？娱乐圈真是不简单啊。"

吴鹏远没有猜错，这段绯闻就是孔瑶主动炒的。但凭良心讲，在赴同学会时，她真没这个想法，直到看到那张大合影和那几张被同学抓拍的合照，她才突然有了这个念头。正巧，还真有记者在门口蹲她，拍到了她上陈羡车的那个镜头，还贴心地帮她把其他闲杂人等都截了去。

孔瑶上部戏播得毫无水花，公司正愁她口碑和热度下滑，这段绯闻就冒了出来，不能不说是上天的"馈赠"。女明星不是跟谁炒绯闻都乐意的，但陈羡无疑是一个非常好的对象。他就相当于奢侈品里最难拿的那只包，拿到他，不仅对形象没有丝毫损伤，反而还证明了自己的段位。

而且孔瑶也有私心。从小到大，她一向把自己的女神形象维护得很好，就算在当初，她也只不过扮成陈羡身边要好的女同学，无论如何都不会承认自己是倒追。这些年她算是名利事业双丰收，不可谓不风光，但同学会上一见到陈羡,就猛然把她拉回了那段别扭的少女时代。爱而不得,放而不舍,失而不甘,再看到陈羡,她发现自己还是很想拥有,可依然毫无办法。所以,在见到记者偷拍的视频时,她居然心生一丝快意。经纪人觉得这是个炒热度的不错办法,她没有反对,还配合地提供了一些童年时代的照片,甚至亲自撰写了一点小故事。

绯闻是假的,可天知道,孔瑶多么希望它能成真。

周柠这段时间时常神游,何一帆也发现了她的异常。

某次开会前,周柠又盯着手机发呆。何一帆想搞个恶作剧,蹑手蹑脚地走到她身后,笑着蹿出来吓她:"看什么呢,这么出神?"

可在不小心瞄到屏幕的时候,何一帆却怎么都笑不出来了,因为屏幕上赫然登着陈羡的照片和那些八卦传闻。

周柠吓了一跳,赶紧把屏幕摁灭藏到身后:"没看什么……你多大了,还搞这一套。"

"哈哈。"何一帆有些尴尬,"叫你开会。"

周柠看了一眼手表,才发现时间竟然不知不觉地往后溜了半个小时,赶忙起身收拾电脑,又恢复了往日忙碌的样子,看不出一丝异常。

何一帆有些沮丧,但也不是不能理解。热搜就明明白白地挂在那里,别说周柠,他都看到了。谁都会触景生情,但这种情绪应该只是当下的那一阵,稍微冷却下就好了,毕竟周柠已经这么多年不曾提过陈羡。

可杨凡的电话却打破了他的幻想。

杨凡先啰唆地说了一堆民宿的事,问何一帆这怎么样那怎么样,何一帆都笑着给出了自己的意见。可事情都聊完了,杨凡还不肯挂,最后才支支吾吾地说那天周柠回东峎村拍摄的时候,恰巧陈羡也在。他还小心翼翼地说两人看着没什么,就算有什么,他也是站在何一帆这边的。

何一帆挂了电话后,看向坐在电脑前的周柠,忽然就明白了她这几天走神的原因。

"今晚一起吃个饭吧。"何一帆走到周柠身边,温柔地敲了敲她的桌子。

周柠抬头看了他一眼,又将目光转回屏幕上,不甚在意地说:"我们不是每天都在一起吃饭?"

"不吃外卖,也不去美食城,我们一起出去吃个饭吧。"

周柠有点惊讶:"有什么值得庆祝的事吗?"

"没事就不能吃顿饭了?"何一帆笑了笑,"我选地方,下班了叫你。"

这天,何一帆难得没有留恋工作,下班时间一到就拉着周柠往外走。

坐在颇有情调的西餐厅里,周柠笑着问何一帆:"公司真签什么大合同了吗？值得来这样的地方庆祝？"

何一帆笑着摇头："高中的时候我俩只吃得起路边几块钱的小面，创业了又忙得只能一起吃吃外卖，偶尔也想像现在这样，只和你一起好好吃个饭，不聊工作，聊点别的。"

"哦？你想聊什么？"周柠依然没有在意，开玩笑道，"来这样的地方不叫上俞健和李盈，小心他们知道了骂你。"

周柠毫无戒备的样子，倒是让何一帆再一次意识到，这些年他是不是太过含蓄了。

大学时，他安心退回到了好朋友该在的位置，他发誓，那时他绝没有一点私心。甚至周柠和陈羡刚分手的那两年，他也只是以朋友和合作伙伴的身份待在她身边。周柠不擅长倾诉，从没说过什么，但何一帆看得出，她不是不难过。更何况，那时创业的压力和繁忙压得他们喘不过气来，太多的单子要追，太多的事情要处理，以此为借口，倒是正好可以把同样很难的感情问题放一放。

可这么多年过去，城市都几经变迁，更何况人的心境与关系？何一帆当然是喜欢周柠的，只是总找不到告白的好时机。他们是合伙人，是朝夕相处的工作伙伴，何一帆顾虑的事情很多，他既想前进一步，但又不想两人之间变尴尬，所以总希望找一个百分百的时机。而且，不是说陪伴是最长情的告白吗？他如此长久地陪伴在周柠身边，不信周柠没有感知。

可今天，何一帆才发现自己错了。

等待不过是怯懦的同义词，而果实从来都留给勇敢者。他突然想起大学圣诞夜舞会那晚，那道追着周柠出去一闪而过的黑影。也许告白就应该那样，冲动、热烈、不计后果、不顾输赢，机会都是自己创造的，从来就没有什么百分百的时机。

"周柠，这么多年，你把我当成什么？"何一帆抿了一口水，放下杯子，笑着看她。

周柠不假思索地说："合伙人啊。"

"没有了吗？"

"领路人？好兄长？你一直是我的标杆嘛。"周柠想了想，又说。

"周柠。"

"怎么了？"

何一帆的眼神热烈且含有期待，和往常不太一样，周柠不由得紧张了起来。

"我不想只当你的合伙人，也不想再当什么兄长、领路人。"何一帆直截了当地说，"我想当你的男朋友，行吗？"

周柠感觉心脏一紧，微微张了张嘴，不明白何一帆为什么会突然说这些。

"我一直爱你啊，周柠。"何一帆无奈地笑了，"也不知道是不是我掩藏得太好，你一点都感觉不到吗？"

何一帆突然的告白让周柠非常意外，她不由得支吾起来："我只是，没有想过那么多……一帆，我们是合伙人啊。"

"合伙人怎么了？俞健和李盈不都快结婚了，我们为什么不行？"

"他们是他们，我们……我们之间，不是在大学的时候就说清楚了吗？"

何一帆摇摇头："那么多年过去，人总是会变的，你就一点没变吗？"

变化是肯定有的，但周柠反倒像是变到了更早以前，关上了与人建立亲密关系的那扇心门，只是尽全力地想要做好自己能掌控方向的事情。

"我只是觉得这些年把力气都花在事业上挺好的，没有想过其他。"周柠没有撒谎。

"那你现在想一想。"

"一帆……"

"不着急答复我，但你想一想。"何一帆打断了她的话，眼神真挚地看着她，"周柠，我们在一起这么多年，我对你的了解不比任何一个人少，我对你的爱也不比任何一个人轻。以前我总觉得陪在你身边就好，你总有一天会回头。现在我才觉得自己错了，爱就应该是正大光明的事情，要明明白白地说出来才行。以前你没想过不要紧，但现在，你想一想。"

这顿饭，两人吃得很尴尬。这本是何一帆极力想避免的尴尬，但他现在却觉得挺好。太过自然随意地相处只能让男女变成兄妹，他要让周柠意识到，他是个男人，他喜欢她，对她更有别的念头。无论结果怎么样，他都接受，但如果像以前一样不曾开口就失去机会，他可能会怪自己一辈子。

在陈羡还没顾得上跟杨凡反悔的时候，杨凡的电话反倒提前两天打了过来，跟他确认周六到底能不能来。陈羡按原先想的，用非常抱歉的语气告诉杨凡自己临时要出差，并表示一定会派人送去贺礼。

杨凡听到这话倒是松了口气，那天他看见陈羡一时高兴，后来才觉出要是陈羡和何一帆一同到场，场面多少有点尴尬。

说实话，这两人比，杨凡是站何一帆的。陈羡也很好，就凭那个暑假短短相处的几天，就给杨凡留下了极深的印象。他明明来自不同的世界，却跟他们相处得那么自然，干农活、啃红薯、喝凉水，眉头都不皱一下。可是这么多年过去，他又变得太遥远，杨凡不知道他还会不会是记忆中的那个陈羡哥。他的事业做得那么大，微博上真真假假的绯闻又那么多，杨凡可不想自己的柠柠姐因此受伤。而一帆哥就踏实得多了，杨凡只希望周柠能有一份稳定的幸福。

"没事，陈羡哥，我这民宿还挺火呢，除了留出的三间贵宾房，其他都订满了。"杨凡在电话里笑着说，"如果您来不了，我就再放出一间房出去，肯定不一会儿就被人抢了。"

"这大开业的，就只留了三间贵宾房啊？"陈羡随意调侃道，"也不多请几个人，跟你周柠姐一样，满心都掉钱眼里了。"

"哈哈，在外面的也就三个贵宾要请，其他都是村里人，热闹一阵就回自己家了，不用留房间的。"

"三个？"陈羡突然喃喃重复了一遍，想到了什么似的，眉毛不自觉地一挑，"你邀请了哪三个贵宾啊？"

"你，周柠姐，还有……"杨凡顿了顿才说，"还有一帆哥啊，你们都是我的贵宾嘛。"

"你留了三间房？"陈羡疑惑地问。

"对啊。"

"等等……"陈羡突然反悔了，声音隐隐透着激动，"我不出差了，我那房留着啊，周六我要来！"

周六吃过午饭，何一帆就载着周柠踏上了回东峦村的路。

周柠不是没坐过何一帆的车，见客户、跑业务、时不时的顺风车，这些年她都不知道坐过多少回，可没有哪一次像今天这样，一根神经从头绷到尾，怎么都不自在。

其实何一帆表白后也没怎么样，工作中待周柠还是一如往常，该说话说话，该商量商量，只是偶尔看向她的眼神会比之前多含一丝期待。可就是这丝期待，让周柠觉得压力很大。

何一帆对她而言，可意味着太多了。他不仅是她的师兄，更是她陷入迷茫时的指明灯、学业上的领路人和事业上最好的伙伴。没有他，周柠靠自己误打误撞是绝对无法走到今天这个程度的。

当何一帆说出"陪伴是最长情的告白"时，周柠心里不是没有感动。他们这么多年风里雨里一起成长，感情绝非一般朋友可以定义。如果是别人，她可以毫不犹豫地直接拒绝，可他是何一帆啊！是带着她一路从迷茫的小菜鸟走到现在的何一帆啊！

他那么好，还说爱她，还请她想一想，她怎么可能一点都不动摇？

可周柠自己都不明白，这点动摇是出于同样的爱，还是因为她实在不想破坏他们之间的感情。

何一帆看出了周柠的不自在，但这不自在恰恰就说明周柠在思考，她终于把他放到了一个不一样的位置，去思考他们之间的关系。

他为周柠有这样的变化而感到高兴。

陈羡本想一早就走的，可上午又被公事绊住，耽误了大半天，无奈只能过了晌午才出发。可没想到，这一耽误，倒是让三人几乎同时到达。

打开车门时，他们都愣了愣。

陈羡猜到这两人肯定是一起来，所以早做好了心理准备，没两秒就恢复了正常，笑眯眯地打招呼："下午好啊，还以为你们会早点来呢。"

何一帆没想到这么快就跟陈羡碰了个正着，但也没什么好奇怪的，他早知道陈羡要来，于是淡定地伸出手跟陈羡握了握："好久不见。听小凡说你本来要出差的，突然改了主意。"

"是啊，刚说出口我就后悔了，老工作有个什么劲儿，小凡的民宿好不容易开张，我得来捧捧场。"陈羡一本正经地说。

何一帆笑道："看不出你对小凡的感情还挺深。"

"那当然了，你可不知道，当年要不是小凡给我送来红薯，我差点被某个狠心的女人饿死在花生地里。"

这是何一帆不知道的过往，陈羡用稍带挑衅意味的口吻说出来，让他的心沉了沉。不过他哪是这么容易就认输的人，很快便恢复了正常，笑道："那今天可以放心了，小凡现在可是大厨，今天的菜肯定不止红薯。"

"哦？这么厉害了？"陈羡随意回道。

"对啊，他学了好几年厨师呢，你不知道？"

这下轮到陈羡卡壳，他顿了两秒才说："那我今天一定好好尝尝，小凡连红薯都做得那么好吃，当厨师肯定有天赋，是吧，周柠？"

周柠看着笑眯眯的陈羡，觉得他简直莫名其妙。明明上次的分离不算愉快，她说了放下向前走，他也没有反对，怎么现在又跟个没事人一样出现在这里？有这个时间，还是多去陪陪自己的绯闻女友吧！

周柠没好气地白了陈羡一眼，对何一帆说："走吧，后备厢还有礼物。"

何一帆转而到后备厢拿礼物和两人的行李。

陈羡这才想起自己也带了花和礼物，忙转身去拿。等他关上后备厢抬头的时候，周柠和何一帆已经走在了前面。看着两人并肩的背影，他只能不爽地皱了皱眉，又无可奈何地一手抱着花，一手拎着一大堆礼物和行李，小跑几步跟了上去。

相比两个股东，陈羡是第一次到林间山舍，不由得被这民宿的环境吸引。民宿的规模还不小，两层小楼，每层都有七八间屋子，木质结构与周围的绿意盎然融为一体，大大的院子里种满了花花草草，无一不透露出返璞归真的感觉，一走近就能让人浑身放松下来。

"名字还真是起得挺好的，林间山舍，真像树林里的小木屋。"看着门口屋檐下精致又古朴的木质牌匾，陈羡赞叹道。

"是吗？"何一帆转头，"谢谢夸奖了。"

"嗯？"

"名字是我起的，周柠和小凡都很喜欢，但毕竟没经过市场测试，你作为客人第一次来就觉得不错的话，那说明是真不错了。"何一帆笑了笑。

陈羡在短时间内受击两次的感觉还真是不怎么爽，大学偶尔接触时也没觉得何一帆这么伶牙俐齿，现在怎么变得那么讨厌？

好在他们一进门，杨凡就迎了上来："你们终于来啦，等你们好久。"

"上午还忙了点工作，本来是想早点来帮忙的。"周柠笑着把花递给杨凡，"恭喜啊，终于开张了，这下真是个小老板了。"

"嘿嘿，你和一帆哥就等着来年分红吧。"杨凡自信地说。

陈羡还没插上话，就感觉又被砍了一滴血。这三人在一起，怎么看怎么和谐，自己抱着花站在后面，真像是一个完完全全的外人。

好在他没受太久冷落，杨凡接过周柠和何一帆的礼物放到院子里，就赶忙来接他手里的东西："陈羡哥，你干吗还拿这么多东西？"

"说了要送你贺礼的嘛。"陈羡把手里的东西递给杨凡，笑得已经有点勉强。

杨凡放好东西，赶紧迎他们进来："别在门口待着啦，先去房间看看吧，我给你们留了三个最好的房间。对了，阿姨就在前台呢，今天正式上岗了哦。"

杨凡说的阿姨就是周柠的妈妈刘佳，她这个年纪，什么事都不干只等着养老太年轻，做点事吧身体又吃不消。张罗起民宿后，杨凡第一个就想到了他亲爱的阿姨，得为她安排一个轻松的活，既让她的生活不无聊，又有点钱可以赚。

刘佳在见到陈羡后，愣得半晌说不出话来，只是直勾勾地看着他，直到周柠不太乐意地打断了她的视线："妈！"

刘佳这才回过神来，但还是先对着陈羡说话，声音有些颤抖："小凡跟我说你要来我还不信，没想到真的来了。"

她很喜欢陈羡，之前也很为女儿有这样一段好缘分感到高兴，所以大学出了那件事后，她一直非常愧疚。她原以为陈羡和周柠一定是不可能了，没想到今天居然还能再见到。

陈羡看到刘佳，也眼眶一热，有些动容："阿姨，好久不见。"

周柠看不得两人莫名其妙的样子，不耐烦地说："妈，小凡没给你培训吗？客人来了先登记，然后给钥匙啊。"

刘佳讪讪一笑，赶紧说："你们也不算客人嘛，这么久没见陈羡，我先聊两句怎么了？"

说着，刘佳拿出三把钥匙，07、08、09号房，看着像是挨在一起的三个房间："小凡说，都是最好的房间，没啥区别，你们自己挑吧。"

刘佳把钥匙放到桌上，陈羡眼疾手快，拿起了08号钥匙，笑道："别跟我抢，我俗，就喜欢'8'，图个吉利。"

果然没猜错，08号就是中间的屋。陈羡开门的时候，看着周柠和何一帆终于不再站在一起，一左一右中间隔了个自己，顿时觉得气儿都顺了不少。

放完行李，三人就下了楼。

又陆陆续续有游客到来，刘佳那儿排了好几个正在登记的。

杨凡见他们下来，又笑着迎了过去："走，跟我去厨房，看看想吃啥，晚上我给你们做。"

陈羡见厨房里有七个锅八个盆，装备很是齐全，对杨凡竖起大拇指："可以啊，听说你现在都是大厨了，客人吃饭也是你来负责？"

"是啊，这里比不得城里，没有外卖可点，客人想吃啥我就做啥。你别说，蔬菜大多都是自己种的，猪和鸡鸭都是自己养的，味道可比外面好不少。"杨凡指着整整齐齐码放在货架上的食材，"挑挑想吃什么，我晚上给你们露一手。"

何一帆看着琳琅满目的货架，笑着说："小凡做的都好吃，但我还是最想吃你包的饺子。"

"难得过来一次，还不吃点别的？"

"你种的韭菜味道不一样，外面吃不到。"何一帆说。

杨凡笑道："行，韭菜又新长了一茬，我这就去割一些，饺子就当主食吃呗。陈羡哥，你想吃啥？"

陈羡一听饺子就来气，想到了那年暑假的红薯，闷声道："我想吃烤红薯，有新长出来的红薯吗？"

周柠像看二愣子一样地看着他："你以为红薯也是今天种明天长吗？"

陈羡顿时哑口无言。

杨凡赶紧说："我们种的红薯一般十月才能挖呢，不过市面上常年都有卖的，我这儿也有存货，陈羡哥想吃的话，我可以给你烤一个。"

"好啊，我还想吃玉米。"陈羡想起当年饭盒里还有玉米，是铁了心要将那顿"忆苦思甜饭"复原。

杨凡又笑了笑："我们种的春玉米也要到八月才能收呢，不过我这儿有从外面买的，也挺新鲜。"

周柠白了陈羡一眼:"你这种四体不勤、五谷不分的,货架上有啥吃啥就得了,还挑上了。"

"我难得来一次,还不能吃点新长出来的了?"陈羡对周柠的区别对待很不满意。

杨凡突然说:"陈羡哥,现在有丝瓜,做汤可好吃了。后院有一片丝瓜藤,这会儿长得正好。"

"哦?"陈羡来了兴趣,"就在房子后面是吧?刚从窗户那儿看到了,我这就去给你摘几个来,丝瓜汤也不错。"

"你会摘吗?"何一帆问。

"这有何难?"陈羡说完拔腿就走。什么四体不勤五谷不分,他可是连花生都会拔的人,还能被区区几根丝瓜难倒?

陈羡走后,厨房里稍稍安静了一会儿。

杨凡看着躺在桌子上的剪刀陷入沉思:"他是空手走的,打算怎么摘丝瓜呢?"

周柠无语地拿起剪刀,赶紧追了出去:"可别把你的丝瓜藤毁了。"

果不其然,周柠刚走进后院,就看见陈羡正爬在梯子上,试图用蛮力拽下一根丝瓜。

"喂。"周柠喊他。

"干吗?"这丝瓜摘起来还真不是那么轻松,陈羡花了一点力气才好不容易"拔"了一根,还顺带拽下来不少藤蔓。

看着陈羡头发上挂着几片枝叶,还拿着丝瓜炫耀的样子,周柠突然觉得有点好笑,但她很快忍住,正色道:"你是来摘丝瓜的,还是来毁小凡的丝瓜藤的?用剪刀啊,不然等你摘完,这地儿都没了。"

陈羡噘了噘嘴,早说啊,他手也挺疼的呢。从周柠手里接过剪刀,陈羡又爬上梯子,冲着几个又大又粗的丝瓜就挥舞了过去。

"这下行了吧?"陈羡捧着胜利的果实跳下梯子,再次得意地看着周柠。

谁知,周柠又摆出一副看二愣子的表情:"别人拿来刷碗的老丝瓜,你倒当个宝了。"

说完,周柠从陈羡手里抢过剪刀,将梯子移了个位置,爬上去挑了几根瘦长翠绿的丝瓜,利索地剪下,抛给陈羡。

阳光透过藤蔓在周柠的身上投下斑驳的光影,陈羡眯起眼睛看着她,心里美滋滋的。她的表情和当年在花生地里时一模一样,冷淡又不屑,好像他是个百无一用的累赘。但那又怎么样?她还不是手把手教他。

"行了,这几根够你吃的。小凡挺忙的,别添乱了。"

说着,周柠将梯子收好放回原位,也不看陈羡,转身想走,陈羡却上前两步拉住了她的胳膊。

"你干吗？"周柠眼里闪过一丝警惕。

陈羡眨了眨眼："没事，就是谢谢你为我摘的丝瓜，一定很好吃。"

"别误会，我是怕你毁了小凡的丝瓜藤。还有，有话直说，别动手动脚的。"周柠挣开陈羡的手，不再理他，转身向屋里走去。

明明受了奚落，陈羡却一副甘之如饴的样子，看着周柠的背影，他嘴角勾起一丝笑容。

何一帆没有出来，却站在后门口把这一切都看在了眼里。从再见陈羡到现在，不过短短两个小时，他却惊讶地看到了周柠的另一面。周柠没给过陈羡好脸色，有什么看不惯的就直接明说，言语间也多是奚落嘲讽，好像没一点耐心，也没一点客气。可周柠在他面前从来不会这样，她对他向来是尊重的，他说什么，周柠都会安安静静地听，即使有不同意见，也是好言好语商量，从来没流露出过半点不耐烦。

这八年里，她和陈羡几乎一面未见，却没有半点客套；和自己朝夕相处，她却永远"相敬如宾"。这关系孰亲孰疏、孰近孰远？

刚才和陈羡在言语上互不相让的"较真"，让此刻的他显得如此幼稚，甚至无用，他突然觉得心里酸酸的。

陈羡果然不再捣乱，坐在厨房的角落，惬意地跷着二郎腿。

周柠和何一帆都是从小干惯了活儿的，到了杨凡的民宿，又是开业第一天，断断没有袖手旁观的道理，忙着帮杨凡准备晚餐。毕竟这儿不止他们几个人，还有一堆客人等着吃饭呢。

陈羡的目光随着周柠来来回回地转，周柠往左，他就往左，周柠往右，他又往右，直到被突然的一声"陈羡哥"打断。

陈羡将目光转向声音的来源，惊讶地看到了站在厨房门口，犹豫着不敢进来的周铭。

"周铭？"陈羡惊喜道。

周柠却皱起眉头："你来干什么？"

周铭看着陈羡不说话，陈羡赶忙站起身来朝周铭走去："走，我们去外面说。"

"你怎么来了？"走到小院里，陈羡好好打量了一番周铭。稀奇古怪的头发不见了，短短的寸头显得人干净又精神，这么一瞧，倒是更和周柠显出几分相似来。

"我早就来了，我妈说你可能会来。"周铭好似有些害羞，"我在家待着呢，刚刚她跟我说你到了，我就赶紧过来了。"

"好久不见，你变样了，成熟多了。"陈羡感慨地拍拍他的肩膀，"找我有事吗？"

周铭连连摆手："没有没有，我只是……"

陈羡笑着看他："怎么啦？扭扭捏捏，跟个大姑娘似的。"

"我只是想跟你说声对不起，当年给你惹了那么大麻烦。"周铭的眼圈红了起来，"我出来时就想来找你的，但又不敢。今天听说你会来，想着一定要当面跟你道个歉。对不起啊，陈羡哥。"

"嗨，都过去了，现在不都挺好的？"陈羡大度地又拍了拍他的肩，"你这几年怎么过的？跟我说说。"

陈羡还是像过去那样亲切，没有半分看不起自己。周铭感动地看着他，絮絮叨叨地把这几年的经历说了一遍，说自己又找了家汽修厂，凭着当年在名车工坊学的技术，这些年好好干，已经升上组长了。

陈羡赞道："浪子回头金不换，老天不会亏待努力的人，继续保持啊。"

"一定的。"周铭拍着胸脯。

"我现在也在干汽车，你要是有兴趣的话，也可以到我这里来。"

"不了不了。"周铭赶紧摆手，像是上次麻烦的阴影还没过去，"我修的都是油车，电车我还不懂呢。我只想着努努力攒攒钱，哪天能买一辆你的车就好了。"

陈羡哈哈一笑："行啊，到时候跟我说，给你个贵宾折扣。"

周铭说完了近况，倒是很不解地看着陈羡："陈羡哥，你还来这里干什么？不会真是来给杨凡祝贺的吧？"

"祝贺当然是真的，顺带也有点别的事。"陈羡瞄向窗户里周柠的身影，也不掩饰。

"你不会……还想着周柠吧？"周铭一副大跌眼镜的样子。

"怎么了？很奇怪吗？"

"当然奇怪，虽然当年是我闯祸了，但周柠……"周铭噘起嘴，"女明星不比她好看多了？"

"你怎么也信这些八卦？都是假的啊！"陈羡很郁闷。

"啊？假的？"周铭更加失望了，"写得很真啊。"

陈羡看着周柠若有所思道："这事是该好好解释一下了。"

道完歉，该聊的也都聊了，周铭决定告辞。周柠这些年对他依然没有好脸色，他知道自己不受待见。

"哥，真高兴今天能见到你，我还是回家吧，不打扰你们了。"

陈羡却挽留道："别啊，留下陪我，不然我多势单力薄。"

两人透过小窗看着厨房里三人忙碌的样子，那才像是一对小情侣带着弟弟,其乐融融,一片温馨祥和。

周铭观察了一会儿,又转头看陈羡:"你确定要跟我组队吗?感觉没什么胜算的样子。"

陈羡垮了垮脸:"也是。"

周铭还是留了下来。

一顿晚饭,一开始所有人吃得心猿意马,好在民宿客人多,饭桌上越来越热闹。杨凡不停地上菜,就不停地有新人加入,吃到后来,人竟越来越多。互不相识的人围坐在一起,倒也是有得聊,尤其是两个能弹会唱的大学生,一把吉他配一副好嗓子,就把晚餐的氛围带得轻松又自然。

初夏夜晚的风还带着凉爽,喝着杨凡自酿的梅子酒,陈羡竟觉得有些醉了。他已经很久很久没有这样放松下来去感受微风与花香、歌声与佳肴。他蒙蒙眬眬地看着坐在对面的周柠,她这会儿也是放松的,面带笑意听着民谣,身体还随着旋律小幅度晃动。尽管她不曾看他一眼,尽管她身边挨着的依然是讨厌的何一帆,他此刻却不再计较。至少她现在是看得到触得着的,不再是梦里也不肯回头的背影。

喝不尽的梅子酒,吃不完的小菜,听不厌的民谣,众人一直欢笑到凌晨才散去。

躺在干净温馨的小床上,想着周柠此刻就跟他隔着一堵薄薄的墙,陈羡心里痒痒的。他拿出手机,拨了周柠的号码,足足打了三遍才打通。

"喂。"周柠看着屏幕上熟悉又陌生的号码,看着它不气馁地不停闪烁,终于还是接了。

"这次终于是你接了。"陈羡带着醉意的声音里还透着笑,也不计较周柠刚不接电话的事。

周柠的语气却丝毫不柔软:"你干吗?"

"我想见你,你出来,我们聊聊。"

"大半夜的,别发疯。"

听筒里瞬间变成忙音,陈羡揉了揉有些发沉的脑袋,从床上坐起来。

绕着房间走了一圈,陈羡走到隔着他与周柠的那堵墙前,盘腿坐在地上,开始轻声敲,先有规律地敲两下,停两秒,再敲两下。木屋虽然古朴又干净,但看着隔音并不算太好,陈羡相信周柠肯定能听得到。果然,不一会儿,陈羡的手机就响了。

"你干什么?别发疯。"一接通,就传来周柠冷冷的责怪声。

陈羡笑了:"你不出来见我,我只能敲墙了。"

"再敲整栋楼的人都要被你吵醒了,别发疯行吗?"周柠压低声音。

"吵醒就吵醒，你不出来见我，我就一直敲，大不了把大家都再叫起来。"陈羡说着又往墙上敲了两下。

像是僵持般，陈羡在这头不轻不重地敲着墙，周柠在电话那头始终沉默。

在这寂静的夜里，"咚咚"的敲墙声怎么都太过突兀。

又僵持了一会儿，周柠终于忍受不了，败下阵来："楼下见吧，你别再敲了。"

4：我再追你一次，你会答应的！

周柠下来的时候，陈羡已经默默等在楼下。看她过来，他露出一副嬉皮笑脸的样子。

"别说话。"陈羡刚想开口，周柠就打断了他，"大家都睡了，你别发酒疯。"

周柠转身向外头走去，陈羡赶紧快走两步跟上。

离开院子，又走了好几米远，陈羡才在周柠身后轻笑出声："怎么感觉跟偷情一样？"

周柠一下顿住，转过身，难以置信地看着他："你现在怎么变得这么厚脸皮？"

"不厚脸皮怕是承受不了你一次次的打击，早就放弃了。"陈羡叹了口气，"可我不想放弃。"

陈羡的直白让周柠的心跳乱了一拍，一股酸酸涩涩的情绪又在身体里弥漫开来，让她很不舒服。

"你到底想干什么？"周柠皱起眉头。

"夜色这么美，想和你一起走走。"陈羡抬头看向皎皎月光，又冲周柠笑，"很久没回来了，那条小河还在吗？"

陈羡柔柔的笑容挠得周柠心里痒痒的，好像怎么都无法说出拒绝的话。但这久违的悸动又让她觉得很不适应，她不想再跟陈羡对视，于是转过头，避开陈羡的目光，朝前走去。

陈羡只当周柠是答应了，也不着急说话，只轻轻地跟在她身后。

路过一片葡萄大棚，陈羡看了看四周，疑惑道："这里不应该是王伯家的花生地吗？"

"改种葡萄了，经济价值高一点，而且游客来了可以采摘，也能带动收入。"周柠说。

陈羡有点失望："游客来了拔花生也行啊，摘葡萄哪有拔花生好玩？"

周柠瞥了他一眼："好玩？也不知道谁当初没两下手就受伤了。"

"哪有没两下？我是在最后卸货的时候才受伤的好吗？前面可都是我的

劳动果实。"陈羡争辩。

好像和那年夏天一样，月光依旧有魔法，能把眼前这个脾气坏嘴巴硬的姑娘稍稍变得柔软。周柠终于愿意跟陈羡说话，陈羡觉得很高兴。

可魔法显灵的时间好短，说完这两句，周柠又不理人了，陈羡只得继续跟在她身后走。

路过一片橘树林，陈羡左看右看困惑起来，拉了拉周柠的衣袖："这里不应该是我们抓泥鳅的水稻田吗？"

"改种橘子了。"

"为什么？"

"同一个原因，经济价值更高。夏季采摘葡萄，秋季采摘橘子，游客们这两个季节来都有东西可摘，村民们也指着这个增加收入。"

看着陌生的橘树林，陈羡有点不开心："明明水稻田更美。"

"以前大家要靠种粮食过日子，现在隧道打通，来的游客多了，发展旅游经济当然比辛辛苦苦种粮食好得多。"周柠笑他不食人间烟火，"你觉得美，是因为你只是这里的过客，而真正在这里生活的人，当然要选择更加赚钱和省力的方式。"

"好吧。"陈羡承认周柠说得有道理，但还是忍不住失落，"我就是觉得挺可惜的。"

又向前走了一段，陈羡突然眼睛一亮，三两步蹦上小石桥，高兴地冲周柠挥手："这座石桥没变，这条河也还在！"

周柠走到身边后，陈羡看着月光下十年如一日静静流淌的河水，问："那年你在这里扔了一个漂流瓶，你还记不记得你许了什么愿望？"

"年幼时候胡说的话，做不得数。"

"那我现在往这里扔一个漂流瓶的话，会有人愿意捡起来吗？"陈羡看着周柠，眼睛亮晶晶的。

周柠也把目光从小河上收回来，与陈羡对视，眉心却微微蹙起："陈羡，你究竟想干什么？想回忆过去的话，那到这里也就够了。"

"谁说我只想要过去了？"走了这么一圈儿，陈羡好像清醒了许多，他上前一步，微微弯下腰，目光和周柠齐平，眼带笑意，一字一句地说，"我想要现在，也想要未来，你和我的现在与未来。"

陈羡的气息突然近在咫尺，周柠往后退了一步，心有些慌，却完全没松口："早就没有我和你了，你真是喝多了。"

"我没喝多，我说的每一个字都是清醒的。"陈羡拉住周柠的手，不让她离开，"怎么就没有我和你了？之前我以为你和……何一帆在一起了，后来才发现搞错了，既然你是自由的，为什么就没有我和你了？"

"我没和何一帆在一起，就一定要和你在一起吗？"周柠甩开他的手，觉得很荒谬，"陈羡，我们不过是偶然再次遇见罢了，没遇见前，各过各的不是很好吗？你干吗要这样纠缠不休？还是这些年的成功让你膨胀了，以为自己是什么情圣吗？绯闻女友不够多，还要来招惹前女友？"

陈羡恍然大悟，突然笑了起来："你是在介意那些八卦新闻？你吃醋了吗？那我还挺高兴的，说明你心里还有我。"

"你有病吧。"周柠狠狠瞪着陈羡，觉得他现在脸皮真的比城墙还厚！

"都是假的，那些八卦都是假的，我发誓！"

"所以车上的避孕套也是假的？"周柠看着他，嘲讽道。

"那真不是我的，吴鹏远那小子放我车上的，我也是后来才知道，不信你去问他！"说起这个，陈羡就有点暴躁，怕周柠不信似的，又急忙补充，"如果不是我爱的女人，还不如我的左手。"

"神经病。"周柠打掉他一本正经举起来的左手，却忍不住被逗笑了。

见周柠笑了，陈羡也笑起来，轻轻向她走近一步，又拉起她的手："周柠，你信不信，我只爱过你一个人？"

周柠想挣脱陈羡的手，却被他更紧地握住。

"你刚说，我们这些年各过各的很好，不是的，我一点都不好。事业的忙碌和成功只不过能带来短暂的自我麻痹而已，我依然很想你。"陈羡动情地抚着周柠飘在耳边的碎发，"前些年我以为失去你了，实在心灰意冷。再遇到又以为你和别人在一起，一度觉得是不是真的只能这样。可没过多久，我就后悔了，就算你和别人在一起又怎么样，我也要把你抢回来，因为我实在不甘心。"

陈羡的话语像一只小蚂蚁钻进周柠心里，让她的心脏一阵阵地难受。过去的岁月对她并非没有意义，只是她选择了另一条孤独却更自在的路，并勇敢地一个人走了很久，从来没想过要突然回头。

"周柠，既然老天都让我们重新再遇见，难道不值得一个新的开始吗？"陈羡拉起周柠的手，放在唇边轻轻吻了吻，"你不再是那个被压得喘不过气来的小女孩了，我也不再是那个一张驾照就能被威胁的小男孩了。如果说这些年的孤单有意义，那就是让我们长成了更有力量的大人，以前那些跨不过去的坎儿，现在都不是问题。"

周柠把手从陈羡唇边抽回来，往后退了一步，眉目间依然是挥之不去的迟疑。

陈羡看着她，语气变得有些低落："除非你不爱我。"

"陈羡，爱不是唯一。"周柠终于开口，"我那时爱你，可还是和你说了分手，因为我们俩在一起就只剩下爱了的时候，你会发现爱不是那么强大的东西，只有爱是活不了的。"

周柠又说："现在也许我们都更有力量了一些，但很多东西还是没变，家庭没变，社会关系没变，甚至有了更深的鸿沟。倒不是我在意这些东西，只是我一个人习惯了，也太珍惜这些年自给自足、自由自在的生活，不愿意再陷入这种无聊又腐朽的纠缠中，你明白吗？"

周柠这话却让陈羡笑了起来。

"你笑什么？"周柠奇怪地看他。

"我明白了，你不仅爱我，还想和我结婚。"陈羡看上去很开心。

"你哪只耳朵听到我说想和你结婚了？"

"那你提家庭关系和社会关系干吗？说明你不只是想和我谈个恋爱。"陈羡笑道。

"神经病！"周柠一副见了鬼的样子，赶紧往后撤了两步，"别发疯了，大晚上的，回去睡觉！"

周柠说完不再理陈羡，转身向民宿跑去。

陈羡的声音满是笑意："周柠，我再追你一次，你会答应的！"

周柠回去后，翻来覆去好久都没睡着。

陈羡的告白，让那段尘封已久的岁月又在脑海里翻腾了起来，周柠一会儿觉得很甜，一会儿心里又很酸。回忆到分手那时，沈清文冷眼看人的样子突然跳了出来，让她打了个寒战。

她不想再想了，回忆却又自动倒带到还在车队的美好时光，自顾自又播放了一遍。在这循环的播放中，周柠终于睡着了。她一开始睡得很不踏实，但梦里陈羡的笑容好像有安抚作用，让她渐渐睡沉了，再醒来已是日上三竿。

走出房门时，周柠还觉得脑子有点沉，看旁边的房间，门还是关着的，不知道陈羡是不是也还没起来。

小院里，何一帆正和杨凡一起摘豆角。

见她过来，何一帆笑着问："你居然睡起懒觉来了？不像你啊。"

"可能是小凡的梅子酒太醉人。"周柠揉了揉脸，感觉还有些迷糊，"客人都起来了吗？"

"好多人都背包上山啦。"杨凡笑道，"陈羡哥起得最早，六点不到就走了。"

"啊？"周柠顿时清醒了一些，"他走了？"

"对啊，我都没来得及给他做早饭。姐，你吃啥？包子都还热在锅里，我给你端出来吗？"

"不用，我去厨房拿就行，你们继续忙。"

.308.

走到厨房，看着锅里热气腾腾的包子，周柠却没什么胃口。

他居然走了？还是一大早？喝那么多酒能开车吗？

周柠皱了皱眉，也不知道他葫芦里卖的什么药。

这时，陈羡却有心灵感应般，打来了电话。

"起床了？"陈羡的声音里还带着笑意。

"嗯。"周柠含混地应道，"你走了？"

"对啊，早上起来没见到我，是不是很想我？"

周柠觉得无语。

"真的要出差，没有办法，不然我也不想走。"陈羡解释道，"这会儿都坐上飞机了，想着起飞前给你打个电话。"

周柠皱眉："你自己开车走的？酒都没醒吧？"

"没有，我昨晚就让人一早来接我了。"陈羡语调扬了起来，"怎么，担心我？"

周柠发现，经过几年生意场上的历练，陈羡不要脸的技能真是炉火纯青。

"周柠。"陈羡又轻轻唤了她一声，"我这次要出去十几天，等我回来。"

周柠没接话。

"要起飞了，我得挂了，你会等我吧？"

"我能去哪儿？我又不出差。"周柠咬了咬嘴唇，"挂了，一路平安。"

吃过早饭，何一帆和周柠也该告辞了。

杨凡很不舍："那两屋我就给你们留着，想什么时候回来都行。"

周柠却笑他："别说傻话，赚钱最重要，赶紧收拾干净放出去。"

又叮嘱了杨凡一番，两人终于踏上回程。他们向来没有周末，抽出一天时间来放松已是奢侈。车子平稳地驶出花山岭隧道，再见到光亮的那一刻，周柠被这光芒微微刺了眼。

重新适应光线后，她下定决心开口："一帆，我想好了。"

何一帆心里一沉，像是明白了结局，苦笑道："你还是选他，对吗？"

周柠摇摇头："我的选择，跟他有关，也无关。这些天，我一直在想我们之间的关系。一帆，你对我是很重要的人，我对你有敬重、有佩服、有感激，有很多很多其他非常珍贵的感情，但就是从来没有想过爱情，我无法欺骗自己……对不起啊。"

其实昨天看到周柠和陈羡在一起的样子，何一帆就知道自己没戏了。就算周柠一直待在自己身边，就算她很少同陈羡讲话，但他们俩之间那种微妙的张力却一直存在，让人想忽视都忽视不了。

何一帆摇头："感情的事，勉强不来，你没必要说对不起。但我还是庆幸告诉你了,不然又像大学一样,连争都没争一下就失去了机会,那才憋屈。"

"对不起啊,一帆。"周柠还是又道了歉,"我不想你难过的。"

"我宁愿清醒地难过,也不愿意糊里糊涂地幸福,所以,还是谢谢你坦诚地告诉我。"何一帆虽然想得开,但还是有点好奇,"可你为什么说跟他有关,又无关?"

"无关是因为我作出的选择是基于我俩之间的关系,就算没有他,我也无法接受你的爱,因为我给不了你同等的回报。"

"这说得就有点残忍了,你也不必句句都这么诚实,我都后悔问了。"何一帆无奈地笑,"那为什么又说有关?"

"有关啊……"周柠长长地停顿了一下,神情变得有些迷茫,"可能因为我始终搞不懂爱这件事,它背后的那些东西令我本能地害怕和想要逃离。可是看见他,我又会犹豫。"

"背后的东西?"

"对,比如束缚、权衡、比较,或是去应对躲避不了的各种关系,这会令我很烦躁。我好不容易从复杂又沉重的家庭关系里走出来,一直想要逃,一直想要飞,一直想要自由自在地活着,实在不想迈入另一个坑。"

"所以你还没想好?"

"这些年好不容易走到现在,我挺满意现在的生活的,从来没想过要改变它。"

"那看来他的日子也不太好过,我倒是开心了。"何一帆笑得敞亮,"你要头疼的事,我就不问了,我们还是和以前一样,做最好的合作伙伴,你觉得呢?"

"嗯。"周柠仰起头冲何一帆感激地一笑,"我们会是最好的合伙人。"

在陈羡出差的这些日子,周柠时不时接到他的电话。虽然两人都忙,常常讲不了几句就得挂,可陈羡还是坚持一有空就给她打电话。终于,周柠有点受不了了,陈羡却无辜地说,没有微信,他只能借助最原始的通信方式。于是没过多久,他又美滋滋地把周柠的微信加了回来。

这天周柠正在加班,电话又响了起来。

"喂?"周柠的眼睛没离开屏幕。

"你在哪儿呢?"陈羡懒洋洋的声音传来。

"公司。"

"都十一点多了还不下班?"

"你有事吗?"周柠把手机夹在肩头,双手依然在打字。

"当然有,我在你家楼下。"

周柠双手一滞："你在我家楼下干什么？"

"我不知道你住哪户啊，所以只能在楼下等。"

"不是……你等我干什么？"

"周柠……你看看今天的日期。"

周柠往电脑右下角瞄去，几个简简单单的数字却突然跳了起来，赫然提醒她时间已经走到了六月最后一天。

陈羡的声音变得有些委屈巴巴的："我等了一天呢，都没等到你祝我生日快乐。"

挂了电话，周柠在座位上愣了两秒，不自觉地开始收拾东西。

其实办公室其他人都已经走了，只是这些年周柠习惯性地留到最后，把所有工作都查漏补缺一遍。

可这会儿，她却突然看不进任何一个字、一张图。

周柠又看了一眼时间，十一点三十二分，走回去只要十分钟，她现在就走，赶得上在零点之前跟陈羡说句生日快乐。

时钟好像又把时光拨回了大三，她爽了白天的约，一路狂奔回去想弥补，却终也填不上两人之间的裂缝。

八年过去，事情会变得更好吗？

周柠来不及想那么多，背上小包，摁电梯的手都变得有些急促。无论怎样，她都要对他说一句生日快乐，她欠他一份快乐。

还没走到楼下，周柠就远远地看到了陈羡的身影。路边是一排乱糟糟的共享单车，他随意挑了一辆坐着，脚边还放着一个行李箱。他低着头，像在想什么，但落在地上的影子又显得有一丝疲惫。没过多久，他就注意到了不远处传来的动静，立刻站了起来，身影顿时变得挺拔。

周柠走到他面前，抬头看他。风尘奔波的疲惫感还挂在脸上，但他的眼里却闪着好看的光。

"祝你生日快乐。"周柠由衷地笑了笑。

陈羡伸出手："有礼物吗？"

"对不起，我忘了。"周柠老实说。

"啧，当年都知道给我准备个红包呢，现在倒什么都没有了。"陈羡假意不满地哼哼。

其实一个白天没等到周柠的祝福，陈羡就知道她忘了。不过他也不是很在意，毕竟两人分开那么多年，周柠又是一个向来都极度缺乏仪式感的人，她自己的生日都不记得，会忘记他的生日，太正常了。

"那怎么办？我现在也变不出什么礼物来。"周柠想了想，"要不然你告诉我你想要什么，我回头给你补上。"

"补上的那还能叫生日礼物吗？当天送的才算。"

"那就没办法了,你只能没有礼物了。"周柠知道他故意刁难,抬了抬眉。

"喂……你这个人真的是很绝情!"陈羡无奈道,"你至少问问我有什么生日愿望啊。"

"怕你说出来的我实现不了。"

"我保证你实现得了,很简单的,不是什么过分的要求。"陈羡眨了眨眼。

周柠有些犹豫地看着他:"那你说说看。"

"我好久没吃你做的面条了,你给我做碗面条吧。"陈羡露出八颗牙齿的标准笑容,"就当是生日的长寿面。"

很简单的愿望,生日确实该有长寿面,家里也不是没有面条,可周柠却答应不出来。

"喂。"陈羡可怜兮兮地看她,"我一下飞机就打车来找你了,家都没来得及回。这十天出差好累好累,飞机上东西又好难吃,我生日就想吃碗你煮的面条,这点愿望你还不能满足吗?"

陈羡眼底下一圈淡淡的青色不是假的,周柠看了他一眼,又看了看放在脚边的行李箱,却依旧犹豫。

"我发誓我只想吃碗你亲手煮的面条,如此简单而已。"陈羡将三根手指并拢举到身前,看上去一脸人畜无害的纯真样儿。

周柠咬了咬嘴唇,终于妥协:"那好吧。"

周柠转身往楼里走去,陈羡笑嘻嘻地拎着行李赶紧跟上。

这些年,他总算是找到了对付周柠的有效办法。如果你一味地展现你很强很厉害,她未必会理你,可一旦她觉得你可怜,就免不了有恻隐之心。所以她和周铭怎么都不对付,对杨凡却很好。没办法,她是老虎,他就只能扮猪了。

陈羡跟着周柠走进屋,周柠从鞋柜里找了半天才翻到一双稍微大点的男士拖鞋——这还是刚搬家时,为了招待工作室的小伙伴们准备的。此后除了雪梨和她妹妹,太久没别的客人来,这些拖鞋也就只能堆在角落里吃灰。

"凑合穿吧。"周柠将拖鞋扔到陈羡跟前。

陈羡的注意力根本不在拖鞋上,随意穿上后,就忍不住东张西望起来,试图寻找缺失的这些年里周柠生活的痕迹。其实他根本就不用费力寻找,因为这个小屋完完全全就是周柠本人的写照——没有任何多余的装饰,干净整洁,东西极少,甚至每样物品的摆放都有极强的目标感。

"这是个单身公寓?"陈羡问,"自己买的吗?"

"对。"

"不得了,都是能自己买房的人了。"

"毕竟都打拼这么些年了,如果连这套小房子都买不起,那我还这么辛苦干什么?"周柠走到厨房,打开橱柜搜寻了一圈,又走回来问陈羡,"没有挂面了,方便面行吗?"

"行。有鸡蛋和火腿肠吗?"

"这倒是有。"周柠经常回来晚,饿的时候也会自己煮泡面吃,鸡蛋和火腿肠是常备。

"那就加个鸡蛋,再加根火腿肠,跟以前一样。"

说到"跟以前一样"时,陈羡刻意加重了语调,眨着眼睛看周柠。

周柠不是没听出来他的意思,却刻意忽略了:"你在沙发上坐会儿吧,我一会儿就能做好。"

周柠打开冰箱想拿鸡蛋的时候,发现还有青菜。这是前两天买的,看上去还算新鲜,便也一同拿了出来。

陈羡听话地坐在沙发上,看着周柠忙碌。

小小的半敞开式的厨房里,周柠挽了挽头发,摘下围裙套在身上,一边烧开水,一边到水龙头下洗青菜。

陈羡倒也不着急吃,他更喜欢看周柠在厨房里忙碌的样子,尤其是她在为他忙碌的时候。他想起小学的奥数题,小明要干好几样事情,每样分别需要多少分钟,末了问共需要的最短时间是多少。他觉得周柠一定是答这种题目的优等生,因为她总是能同时做好多事情,每样都安排得井井有条,绝不浪费一分一秒。

除非他去搞破坏。

在铂悦府那阵儿,周柠在厨房忙碌的时候,他也总喜欢腻歪在她身边。有时候被她支配去打打下手,更多的时候,他喜欢从身后抱着她,她走一步,他也走一步,把头埋到她的颈窝里,闻她身上好闻的味道。

眼前的景象和往日的时光重叠到一起,陈羡忍不住咳嗽了一声,只得硬生生地撇开视线。

客厅不大,多看几眼也就看完了,陈羡站起身来,决定去阳台透透气。打开窗户,朝远处望去,十五层的楼高,倒是有着极好的视野。

夜晚凉爽的风也让他刚才一时迷糊的脑子清醒了不少——他只是来吃碗长寿面的,刚才瞎想什么呢?再说都举着手发过誓了,出尔反尔,周柠还不看扁他?

陈羡的呼吸重新平稳下来,自嘲地笑了笑,准备回客厅继续等他的面条。可是一转身,一件白衬衣却突然落入眼帘——那件白衬衣夹杂在其他衣服中,可明显比其他衣服都宽大了不少,一阵风吹过,在杆子上摇摇摆摆的。

陈羡莫名觉得眼熟,忍不住拿下它看了起来。

它已经不是一件新的白衬衣了，颜色泛旧，袖口甚至还有缝补的痕迹，断断不是能穿出去的衣物。可它却又有着那么明显的穿着痕迹，仿佛陪伴主人度过了数不清的日夜，又被小心翼翼地洗晒熨烫了无数遍。

　　陈羡翻开衬衣的领口，在看到那个熟悉的牌子时，不敢置信地睁大了眼睛，已经平稳的呼吸重新变得急促起来——他可以确定，这绝对是他的衬衣！

　　他不记得为什么这件衬衣会在周柠手上，她又为什么要保留到现在？

　　可那又有什么重要的？现在他至少可以确定一件事了！

　　陈羡放下衬衣，感觉身体又重新燥热了起来，再管不了什么发誓不发誓，三步并作两步跑到厨房，一把从身后抱住了周柠，就像以前那样。

　　"你……你干吗？"周柠被陈羡突如其来的拥抱吓了一跳，放下正在搅和面条的筷子，赶紧去掰他的手。

　　可陈羡却紧紧抱着不放，他把头埋到她的颈窝里，喃喃道："原来你爱我，你明明爱我。"

　　"你这是……"周柠被抱得喘不过气来，"你突然发什么疯？"

　　陈羡松开手，周柠终于得以转身。可厨房狭小，她贴到灶台也只能跟陈羡拉开一个手臂的距离。

　　"你疯了吗？"周柠依然处于震惊中。

　　"我是疯了，开心疯了。"陈羡突然很想哭，"周柠，其实对于你爱我这件事，我一直没那么自信，你很少说，我也总是不被选择的那一个，你的事业重要，独立重要，自由重要，唯独我是可以被放下的。我也一直以为，我们之间最大的阻碍就是你不够爱我。"

　　周柠怔怔地看着他："你干吗突然这样……"

　　"可是我今天确定了，你就是爱我，不然你不会把一件普普通通的白衬衫保存这么多年，袖子破了你都舍不得扔。"陈羡指着阳台，"你敢说这不是我的衣服？"

　　周柠看着阳台上那件飘荡的白衬衫，眼神突然有点慌乱。曾经，这件在行李箱里被挤得皱皱巴巴的白衬衫，让一向很少流泪的她蹲在地上号啕大哭。这些年，她一直把它当睡衣穿，因为穿的频率太高，本是硬挺的料子早已变得软塌，袖口处多有破损，成了睡衣里最旧的一件，可她一直没有扔。

　　"你愿意留着我的衣服，为什么不愿意留着我这个人呢？"陈羡看着周柠，"周柠，你明明爱我，为什么不敢承认？"

　　陈羡咄咄逼人，周柠退无可退。

　　她看着陈羡，轻声叹了口气："陈羡，我还需要点时间来想清楚。"

　　"你要想清楚什么？"

　　"想清楚这段关系，想清楚我承不承受得起。爱你会有很多麻烦。"

陈羡仿佛早就猜到她会这么说："我知道你在担心什么，你不喜欢陷入复杂的关系，也不喜欢世俗的评判，而和我在一起，就不得不面对我身后的家庭，甚至其他乱七八糟的目光。你怕这些侵蚀掉你自己，或你引以为傲辛苦打拼下来的一切，是不是？"

周柠沉默着，没有回答。

"可是，这些都是除我以外的因素，你因为这些因素就否定掉我本身，这不公平。"陈羡抬手抚摸周柠的脸颊，"周柠，现在站在你面前的，就只是单纯的我而已，你不爱我吗？"

周柠鼻子一酸，眼圈红了。她很少在陈羡面前哭，即使那时分手都没有当着他的面掉过眼泪，此刻她红红的眼圈让陈羡更加动容。

陈羡又说："何况，你就对我这么没信心？你不信我能守护住你在意的这一切，还是你对我们之间的感情这么没信心，连一起试一试都不愿意？这么多年过去，我们可以有另一种选择的。"

周柠抬手覆上陈羡抚在她脸上的手，眼泪忽然就掉落了，转头过去蹭了蹭，终于柔柔一笑："生日快乐，亲爱的，以后的生日都一起过吧。"

这简直是陈羡有史以来过得最开心的生日！

周柠的温柔一笑，瞬间让过去这八年的孤单时光都有了意义。他们没有忘怀，他们各自成长，也让过去那些阻碍他们的山峰变成了可以一脚跨过的矮石。

陈羡一把将周柠拉进怀里，捧着她的脸热烈地吻她。

周柠也紧紧抱着陈羡，热烈地回应着他的吻。

他们好久没有接吻了，都有些激动。厨房变得很热很热，连锅里的泡面都开始咕嘟咕嘟沸腾得快要跳起来。

爱是如此执着的念头，最无情的时间也无法将它完全掩埋，五年不行，十年不行，十八岁放不下，二十八岁依然会伤心。饶是被理性暂时压制，可只要稍稍点燃火苗，就又会铺天盖地地卷土重来。所以周柠这么多年都走得很好，可只要陈羡再次出现，她就忍不住动摇。他再坚定地走近，她的大坝就溃不成军。

当看着陈羡美滋滋地把行李箱里的东西一件件拿出来摆好时，周柠怀疑这根本就是他的一场预谋。尤其是第二天早上出门时，他特意将自己的灰色大拖鞋与周柠的米色小拖鞋放在一起，看了看不满意，又朝着一个方向整整齐齐摆好，周柠更觉得他昨晚不只是想来吃碗长寿面那么简单。

两人都是工作狂，为了节约时间，都将房子安置在公司附近，可惜两个公司一南一北，走绕城高速下来都得一个多小时。可只要不出差，无论多晚，陈羡都坚持跨过整个城市回到周柠的小屋睡觉。

·315·

两人有时在深夜温柔缠绵，也有些时候，累得什么都做不了，陈羡就静静抱着周柠。周柠总无意识地轻轻抚摸着陈羡手腕上的那道疤，两人聊着聊着，不知不觉就睡着了。

看着屋里陈羡的东西越来越多，周柠无奈地说："要不要我提醒你这是个单身公寓？"

"我那儿倒是大点儿，可是你又不会开车，去我那儿你太辛苦了。"陈羡抱着周柠，轻抚着她的头发，"还是让我来跑吧。"

周柠更加无奈："我的意思是你不必天天都过来的，工作这么忙，压力又这么大，每天花这么多时间在路上干什么？"

陈羡却把脑袋埋进周柠的颈窝，蹭了蹭，撒娇道："不行，我是来充电的。过去总是睡不着，睁着眼睛等天亮，抱着你，我安心多了。"

陈羡这么一说，周柠就没办法了，只能同样温柔地抱了回去。

终于有一天，陈羡告诉周柠今晚来不了，因为外公大寿，他得给外公祝寿去。

这个空出来的夜晚，断了好久的闺密之夜才又好不容易重新开张。

雪梨拿了一打啤酒和满满一套工具，一边聊天喝酒，一边给周柠做手部护理和美甲。

周柠的手虽然修长秀气，但因为从小干活，手心和指腹上都有很多老茧。雪梨自从干了美甲这一行，就见不得闺密手上有一点粗糙，总是拿各种周柠看不懂的东西帮她做那些繁复的护理。一段时间下来，周柠的手果然细嫩了许多，那些伴随了她多年的茧也逐渐软化，有的甚至都看不出来了。

"你俩彻底和好了？我都在电梯里碰到他好几次了。"雪梨一边在周柠手上摩挲，一边八卦，"快快从实招来，怎么又好上的？"

周柠笑了笑，简单地把再次遇到后的经历讲了一遍。

"我能说我很忌妒吗？"雪梨感叹道，"陈羡真的很一根筋啊。"

"是吧。"周柠也笑了。他确实是一根筋，要不然他们在高中那个夏天可能就走散了，哪会有今天。

"不过，他家里怎么办？过了这些年，他们就能松口吗？"雪梨虽为周柠感到高兴，但还是有一丝担忧。

"还不知道该怎么办，很多事情也只能走一步看一步。"周柠释然地笑了笑，似乎早就想清楚了这个问题，"我以前觉得，如果爱的代价是束缚、是让渡，那我宁可不要，因为我还有很多很多未完成的理想，绝不能因此被困住。现在才发现不是的，人生那么长，爱竟然也是理想之一。"

"你的话太深奥了，我读书不多，消化不了。"雪梨道，"不过看来你已经做好准备了。"

周柠笑着将手举高，透过灯光看雪梨刚为她做好的美甲。酒红色复古又高级，轻轻一抬手，就显出一股飒爽独立的大女人范儿，而无名指上零星点缀的那一点小亮片又悄悄露出一丝俏皮与少女心，恰到好处地调和了两者的气质。

未来还会有多少困难，她不知道。反正一路走来，她的人生时时刻刻都在背水一战，而现在，她不仅磨炼出了更强大的自己，还拥有了最可靠的伙伴，又有什么好退缩的？

老爷子的生日宴就在郊区的别墅里办，老人家年纪大了，不愿外出折腾，儿女们也就随了他的心愿，在家好好办了一桌，也没请外人来。吃完生日宴，外公外婆稍微坐了一会儿就上楼休息去了，其他人则在客厅闲聊。

陈羡知道，自己免不了要成为话题的中心。

"你跟那女明星是假的啊？"沈博文开口道，"害我白高兴一场。"

沈博文对这个外甥是一万分的满意。新能源子公司成立之初，他不放心全交由他人打理，当了两年的实际掌舵人。在那两年中，他才发现陈羡的决心抱负非一般人可比，对于造车这件事，更不是玩玩而已。专业技能上，他自然比不过外甥，就多在商业方向和关系经营上提点着，而陈羡也学得很快，渐渐地，其他方面也不需要他太操心。

凭良心说，陈羡的努力和付出，连他都达不到。为了压降成本，陈羡几个月都在工厂吃住，连螺丝钉的设计都要亲自盯着。为了提高产能，陈羡又到处想办法，连轴转地出差，这些年来几乎没有给自己放过一天假。

虽然对外甥偏爱，但公事是公事，沈博文这么精明的生意人，是不可能全凭关系亲疏用人的。公司成立之初，他招兵买马引进了好些人才，本意是想在其中选个最合适的 CEO，并不是一定要把公司交给陈羡。那些同样自命不凡的人才刚开始对陈羡这种"天降皇族"非常不屑，但两年下来，也个个服气了，陈羡不知不觉就成了这群人的核心。沈博文扪心自问，就算自己再年轻个三十岁，也未必会做到陈羡那么好，于是才逐渐放手全都交给了他，把自己的精力重新投回了更擅长的传统业务领域。

和所有长辈一样，看着后辈事业有成，自然就关心起了另一件人生大事。陈羡这些年全身心地扑在事业上，一点女色不近，他作为舅舅还挺着急的，所以那八卦新闻出来的时候，他反倒很开心。谁知前阵子陈羡接受采访，非常严肃地否认了这些绯闻，语气还挺重，弄得女明星再出来回应时脸上都有些挂不住。

沈清文叉了一块西瓜塞进嘴里，慢悠悠地说："孔瑶虽然算是我看着长大的,但娱乐圈还是太复杂,我也不是很同意。是吧,老陈?"

陈振涛不置可否,他这些年都忙于公事,对孩子的事情鲜少过问。不过沈清文刚才说的,他是同意的。

"那么漂亮的姑娘你都不满意,我未来外甥媳妇儿得是个什么样的啊?"沈博文调侃道。

沈清文还来不及发表高见,陈羡就爽快地接过了话茬儿:"你有外甥媳妇儿了呀。"

此言一出,在场所有人都愣了。

陈悠惊讶地问:"哥,你有女朋友了?啥时候的事?"

沈清文立马追问:"真的假的?什么样的姑娘啊?怎么没跟家里说呢?"

陈羡也叉了一块西瓜,慢悠悠地放进嘴里,吃完了才开口:"说来也巧了,你们还真都见过。"

"我们见过?"沈清文更惊讶了。

"我也见过吗?"沈博文开始在脑海里回忆公司里的所有女员工,他和外甥的交集,也就在公司了。

陈羡挑了挑眉,语气淡然又肯定:"周柠,我好不容易才又把她给追回来了。"

"周……周柠?"沈清文顿时结巴得说不出话来,"那个……乡下野丫头吗?"

"就是小时候把你手弄破,流了好多血的那个?"陈悠也震惊了。哥哥大学的时候有一阵子和妈妈闹得很僵,听妈妈和爸爸聊天时,她才依稀想起这段童年往事。

不知道为什么,连陈振涛也记得周柠,扶贫那年遇到的那个小小的倔强身影,一提起,形象依旧非常鲜活。

沈博文小心地看了姐姐一眼,觉得她要爹毛。

果不其然,沈清文的声音立马抬高了八度:"你是不是疯了?还想着那个乡下丫头?"

"嗯,除了她,我这些年就没想过别人。"陈羡应道。

"你真是脑子里哪根筋搭错了,还好不容易追回来的,你这是差哪儿了你要去追……"沈清文不敢相信地喃喃,但很快又镇静下来,板着脸厉声道,"不行!绝对不行!我不可能同意!"

"所以呢?你不同意,又能怎么样?"陈羡也收了笑容,直视着沈清文,"你觉得我还是当年那个被一张驾照就弄得没办法的小屁孩吗?"

"你……"沈清文顿时语塞。

"妈,我知道你爱我,也一定是希望我好,但我希望你相信我的判断,周柠对我来说就是最好的,过去是,现在是,未来也是。"陈羡收起了刚才强硬的样子,语气柔和中又不失坚持,"我希望你能喜欢她,如果你实在做不到,那我也只能跟她一起远离你的生活。你是希望我们这个大家庭总是像今天一样开开心心地坐在一起,还是非要把我逐出去呢?"

沈博文眯起眼睛看自己的外甥。这些年商场上的磨炼没白挨,懂得刚柔并济、以退为进,看似给了对方面子,实则一步都没有退让。事到如今,自己的姐姐已经不是儿子的对手了。

果然,沈清文虽然涨红了脸,却无法像当年那样颐指气使地随意左右陈羡的选择了。

陈悠被眼前这一幕震惊到了,为哥哥能这样理直气壮地跟妈妈对峙而感到震撼。不知是不是被陈羡的言语鼓舞,她也支支吾吾地说:"妈,我和哥哥一样,也希望您相信我的判……"

"你闭嘴!少添乱!"陈悠话没说完,沈清文就不耐烦地白了她一眼。

这段时间,沈清文心里的一口气总不顺,儿子她早就管不了了,一年到头回不了几次家,可就连一向依偎着她的女儿也不知怎么生出了反骨,她给安排的工作、相亲是一个都看不上。

对于家庭主妇来说,孩子就是她的一切,孩子的出息与否,直接证明了她的价值。她早就发现,明明是同一个娘胎里出来的,这两个孩子却完全不一样。陈羡从小就自我意识极强,不太服管,相比之下,女儿虽然娇气,但听话顺从得多。不过,陈羡也从不需要她操心,从小到大样样拔尖儿;陈悠就逊色得多,高中找了一堆老师做一对一补习,还只勉强上了个二本,毕业后的工作更是没一个能坚持过半年。

沈清文觉得这也无所谓,她的女儿确实不必那么辛苦。女儿跟她一样,都已经拥有了一个好的出身,只要再费心找个好老公,日子根本不愁。可偏偏为女儿安排的相亲,女儿竟是一个也看不上。

沈清文嘴上总说着"瞧瞧你哥",可陈羡的疏离其实让她很挫败,女儿处处需要她,她才觉出自己的价值来。但陈悠毕业后的一系列不顺,让母女之间也渐渐有了摩擦。今天陈悠还跟陈羡学,说什么让自己相信她的判断……真是可笑,从小到大,她有什么自己的判断?

陈羡又慢悠悠地吃了一点水果,起身告辞:"我就先上去睡了,明天还有工作。周柠的事,你们慢慢消化下,我也期待我们能有一天会开开心心地坐在一起吃饭。"

陈羡走后,沈博文倒是替他说话:"你别说,虽然只在派出所见了一面,但那小姑娘确实有种不一样的气质,陈羡眼光不会差的。"

陈振涛也说:"扶贫那年,这小姑娘就给我留下了很深的印象,没想到还能发展出这么多后续来,也算是一段缘分啊,我是不反对。"

沈清文气急了:"你当然不反对了,你只顾自己的前途,孩子的事什么时候上过心?唯一一次还是出的馊主意,把儿子送到那个破地方去,要不然能有这事?"

沈清文和陈振涛争了几句,气没处撒,又撒到了陈悠头上,问她又不工作又不找对象的,天天窝在家里到底想干什么。

陈悠满腹委屈,跑上楼敲开陈羡房门的时候,眼泪还在眼眶里直打转。

"陈悠?"陈羡开门见妹妹这副委屈样,赶忙叫她进来。

陈悠进屋后坐到陈羡床上,两腿一盘,噘嘴道:"哥,我好羡慕你,你做什么妈都不敢说你,可我稍微不合她的意就被她说个没完。我啥时候也能像你一样脱离她的控制啊?"

"你真想脱离她的控制?"陈羡笑了笑,"我还以为你挺享受的呢。"

"我哪享受了?"陈悠生气地说,"我每天在家都烦得要死。"

"那怎么不见你搬出去住?"

"我……"陈悠的声音弱了下去,"妈不允许,而且我也没有钱搬出去啊。"

"所以咯,这就是你的问题了。"

"我的问题?"

"对,我看不到你想要摆脱控制的决心,你嘴上抱怨,但又贪图这种管控带来的稳定和优渥生活。陈悠,任何事都有两面,你享受了一面的好处,就无法抱怨另一面的坏处。你得想清楚你要的到底是什么。"

陈羡的话太一针见血又不留情面,陈悠瘪了瘪嘴,感觉脸上热热的。

"不独立的人是没有选择权的,你想摆脱妈妈的控制,就先得让自己强大起来,不然你不可能一边求着她,又一边要求她事事顺你的意,明白吗?你得先做到脱离了这个家也能生存。"

陈悠的声音带着哭腔:"感觉好难。哥,从小你就比我厉害,就算我再努力,也不可能取得你的成就。"

"你以为我容易?我也不是轻轻松松走到今天的,只是背后花了多少心血你看不到而已。"陈羡温柔地拍了拍妹妹的肩膀,"陈悠,成就不分大小,能撑住自己就好。你得先凭着自己站起来才能去谈自由。"

陈羡的话给了陈悠极大的触动,她红着眼睛,却依然对自己没有信心。

陈羡知道她在想什么,又安慰道:"陈悠,别怕,人最终都要走上一条由自我意识推动的路。那种意识你可能现在还看不清楚,但已经能感受到它和周围环境的摩擦磕绊了。摩擦越剧烈,你就越痛苦,越痛苦,就会越有决心去改变。现在你已经开始痛苦了,这是很好的一步,抓住这个感觉,走出去看看这个世界吧,困在家里当公主没有意义,别把自己的路走窄了。"

陈悠走后,陈羡在床上躺了半天都还没睡着。和陈悠的谈心,更是让他分外想周柠。他惊讶地发现,周柠对自己的影响远比他以为的还要深。他从内心认可周柠的选择,敬佩她的毅力,所以才会对陈悠说出那样一番话。

陈羡忍不住拿出手机给周柠发微信:睡了吗?我还是想来找你。

不一会儿,周柠就回了信息:还没呢,雪梨刚走。不过这么晚了你不累吗?别折腾了,快点睡吧。

陈羡嘴角微微扬起:不累,来找你从来都不会累,等我。

发完这条微信,陈羡一个挺身从床上跳起,换上衣服,三两步跑下楼梯,又朝着周柠的方向奔去。

车队的人在李炎的婚礼上才再次见到了周柠。

吴鹏远看着眼前的两个人目瞪口呆,深深感叹:"哎,你们俩真是……"

这种重聚的感觉让周柠十分动容,她红着眼和多年不见的伙伴们一一叙旧,陈羡则一直在她身边温柔笑着。

新郎新娘致辞时,所有人都红了眼眶。李炎感谢了新娘刘思敏对他的付出和不离不弃,这些年他有过高光,也深陷过迷茫,在他自己都看不清未来的时候,他的新娘永远坚定地站在他身边,给了他最大的动力。刘思敏则温柔地说她的坚定是因为李炎值得,爱情是相互的事情,自己付出很多,但却得到更多。

周柠看着台上喜极而泣的两人,也忍不住跟着落泪,轻声对陈羡说:"他们真好,我们好像错过了彼此太多年的时光。"

陈羡却捏了捏她的手,肯定道:"我们也很好。"

婚礼结束后,陈羡和周柠站在美丽的花墙边单独合了影,笑容松弛又肆意。这张合影后来被洗出来放进相框里,静静地摆在新房的床头柜上。

他们依旧忙碌,忙着在各自的领域里勇攀高峰,可心里却都多了一份笃定。他们知道,即使他们是两只各自高飞的风筝,那根回去的线也始终会被对方紧紧拽在手里。

八岁到二十八岁,分分合合、悲喜交替。

这样漫长的时光,磨砺出了这样的周柠和陈羡——他们分开就是两个独立的个体,但只要站在一起,你就会觉得谁也离不开谁,全世界他们最配。

番外
特别的爱给特别的你

才过夏至，暑气便已袭来，空气里都有了树叶微微冒汗的味道。

陈羡却格外喜欢夏天，比如今天，雨后初歇，他像往常一样开车从城北回城南，刚上高架，就遇见了一道巨大的彩虹。

他微微一笑，索性关了空调，打开车窗，任由风在车里闯荡，肆意吹乱他的头发。夏天嘛，就应该发生一些自然而然的好事，比如雷雨遇彩虹，蝉鸣遇清风，又比如他和周柠的每一次相遇和重逢。

周柠果然是不在家的。他难得下一次早班，倒是没指望过周柠也能这么巧。这套单身公寓很小，周柠不在，陈羡却依然觉得有点空荡荡的。

他百无聊赖地往沙发上一躺，掏出手机给周柠发微信：什么时候回家？我今天难得早下班，你能不能也早点呀？想吃什么？中餐还是西餐？我尝试做个饭？

发完没一会儿，他就有些后悔了，又补充一句：要不然还是煎牛排？

不好意思总让周柠操劳，这两年陈羡开始尝试下厨做饭，奈何做中餐实在没天赋，不是油多了就是盐少了，殷勤没献好，十指不沾阳春水的大少爷形象反倒越树越牢。

陈羡见这样不行，立马转换了赛道。西餐就容易得多，煎牛排是陈羡的最爱，毕竟货源好，一小块肉就价值不菲，只要不傻，别煎煳了，怎么都是好吃的。

可微信发出去好一会儿，也没等到周柠的回复。

陈羡撇了撇嘴，转而问陈悠：你嫂子在干吗呢？

陈悠回得倒是快：我太惨了，方案怎么都通不过，柠姐正在改……

没一会儿，陈悠又发回一小段视频，一看就是从后面偷拍的。周柠正对着电脑噼里啪啦地打字，依稀可以看到屏幕上的方案已经被密密麻麻注上了不少批注。

陈羡不用看就能猜到周柠此刻皱着眉头跟自己较劲的样子。

陈悠：哥，快把嫂子领回家吧，我想下班。

面对陈悠的求助，陈羡笑了笑，回道：你嫂子是该下班了，你嘛，倒是还可以再努努力。

陈悠：果然不是一家人不进一家门，等我在嫂子这儿累死，你记得给我收尸！

陈羡不用想就能猜到她现在脸上不爽又毫无办法的表情。但他知道，陈悠只不过是嘴上说说，周柠就算让她改八百遍，她也是心甘情愿的。

他们兄妹俩像是宿命般，遇到周柠，都会重复走上"被虐八百遍，待她如初恋"的老路。

不独立的人是没有选择权的。

陈悠始终记得那晚外公寿宴后，陈羡与她谈心的那番话。她的确如陈羡所说，已经感受到痛苦，迫不及待地想要摆脱妈妈的控制，但又不知道该怎么做。尽管那天以后，陈羡又跟她谈过好几次，可在她眼里，陈羡是一个从小就比她强太多的人，从赛车到创业的经历又太过独特，她自觉不可复制，反倒越听越泄气。

见陈悠这么苦恼，周柠主动接过了这个烫手山芋，提议让陈悠去她那里试试。

见周柠前，陈悠做了好一番心理建设。虽然当时年幼，但被周柠按在地上的经历实在太过奇特，在她记忆里愣是留下了难以磨灭的印象。可一见到周柠，陈悠就震惊了，根本来不及再想其他，因为她实在很难把眼前这个飒爽的职业女性与当年泥地里的小土妞联系起来。

周柠当天也没作特别打扮，就一身利落的淡蓝色七分袖小西装配同色西装短裤，甚至连首饰都没戴，就完全吸引了陈悠的注意。同样道理的话，陈羡不是没跟她讲过，但不知道为什么，换种表达从周柠口里说出来，对她的震慑力要强得多。

也许是时过经年，年幼时的矛盾早已不复存在，而同为女性，看到周柠能拥有如此魄力和变化，陈悠内心难免会涌出一种"我是不是也能行"的疑问与冲动。

周柠本只想借自己的经历宽慰和劝导一下陈悠，没想到陈悠突然问："我能跟着你干吗？"

见周柠一愣，她又赶忙补充："你不是做广告吗？我大学学的视觉传达设计，算是相关，而且我现在也找不到其他合适的工作，如果不拜托家里帮忙的话……"

陈悠的语调渐渐弱了下去，周柠心中一动，爽快答应下来，连一旁的陈羡都颇为意外。周柠温柔一笑，捏了捏陈羡的手，终于明白了当年他为什么会不顾自己的反对，硬是要帮周铭一把。

想你所想，忧你所忧，念你所念，盼你所盼，大概就是这种感觉。

虽然是"嫂子"，可周柠没给陈悠半分优待，实习期只给实习工资，挑战却一天比一天大。

拿着一个月买不起她曾经一双鞋的薪水，每天忙到天昏地暗，陈悠却甘之如饴。因为在周柠这儿，她不再是谁的女儿或是谁的妹妹，也不再因为家世被优待或看轻，她想站稳脚跟，就只能凭自己的能力。

开始实习后，陈悠从家里搬了出来，向哥哥借钱租了一套单身公寓。她也想学周柠，有朝一日能靠自己的力量买一套属于自己的小房子。

陈悠的觉醒和出走让沈清文极为火大。她就不明白了，兄妹俩怎么都能着了那土妞儿的道？可日子久了，她心里却渐渐生出另一番滋味——女儿成年后，自己依旧"无微不至"地照料与把控，反而把女儿越推越远，女儿出走后，母女之间的关系反倒又逐渐缓和下来。

陈悠不比陈羡，自小在母亲身边黏惯了，与母亲关系紧张始终是她心头的一桩大事，要完全放下是不可能的，所以尽管沈清文让她要出去就别回来，她还是每天坚持给妈妈发一条微信，告诉妈妈自己都在干些什么。

一开始，沈清文赌气根本不回信息。天天加班有什么好看的？第一个月工资到手三千块，居然也值得高兴？她就不明白了，自己以前给女儿介绍的工作哪个不比这个强？钱多事少离家近的不愿意干，在那个小破广告公司居然还干上瘾了？

沈清文觉得女儿一定坚持不下去的，她从小娇生惯养的，哪受过这种苦，只等她自己回来求饶。可没想到左等右等，却等来女儿实习转正的报喜。

照片是张自拍，女儿拿着劳动合同，一脸兴奋，眼里闪烁的光芒陌生却又充满生命力。搬离家里才半年，她却像换了个人似的，简直让人认不出来。

沈清文终于败下阵来，喊陈悠回家吃饭。

这下可好，陈悠一回家就周柠长周柠短的，说周柠对外谈合同时是如何帅气，自己跟着学了多少本领，还说周柠和哥哥之间的感情又是多么好，俨然变成了周柠的头号粉丝。

沈清文不乐意听，陈振涛却听得津津有味，而且越听越满意，甚至觉得周柠简直是陈悠和陈羡生命里的贵人。有心也好，无意也罢，兜兜转转，却都引导着他们走上了一条正道，变成了更好的人。

沈清文一直没松口，又这样僵持了半年。

有次回家吃饭，陈悠终于忍不住说："妈，哥早就问过你，是希望我们大家庭总是开开心心地坐在一起，还是非要把他也逐出去。他都已经这么久没回家吃饭了，你一定要让大家都不开心吗？"

陈振涛放下筷子，略微一沉思，让陈悠搭线，喊陈羡和周柠回家吃饭。沈清文虽然放不下面子，但这次也没再说什么。

陈羡笑着又看了一遍陈悠那句"不是一家人不进一家门"，心里有说不出的感慨。大学无奈分手时，谁能想到，有一天他们真能走到一家人这一步呢？

不对，这倒提醒了陈羡，他与周柠离真正的一家人还差了一点点。想到这儿，他从沙发上弹了起来，匆匆下楼往周柠公司奔去。

陈悠见陈羡突然出现，不由得惊掉了下巴，没想到哥哥真的有为她想要下班的心情考虑。可没一会儿，她就发现自己错了。嫂嫂虽然被接走了，但留下的一大堆批注还等着她继续修改，而她哥哥只是对她比了个加油的手势，眨了眨眼，毫不同情地就搂着嫂嫂走了。陈悠翻了个白眼，她早该猜到的，哥哥的出现跟她一毛钱关系都没有。

"干吗突然过来？"周柠也有点惊讶，因为他俩都忙，不打扰对方工作，也是两人常年相处下来的默契。

陈羡笑了笑："没什么，只是肚子饿，想找你一起吃饭。"

"今天这么娇气呢？"周柠笑道，"你不是说在家做吗？"

"我刚发完就后悔了。"想起自己那些失败的作品，陈羡退堂鼓敲得咚咚响，"牛排也来不及解冻，就在外面吃吧。"

夜幕降临，华灯初上，正值下班高峰。街道上车水马龙，川流不息，匆匆赶路的人们，在灯火辉煌与夜色昏暗的交织中更显行色匆匆。

周柠和陈羡很少感受这种匆忙，因为往往等他们下班回家的时候，街上早已重新变得空荡。这会儿，两人牵着手慢悠悠地在街上散步，与这一派匆忙的景象格格不入，倒是这些年少有的感受。

"周柠，跟我约会吧？"看着马路上来来往往的车流，陈羡突然开口。

"除了出差，我们不是天天在一起？"

"不是简单地在一起，而是放下手头的一切事情，关掉手机，丢掉工作，只有我和你，就像高中那会儿在欢乐谷，从早到晚，放下一切，好好地玩一天。我们好久没这样约会了不是吗？"

陈羡语气诚恳，还有点可怜巴巴的，周柠不由得动容："好吧，你说哪天？"

陈羡嘿嘿一笑："是不是又快到我生日了？"

周柠拿出手机一看日历："那天是周五，你有空？"

"我是老板，想什么时候有空就什么时候有空。"陈羡高冷道。

"得了吧你。"周柠笑睥他一眼，"你想要什么生日礼物？"

.325.

"哪有人直接问的？"陈羡不满，"我不说，但你送得不好，我可要不高兴的。"

"别这样啊……"周柠赶忙哀求，"你知道我最不会送礼物了。"

可陈羡哪管她，笑嘻嘻地牵着她的手走进一家粤菜馆，任凭她怎么软磨硬泡，硬是一点儿也没松口。

天晓得周柠这些天压力有多大。她说自己不会送礼物，不是在谦虚，而是真的不会。从小物质的匮乏、情感的封闭，让她鲜有礼物的概念，直到遇到陈羡。他总是很会送礼物，见她落魄时送她的衣服鞋袜、鼓励她创业时送的笔记本电脑，现在就更不用说了，她时不时就会遇到陈羡为她准备的小惊喜，小到皮肤过敏时的一瓶药妆，大到考到驾照后的一辆新车，陈羡总能精准地捕捉到她的每一点需求，恰到好处、恰到时机地送上每一份礼物。

成年后的周柠已不再是那个为生活所迫的小姑娘，虽能大大方方地接受陈羡的好意，但相比之下，她还真是几乎没送过陈羡什么，因为总觉得他好像什么都不缺。

周柠的烦恼被雪梨看在眼里，她嘲笑道："你真觉得陈羡什么都不缺吗？"

"你觉得他还缺什么吗？"周柠烦闷地薅了一把头发，"天哪，做广告创意都没这么难，他一个什么都不缺的人为什么要这么为难我啊？"

"周柠，不是我说你，在感情这种事情上，你真的缺心少肺。"雪梨白了她一眼，"他遇见你后，一直追求的不就是你对他的爱吗？提出要完完整整约会一天，不也是在求你多陪他一会儿、多爱他一点吗？广告都做得那么好了，这点事倒把你难住了。"

雪梨的话让周柠醍醐灌顶、豁然开朗起来。

陈羡提出要正式约会后，突然变得很忙，生日前几天甚至忙得都回不了家。

周柠倒觉得正好，因为她要准备的这份礼物也真的需要花很多时间——她要做一本手账，一本跨越了二十二年时光的手账。

童年时打架的小菜地、高中时重逢的小土坡、大学一起在车队奋斗的点点滴滴……顺着时间线，周柠把回忆里所有细细碎碎的小事都用稍显笨拙的漫画画了出来。每一张小画旁，她还细细标注了时间和地点，毫无保留地写下了当时自己的感受。熬了好几个晚上，周柠终于制作完成，最后在封面上郑重写下这本手账的题目——《特别的爱给特别的你》。

陈羡一直忙到六月三十日凌晨才出现。

周柠在睡梦中被吵醒，迷迷糊糊拧开夜灯，一睁眼就看到陈羡笑嘻嘻摊着手要礼物，像一只摇着尾巴等待奖励的小狗。周柠揉了揉眼睛，笑着从枕头下拿出手账递给他。

真要到了礼物,陈羡反倒有些迟疑了,盯着封面上那行字摩挲了好一会儿才打开内页。一页页翻,一页页看,陈羡的表情逐渐从惊喜变成感动和难以置信。原本他总觉得自己爱得更多,却不知过往岁月中的一点一滴,周柠一样有好好珍藏。

"对我的礼物还满意吗?"周柠笑嘻嘻地问。

"当然……太满意了。"尽管知道一定会有礼物,但这样一份心意还是大大超出了他的预期。

周柠捧起他的脸,轻轻吻了一下:"只是想告诉你,虽然我曾经别扭又敏感,现在也依然不太懂浪漫,但我像你爱我一样爱你。"

陈羡心念大动,言语在此刻已是多余,他搂住周柠,细细密密地吻了上去。暧昧的昏黄灯光、柔软的棉质床品、呼之欲出的汹涌爱意,一切都是那么刚刚好,可陈羡却在快要控制不住自己时硬生生地停住了。

"怎么了?"周柠有些意外。

陈羡看了一眼窗外逐渐泛青的天色,把周柠拉了起来:"今天有更重要的事,走,带你去个地方,不然就来不及了。"

周柠稀里糊涂地被陈羡催着换上衣服,又一头雾水地坐上了他的车。凌晨的街道空无一人,陈羡一路疾驰,很快开进了附近的一个别墅区。

周柠心中隐隐有了预感,有些慌乱:"陈羡,你……"

陈羡微微一笑,在一幢有着尖顶的童话般的小楼前停稳车子,绕到另一侧为周柠打开车门,做了个公主请下车的手势,笑道:"这是我为你准备的礼物,进去看看吗?"

周柠被他牵着走进了这幢还是毛坯状态的别墅,里面连灯都没有,漆黑一片。

陈羡早有准备,拿出手电筒,比画着给周柠介绍房屋的布局。

"陈羡……"周柠的视线随着手电筒的光束来回蹿,心跳得有些快,"别跟我说这些天你就是在忙着找房子。"

"算是其中一项吧。"陈羡也不否认,"其实已经找了很久了,我看了很多房子,还是觉得这里最好,什么都没有,能完全按照我们的喜好来设计。而且这里离你的公司近,通勤也不会那么累。当然,如果你想继续住现在的小房子,我也没有意见,反正能塞下我就行。"

"干吗现在带我来看?黑漆漆的,什么都看不清啊。"

"不着急,很快就能看清了。"

陈羡信心满满地牵着周柠的手,带着她来到东边客厅的落地窗前,关掉了手电筒。

很快，周柠就明白了陈羡为什么非要在这时候带她来这里——小楼前空旷无遮挡，没一会儿，一轮红日从远方的地平线上冉冉升起，把暗青色的天空染成了绚烂的橙红色。

这场景似曾相识，周柠看着天边金灿灿的云彩出了神，再回头时，朝阳已将空荡荡的屋子填满，而陈羡也不知什么时候从兜里掏出了一个红色小盒子，正微笑着看她。

"原来想着车都能造，打两枚戒指应该不费事，没想到这么难。我这些天失败了好多次，直到几个小时前才终于做好，差点以为要赶不上了。"陈羡笑着拉过周柠的手，取出一枚女戒戴在她的无名指上，满意道，"正合适。"

这是一枚精致的素戒，线条流畅，简约大方，只在内圈刻着两个人名字的缩写，没有其他任何花里胡哨的装饰，一如周柠一直以来的样子。周柠举起手细细端详，感觉上面仿佛还留有陈羡的体温，戒身流转，朝阳在上面洒下一层淡淡光泽，目之所及都是温柔。

"这么好心，送我一套房子和一枚戒指，没什么其他想说的吗？"周柠眯起眼睛，故意问道。

陈羡低头笑了一下，好似有些害羞，过了好几秒才又抬起头，正色道："其实准备了很多草稿，但真到这一刻，又觉得说什么都是多余的。记得大学的时候，你第一次在车队通宵，也是在这样的日出下，你答应让我们重新认识一下。所以在看到这幢房子的时候，我第一反应就是它了，因为一想到今后能每天都和你一起看日出，我就抑制不住地高兴。"

陈羡停顿了下，握着周柠的手都变得有些颤抖，仿佛在心里又给自己打了打气才终于说出接下来的话："周柠，嫁给我吧。"

周柠的眼眶有些湿润，她从盒子里取出另一枚戒指，为他戴上："虽然我们已经认识很久很久了，但想到今后能每一天都和你一起看日出日落，我也抑制不住地高兴。我当然愿意，生日快乐，亲爱的，我爱你。"

陈羡嘴角扬起，轻轻伸出手臂，将周柠揽入怀中。

绚烂的朝阳见证了这个漫长又缱绻的亲吻，陈羡终于放开周柠，笑道："做好准备了吗？天亮了，一起约会吧。"

"难道刚才还不算？你还有什么花招？"

陈羡眉眼一弯，卖了个关子："暂时保密，跟着我走就是了。"

陈羡牵着周柠的手，笑意盈盈，步履轻快，十指相扣地奔赴下一个惊喜。

两人离开后，小楼又恢复了宁静，阳光如金色的细沙般洒遍每个角落，让整个屋子充满了明亮与温暖。尖尖的屋顶在阳光的照耀下熠熠生辉，好像在默默等待着它的主人回来一点一点把这空空的地方填满。小楼满怀期待，因为它知道，草长莺飞，晚露朝霞，时光悠悠，岁月漫长，它的主人一定会回到这里，写下更多更美的故事。

（全文完）